JULIE GARWOOD

JULIE GARWOOD

El premio

RBA

Título original: *The Prize*
Traducción: Edith Grandicelli

Pérez Galdós, 36. 08012 Barcelona
Traducción cedida por Ediciones B, S.A.

Diseño de la cubierta: Adland Comunicación

ISBN-10: 84-473-4621-8
ISBN-13: 978-84-473-4621-9
Depósito legal: M-31.502-2006

Impresión y encuadernación:
MATEU CROMO

Impreso en España – Printed in Spain

Para mi hijo, Gerry Garwood.
He reservado este libro especialmente para ti.

1

Inglaterra, 1066

Nunca supo qué le había golpeado.

En un momento, el barón Royce estaba secándose el sudor de la frente con el dorso de su brazo vestido de cuero y al minuto siguiente se encontró tendido de espaldas en el suelo.

Ella le había derribado. Literalmente. Había esperado hasta que él se quitara el casco. Luego, había dibujado un círculo muy a lo alto, por encima de su cabeza, con la angosta tira de cuero. La pequeña piedra que se encontraba en el centro de su tirachinas improvisado había cobrado tanta velocidad que era imposible seguirla a simple vista. El sonido que emitió el cuero al cortar el aire fue similar al grito de una bestia en agonía: medio gruñido, medio silbido. Sin embargo su objetivo había estado demasiado alejado como para escuchar el ruido, pues ella se había ocultado en las gélidas sombras matinales del sendero, a lo alto del paredón, mientras que él estaba mucho más abajo junto a la base de un puente levadizo de madera, a unos veinte metros, según sus cálculos.

El monumental normando le resultó un blanco sencillo. El hecho de que él fuera también el líder de los infieles que trataban de robar las posesiones de su familia había endulzado su concentración. Para ella, el gigante se había convertido en Goliat.

Y ella era su David.

Pero a diferencia del héroe santo de la antigua leyenda, ella no había tenido intenciones de matar a su adversario. De haber sido ése su objetivo, habría apuntado directamente a la sien. No, ella sólo había querido golpearle. Y por esa razón había escogido la frente. Dios mediante, tal vez le había marcado para el resto de sus días, a modo de recordatorio, por la atrocidad que él había cometido en ese lúgubre día de victoria.

Los normandos estaban ganando esa batalla. En una hora o dos más, irrumpirían en el santuario interno.

Ella sabía que era inevitable. Sus soldados sajones, desgraciadamente, se encontraban en esos momentos en una desfavorable desigualdad numérica. La única alternativa lógica que les quedaba era emprender la retirada. Sí, era ineludible, pero odiosamente exacerbante también.

Ese gigante normando era el cuarto hombre que el bastardo de William de Normandía le había enviado retándola en las últimas tres semanas, para apoderarse de su fortaleza.

Los tres primeros lucharon como niños. Tanto ella como los hombres de su hermano lograron reprimirlos con facilidad.

Pero éste era diferente. No se entregaría porque sí. Muy pronto, fue evidente que tenía mucho más temple que sus predecesores. Ciertamente, parecía mucho más astuto. Los soldados que tenía bajo su mando resultaron ser tan inexpertos como los que habían venido antes, pero el nuevo líder supo mantenterlos bien disciplinados y en sus puestos, hora tras hora.

Al finalizar el día, la victoria se la llevarían los detestables normandos.

Sin embargo, su jefe estaría un poco mareado para disfrutar del triunfo. Ella se encargaría de eso.

Sonrió cuando le disparó la piedra.

El barón Royce había abandonado su corcel para sacar a uno de sus soldados del foso que rodeaba la fortaleza. El inepto soldado había tropezado y cayó de cabeza en las profundas aguas del foso. Por la pesada armadura que llevaba no pudo mantener el equilibrio y estaba hundiéndose. Royce metió una mano, tomó una de las botas del joven soldado y le rescató de las turbias aguas. Con un ágil movimiento de la muñeca, arrojó al vasallo sobre un montón de hierba. Por la tos convulsiva del joven, Royce se dio cuenta de que ya no necesitaba más ayuda. El hombre aún respiraba. Royce se había detenido para quitarse el casco y secarse el sudor de la frente cuando le alcanzó la pedrada.

Royce cayó de espaldas. Aterrizó a una distancia considerable de su caballo. Su estado de inconsciencia no fue muy prolongado. El polvo todavía se materializaba en el aire cuando él abrió los ojos. Sus soldados corrían hacia él, para ayudarle.

Pero rechazó la ayuda. Se sentó y sacudió la cabeza, para liberarse del dolor y de la turbación que le confundía. Durante uno o dos minutos, ni siquiera pudo recordar dónde demonios estaba. La sangre manaba de un corte que tenía en la parte superior de la frente, sobre el ojo derecho. Tanteó los bordes de la herida y en ese momento llegó a la conclusión de que le faltaba un buen pedazo de carne.

No entendía qué le había golpeado. Por el tamaño de la herida, supo que no podía haberse tratado de una flecha. Pero, ¡maldición!, sentía que la cabeza le quemaba como el fuego.

Royce trató de olvidar el dolor y se concentró en la ardua tarea de ponerse de pie. La furia le abrumó. Juró por Dios que encontraría al bastardo que le había lastimado así y que le daría su merecido.

Esa idea le levantó el ánimo considerablemente.

El escudero del barón Royce estaba de pie, sosteniendo las riendas de su corcel. Royce montó al animal y dirigió la mirada a lo alto de la muralla que rodeaba la fortaleza. ¿Su enemigo le habría disparado desde allí? La distancia era demasiado grande como para alcanzar a ver la sombra de una amenaza.

Volvió a calarse el casco.

Al mirar a su alrededor, se dio cuenta de que, en los diez o quince minutos que habían transcurrido desde que recibiera el golpe, sus soldados, al parecer, habían olvidado todo lo que él les había enseñado.

Ingelram, quien le sucedía en el mando temporalmente, tenía todo el contingente de hombres luchando como una unidad, cerca del extremo sur de la fortaleza. Las flechas les llovían desde lo alto de la muralla, haciendo imposible el avance.

Royce estaba indignado por semejante ineptitud. Los soldados mantenían sus escudos sobre la cabeza, para protegerse de las flechas, colocándose una vez más en una postura defensiva. Estaban exactamente en la misma posición en la que el barón Royce los había encontrado esa mañana, para iniciar esa tediosa misión.

Royce soltó un largo suspiro y luego volvió a tomar el mando.

Inmediatamente, cambió las tácticas para evitar perder el terreno que ya se habían asegurado. Apartó a sus diez hombres más fiables del murallón y, con ellos, se dirigió a una pequeña elevación de la fortaleza. Con una de sus espadas dio muerte a un soldado sajón que estaba apostado a lo alto del murallón, antes de que sus hombres tuvieran tiempo de colocarse en sus puestos. Luego, les ordenó hacerse cargo de la misión. Poco después, las murallas sajonas quedaron nuevamente desprotegidas.

Cinco de los hombres de Royce treparon los murallones y cortaron las cuerdas del puente, para bajarlo. Oh, Dios le amparase. Si hasta tuvo que recordar a uno de sus ansiosos voluntarios que se llevara la espada.

Royce fue el primero en cabalgar sobre las plataformas de madera del puente, blandiendo su espada, aunque en realidad, no hubo necesidad alguna. Tanto el murallón superior como el inferior y los espacios comprendidos entre ellos y el castillo propiamente dicho, estaban desiertos.

Inspeccionaron minuciosamente las barracas y los edificios externos, pero no hallaron ni siquiera un solo soldado sajón. Royce advirtió al instante que el enemigo había abandonado la fortaleza por algún pasadizo secreto.

Royce ordenó a sus hombres que investigaran los murallones, para tratar de localizar esa salida. En cuanto la hallaran, él mismo se encargaría de sellarla.

Pocos minutos después, los normandos declararon la fortaleza posesión de William, enarbolando la bandera del duque de Normandía en el mástil del murallón. Sus vistosos colores resaltaron en el cielo. El castillo pertenecía ahora a los normandos.

Sin embargo, Royce sólo había cumplido a medias sus objetivos. Todavía tenía que hacerse con el premio y llevarla a Londres.

Sí, había llegado la hora de capturar a lady Nicholaa.

Llevada a cabo una intensa búsqueda en las instalaciones de la fortaleza, se encontraron varios sirvientes, a quienes llevaron a la rastra al patio exterior, para formarlos allí en un apretado círculo.

Ingelram, que tenía la misma altura de Royce, aunque no la misma robustez ni tampoco las mismas cicatrices que delataban unas cuantas batallas vividas, sostenía a uno de los sirvientes sajones por la parte posterior de la túnica. El hombre era bastante mayor, de cabellos canos y con la piel reseca y maltratada.

Royce ni siquiera tuvo tiempo de desmontar cuando Ingelram gritó:

—Este es el mayordomo, barón. Se llama Hacon. El fue el que contó a Gregory todo sobre la familia.

—Yo no he hablado con ningún normando —protestó Hacon—. Ni siquiera conozco a ninguna persona llamada así. Que me muera aquí mismo si estoy mintiendo —agregó, casi con descaro.

El "fiel" sirviente estaba mintiendo y se sentía bastante orgulloso por tener las agallas de fingir, dadas las siniestras circunstancias por las que estaba pasando. Sin embargo, el viejo aún no había levantado la vista para observar al líder normando. Estaba demasiado concentrado en el rubio caballero que parecía pretender arrancarle la túnica.

—Sí, claro que has hablado con Gregory —objetó Ingelram—. El fue el primer caballero a quien se le encomendó la misión de apoderarse de este castillo y de capturar el premio. No te hará ningún bien mentir, viejo.

—¿Es el que se fue con la flecha clavada en la espalda? —preguntó Hacon.

Ingelram se puso furioso por el hecho de que el sirviente hubiera mencionado la humillación de Gregory. Obligó a Hacon a darse la vuelta. El sirviente se quedó sin aire cuando por fin vio al líder normando. Tuvo que echar la cabeza hacia atrás para poder observar bien al gigante, que estaba cubierto de cuero y cadenas de acero. Hacon entrecerró los ojos, para protegerse del resplandor del sol, que se reflejaba sobre la armadura del jefe normando. Ni el guerrero ni su magnífico semental negro se movieron, de modo que, por un instante, el sirviente tuvo la sensación de que estaba contemplando una estatua de piedra.

Hacon mantuvo su compostura hasta que el normando se quitó el casco. En ese preciso momento creyó que iba a perder los estribos. El bárbaro le aterraba. Hacon sintió náuseas y experimentó la terrible necesidad de gritar implorando piedad. La expresión de los fríos ojos grises del guerrero normando denotaban una profunda determinación y Hacon tuvo la plena convicción de que había llegado su fin. Sí, él me matará, pensó Hacon. Pronunció un rápido Padre Nuestro. Pensó que se trataría de una muerte honorable, pues estaba decidido a ayudar a su dulce patrona hasta las últimas consecuencias. Seguramente, Dios le daría la bienvenida en el Paraíso por proteger a una inocente.

Royce se quedó contemplando al tembloroso sirviente durante un largo rato. Luego echó su casco a las manos del expectante escudero, bajó del corcel y entregó las riendas a un soldado. El semental reculó, pero una sola y breve orden de su amo sirvió para intimidar su sublevación.

Hacon sintió que se le aflojaban las rodillas. Cayó al suelo. Ingelram se agachó, le asió y le obligó a ponerse de pie nuevamente. —Una de las mellizas está dentro de la fortaleza, arriba, barón —anunció Ingelram—. Está rezando en la capilla.

Hacon inhaló profundamente y luego exclamó: —La iglesia fue incenciada y totalmente destruida en el último ataque del que fuimos víctimas. —Su voz sonó como un murmullo estrangulado.— No bien la hermana Danielle llegó de la abadía ordenó que se trasladara el altar a una de las recámaras internas de la fortaleza.

—Danielle es la monja —explicó Ingelram—. Es tal como nos dijeron, barón. Son mellizas. Una es una santa, dedicada a servir al mundo y la otra es una pecadora, dedicada a causarnos problemas.

Royce todavía no había articulado palabra. Siguió mirando fijamente al sirviente. Hacon no pudo soportar mirar a los ojos al líder durante mucho tiempo. Clavó la vista en el suelo, apretó las manos y susurró: —La hermana Danielle se vio atrapada en medio de esta guerra entre sajones y normandos. Es una inocente, que sólo desea poder volver a su abadía.

—Yo quiero a la otra.

La voz del barón fue suave, pero escalofriante. El estómago de Hacon volvió a revolverse.

—El quiere a la otra melliza —vociferó Ingelram. Su intención fue la de hacer otra acotación, pero al ver la expresión en la mirada de su jefe, se dio cuenta de que lo más inteligente era cerrar la boca.

—La otra melliza se llama Nicholaa —dijo Hacon. Inhaló profundamente antes de proseguir—. Ella se ha marchado, barón.

Royce pareció no exteriorizar reacción alguna ante la noticia. Ingelram, en cambio, no pudo contener su irritación. —¿Y cómo pudo haberse ido? —preguntó, con otro bramido, mientras daba semejante empellón al criado que le hizo caer de rodillas al suelo.

—Hay muchos pasadizos secretos ocultos en las gruesas paredes de esta fortaleza —confesó Hacon—. ¿Acaso no se dieron cuenta de que no había ningún soldado sajón cuando cruzaron el puente levadizo? La señorita Nicholaa se fue con los hombres de su hermano hace ya una hora.

Ingelram vociferó un improperio, frustrado. En un intento por descargar su ira, volvió a empujar al criado.

Royce avanzó un paso con la mirada fija en su vasallo. —No me demuestra sus fuerzas cuando maltrata a un anciano indefenso ni tampoco su habilidad para controlar su entusiasmo cuando interfiere en mi interrogatorio.

El vasallo se sentía humillado. Inclinó la cabeza frente a su barón y ayudó al sirviente sajón a ponerse de pie.

Royce esperó a que el joven soldado se alejara un paso del hombre mayor. Entonces, volvió a mirar a Hacon. —¿Durante cuánto tiempo ha prestado servicio en esta fortaleza?

—Ya hace veinte años —contestó Hacon. Hubo orgullo en su voz al agregar—: Siempre me han tratado muy justamente, barón. Me han hecho sentir tan importante como si hubiera sido uno más de ellos.

—¿Y después de veinte años de justo trato ha decidido traicionar a su patrona precisamente ahora? —Meneó la cabeza, disgustado.

—No sacrificarás de ese modo tu lealtad, Hacon, pues tu palabra no me inspira ninguna confianza.

Royce no desperdició ni un solo minuto más de su tiempo con el criado. Con paso decidido, se encaminó hacia las puertas de la fortaleza. Hizo a un lado a sus ansiosos hombres y entró.

A Hacon se le indicó que se uniera a los demás criados, para que siguiera preocupándose por su destino, mientras Ingelram salía corriendo tras su señor.

Royce fue metódico en su búsqueda. El primer piso del castillo estaba cubierto de ripio. Había basura por doquier. La larga mesa colocada en el extremo de la sala estaba tumbada y la mayoría de los bancos habían sido destruidos.

La escalera que conducía a los cuartos de la planta superior aún estaba intacta, aunque a duras penas. Los escalones de madera parecían resbaladizos, por el agua que chorreaba de las paredes. Era peligrosa, debido a su estrechez. Además, la mayor parte de la barandilla había sido arrancada y lo que quedaba de ella colgaba sobre un lado. En consecuencia, si uno de los hombres tropezaba, no tenía de dónde asirse para impedir la caída.

El segundo piso se hallaba en condiciones tan penosas como el primero. El viento entraba con todas sus fuerzas por un boquete, que se había abierto en el centro del muro del fondo, por el que fácilmente pasaba un hombre. El aire era terriblemente cruel por el viento invernal que se filtraba desde afuera. Un largo y oscuro pasillo partía desde lo alto de las escaleras en dirección opuesta a ellas.

No bien Royce terminó de subir, Ingelram se apresuró a tomar la delantera y, torpemente, sacó su espada. Era obvio que el vasallo tenía intenciones de proteger a su señor. Sin embargo, los tablones de los suelos estaban tan resbaladizos como los peldaños de las escaleras. Ingelram perdió su espada y el equilibrio y salió volando hacia el agujero.

Royce alcanzó a sujetarle por la nuca y le arrojó en dirección contraria. El súbdito aterrizó con un golpe seco, contra la pared interna. Se sacudió como si hubiera sido un perro mojado para dejar de temblar como una hoja y, recogiendo la espada que se le había caído, salió nuevamente trás su jefe.

Royce meneó la cabeza ante el ridículo y torpe intento del vasallo por protegerle. Ni siquiera se molestó en desenvainar su espada cuando empezó a caminar por el corredor. Cuando se encontró con la primera habitación y vio que la puerta estaba bloqueada, simplemente, la abrió de un puntapié. Asomó la cabeza por el bajo dintel y entró.

La sala era un dormitorio, en el que había seis velas encendidas. Estaba vacía, a excepción de una joven criada que estaba muerta de miedo, acurrucada en un rincón.

—¿A quién pertenece esta habitación? —preguntó Royce.

—A la señorita Nicholaa —se oyó la respuesta, en un débil susurro.

Royce se tomó su tiempo para estudiar el cuarto. Le llamó la atención el estilo austero del ambiente y el orden que allí reinaba. No se había dado cuenta de que las mujeres podían vivir sin un montón de cosas a su alrededor. Si bien su experiencia sólo se limitaba a sus tres hermanas, eso le bastaba y le sobraba para llegar a tal conclusión. No obstante, en la recámara de lady Nicholaa no había cosas amontonadas. En el centro de la alcoba, había una enorme cama, apoyada contra una de las paredes, con los cortinados de Borgoña recogidos. La chimenea estaba en la pared contraria. En un rincón, había una cómoda baja, hecha en finísima madera de secoya.

No había ni una sola prenda colgada en los percheros, como para que Royce tuviera una idea del tamaño de la mujer. Se volvió para retirarse del cuarto, pero se dio cuenta de que su vasallo le bloqueaba la salida. Una sola mirada suya bastó para eliminar el obstáculo.

La segunda puerta también estaba cerrada por dentro. Royce estuvo a punto de abrirla de un puntapié, cuando oyó que le quitaban el cerrojo.

Una joven sirvienta abrió la puerta. Tenía el rostro cubierto de pecas y de terror. Trató de hacer una reverencia frente a él, pero sólo pudo concretar a medias el saludo formal, cuando le miró bien a la cara. Soltó un grito y salió corriendo hacia el otro extremo de la enorme habitación.

La sala estaba completamente iluminada por los candelabros. Un altar de madera, cubierto con un lienzo blanco, había sido colocado frente a la chimenea. Sobre el suelo, frente al altar, había taburetes acolchados con cuero para arrodillarse.

Royce vio a la monja de inmediato. Estaba hincada, con la cabeza gacha, mientras pronunciaba sus oraciones y las manos unidas debajo del crucifijo que colgaba de una fina tira de cuero que llevaba alrededor del cuello.

Estaba toda vestida de blanco, desde el largo velo que cubría su cabello hasta el calzado. Royce se quedó parado en la puerta esperando que ella se percatara de su presencia. Como no había ningún cáliz sobre el altar, él no hizo la genuflexión correspondiente.

La criada tocó tímidamente el hombro delgado de la monja, se agachó y le murmuró al oído. —Hermana Danielle, el líder normando ha llegado. ¿Nos rendimos ahora?

La pregunta pareció tan ridícula que Royce por poco se echó a reír. Hizo un gesto a Ingelram, para que guardara la espada y avanzó hacia el interior de la alcoba. Dos sirvientas estaban de pie, junto a la ventana cubierta con piel, situada al otro lado de la habitación. Una de ellas tenía un bebé en los brazos. El lactante succionaba diligentemente sus puñitos.

La atención de Royce volvió a concentrarse en la monja. Desde el sitio en el que estaba sólo alcanzó a ver el perfil de la religiosa. Por fin se hizo la señal de la cruz, indicando que ya había concluido con sus oraciones y grácilmente se puso de pie. En cuanto ella se levantó, el bebé dio un agudo alarido y estiró los brazos hacia ella.

La monja hizo un ademán con la cabeza en dirección a la criada, para indicarle que se retirase, y tomó al bebé en sus brazos. Le besó la frente y se volvió hacia Royce.

El líder normando aún no había podido verle bien el rostro, pues la hermana mantenía la cabeza gacha. Sin embargo, se sintió muy complacido por sus suaves modales y el dulce murmullo con el que trataba de tranquilizar al pequeño. Este tenía el cabello muy rubio, casi blanco, y tan duro que literalmente le quedaba estirado como alambre, lo que le daba un aire muy gracioso. Se acurrucó contra la religiosa, muy satisfecho, y siguió chupándose los puños. Hacía ruidos constantes, que sólo se interrumpían por algún bostezo ocasional.

Danielle se detuvo sólo cuando estuvo a unos treinta o cincuenta centímetros de Royce. Apenas si le llegaba hasta los hombros, y Royce se dijo lo frágil y vulnerable que aparentaba ser.

Y cuando por fin la monja levantó la cabeza y le miró directamente a los ojos, Royce ya no pudo pensar.

Era exquisita. Francamente, tenía el rostro de un ángel. Su cutis era perfecto. Sus ojos le fascinaron, por esa bellísima tonalidad de azul. Royce imaginó que estaba frente a una diosa que sólo había bajado a la Tierra con la misión de cautivarle. Tenía las cejas castaño claro armoniosamente esculpidas en arcos no muy pronunciados, una nariz maravillosamente recta y los labios carnosos, rosados y terriblemente atractivos.

Royce advirtió que estaba reaccionando físicamente frente a esa presencia femenina, hecho que le molestó sobremanera. Su repentina falta de disciplina le asombró. El suspiro que escuchó denotó a las claras que Ingelram estaba viviendo la misma experiencia frente a aquella mujer tan hermosa. Royce se volvió hacia su vasallo, para dirigirle una mirada represiva, antes de volver a concentrarse nuevamente en la monja.

Danielle estaba consagrada a la Santa Iglesia y, por lo tanto, no debía ser considerada como un objeto de deseo, por el amor de Dios. Al igual que su superior, William de Normandía, Royce honraba a la Iglesia y protegía al clero cuanto le fuera posible.

Soltó un prolongado suspiro. —¿De quién es este niño? —preguntó, intentando poner en orden sus ideas sobre la mujer.

—El bebé es de Clarise —contestó, con una voz ronca que a Royce le pareció increíblemente excitante. Se dirigió hacia la sirvienta de cabellos oscuros que estaba en las sombras. De inmediato, la mujer avanzó un paso—. Clarise ha sido una fiel criada durante muchos años. El nombre de su hijo es Ulric.

La monja miró al bebé y se dio cuenta de que estaba tirándole del crucifijo. Se lo quitó antes de volver a mirar a Royce.

Sus miradas se encontraron durante un rato largo y silencioso. Ella masajeó los hombros del pequeño con movimientos circulares, pero en ningún momento dejó de mirar a Royce.

En su expresión, hubo una ausencia total de miedo. Casi omitió reparar en la larga cicatriz que Royce tenía en la mejilla, en forma de hoz. Y a él le asombró esa indiferencia, pues estaba habituado a que las mujeres reaccionaran de una manera muy distinta la primera vez que le veían. Pero al parecer, esa desfiguración no parecía molestar en absoluto a la religiosa. Eso le produjo un gran placer.

—El color de ojos de Ulric es exactamente igual al suyo —señaló Royce.

Pero de inmediato se dio cuenta de que la comparación no era real. Los ojos del bebé eran de un azul muy bonito, pero los de Danielle eran hermosos.

—Muchos sajones tienen los ojos azules —contestó ella—. Dentro de una semana, Ulric cumplirá ocho meses. ¿Tendrá la suerte de llegar a esa edad, normando?

Como la monja formuló la pregunta en un tono muy suave y sumiso, Royce no se sintió ofendido. —Nosotros, los normandos, no matamos a niños inocentes —respondió.

Danielle asintió y luego le honró con una sonrisa. Su corazón aceleró las pulsaciones ante el inesperado gesto. Danielle tenía un encantador hoyuelo en la mejilla y, ¡Dios!, cómo le hechizaban sus ojos. Por fin decidió que no eran azules, sino violetas. Del mismo color exactamente al de una frágil flor que una vez había visto.

Intimamente, admitió que debía controlar sus pensamientos. Estaba actuando como un ignorante, como un lelo. Y se sentía así también.

Ya estaba demasiado viejo como para esos sentimientos. —¿Cómo es que ha aprendido a hablar nuestro idioma tan bien? —le preguntó, también con voz ronca.

Ella pareció no advertirlo. —Hace seis años, uno de mis hermanos fue a Normandía con Harold, nuestro rey sajón —respondió—. Cuando volvió, insistió en que todos aprendiéramos este idioma.

Ingelram se acercó a su barón, para ponerse de pie junto a él. —¿Su hermana melliza se le parece? —gruñó.

La monja se volvió para mirar al soldado. Parecía estar calculándole las medidas. Su mirada fue intensa, imperturbable. Royce notó que Ingelram se había puesto tan colorado de vergüenza ante el minucioso escrutinio que no pudo mantenerle la mirada durante mucho tiempo.

—Nicholaa y yo somos idénticas físicamente —contestó ella por fin—. Muchos ni siquiera pueden diferenciarnos. Sin embargo, nuestras disposiciones son como el día y la noche. Por mi naturaleza, tengo una tendencia a aceptar las cosas, pero mi hermana, no. Ha jurado morir antes de entregarse a los invasores de Inglaterra. Nicholaa tiene la firme convicción de que sólo es una cuestión de tiempo que ustedes los normandos se rindan por fin y vuelvan a sus tierras. Esa es la verdad y yo temo por la seguridad de mi hermana.

—¿Usted sabe adónde fue lady Nicholaa? —preguntó Ingelram—. Mi barón tiene que saberlo.

—Sí —contestó. Mantuvo la vista fija en el vasallo—. Si su barón me asegura que no harán daño a mi hermana, yo les revelaré su destino.

Ingelram resopló audiblemente. —Los normandos no matamos mujeres. Las domamos.

Royce tuvo deseos de arrojar a su vasallo por la puerta de un puntapié, cuando le escuchó hacer el arrogante comentario. Pero advirtió que la monja no le hizo demasiado caso. Su expresión se tornó sediciosa, pero sólo por un breve segundo. Su ira desapareció al instante y, en su lugar, apareció una máscara de serenidad.

De pronto, Royce levantó la guardia. Aunque no podía explicar el porqué de sus sopechas, supo que algo no cuadrabá.

—A su hermana no le pasará nada —dijo Royce.

Ella pareció aliviada. Entonces, Royce se dio cuenta de que el enfado de Danielle había sido una reacción al temor por su hermana.

—Sí —interjectó Ingelram con gran entusiasmo—. Nicholaa es el premio del rey.

—¿El premio del rey?

Entonces a Danielle le fue casi imposible disimular su fastidio. —No entiendo a qué se refiere. El rey Harold está muerto.

—Su rey sajón es el que está muerto —explicó Ingelram—, pues nuestro duque William de Normandía está en estos momentos camino de Londres y pronto será nombrado rey de toda Inglaterra. Tenemos órdenes de llevar a Nicholaa a Londres lo antes posible.

—¿Con qué propósito? —preguntó ella.

—Su hermana es el premio del rey. Es decir, él desea ofrecerla como premio para un noble caballero. —La voz de Ingelram denotó un gran orgullo, al acotar.— Ese es un gran honor.

Danielle meneó la cabeza. —Todavía tiene que explicarme por qué mi hermana habrá de convertirse en el premio del rey —murmuró—. En primer lugar, ¿cómo se ha enterado su William de la existencia de Nicholaa?

Royce no estaba dispuesto a permitir que Ingelram informara más de la cuenta a la monja, pues la verdad sólo perturbaría a la dulce mujer. —Tiene mi palabra de que no le haremos daño a su hermana —volvió a prometer a Danielle—. Ahora dígame adónde fue. Usted no tiene idea de los peligros que existen fuera de estas paredes. Tarde o temprano la atraparán y, desgraciadamente, hay algunos normandos que no la tratarán con gentileza.

Por supuesto que Royce había disfrazado la verdad para no hacer sufrir a la inocente mujer. No le encontró sentido a darle una explicación detallada de las atrocidades de las que su hermana melliza sería víctima si la hallaban sus indisciplinados soldados. Quería proteger a la monja de las duras realidades de la vida, mantener su inocencia al margen de los pecados mundanos. No obstante, si ella se negaba a revelarle el paradero de su hermana, tendría que ser más violento.

—¿Usted me da su palabra de que irá a buscar a Nicholaa personalmente? ¿Que no delegará esa misión a manos de uno de sus súbditos?

—¿Es importante para usted que sea yo quien vaya?

Danielle asintió.

—Entonces, le doy mi palabra —dijo—. Aunque me pregunto, ¿qué diferencia tendría para usted que vaya yo o que envíe a uno de mis soldados...?

—Yo creo que usted actuará con honor en el trato con mi hermana —le interrumpió ella—. Ya me ha prometido que no harán daño a Nicholaa. —Volvió a sonreír.— Jamás habría llegado a detentar un cargo tan alto si hubiera tenido por costumbre faltar a su palabra. Además, es usted considerablemente mayor que los soldados que tiene a sus órdenes o, al menos, eso es lo que me dijo uno de los sirvientes. Creo que usted es un hombre paciente y juicioso. Tendrán que capturar a Nicholaa, porque ella puede ponerse muy difícil cuando se enoja. Por otra parte, es una muchacha muy inteligente.

Antes que Royce pudiera rebatir los comentarios, Danielle se volvió y se encaminó hacia las dos mujeres que estaban de pie junto a la ventana. Entregó el bebé a la tal Clarise y luego murmuró instrucciones a la otra.

Se volvió hacia Royce. —Voy a revelarle el paradero de mi hermana no bien le haya curado la herida —anunció—. Tiene un corte bastante significativo en la frente, barón. Voy a limpiar la herida y a colocar una venda. Siéntese. Sólo le robaré uno o dos minutos de su tiempo.

Royce estaba tan sorprendido por su consideración y gentileza que no supo cómo reaccionar. Había empezado a negarse, meneando la cabeza, pero al instante, cambió de opinión. Por fin se sentó. Ingelram se quedó de pie, en la puerta, observando. La sirvienta colocó un recipiente con agua caliente sobre la cómoda que estaba junto al banco que Royce ocupó. Danielle, mientras tanto, tomó varias vendas blancas y limpias.

El banco desapareció bajo la robusta figura del barón. Tenía sus largas piernas bien extendidas hacia adelante. Danielle se colocó entre ellas, a la altura de los muslos.

Royce advirtió que las manos de la monja temblaban cuando sumergió la venda en el agua. No le dijo ni una sola palabra mientras realizaba la cura. Pero cuando la herida estuvo bien limpia, aplicó ungüento y le preguntó cómo se había lastimado.

—Una piedra, tal vez —contestó él, encogiéndose de hombros—. No tiene ninguna importancia.

La sonrisa de Danielle fue muy dulce. —Creo que, tal vez, tuvo importancia en su momento. Vaya, el golpe debe de haberle atontado, por lo menos.

Pero Royce casi no podía prestar atención a lo que estaba diciéndole. ¡Rayos!, olía tan bien. Al parecer, no podía concentrarse en otra cosa más que en la bella mujer que estaba tan próxima a él. Le distraía esa suave fragancia a rosas y también el crucifijo cobijado entre sus senos. Se quedó observando el sagrado objeto hasta que pudo dominar la reacción que ella le provocaba. No bien Danielle retrocedió, él se puso de pie.

—Mi hermana ha ido a la fortaleza del barón Alfred —le dijo—. Queda a sólo tres horas de aquí, hacia el norte. Alfred juró resistirse a los normandos y la intención de Nicholaa es la de unirse a la lucha de los leales soldados de nuestro hermano.

Un grito se oyó desde la puerta, interrumpiendo la conversación. Uno de los soldados de Royce le requería. —Quédate con ella —ordenó a Ingelram.

El guerrero ya había salido cuando escuchó la ferviente respuesta del vasallo. —La protegeré con mi vida, barón. Pongo a Dios como testigo de que nadie la tocará.

El suspiro de Royce hizo eco en el pasillo. Pensó para sí: "Dios me salve de estos soldados tan ansiosos". Sabía que, de no haber tenido la bendición de ser dotado de una infinita paciencia, habría estrellado la ignorante cabezota de Ingelram contra la pared del castillo. Y lo más triste era que había tenido deseos de hacer eso demasiadas veces en el transcurso de la última hora.

Otro joven soldado estaba esperando a Royce a lo alto de las escaleras. —En este momento están en plena batalla, barón, al sur de la fortaleza. Desde la senda superior puede verse que los perros sajones tienen rodeados a nuestros soldados normandos. Los colores del estandarte nos indican que el pequeño contingente pertenece al barón Hugh. ¿Vamos a ayudarle?

Royce abandonó la fortaleza y subió personalmente a la senda superior para analizar la situación. El soldado que había informado de la batalla le siguió. Desgraciadamente, tenía tan poca experiencia y tanto entusiasmo como Ingelram. La falta de una y el exceso de otro conformaban una peligrosa combinación.

—¿Se da cuenta usted, barón, cómo los sajones han hecho retroceder a nuestros soldados? —preguntó el joven.

Royce meneó la cabeza. —Tú miras, pero no ves —mascullò—. Los hombres de Hugh están usando la misma táctica que empleamos en nuestra batalla cerca de Hastings. Nuestros soldados están llevando a los sajones a una trampa.

—Pero es innegable que las posibilidades están en favor de los sajones. Sus hombres triplican a los nuestros...

—La cantidad es completamente insignificante —le contradijo Royce. Suspiró profundamente, recordó que era un hombre de gran paciencia y luego se volvió para mirar al soldado de cabello oscuro—. ¿Cuánto hace que formas parte de mi ejército?

—Casi ocho semanas ya.

La irritación de Royce desapareció instantáneamente. Debido a todos los preparativos necesarios para invadir Inglaterra, no hubo tiempo para entrenar a los soldados. —Tu ignorancia es admisible —anunció, dirigiéndose hacia las escaleras—. Ayudaremos a los hombres de Hugh, pero sólo porque sentimos amor por la guerra y no porque ellos la necesiten. Los soldados normandos son vastamente superiores, en cualquier batalla. No dude que los hombres de Hugh resultarían victoriosos, aun sin nuestro apoyo.

El joven soldado asintió con la cabeza y luego preguntó a su barón si podía ir a luchar junto a él. Royce le concedió el permiso. Dejó veinte soldados en la fortaleza y salió a caballo con el resto de los hombres. Como en el castillo sólo había mujeres, niños y sirvientes, decidió que Ingelram podía mantener el orden allí sin problema alguno.

Con la batalla recuperó fuerzas, aunque a criterio de Royce, se acabó demasiado pronto. Como era un cínico por naturaleza, le pareció extraño que en cuanto él y sus hombres se unieron a las filas de los combatientes, los sajones, que doblaban en número a sus soldados, se desparramaron como lobos salvajes en las colinas. ¿Habrían empatado la batalla si él no hubiera aparecido en escena? Royce, cansado por la falta de sueño, concluyó con arrogancia que estaba preocupándose más de lo debido por la retirada de los sajones. El y sus hombres se pasaron otra hora más encontrando infieles en los escondrijos antes de abandonar la cacería.

Royce se sorprendió al descubrir que Hugh, su amigo y compañero del mismo rango que él, bajo las órdenes de William, estaba liderando el contingente, en lugar de estar luchando junto a su jefe en el ataque final a Londres. Cuando Royce hizo el comentario a Hugh, éste le explicó que le habían enviado al norte para reprimir a los rebeldes del lugar. Regresaba de Londres cuando los sajones le atacaron.

Hugh llevaba más de diez años a Royce. Algunas canas se entretejían en su cabellera y las múltiples viejas cicatrices de su rostro y brazos eclipsaban la apariencia guerrera de Royce.

—En mi unidad sólo quedan los soldados menos calificados —confesó Hugh, con voz fatigada—. Los más experimentados han sido enviados para que se anticipen a William. Admito, Royce, que no tengo tu paciencia para entrenar a mis hombres. De no haber sido por la advertencia de nuestro informador, creo que habría perdido a la mayoría de ellos ya. El espía sajón nos alertó en el momento preciso y por esa razón la emboscada no fue tan efectiva como pudo haber sido. Mis soldados todavía no han sido entrenados. —Hugh se inclinó hacia adelante y, con un tono de voz que sólo empleaba para hacer confesiones, susurró:— Dos de mis hombres han extraviado sus espadas. ¿Puedes creer que puedan cometer semejante pecado? Tendría que matar a esos tontos y ahorrarme todos los agravios. —Soltó un suspiro.— Con tu permiso, solicitaré a William que traslade a unos cuantos de mis soldados-niños a tus filas para que reciban el entrenamiento adecuado.

Ambos barones, rodeados por sus tropas, emprendieron el regreso a la fortaleza.

—¿Quién es el informante que me has mencionado? —preguntó Royce—. ¿Y por qué confías en él?

—El hombre se llama James y no he dicho que confíe en él —contestó Hugh—. Ha demostrado ser fiable hasta el momento, pero nada más. Me ha dicho que los demás sajones le odian porque se le ha encomendado la desagradable tarea de recaudar impuestos. James conoce muy bien a las distintas familias de la zona, pues se ha criado aquí. También conoce cuáles son los escondites favoritos. ¿No crees que en esta última hora el viento ha estado azotándonos terriblemente, Royce? —preguntó Hugh entonces, cambiando de tema, mientras se colocaba la capa sobre los hombros—. En este momento, siento que el viento me carcome hasta los huesos.

Royce casi ni se había dado cuenta de que hacía frío. Caía una fina nevisca, pero no era lo suficientemente espesa como para formar una capa en el suelo. —Tienes huesos viejos, Hugh, y por eso tienes frío. —Sonrió a su amigo para suavizar el insulto.

Hugh le correspondió con otra sonrisa. —¿Viejos, has dicho? Cambiarás de opinión cuando te enteres de mis sorprendentes victorias sobre los sajones.

El arrogante militar comenzó a relatar sus anécdotas, metódicamente, detalle por detalle. Fue una serie de triunfos que había logrado en nombre de William. No acabó de jactarse con sus historias hasta que llegaron al patio del castillo.

Ingelram no estaba allí para recibir a su jefe, por lo que Royce dedujo que su vasallo estaría todavía arriba, idolatrando a la monja.

Con sólo recordar a aquella mujer sajona, Royce se incomodaba... Había algo en ella que le perturbaba, pero aún no podía determinar de qué se trataba.

Tal vez, pensó, sería por su gran atractivo. Era una injusticia, a su juicio, que una dama tan bella estuviera consagrada a la Iglesia. Tendría que pertenecer a un hombre.

Royce decidió por fin que lo que le hacía pensar de ese modo era el cansancio que sentía. Entró en la fortaleza, junto a Hugh. Ya habían dispuesto que éste y sus hombres se quedaran a pasar la noche en el castillo, pues estaba a punto de anochecer.

Hugh parecía exhausto y estaba helado hasta los huesos. Royce ordenó que se encendiera el fuego para que su amigo se recuperase y solicitó que el informante del que Hugh había hecho mención se presentase ante él. —Me gustaría formularle algunas preguntas sobre esta casa —explicó.

De inmediato, enviaron a uno de los soldados para que trajera al sajón. Uno o dos minutos después, Ingelram entró muy apurado en el salón. El soldado de rubia cabellera patinó hasta detenerse abruptamente junto a su barón, frente al que hizo la reverencia correspondiente. Se preparó para explicar los motivos de su llegada.

Royce le interrumpió con una orden sucinta. —Tráeme a la monja. Quiero interrogarla ahora.

Ingelram pareció azorado por la orden. Palideció visiblemente. Royce estaba a punto de empujar violentamente a su vasallo para que se apresurara a cumplir las órdenes, cuando algo en la puerta le llamó la atención. El soldado a quien Hugh había enviado afuera, regresaba con el informante en ese momento. El Judas sajón estaba vestido con prendas que no le sentaban en lo más mínimo, un claro indicativo de su degradación social. La túnica marrón que llevaba arrastraba por el suelo y tenía manchas de barro. Royce le comparó con una lechuza. Era bajo, con los hombros caídos y los párpados le pesaban tanto por el exceso de pliegues de piel que daba la sensación de que jamás podría abrirlos. Sí, claro que parecía una lechuza, pero tenía el corazón de un buitre por traicionar a sus compatriotas, pensó Royce con desdén.

—Pasa, James —ordenó Royce.

El sajón acató la orden. Cuando llegó junto a los militares normandos, hizo una reverencia exagerada. —Siempre seré vuestro más fiel servidor, caballeros.

Royce estaba de pie junto a Hugh, frente a la chimenea, con las manos entrelazadas sobre la espalda. Hugh se cobijaba en la capa de lana que le cubría los hombros, en un intento por evitar los escalofríos que le agobiaban. Royce notó que su rostro estaba demasiado macilento y sus ojos tenían un aspecto febril. Al instante ordenó que trajeran una silla para él.

—Traiga una generosa copa de cerveza para su barón —gritó a uno de los hombres de Hugh, que hacía guardia junto a la puerta—. Que uno de los sajones beba el primer sorbo. Si no se muere, sabremos que la cerveza no está envenenada.

Hugh protestó por la orden de Royce. —Estoy tan sano y fuerte como tú —mascullό—. Yo me encargo de mis propios deseos.

—Sí, estás tan sano como yo —coincidió Royce—. Pero en el transcurso de esta última semana, has peleado en el doble de batallas que yo. —Por supuesto que eso era mentira, pero la intención de Royce era no ofender el orgullo de su amigo.— Yo también estaría exhausto si hubiera conseguido la mitad de las victorias en nombre de William.

Hugh, a regañadientes, aceptó las teorías de Royce. —La verdad es que estarías agotado.

La coraza del orgullo de Hugh se desvaneció por completo. Royce mantuvo la sonrisa mientras volvía a concentrar la atención en el informante. Como el infiel había hablado un idioma sajón muy gutural, Royce le interrogó con bastante consideración. —Cuéntame todo lo relacionado con esta casa —le ordenó—. Empieza por los padres. ¿Es cierto que ambos han muerto?

El sajón se corrió a un lado, al ver que uno de los sirvientes traía una silla de respaldo alto, para colocarla frente a la chimenea. Esperó a que Hugh se acomodara en ella para contestar. — Sí, milord. Los padres están muertos. Fueron enterrados en el solar de la familia, en la cima de la colina que está al norte.

James comenzó a sentir dolor de cuello, por tener que echar la cabeza hacia atrás, para poder mirar al normando a los ojos. Cuando la contractura le molestaba demasiado, optaba por mirar al suelo. Esta alternativa le resultó doblemente gratificante pues, al mismo tiempo, le servía para relajar la opresión que sentía en el pecho, cada vez que miraba directamente al gigantesco militar. James debió reconocer que sus ojos eran tan aterradores como la espeluznante cicatriz que cubría la mayor parte de su mejilla derecha. La fría y dura expresión de su mirada le intimidaba mucho más que su tamaño o sus marcas.

—Ahora, háblame del resto de la familia —exigió Royce.

James se apresuró a responder. —Hay dos hermanos varones. Thurston es el mayor de los hijos. Según se ha informado, murió en la batalla del norte; pero aún no ha podido comprobarse fehacientemente.

—¿Y qué hay del otro hermano?

—Se llama Justin. Es el menor de la familia. Fue herido en la misma batalla. Las monjas están cuidando de él en la abadía. Pero se cree que no sobrevivirá. Sus heridas fueron muy graves.

Ingelram seguía de pie junto a su barón. De pronto, Royce se volvió hacia él. —¿Acaso no te he ordenado que me trajeras a la monja? —preguntó, todavía hablando en sajón.

Ingelram le contestó en el mismo idioma. —No sabía que usted quería interrogarla, barón.

—No es asunto tuyo enterarte de cuáles son mis planes, Ingelram. Tú tienes que obedecer sin hacer ninguna pregunta.

Ingelram respiró profundamente. —Ella no está aquí —exclamó.

Royce resistió la tentación de estrangular a su vasallo. —Explícate —le ordenó violentamente.

Ingelram debió invocar todo el coraje que tenía para mirar a su superior a los ojos. —La hermana Danielle solicitó una escolta para que la acompañara de regreso a la abadía. Había prometido a sus superioras que volvería antes del anochecer. Además, estaba muy preocupada por el estado de salud de su hermano. Como es el menor de la familia, siente una gran responsabilidad por él.

Mientras Ingelram le daba toda la explicación, deteniéndose por momentos, Royce no denotó reacción alguna. Ingelram no tenía ni la más remota idea de lo que su jefe estaba pensando. Esa incógnita le afinó la voz cuando prosiguió. —Las heridas que recibió su hermano son una amenaza para su vida, barón, y ella quería velar por él, junto a su lecho, durante toda la noche. Prometió que volvería a la fortaleza mañana a primera hora. Seguramente entonces le responderá todas las preguntas que quiera, barón.

Royce debió inspirar profundamente, para tranquilizarse, antes de poder volver a hablar. —¿Y si no regresa a la fortaleza por la mañana? —preguntó, con una voz muy serena y totalmente controlada.

Ingelram pareció asombrado por la pregunta. En ningún momento había considerado esa posiblidad. —Ella me dio su palabra, barón. No me mentiría. No podría. Está consagrada a la Iglesia. Sería un pecado mortal para su alma no decir la verdad. Si por alguna razón, ella no pudiera salir de la abadía por la mañana, sería un placer para mí ir allí para buscarla personalmente y traérsela, milord.

Por los muchos años de experiencia y entrenamiento, Royce estaba habituado a controlar su carácter. Y así lo hizo, aunque tenía tantos deseos de gritar al crédulo vasallo que le dolía la garganta. El hecho de que el informante sajón fuera testigo de la escena ayudó en gran medida, pues Royce jamás reprendería a uno de sus hombres frente a un extraño. Habría sido indigno y por otra parte, Royce siempre trataba a sus hombres de la misma manera que él esperaba que le trataran a él. El respeto se ganaba, no se exigía; pero la dignidad se enseñaba con el ejemplo.

Hugh carraspeó, atrayendo la atención de su amigo. Dirigió a Royce una mirada condolente y luego se volvió hacia Ingelram. —Hijo, de todas maneras, tú no puedes entrar en ese recinto sagrado. La mano izquierda del Señor descendería sobre todos nosotros si nos atreviéramos a violar la más sagrada de todas las leyes.

—¿La ley más sagrada? —balbuceó Ingelram, quien obviamente no había entendido nada.

Hugh puso los ojos en blanco. —En este momento, hijo, ella cuenta con toda la protección de la Iglesia. Acabas de entregarla al santuario.

Ingelram por fin comenzaba a comprender las complejidades de su destino. Estaba horrorizado por su propia conducta. También tenía desesperación por resarcirse ante los ojos de su superior. —Pero ella me prometió...

—Cállate.

Royce no levantó la voz al dar la orden, pero el informante sajón pegó un salto que le elevó unos treinta centímetros del suelo, pues advirtió un destello de la furia que sentía su superior. Retrocedió varios pasos, en un inútil intento por apartarse de la ira del líder normando.

A Royce le resultó graciosa la cobarde retirada del sajón. El hombrecito temblaba como una hoja. —Ya me has hablado sobre los hermanos, James —dijo Royce entonces, volviendo a la conversación sobre la casa—. Ahora háblame de las hermanas mellizas. Sabemos que una de ellas es monja y que la otra...

Se detuvo al ver que el sajón negaba con la cabeza. —En esta casa no hay ninguna monja —exclamó James—. Está lady Nicholaa —agregó rápidamente, cuando vio cómo su explicación alteraba al normando. La vieja cicatriz de la mejilla se había puesto más blanca que nunca—. Lady Nicholaa es...

Royce le interrumpió. —Ya sabemos la historia de lady Nicholaa —dijo—. Es ella quien defendió al castillo de nuestro ataque, ¿no es verdad?

—Sí, milord —respondió James—. Es cierto.

—Ahora quiero que me hable de la otra melliza. Si no es monja, entonces...

El sajón se atrevió a negar nuevamente con la cabeza, pero parecía más perplejo que asustado. —Pero, milord —murmuró—. Sólo hay una. Lady Nicholaa no tiene ninguna hermana melliza.

2

La reacción de Royce ante el anuncio del sajón fue rápida y sorprendente. Echó la cabeza hacia atrás y se puso a reír, hasta que se le llenaron los ojos de lágrimas. El astuto plan de lady Nicholaa para encontrar asilo le dejó azorado. La mujer había demostrado ser muy astuta, un aspecto que Royce valoraba mucho en quienes lo poseían.

Nicholaa no era monja. Se sintió profundamente aliviado. Pero no entendía la razón de ese sentimiento, por lo que trató de olvidarlo. Entonces, se echó a reír otra vez. Por Dios, después de todo, no había tenido pensamientos lujuriosos por una santa consagrada a la Iglesia.

Ingelram no supo cómo tomar el insólito comportamiento de su superior. En el corto plazo que había estado bajo sus órdenes, jamás le había visto sonreír. Y de pronto, el vasallo cayó en la cuenta de que tampoco lo había visto nunca aceptando la derrota.

—¿Acaso no entiende, barón? —exclamó Ingelram—. Acaba de sufrir una humillación por mi culpa. Yo creí en las mentiras de esa mujer. Le proporcioné la escolta para que la acompañara hasta la abadía.

Ingelram, en un acto de valentía, se adelantó para colocarse sorprendentemente cerca de su superior y murmuró angustiado: —Sólo yo tengo la culpa.

Royce arqueó una ceja por la dramática confesión de su súbdito. —Discutiremos esto más tarde —anunció, con una significativa mirada hacia el sajón.

Cuando Ingelram bajó la cabeza, Royce se volvió hacia el recaudador de impuestos. —Dime lo que sabes sobre Nicholaa —le ordenó.

James levantó los hombros y los encogió, desesperanzado. —A mí me eliminaron de esta zona hace un año y medio, milord, cuando designaron a otro hombre para que recaudara los impuestos. Sé que, teóricamente, Nicholaa debía casarse con un gigantón llamado Roulf, propietario de una enorme fortaleza que está en el sur. El matrimonio se había concertado desde que Nicholaa era una niña y, si la boda tuvo lugar en el momento correspondiente, ella tuvo que haberse convertido en su esposa más de dos años antes que él fuera asesinado en Hastings. Es todo lo que sé sobre Nicholaa, milord.

Royce no hizo comentarios por la información que acababa de recibir. Pidió a James que se retirase, esperó a que se fuera y entonces se volvió hacia Ingelram. —En el futuro, no exhibirás tus pecados frente a los extraños. ¿Me entiendes?

Ingelram asintió. Parecía horrorizado por la reprimenda.

Royce suspiró. —Cuando actúas estando bajo mis órdenes, Ingelram, tus errores son míos. Si este incidente ha servido de algo, todos los inconvenientes que me has causado pueden ser para bien en el futuro.

Ingelram estaba azorado por las reflexiones de su jefe. Nunca antes había escuchado que la derrota se tachara de "inconveniente". No supo cómo responder.

Hugh consiguió la atención de Royce cuando interjectó: —Lady Nicholaa ha demostrado ser muy astuta, ¿no, Royce? Se te ha escapado de las manos... por el momento —agregó, asintiendo en dirección a Ingelram.

—Sí —contestó Royce con una sonrisa—. Por el momento.

—Es cierto. Me siento víctima de sus mentiras —exclamó Ingelram.

—No —le contradijo Royce—. Tu problema es que has caído presa de su belleza. Reconoce el error, para que no vuelvas a cometerlo.

El vasallo asintió lentamente. Respiró profundamente, mientras desenvainaba su espada. Le temblaron las manos cuando entregó a Royce el arma que había pertenecido a su padre y a la que adoraba como si fuera la más preciada de las joyas. —Le he fallado, barón. Por mi culpa, usted ha sido humillado.

Ingelram cerró los ojos, anticipando el golpe. Pasó un largo y agónico minuto antes de que volviera a abrirlos. ¿Por qué vacilaba su jefe? —¿No desea vengarse, barón? —preguntó, con obvia confusión en la mirada.

Royce le demostró su exasperación. Se volvió hacia Hugh, vio su sonrisa y casi sonrió él también. —Lo que deseo hacer y lo que realmente haré son dos cosas muy diferentes, Ingelram. En su momento, comprenderá. ¿Por qué me ofrece su espada?

La pregunta tomó a Ingelram por sorpresa. La voz del barón Royce había sido tan humilde. ¿Sería posible que no estuviera tan irritado por el error que había cometido? —Le he ofrecido mi espada para que pueda usarla contra mí, si es eso lo que desea. Barón, no entiendo por qué usted... Le he avergonzado, ¿no?

Royce ignoró la pregunta haciendo otra. —¿Bajo el mando de quién estabas antes de unirse a mis filas?

—Fui escudero del barón Guy durante dos años —contestó Ingelram.

—Y en todo ese tiempo, ¿alguna vez viste que el barón Guy usara la espada de un vasallo en su contra?

Royce estaba preparado para escuchar una rápida negativa. Sabía que, en ocasiones, Guy empleaba tácticas intimidatorias en el trato con los soldados más jóvenes e inexpertos, un método que a Royce no le resultaba loable. Hasta había escuchado rumores de que en ocasiones Guy empleaba auténtica brutalidad con ellos, pero nunca dio crédito a esos chismes. Más bien, se inclinó a creer que esos comentarios pertenecían a los hombres despechados que no habían cumplido con los exigente requisitos necesarios para formar parte de las tropas del famoso militar.

No pudo disimular su sorpresa cuando Ingelram asintió con la cabeza. —Fui testigo de esa clase de venganza. El barón Guy nunca mató a un vasallo, pero varios desafortunados soldados murieron después que él los castigara severamente por sus errores. Se les infectaron las heridas.

—Ingelram, eso explica tu peculiar comportamiento —interjectó Hugh. Se volvió hacia Royce—. El muchacho está diciendo la verdad, Royce. Guy emplea la violencia física y la humillación para ganar obediencia y lealtad. Dime, Ingelram —continuó, mirando al vasallo—. ¿Esos bastardos de Henry y Morgan aún son como las manos derecha e izquierda de Guy?

Ingelram volvió a asentir con la cabeza. —Son sus consejeros más fieles —le dijo—. Cuando el barón Guy está atendiendo asuntos más importantes, son Henry y Morgan quienes supervisan el entrenamiento de los hombres.

—¿Y también el castigo? —insistió Hugh.

—Sí —contestó Ingelram—. También el castigo.

—Morgan es peor que Henry —anunció Hugh—. Le he visto pelear. Tuve la esperanza de que muriera durante la invasión, pero los sajones no me han hecho el favor. Supongo que el diablo se ha empeñado en mantenerle con vida.

Ingelram avanzó un paso. —¿Puedo hablar con toda libertad? —preguntó a Royce.

—¿No es eso lo que has estado haciendo hasta el momento? —preguntó el barón.

Ingelram se puso colorado. De pronto, Royce se sintió viejo. Le llevaba un poco más de diez años a su vasallo, pero por las diferencias de reacciones, los diez le parecieron veinte. —¿Qué más deseas agregar, Ingelram?

—La mayoría de los soldados de Guy son obedientes con él, pero no leales, como supuso el barón Hugh. Le tienen miedo y por eso hacen lo que les ordena. No existe la lealtad, excepto hacia el duque William, claro.

Royce no demostró ninguna reacción a pesar de lo sorprendentes que le resultaron las declaraciones sobre Guy. Apoyó la espalda contra la repisa de la chimenea y se cruzó de brazos. Parecía muy relajado, pero por dentro estaba furioso. Un hombre con ese rango tenía que ser un protector por naturaleza, según Royce, con valores mucho más fuertes que los de sus hombres. Pero evidentemente, Guy se había convertido en un destructor.

—¿Ingelram? —preguntó Hugh—. ¿Solicitaste tú el traslado a las tropas de Royce?

Un notorio resuello asmático apareció en la voz de Hugh. Se recostó contra el respaldo de la silla para aliviar su agotamiento y se frotó la mandíbula, mientras esperaba una respuesta.

—No fui yo quien solicitó el traslado —contestó Ingelram—. Pero para ser totalmente franco, tenía muy pocas esperanzas de que me tuvieran en cuenta. La lista de soldados que imploraban ingresar en las filas del barón Royce superaba los mil. Sin embargo, mi padre pudo influir en el ánimo de William, por lo que mi nombre pasó a encabezar esa lista. He sido muy afortunado.

Hugh meneó la cabeza. —Todavía sigo sin comprender cómo lo has logrado. Con o sin la bendición de William, en primer lugar tenía que obtener el permiso de Guy para ser transferido. Y es de público conocimiento que Guy no es famoso por acceder a ninguna petición, en especial, si esas peticiones benefician a Royce. Desde que fueron compañeros, en las viejas épocas en las que ambos eran escuderos, Guy siempre había competido con Royce.

Hugh se detuvo para soltar una risita gutural. —Casi siento pena por Guy. Siempre llega al segundo puesto, como máximo. Creo que esto le vuelve loco.

Royce estaba observando a Ingelram. El rostro del vasallo se había puesto carmesí. Cuando Ingelram se dio cuenta de que su superior estaba observándole, exclamó: —El barón Guy no es su amigo. Le matan los celos. Usted siempre será mejor que él.

—¿Pero por qué ha accedido a su traslado? —insistió Hugh, con la esperanza de llegar al fondo de la cuestión.

Los ojos de Ingelram se fijaron en sus botas. —En ningún momento consideró que mi traslado beneficiara al barón Royce. Justamente lo contrario, más bien. Henry y Morgan se desternillaron de risa al enterarse de la decisión de su superior. Todos creían que yo nunca llegaría a ser un buen caballero.

—¿Y por qué Guy le creía un inútil? —preguntó Royce.

Royce pensó que, si Ingelram se ponía un poquito más colorado de lo que estaba, se prendería fuego directamente. Trató de ser paciente y esperó a que el soldado le contestase.

—Soy de corazón blando —confesó Ingelram—. El barón Guy decía que me faltaba carácter para pertenecer a su unidad. Ahora ya conoce la verdad. El barón Guy tenía razón. Mi debilidad ha provocado su derrota.

Royce tenía ganas de gritar. —No estamos vencidos —gruñó—. Por el amor de Dios, guarda tu espada. Todavía no ha empezado tu entrenamiento y por esa razón no te culpo. Pero si después de haber estado bajo mis órdenes durante seis meses, vuelves a cometer un error similar a éste, te tomaré el cuello entre mis manos y te lo apretaré hasta meter en tu cabezota un poco de sentido común. ¿Me comprendes?

La voz de Royce sonó bastante alterada, por lo que Ingelram no tardó en afirmar con un gesto de la cabeza. —Estaré más que dispuesto a ofrecerle mi cuello si vuelvo a fallarle —juró dramáticamente—. No habrá más derrotas por mi...

—Por el amor de Dios, deje de llamar derrota a estos inconvenientes tan poco significativos —exigió Royce—. Lady Nicholaa sólo me ha aplazado; no me ha eludido. Cuando esté preparado para regresar a Londres, pasaré por la abadía y no tendré que entrar, Ingelram. Ella saldrá sola y vendrá hacia mí.

Avanzó un paso amenazante hacia su vasallo. —¿Dudas de mí?

—No, milord.

Royce asintió. No se detuvo a explicar sus planes con respecto a cómo lograría sus objetivos e Ingelram se dio cuenta de que lo mejor era no preguntar. El tema ya se había agotado en lo que a él concernía.

Sin embargo, de inmediato, Royce se dio cuenta de que la cuestión de pasar a buscar a Nicholaa tendría que ser pospuesta y situada al pie de su extensa lista de obligaciones. Hugh estaba mucho más enfermo de lo que parecía. La mañana siguiente, el militar ardía de fiebre.

Royce se quedó junto a su amigo durante tres largos días y tres noches. No estaba dispuesto a permitir que ninguno de sus inexpertos soldados, ni los sirvientes sajones, se acercaran al barón normando. Serían capaces de envenenarle en cuanto se les presentara la primera oportunidad o, al menos, eso era lo que Royce pensaba. Por lo tanto, la responsabilidad de velar por el noble caballero caía sobre sus hombros. Pero, desgraciadamente, se trataba de una tarea que debía cumplir sin tener los conocimientos necesarios para ello.

Royce mantuvo al recaudador de impuestos en la fortaleza y sólo se separó de Hugh en una ocasión durante la larga vigilia para interrogar al sajón sobre la familia de Nicholaa. Ya había trazado un plan para obligar a la dama a abandonar su santuario, pero quería asegurarse de no haber dejado de lado ningún detalle.

El estado de Hugh se deterioraba. El fin de semana fue evidente que moriría si no recibía el tratamiento preciso. Desesperado, Royce llevó a su amigo a la abadía. Tanto Ingelram como el vasallo de Hugh, Charles, escoltaron el carro en el que Hugh descansaba.

A los cuatro hombres se les negó la entrada en la abadía si no entregaban sus armas. Royce no opuso objeción alguna y, una vez que entregaron las espadas, los portales de hierro de la abadía se abrieron de inmediato. La abadesa los recibió en el centro del patio, que tenía el suelo de piedras. Era una mujer mayor, casi de cuarenta años, según los cálculos de Royce. Tenía los hombros hacia adelante, pero un rostro lozano, que para sorpresa de todos, no mostraba ni una sola arruga.

Estaba toda vestida de negro, desde el velo que ocultaba su cabello hasta los zapatos y aun con la coronilla de la cabeza ni siquiera llegaba a los hombros de Royce, pero no pareció intimidarse con la estatura del hombre. Su mirada era directa y firme.

La abadesa le recordaba a la hermana Danielle... mejor dicho, a lady Nicholaa, se corrigió Royce.

—¿Por qué ha situado a sus soldados alrededor de los muros de esta abadía? —preguntó la monja al saludarlos.

—Mis soldados están aquí para asegurarse de que lady Nicholaa no abandone el santuario —contestó Royce.

—¿Ha venido hasta aquí con la intención de persuadirla de que se vaya?

Royce meneó la cabeza. Se dirigió hacia la parte posterior del carro e hizo un gesto a la abadesa para que le siguiera.

La mujer demostró ser de corazón tierno. En cuanto vio a Hugh allí tendido y en esas condiciones, ordenó que lo llevara al interior del convento.

Hugh estaba demasiado débil como para ponerse de pie por sí mismo. Como el guerrero seguía durmiendo, Royce se lo cargó al hombro. Se tambaleó ligeramente por el peso, pero luego recuperó el equilibrio y siguió a la abadesa al interior del recinto. Había unas escaleras de piedra justo a la izquierda de la arcada de la entrada. Royce y sus hombres las subieron y siguieron a la monja por un pasillo largo, completamente iluminado.

Unos murmullos les seguían los pasos. El taconeo de las botas de los hombres sobre los suelos de madera retumbaba entre los muros de piedra; pero, a pesar del ruido, Royce seguía escuchando el canto de las demás religiosas. Cuanto más se acercaban a la puerta que estaba al final del corredor, más claras se tornaban las voces. Luego reconoció el Padre Nuestro y se dio cuenta de que las hermanas estaban orando. Por la dirección del dulce y melodioso sonido, Royce dedujo que las monjas estaban recluidas en el piso de arriba.

—Tenemos sólo un cuarto grande en el que podemos albergar al enfermo —explicó la abadesa—. La semana pasada, teníamos todos los cuartos ocupados, pero hoy sólo nos queda un soldado sajón a nuestro cuidado. Presumo que estará de acuerdo, barón, en que todos los hombres que se hallen dentro de estas paredes son iguales, sean sajones o normandos, ¿verdad?

—Sí, estoy de acuerdo en eso —respondió Royce—. ¿Ese soldado sajón es el hermano de lady Nicholaa?

La abadesa se volvió. —Sí —contestó—. Justin está descansando allí adentro.

—¿Está agonizando, como me dijeron?

—Sólo Dios puede responder esa pregunta —contestó—. Justin se niega a aceptar la cruz que ha caído sobre sus hombros. Se opone a todos los tratamientos. Ruega morir, pero al mismo tiempo nosotras imploramos diligentemente que se recupere. Sólo espero que nuestro Dios no se confunda por las súplicas tan contradictorias.

Royce no estaba seguro si la madre superiora estaba gastándole o no una broma. Tenía el entrecejo fruncido. El volvió a asentir, manteniendo a Hugh sobre sus hombros y luego dijo: —Me gustaría instalar a mi amigo. ¿No podemos seguir discutiendo el tema después que Hugh se haya puesto cómodo?

—Ahora sólo tengo una preocupación —anunció la abadesa—. Será mejor que se entere de una vez que tengo intenciones de instalar a su amigo junto a la cama de Justin. Por su mirada ceñuda, deduzco que la idea no le agrada en absoluto; pero, para su información, tengo una razón muy coherente y práctica por la que he llegado a esta decisión. Sor Felicity es la mejor cualificada para cuidar de ambos hombres. Ya está bastante mayor la pobre y por eso no quiero que vaya corriendo de un cuarto al otro todo el día. Se quedará sentada entre ambos soldados. ¿Acepta estas condiciones?

Royce asintió. La abadesa pareció aliviada y se volvió para abrir la puerta. La habitación en la que Royce entró era gigantesca. Entrecerró los ojos para que no le dañara el intenso sol que se filtraba por los grandes ventanales situados en la pared del fondo. Había bancos de madera debajo de cada ventana. Los muros estaban relucientes, como clara evidencia de que habían sido recientemente pintados con cal.

A lo largo de la pared opuesta se habían alineado más de veinte camas. Junto a cada una había una pequeña mesa de noche sobre las que se habían posado candelabros de una sola vela blanca.

Cada cama, con su correspondiente mesa de noche, podía aislarse con cortinas blancas que iban desde el suelo hasta el cielo raso. Cuando las cortinas se cerraban, la habitación quedaba totalmente recluida.

En ese momento, todas las camas, excepto una, estaban expuestas a los rayos de sol. Royce supuso que el cuadrado blanco situado cerca del centro de la sala sería el recinto en el que Justin descansaba.

Instaló a Hugh sobre la cama que estaba junto a la zona con cortinados. En cuestión de minutos, le quitó la ropa de abrigo para cubrirle con las suaves, pero abrigadas mantas de cama.

—Las heridas de los brazos y hombros están ulcerándose —señaló la abadesa, frunciendo el entrecejo en gesto de preocupación—. Sor Felicity sabrá cómo proceder. —Se agachó y acarició la frente de Hugh con aire maternal.— Dios mediante, este hombre se recuperará.

Royce asintió. Siguió siendo muy condescendiente hasta que la monja sugirió que él y sus hombres tenían que marcharse. Entonces, Royce meneó la cabeza. —No —se negó—. Un soldado normando se quedará con él hasta que se recupere. No se le permitirá comer ni beber sino hasta que uno de vuestros hombres haya probado primero la comida o la bebida —agregó, con tono duro.

Por la expresión de sorpresa de la abadesa, era obvio que no estaba acostumbrada a que la contradijeran. —Es usted un hombre suspicaz, barón —le dijo, frunciendo el entrecejo—. Esta es una casa sagrada. Nadie hará daño a su amigo.

Al ver que Royce sólo se encogía de hombros, la abadesa preguntó. —¿Y si yo no acepto sus condiciones?

—Usted no rechazaría a Hugh —contravino Royce—. Su juramento se lo impediría.

La sonrisa de la religiosa le sorprendió. —Veo que es tan obcecado como yo —dijo ella—. Ambos pasaremos un buen rato en el purgatorio por esos pequeños defectos en nuestros caracteres. Muy bien, entonces acepto sus condiciones.

Hugh, aún inconsciente, gimió y llamó la atención de la abadesa. Ella, con mucha suavidad, cobijó al guerrero normando, susurrándole palabras dulces para calmarle mientras le tapaba. Después, cerró las cortinas del cubículo y fue a buscar a sor Felicity. En cuanto ella se volvió para marcharse, Royce hizo un gesto a Ingelram y al vasallo de Hugh. Inmediatamente, los soldados siguieron a la abadesa y se apostaron uno a cada lado de la entrada. A nadie se le permitiría la entrada en la sala, a excepción de una monja, hasta que Hugh se recuperase por completo.

Mientras aguardaba a que la abadesa regresara, Royce decidió saciar su curiosidad sobre el soldado sajón. Quería corroborar personalmente que el hombre estuviera lo suficientemente enfermo como para no constituir una amenaza para su amigo. No estaba dispuesto a creer ciegamente en la palabra de ningún sajón, sin confirmarlo antes personalmente.

Royce se dirigió al otro lado de la cama de Hugh y estaba a punto de abrir las cortinas cuando sintió que alguien volvía a cerrarlas desde el otro lado.

De pronto se encontró frente a lady Nicholaa.

Por el modo en que ella respiró, fue obvio que su sorpresa era mucho mayor que la de Royce ante el inesperado encuentro. Royce supuso que ella habría imaginado que él se había ido con la abadesa. Sabía que habría escuchado cada palabra de la conversación.

Estaban a escasos treinta centímetros de distancia. Una ligera fragancia a rosas llamó su atención.

¡Dios!, era encantadora y... según él esperaba, también estaba asustada. Sus ojos estaban desorbitados, al parecer, por miedo.

Sí, decidió por fin, lady Nicholaa tenía miedo. A Royce le pareció la reacción más inteligente. Esa mujer debía temerle, porque después de todo, cada acción producía una reacción, o una venganza. Lady Nicholaa había mentido para obtener una libertad temporal. No obstante, muy pronto le llegaría su momento para vengarse.

Ninguno de los dos dijo una sola palabra durante varios minutos. Royce era mucho más alto que ella y, por ende, pretendía intimidarla.

Ella aguardó hasta que pudo controlar su ira.

Cuanto más le miraba, más furiosa se ponía. ¿Cómo se atrevía ese normando a introducirse en el recinto donde se recuperaba su hermano?

Levantó el mentón, en un gesto instintivamente desafiante.

Royce dejó de sonreír.

Nicholaa no le temía. Ese descubrimiento le dejó azorado y a su asombro le sucedió un pensamiento pecaminoso. Ella estaba tan cerca que él habría podido tomarla entre sus brazos. Dios, qué simple habría sido cargársela al hombro y salir con ella de la abadía. Era una idea pecaminosa, porque en esos momentos la joven se hallaba bajo la protección de la Iglesia. Sin embargo, el impulso no fue menos pecaminoso que el repentino deseo que estalló en sus entrañas.

Si las preferencias de un hombre apuntaban hacia las ninfas de ojos azules, entonces indudablemente Nicholaa sería su primera elección. Pero se dijo que sus preferencias no se orientaban en ese sentido. Mentira, admitió por fin. Demonios, si hasta habría sido feliz con pasar el resto de sus días mirando a esa mujer y deseando mucho más que eso.

La boca de la joven era demasiado atractiva como para ofrecerle un segundo de paz. Lo único que Royce podía pensar era en el sabor que esos labios tendrían.

Su implacable autodisciplina fue la que le salvó de tomarla en ese mismo instante para averiguarlo sin más dilaciones. Respiró profundamente para calmarse. Se obligó a dejar de lado sus pensamientos lujuriosos y a concentrarse en observar a la mujer hasta las rodillas. El desafío era pertinente bajo ciertas circunstancias, pero ésa, sin duda, no era una de ellas. En ese momento, era imperioso que Nicholaa estuviera asustada. Royce pensaba que con el temor venía la cautela. Nicholaa ya había causado bastante revuelo y había llegado la hora de que se rindiera. Royce estaba decidido a mostrarle contra quién pretendía luchar. El era el conquistador y ella el botín. Cuanto antes se diera cuenta de eso, más fácil resultaría su vida.

Royce era muy bueno para intimidar a la gente. Por supuesto que la cicatriz de la mejilla le ayudaba bastante.

Era extraño, pero al parecer, en esa situación no le servía de mucho. Por mucho que frunciera el entrecejo, no conseguía asustarla.

No pudo evitar sentirse impresionado. Avanzó un paso. Con la puntera de sus botas tocó la de los zapatos de ella. Sin embargo, Nicholaa no retrocedió. Tenía la cabeza completamente echada hacia atrás, para poder seguir mirándole a los ojos. Y de no haber conocido la realidad, habría creído detectar un cierto brillo en sus ojos.

¿Acaso se atrevía a burlarse de él?

Nicholaa tenía sus problemas tratando de recordar cómo se respiraba. A decir verdad, estaba mucho más furiosa consigo misma que con el héroe de los campos de batalla que con tanto odio la contemplaba. Su reacción frente al normando fue inexplicable. No podía dejar de mirarle. Tenía los ojos grises más bellos que jamás había visto, aunque no pudo comprender por qué se habría molestado en notar ese rasgo tan atractivo.

Royce trataba de intimidarla. Pero ella no iba a permitírselo. El guerrero era muy buen mozo, ¡maldita sea! Y maldita Nicholaa por reparar en eso. ¿Qué pasaba con ella? Ese normando era su enemigo y, supuestamente, debía inspirarle odio y desprecio, ¿no?

Obviamente, a él le resultaba muy fácil detestarla. Su sombría expresión hablaba claramente de su disgusto. Ella, como reacción, cuadró los hombros.

—Debí haberle matado cuando tuve la oportunidad —le murmuró.

Royce arqueó una ceja. —¿Y cuándo la tuvo? —preguntó él con voz baja y burlona.

—Cuando le tendí en el suelo por una pedrada que le lancé con mi tirachinas.

Royce negó con la cabeza.

Ella afirmó. —Mi puntería no falló —se jactó—. Tuve intenciones de dejarle una marca, no de matarle. Pero ahora me arrepiento de esa decisión. Tal vez, se me presente una segunda oportunidad antes de que deba regresar a Normandía, adonde pertenece.

Royce todavía seguía sin creerla. Se cruzó los brazos sobre el pecho y le sonrió. —¿Por qué no me mató cuando tuvo la oportunidad?

Ella se encogió de hombros. —No tuve deseos —anunció—. Pero ahora sí.

Cuando se echó a reír, Nicholaa se dio cuenta de que no le creía. Y no podía culparle, supuso, pues hasta ese momento nunca le había dicho la verdad. Se preguntaba si el normando ya habría averiguado que ella en realidad no era miembro de aquella orden religiosa. Por supuesto que sí, decidió. Casi enseguida. El traidor recaudador de impuestos se lo habría contado.

Nicholaa advirtió que estaba perdiendo el control de sí misma. Las rodillas le temblaban. Pensó que había llegado el momento de terminar el diálogo e intentó tomar la cortina para cerrarla.

Pero Royce fue mucho más rápido que ella. Le tomó la mano mucho antes de que ella tuviera tiempo de tocar la tela.

No quería soltarla. Sus dedos le picaban como el aguijón de una avispa. Nicholaa abandonó los intentos por liberarse cuando se dio cuenta de lo inútiles que eran y de lo ridícula y vulnerable que quedaba frente a él.

—¿Sus pertenencias están aquí, Nicholaa?

Esa pregunta, formulada con tanta naturalidad, la tomó por sorpresa. Asintió antes que pudiera darse cuenta. Luego dijo: —¿Por qué me lo pregunta?

—Soy un hombre práctico —contestó—. Ahorraría tiempo yendo a Londres directamente desde aquí. Prepare sus cosas o tendrá que dejarlas. En cuanto mi amigo se recupere, nos marcharemos.

Nicholaa estaba atónita frente a tanta arrogancia. —Yo no iré a ninguna parte.

—Claro que sí.

Ella meneó la cabeza. El velo que ocultaba su cabello se deslizó hacia un lado. Antes que ella pudiera ponerlo de nuevo en su lugar, Royce se lo arrancó.

La gloriosa cabellera rubia de Nicholaa se desprendió de la coleta en la que estaba recogida, cayendo libremente casi hasta la cintura. Royce sintió que la respiración se le cortaba ante esa imagen tan bella.

—Sólo las monjas llevan velo, Nicholaa, y usted no lo es, ¿verdad?

—La mentira fue necesaria. Dios comprende. Está de mi lado, no del suyo.

Esa ridícula frase le hizo sonreír. —¿Y cómo ha llegado a esa conclusión?

La sonrisa también se trasladó a su voz. ¿Estaba riéndose de ella? No, por supuesto que no. No sabría cómo. Los guerreros romanos no experimentaban emociones humanas. Sólo vivían para matar y conquistar, o por lo menos eso era lo que sus hermanos le habían dicho. La razón era simple: los soldados enemigos seguían a un líder que era más monstruo que hombre.

—¿Por qué cree que Dios está de su lado? —preguntó otra vez, al ver que ella no le contestaba.

—Logré escapar de usted, ¿no? Esa prueba debería bastarle, barón, para saber que Dios está de mi lado. Estoy bastante segura aquí.

Royce no pudo rebatir esa lógica. —Por el momento, lo está —coincidió.

Ella le obsequió una sonrisa que reveló el atractivo hoyuelo que se dibujaba en su mejilla. —Me quedaré aquí todo el tiempo que desee —alardeó—. Es la verdad. No me iré de este santuario sino hasta que la invasión se haya reprimido y ustedes hayan regresado a sus tierras.

—La invasión acaba de empezar, Nicholaa. Inglaterra nos pertenece. Acepte ese hecho y la vida le resultará mucho más simple. Ya ha sido conquistada.

—Jamás seré conquistada.

La altanera gallardía se echó a perder por el ligero temblor que se oyó en su voz. Hasta Royce lo advirtió. Ese grosero tuvo el coraje de sonreír. Nicholaa enderezó los hombros a modo de defensa.

Royce le estrujó la mano antes de soltársela. Nicholaa comenzó a darse la vuelta. El la detuvo tomándola por el mentón.

La obligó a mirarle y luego se le acercó, hasta que estuvo a escasos centímetros de ella. —No vuelva a importunarme.

Al darle la orden, elevó el tono de voz a poco más de un susurro, pero de todos modos, conservó una firmeza que la enfureció. Le apartó la mano del mentón abruptamente y se puso a un lado para poder ver bien a su hermano.

—¿Realmente cree que me importa si vuelvo o no a importunarle? —le preguntó—. Mi hermano está tendido allí, al borde de la muerte, por culpa de su codicioso líder, sediento de posesiones: el famoso William. Si hubiera dejado en paz a Inglaterra, mi hermano aún seguiría siendo un hombre entero.

Royce dirigió su atención a Justin. Lo primero que se le ocurrió fue que el sajón, realmente, estaba al borde de la muerte. Estaba tan pálido como la manta que le cubría. La transpiración mojaba sus cejas. Tenía el cabello tan rubio como el de Nicholaa, pero ese era el único parecido que encontró entre ambos hermanos.

Royce no alcanzó a ver ninguna herida, pues las mantas cubrían al soldado desde los pies hasta el cuello.

Le pareció joven, pues no tenía patas de gallo ni demasiadas cicatrices en el rostro. Entonces recordó que el informante sajón le había dicho que Justin era un año menor que Nicholaa y, por las apariencias, la mujer era muy jovencita.

De modo que los sajones también mandaban niños soldados a la guerra. De pronto, Royce se sintió muy fatigado. Sacudió la cabeza, como para despejarse, mientras seguía contemplando a Justin. Dormía, pero no descansaba. Tenía el entrecejo fruncido, demostrando a las claras que los demonios atormentaban sus sueños y los convertían en pesadillas. Royce se compadeció por el tormento.

Nicholaa leyó preocupación en sus ojos. Royce había tratado de disimularlo, pero sin éxito. La joven estaba sorprendida y confundida también. ¿Acaso no tenía que estar muy satisfecho?

—Cuando está despierto no hace más que implorar la muerte —susurró ella.

—¿Por qué?

Royce parecía auténticamente perplejo. Nicholaa advirtió que él no podía ver el sufrimiento de su hermano. —Justin perdió su mano izquierda en la batalla.

Royce no mostró reacción alguna frente a la noticia. —Pero aún puede seguir viviendo —dijo, después de un largo rato—. La herida puede cicatrizar.

Nicholaa no quería que Royce se mostrara optimista. Quería que se

—Sí.

El modo tan natural en que aceptó ese hecho tan atroz le cortó la respiración. —¿No tiene remordimientos?

Royce la miró como si hubiera estuviera loca. —Los remordimientos no tienen cabida en la mente de un guerrero.

Por la expresión de Nicholaa, Royce se dio cuenta de que ella no comprendía lo que él estaba diciéndole. El explicó pacientemente. —Una guerra es como una partida de ajedrez, Nicholaa. Cada batalla es como el movimiento de una pieza muy bien pensado. Una vez que empieza, no debe mezclarse ninguna emoción en ella.

—Entonces, si usted realmente fue quien hirió a mi hermano...

—Cosa que es muy dudosa —la interrumpió.

—¿Por qué?

—Porque no es mi estilo de lucha.

Lo que decía no tenía ningún sentido para ella. —¿Ah, no? ¿Y qué es lo que hace en las batallas si no herir a los enemigos?

Royce suspiró. —Los mato.

Nicholaa trató de no demostrarle lo azorada que estaba. Por la frialdad de su voz parecía que estaba hablando de los horarios de misa de la semana. Esa actitud tan indiferente revolvió el estómago de la joven.

—¿Su hermano fue herido cerca de Hastings y no en el norte, como me informaron? —preguntó, atrayendo nuevamente la atención de la joven.

—No, Justin no estuvo en la batalla cerca de Hastings —contestó—. Cayó en Stanford Bridge.

Royce no pudo contener su exasperación. Esa mujer había confundido a todos los enemigos. —Yo soy normando, Nicholaa. ¿O ya lo ha olvidado?

—Por supuesto que no.

—La batalla del norte, en Stanford Bridge, fue librada por el rey de Noruega y sus hombres. Nosotros, los normandos, ni siquiera estuvimos allí. —Avanzó un paso hacia ella.— Por lo tanto, lo desee usted o no, no pude ser yo quien hirió a su hermano.

—Yo no lo deseo —exclamó.

Royce no supo cómo contestar a su réplica. Se consideraba excelente juez de las reacciones de sus oponentes. Sin embargo, en ese momento dudó de sus habilidades. A decir verdad, ella parecía aliviada. Eso no tenía ningún sentido. ¿Qué podía importarle a esa muchacha si había sido Royce o no el que había herido a su hermano?

—Parece aliviada.

Ella asintió. —Me complace... saber que no fue usted —admitió. Volvió la mirada al suelo—. Y me disculpo con usted por haber llegado a la conclusión equivocada.

Royce no podía creer lo que acababa de escuchar. —¿Qué?

vió la mirada al suelo—. Y me disculpo con usted por haber llegado a la conclusión equivocada.

Royce no podía creer lo que acababa de escuchar. —¿Qué?

—Que me disculpo —barbulló.

Royce meneó la cabeza, tratando de entender esa conversación tan carente de lógica.

—Si hubiera sido usted, habría tenido que vengarme, ¿no? Soy todo lo que le queda a Justin, barón. Es mi responsabilidad protegerle.

—Usted es una mujer.

—Soy su hermana.

Nicholaa se frotó los brazos, pues le pareció que de pronto el aire de la sala se había congelado. Dios, qué fatigada estaba. Hacía tanto tiempo que pasaba frío y que no descansaba, que no podía hilvanar ni un solo pensamiento coherente.

—No me agrada esta guerra —murmuró—. Pero a los hombres sí, ¿verdad? Les gusta pelear.

—A algunos sí —aceptó Royce, con una voz muy brusca, por el fastidio que le provocó de pronto tener la urgencia de tomar a Nicholaa entre sus brazos. Dios, qué frágil parecía esa joven. Supuso que debió de haber vivido en un constante infierno desde que comenzó la invasión. Le parecía digna de admiración por querer proteger a su hermano, aunque fuera una ridiculez por su parte creer que podría.

Por los comentarios que había escuchado sobre ella, razonó que no podría haber esperado menos. —¿Sabía, Nicholaa, que usted se ha convertido en una leyenda entre los soldados normandos?

El anuncio se ganó toda su atención y también su curiosidad. —Sólo los muertos se convierten en leyendas —contestó—. No los vivos.

—Si eso es cierto, entonces la excepción, usted, confirma la regla —dijo—. Fue usted quien lideró la defensa contra los tres primeros retadores que el duque William envió a apoderarse de su fortaleza, ¿verdad?

La joven se encogió de hombros. —Su superior envió niños para que me arrebataran lo mío. Todo lo que hice fue replegarlos, nada más.

—Aun así —la contradijo— hay...

Ella le interrumpió. —Los soldados de mi hermano estaban bajo mis órdenes, cierto, pero sólo después que el primer comandante se vio obligado a irse.

—¿Quién es el soldado y dónde está ahora?

—Se llama John —contestó— y se fue con rumbo norte. —Cruzó los brazos sobre su pecho y se volvió para mirar a Justin.— Nunca le atrapará. Es demasiado inteligente como para permitir que alguien como usted le alcance.

—A mí me parece un cobarde. La dejó desprotegida.

—Yo le ordené que se marchara. John no es un cobarde. Además, yo

Ella negó con la cabeza. Sabía que no podía defender a John en ese momento. En el fondo de su corazón, sabía que el vasallo de su hermano era uno de los hombres más valientes que había conocido en la vida. A pesar de las adversas condiciones, le había podido traer al pequeño Ulric. Su hermano Thurston había ordenado a John llevar a su hijo con Nicholaa, para que ella cuidara de él, hasta que la guerra terminara. James, el sajón traidor, no tendría ninguna información sobre el bebé y tampoco los normandos. Era una pena que no pudiera jactarse de la valentía de John en ese momento. Pero la seguridad del pequeño Ulric estaba primero. Por lo que los normandos sabían, el pequeño sólo era hijo de una de las sirvientas.

Royce observó las distintas emociones que desfilaban en el rostro de Nicholaa y tuvo curiosidad por saber en qué estaría pensando. No le agradaba el modo en que defendía al soldado que había tenido el coraje de dejarla sola, a excepción del pequeño contingente de hombres que le había ofrecido. Pero de todos modos, decidió dejar de lado el tema por el momento.

—Ha demostrado ser muy inteligente cuando se disfrazó de monja. Mis soldados se quedaron muy sorprendidos.

Nicholaa advirtió que Royce no se había incluido entre ellos. ¿Acaso se negaba a admitir que a él también le había engañado? —Sus soldados también son unos niños —dijo ella—. Otra de las razones por la que usted será vencido, barón.

—La mayoría de mis soldados son mayores que usted.

—Entonces son unos ignorantes.

—No son ignorantes. No tienen entrenamiento, que es distinto —la corrigió—. Los soldados más habilidosos se necesitaban para trabajos más importantes.

Royce estaba hablándole con toda honestidad, pero la expresión de su rostro indicaba que se sentía insultada por la verdad. Le volvió la espalda, como pidiéndole tácitamente que se retirara.

Pero Royce no estaba dispuesto a hacerlo. —Le advierto, Nicholaa, que ser inteligente no va a ayudarla en su causa. El viaje a Londres será difícil, como mínimo, y el tiempo que pasemos juntos será tolerable para usted sólo si se porta bien.

Nicholaa se negó a darse la vuelta. En su voz hubo fuego cuando volvió a hablar. —¡Santo Dios, pero qué arrogante es usted! Me han dado asilo aquí y ni siquiera los normandos arrogantes como usted pueden quebrantar esa ley. Yo no me iré.

—Sí se irá.

Nicholaa se volvió, boquiabierta, para enfrentarle. —¿Sería capaz de violar el derecho de asilo?

—No, pero usted saldrá de este claustro cuando llegue el momento.

Nicholaa sintió un escalofrío de terror. ¿Qué arma podría usar Royce contra ella? En su mente surgía una posibilidad tras otra y, después de un largo rato, llegó a la conclusión de que sólo estaba alardeando. No había nada que pudiera hacer para obligarla a salir de ese seguro paraíso.

El profundo alivio le llenó los ojos de lágrimas.

El sonrió.

El control de Nicholaa se desvaneció. Olvidó por completo que estaba en una sala para recuperación de enfermos. De otro modo, no le habría gritado así al bárbaro.

—Mientras los normandos estén en Inglaterra, nunca me iré de aquí. ¡Jamás!

3

Jamás llegó exactamente ocho semanas después.

El barón Hugh se había recuperado completamente de su enfermedad y se había marchado de la abadía el día anterior. La abadesa dijo a Nicholaa que había escuchado al barón Royce pedir a su amigo que permaneciera en la fortaleza hasta que él se llevara al premio a Londres.

—Yo creo, Nicholaa, que el premio al que se refieren eres tú —señaló la abadesa, con voz condolente.

—Está fanfarroneando —mascculló Nicholaa.

Durante la larga jornada, repitió esas dos palabras una y otra vez. Y por la noche, no pudo dormir. Royce había mandado a un mensajero a la abadía al anochecer, con la orden de que Nicholaa tenía que reunir todas sus cosas y estar preparada para partir a la mañana siguiente.

La abadesa no creía que Royce fuera hombre de hablar porque sí, pero se guardó esos pensamientos para ella. Empacó la pequeña maleta de viaje de Nicholaa y la llevó a la entrada principal, como precaución, por si el barón realmente se había trazado un plan de acción.

—Tal vez, si estás preparada, no sucederá nada —declaró la abadesa.

Nicholaa estaba vestida y caminando de aquí para allá, en cuanto empezó a amanecer. Llevaba puesta su túnica favorita de color crema, con el manto azul cobalto, por la simple razón que su madre le había ayudado a coserlos y, por lo tanto, ponerse esa ropa siempre le levantaba el ánimo. Sin embargo, el género era demasiado liviano para el crudo invierno que estaban soportando, pero como ella no iba a salir, no le importaba.

Rechazó la invitación que le hicieron las hermanas de compartir con ellas las oraciones matinales, pues sabía perfectamente bien que gruñiría más que orar, distrayendo a las demás religiosas.

Su criada de confianza, Alice, vino menos de una hora después, para pasarle el parte semanal de costumbre. La mujer mayor tenía un temperamento muy dulce, una gran lealtad hacia su señora y una increíble memoria para todos los detalles. Era unos quince años mayor que Nicholaa y, a pesar de ello, aún tenía el hábito de lanzar esas risitas tontas cada vez que se ponía nerviosa.

Y estaba riéndose así cuando entró a toda carrera al salón, donde Nicholaa la aguardaba. —Es tal como lo sospechábamos, milady —exclamó Alice. Logró esbozar una ligera reverencia y continuó—. El barón Hugh se ha instalado en el castillo, como para pasar una larga temporada allí, mientras que el barón Royce está preparándose para venir a buscarla.

Nicholaa tomó la mano de Alice y la llevó hacia la ventana. Hizo un gesto para que se sentara en el banco y luego se sentó junto a ella.

—¿Pudiste averiguar cómo es que planea convencerme para que salga de este santuario? —le preguntó.

Alice meneó la cabeza con tanta vehemencia que algunos mechones grises se soltaron de su trenza. —Todos hemos hecho conjetura tras conjetura, milady, pero a ninguno se nos ha ocurrido una posibilidad coherente. El barón Royce tiene su propio consejero. Clarise se ha asignado la tarea de espiar a ambos hombres, pero ninguno de los dos ha hablado del plan, milady. Cualquiera pensaría que al barón Hugh también le interesaría enterarse de cómo planea el barón Royce llevársela de aquí.

—Clarise tiene mucho cuidado, ¿verdad? No quiero que se meta en problemas por mi culpa.

Alice volvió a reírse tontamente. —Clarise le es tan fiel como el resto del personal. Vaya, si sería capaz de arriesgar su vida para salvarla.

Nicholaa meneó la cabeza. —No quiero que arriesgue su vida por mí. Ni tú tampoco, Alice. Sin embargo, ya corres bastante peligro al venir hasta aquí. Claro que no puedo negar que te espero ansiosamente, pues muero por escuchar noticias de mi casa.

—Ahora se llama Rosewood —susurró Alice.

Asintió al ver la expresión de sorpresa de Nicholaa. —¿Han bautizado mi casa?

—Fue Hugh quien le puso ese nombre. Su barón Royce pareció no dar importancia al asunto. Pero luego, en un abrir y cerrar de ojos, hasta el personal comenzó a llamarla Rosewood. Suena muy bien, ¿no le parece, milady?

Alice no dio tiempo a su señora para que respondiera. —Tengo que hablarle con toda sinceridad, milady. Ambos barones se comportan como si la fortaleza les perteneciera ahora.

—¿Qué otros cambios han introducido? —preguntó Nicholaa.

—Han encontrado uno de los pasadizos al exterior, por el murallón que da al norte y lo sellaron. Pero es el único que han descubierto hasta el momento.

Nicholaa se dio cuenta de que estaba retorciéndose las manos. Se obligó a detener el gesto nervioso. —¿Y mi cuarto, Alice? —preguntó—. ¿Cuál de los infieles se ha apoderado de él?

—Ninguno —respondió Alice—. El barón Royce ha hecho clausurar la puerta y no permite la entrada de ninguna persona. Cuando Hugh enfermó, le instalaron en su cuarto, pero cuando volvió a Rosewood, le asignaron la habitación más grande. Clarise y Ruth tienen el horrendo deber de limpiársela. ¿Quiere seguir escuchando el resto, milady?

—Sí, por supuesto —dijo Nicholaa—. No debes tratar de ocultarme nada.

—Está haciéndosenos muy difícil odiar al barón Royce —confesó Alice, con otra risotada inoportuna.

—Odiar es un pecado y, sólo por esa razón, no debemos odiar a los normandos —dijo Nicholaa—. Pero lo que sí podemos aceptar, Alice, es que nos caigan antipáticos.

La criada afirmó con la cabeza. —Pero hasta eso es difícil —se quejó, con una voz tan sibilante como el viento—. Nos convocó a todos frente a él. Escondimos a Hacon detrás de todos, para que al verle no recordara que él descaradamente le había mentido sobre eso de que usted tenía una hermana melliza y demás. ¿Y sabe qué pasó, milady? El barón Royce había convocado esa reunión de personal justamente para felicitar a Hacon por haber defendido a su señora. El barón le pidió que se arrodillara y ofreciera su juramento de lealtad. No se lo ordenó. ¡Se lo pidió!

—¿Quién puede saber lo que el bárbaro quiere? —dijo Nicholaa.

—El barón jamás levanta la voz. Clarise dice que es porque se trata de un hombre mayor, pero no tanto como su amigo, el barón Hugh. Myrtle derramó una jarra entera de cerveza sobre la comida del barón Royce ¿y sabe que él no le levantó la mano? No, sólo se fue a otro lugar de la mesa, donde estuviera seco, y siguió hablando con su amigo.

Nicholaa no quería seguir escuchando más historias sobre Royce. —¿Cómo está el barón Hugh? —preguntó.

—Oh, no tiene palabras para venerarla, milady —contestó Alice—. Ha dicho al barón Royce que fue usted quien cuidó de él, quien se quedó sentada junto a su cama durante las largas noches en que ardía de fiebre, quien le puso los paños fríos en la cabeza y quien le dio consuelo...

—Yo no le di consuelo —interrumpió Nicholaa con voz enfática—. Sólo estaba ayudando a sor Felicity. Ya sabes lo vieja y cansada que está la pobre, Alice. Y como de todas maneras tenía que quedarme sentada junto a la cama de Justin, decidí agregar a Hugh a mis responsabilidades. Eso fue todo.

—El barón Hugh dice que usted tiene un corazón muy tierno. No frunza ese entrecejo, mi ama. Es cierto. Hugh también comentó que le ganó con justicia en las partidas de ajedrez, en varias oportunidades.

Nicholaa sonrió. —Hugh estaba aburrido por el encierro —explicó— y no hacía más que irritar a la abadesa, exigiéndole que le permitieran levantarse. Yo me puse a jugar al ajedrez con él para ayudar a la religiosa, no para entretenerle.

—El barón Hugh siempre sonreía cuando la mencionaba, pero fruncía el entrecejo con ferocidad cada vez que surgía el nombre de Justin. Contó que su hermano le arrojó a usted la bandeja con comida. Entonces, el barón Royce también frunció el entrecejo. Da pánico a cualquiera cuando se irrita, ¿verdad?

—No me había dado cuenta —contestó Nicholaa—. Ninguno de esos normandos podría entender el tormento por el que está pasando Justin —murmuró—. Ahora, por favor, háblame de Ulric. ¿Cómo está mi querido sobrino?

Alice sonrió. —Ahora que aprendió a gatear, lo toca todo. Le ha salido otro diente, justo anteayer.

—¿No es demasiado pronto? —preguntó Nicholaa.

—No, no —contestó Alice—. Ulric esta pasando por los procesos normales de todo niño de su edad. Como usted no ha tenido mucha experiencia con bebés, tendrá que confiar en mi palabra.

Nicholaa asintió. —Ojalá le hubiera traído aquí conmigo. Estoy preocupada por él, Alice. Oh, ya sé que Clarise y tú estáis esmerándoos mucho en el cuidado del pequeño, pero yo...

—Usted ha tomado la decisión correcta —interjectó Alice—. No tenía manera de saber si podría llegar a la abadía sin que la atraparan en el camino —le recordó a su señora—. Y con este tiempo, Ulric se habría congelado hasta los huesos. Además, ¿qué le habría dicho al soldado que la escoltaba? Ellos creían que usted era sor Danielle, ¿recuerda? Tranquilícese, milady. Ulric está seguro en Rosewood. Tal como lo habíamos previsto —agregó—. Los normandos no prestan atención alguna al bebé. Todavía creen en esa mentira que usted les dijo, que es hijo de una de las sirvientas. Clarise lo tiene arriba todo el tiempo. Vaya, si hasta creo que el barón Royce ni siquiera recuerda que el pequeño existe.

—Ruego a Dios que su padre siga con vida aún —murmuró Nicholaa—. Cuanto más tiempo pasa sin que tengamos noticias de él, más me convenzo de que Thurston ha muerto, Alice.

—No tenga esos pensamientos tan negros —ordenó Alice. Utilizó el bajo de su manto para enjugar sus ojos—. Ya ha sufrido bastante. Ahora escúcheme. Dios no sería tan cruel como para dejar a Ulric sin mamá y sin papá. Su hermano mayor debe de estar con vida. Usted no tiene que perder las esperanzas.

Nicholaa asintió. —No, no debo perder las esperanzas.

Alice palmeó la mano de su señora. —El barón Royce cree que usted ha estado casada —anunció—. Ese tonto de James creyó que en verdad tuvo lugar su boda con Roulf. A todos nos provoca náuseas ese traidor. Pero no lo sabe todo, ¿no? Espero que el barón Royce lo eche a puntapiés cuando se entere de la verdad.

Bennett y Oscar, dos de los ayudantes de caballerizas, vinieron a escoltar a Alice de regreso a la fortaleza. En cuanto se retiraron los tres fieles sirvientes, Nicholaa subió rápidamente al cuarto donde se recuperaba su hermano Justin.

El humor del joven estaba tan tormentoso como el tiempo. Cuando por fin se durmió, Nicholaa se inclinó sobre él para taparle hasta los hombros. Justin la abofeteó con la mano derecha... accidentalmente, porque estaba dormido, pero de todos modos el golpe tuvo la fuerza suficiente como para dejarla sentada en el suelo.

Justin había alcanzado a verla con un ojo y, por el horrible ardor que Nicholaa sentía en la mejilla, sabía que tendría un azulado hematoma antes de que cayera la noche.

Dejó solo a Justin y siguió caminando de aquí para allá. De vez en cuando se detenía junto a la ventana para mirar hacia afuera. A media tarde, se convenció de que, cualquiera que hubiera sido el plan de Royce, había fracasado por algún motivo.

Estuvo a punto de echar la piel de animal hacia la entrada cuando un trueno le llamó la atención. Varios hombres a caballo venían por el camino. El contingente de soldados estaba formado al menos por cincuenta guerreros. Se detuvieron al llegar al final del empinado sendero que conducía a los portales de la abadía. Los soldados que habían estado apostados haciendo guardia alrededor de los murallones se unieron a las filas. De ese modo, la unidad pasó de conformarse de cincuenta a más de setenta hombres.

Un guerrero se separó de los otros y guió su corcel colina arriba. Por el tamaño del corcel y del jinete, Nicholaa supo que se trataba de Royce.

Después de todo, había venido por ella.

Nicholaa se alejó de la ventana, pero mantuvo la vista fija en él.

El sol se reflejaba en su casco, abierto en el rostro y en las argollas de metal que se habían cosido en su armadura de cuero. Estaban en pleno invierno y, sin embargo, llevaba los brazos descubiertos. Nicholaa se estremeció. De pronto, Royce se le antojó invencible.

Tuvo que menear la cabeza. Sólo era un hombre, recordó. Un hombre que pronto se congelaría hasta morir, esperaba. Nicholaa notó que llevaba una espada envainada en un costado, pero no vio ningún escudo. Todavía estaba armado para la batalla... o para el viaje, por tierras hostiles, hasta Londres.

Royce se detuvo al llegar al centro del sendero. Se quedó sentado allí durante un largo rato, mirando la abadía.

¿Qué estaba esperando? ¿Realmente creía que ella iba a salir? Nicholaa meneó la cabeza y sonrió. Por ella, el guerrero podría quedarse allí sentado todo el día. No dejaría que la intimidara tan fácilmente.

Royce envió a un mensajero hacia los portales de hierro de la abadía y esperó hasta que estuvo seguro de que Nicholaa había sido informada de su llegada.

La abadesa encontró a Nicholaa junto a la ventana. —El barón Royce solicita que mires por la ventana, Nicholaa. Dice que tiene un mensaje para ti.

Nicholaa se movió hacia el centro de la abertura, para que Royce pudiera verla. Estaba de pie, con una mano montada sobre la otra, tratando de aparentar una total serenidad. No estaba segura de que él pudiera verle la expresión, pero de todos modos, no quiso arriesgarse. Estaba preocupada, claro, pero el normando no se enteraría. Además, según ella, estaba exagerando.

Royce esperó hasta que la vio en la ventana y luego, lentamente, quitó las abrigadas mantas que envolvían al bebé que traía en los brazos.

Ulric estaba profundamente dormido, pero el rostro se le arrugó completamente cuando sintió la intensidad del frío. —Estarás calentito en un minuto más —le prometió Royce.

Levantó al bebé bien alto y esperó la reacción.

Esta no tardó mucho en llegar. De repente, lady Nicholaa desapareció de la ventana. Su grito de rabia quedó flotando en el ambiente.

Ulric acababa de llenarse los pulmones, con la intención de lanzar un bramido de protesta, cuando Royce, cariñosamente, le cubrió otra vez en su montón de mantas. El calor calmó al bebé, que empezó a chuparse diligentemente los regordetes puñitos.

El ruido intenso hizo sonreír a Royce. Corrió ligeramente la manta hacia atrás, para poder ver el rostro del niño, y recibió una sonrisa de regalo. Cuatro dientes muy blancos, dos arriba y dos abajo, aparecieron a la vista cuando Ulric se quitó los puñitos de la boca. Tenía el mentón y las mejillas cubiertos de baba. Royce, con torpeza, secó la humedad y luego le tapó el rostro otra vez, tratando de que el bebé se quedara quieto y tranquilo.

Pero Ulric tenía otras intenciones. De inmediato, arqueó la espalda, gritó aguda e indisciplinadamente y empezó a patalear.

Royce no tenía ninguna experiencia en el cuidado de bebés. Si bien sus tres hermanas menores tenían hijos, él jamás estaba con ellos. En realidad, ni siquiera sabía exactamente cuántos sobrinos y cuántas sobrinas tenía. Ignoraba por qué Ulric estaba tan inquieto. Estaba abrigado y protegido y eso debía bastarle. Después de todo, Royce había esperado pacientemente hasta que la sirvienta, Clarise, terminó de alimentar al niño.

El bebé no tenía motivo alguno de queja.

Descubrió nuevamente el rostro del bebé. —Sigue durmiendo —ordenó, con voz baja, pero firme. Ulric dejó de retorcerse y le sonrió. Realmente, estaba ridículo con el cabello tan tieso. Royce no pudo evitar sonreír.

Luego pensó que ya había pasado el tiempo suficiente jugueteando con el niño, por lo que volvió a taparle el rostro con las mantas. —Ahora sigue durmiendo.

Ulric volvió a dar otro grito. Entonces, Royce vio a Nicholaa. Salió corriendo por los portales del convento, con el cabello volándole libremente hacia atrás, sin prestar ninguna atención al frío, a pesar de que ni siquiera se había molestado en ponerse una capa sobre los hombros, por el apuro de llegar al rescate de Ulric.

El plan del normando había dado resultados. Royce experimentó un verdadero alivio, aunque no tanto por haberla forzado a dejar voluntariamente el convento, sino por poder quitarse de encima al inquieto chiquillo.

Nicholaa fue corriendo por la colina a toda velocidad. Cuando por fin llegó adonde estaba Royce, se hallaba sin aliento, pero masticando una incontrolable furia. —Déme al bebé —le exigió, en un grito.

Estaba tan histérica que no podía dejar de golpearle la pierna.

—¿Ulric es su hijo, Nicholaa?

Vaciló, pero sólo por una décima de segundo antes de asentir con la cabeza. —Sí, es mi hijo.

Royce sabía que estaba mintiendo otra vez. Suspiró. El pánico que leyó en los ojos de la joven le obligó a guardar silencio. No podía desafiarla en ese momento. Nicholaa le había mentido por miedo. Era imposible que le comprendiera. Royce sabía que ella quería proteger al bebé de cualquier daño. Royce era su enemigo e imaginaba todas las funestas historias que le habrían contado sobre los normandos.

—Ulric está a salvo, Nicholaa. No le sucederá nada.

Después de hacerle la promesa, se agachó y le tendió la mano.

Ella la despreció. —Démelo. Ahora.

Nada en el mundo le habría gustado más que darle al bebé, pues nuevamente estaba moviéndose, pataleando y gruñendo también. No obstante, no estaba dispuesto a dar ventaja a Nicholaa. No era ella la que daría las órdenes y cuanto antes lo entendiera, mejor. El viaje ya sería lo suficientemente difícil sin que ella le desafiara a cada paso que avanzaran.

Ulric había iniciado un acto de rebeldía. Royce se concentró en tratar de serenarle. Suavemente, le dio la vuelta de modo que pudiera apoyar la espalda contra la capa que le cubría el pecho. Luego quitó la manta que le cubría el rostro pues, obviamente, el pequeño quería mirar a su alrededor. También le secó el rostro nuevamente. Y por fin, miró a Nicholaa a los ojos.

Aquella actitud pudo desvanecer la ira de la joven. Royce había demostrado una increíble ternura con el bebé. El guerrero tenía unas manos realmente gigantescas y a pesar de ello sus movimientos no eran torpes en absoluto al tratar al bebé. Y al parecer, Ulric estaba a gusto con él, pues no hacía más que echar su cabecita hacia atrás y sonreír a su captor.

Sólo era un bebé. Era un inocente que nada sabía, según Nicholaa. Por fin miró a Royce. Se miraron durante un largo rato, mientras Ulric emitía unos extraños sonidos guturales. El bebé estaba muy feliz.

Nicholaa no pudo mantenerle la mirada durante mucho tiempo. Empezó a temblar como una hoja y no pudo determinar si sus escalofríos se debían a las inclemencias del tiempo o a la gélida mirada del gigante normando.

—El juego ha terminado, Nicholaa. Yo he ganado. Si ésta fuera una partida de ajedrez, habría declarado jaque mate —dijo—. Acepte su derrota y yo le mostraré cuán piadoso puedo ser.

El tono divertido de su voz la puso mucho más furiosa que su altivez. Cuando le miró a los ojos, notó que estaba esforzándose sobremanera para no reírse a carcajadas de ella.

Ese hombre estaba regodeándose de su triunfo. Nicholaa volvió a golpearle en la pierna. —Si ésta hubiera sido una partida de ajedrez, su movimiento no habría sido jaque mate, barón, sino jaque, porque sólo ha logrado acorralarme con el movimiento del diablo. Sí, el juego aún no ha terminado.

Royce meneó la cabeza. —Está en una posición insostenible, Nicholaa. Abandone ya esta estúpida lucha y acepte lo que no puede cambiarse.

Royce tuvo las agallas de sonreírle y ella le detestó por eso. ¿Y cómo había podido pensar que era atractivo? Ese sujeto era un monstruo al haber usado un bebé para salirse con la suya. Vaya, había arriesgado deliberadamente la seguridad de Ulric, sólo para sacar partido de la situación.

Pero para ser totalmente honesta, Nicholaa tuvo que admitir que, en realidad, el pequeño no corría ningún peligro. Esa era la realidad. Ulric estaba seguro. Había un ejército completo, dispuesto a defender al niño de cualquier ataque, sin contar con el refugio que le ofrecían los brazos del normando.

No, Ulric no corría ningún peligro, pero ella sí. En cuestión de minutos, se convertiría en un cubo de hielo por la acción del viento.

Nicholaa se frotaba los brazos y golpeaba los pies contra el suelo, con la intención de eliminar los calambres que sentía en los dedos. —Entrégueme a mi hijo —le exigió otra vez, aunque su voz estaba carente de toda convicción.

—¿Es su hijo?

Antes que pudiera responderle, Ulric balbuceó una palabra: —Mamá. —Como el bebé estaba mirándola a ella, Nicholaa aprovechó la oportunidad.

—Por supuesto que lo es —declaró—. Acaba de escucharle decirme "mamá".

La exasperación de Royce fue evidente. —Mi estimada dama, en estos últimos cinco minutos, el pequeño ha llamado "mamá" a mi caballo, a sus puños y a mí. Está usted agotando mi paciencia —agregó, frunciendo el entrecejo—. ¿Está decidida a quedarse parada ahí hasta congelarse o aceptará la derrota de una vez por todas?

Nicholaa se mordió el labio inferior, durante un rato y por fin respondió. —Lo único que voy a aceptar es que me ha superado valiéndose de medios ruines y pecaminosos. Nada más.

De todos modos, le dejó satisfecho. Levantó la capa que le cubría los muslos y se la arrojó a ella.

—Póngase esto.

—Gracias.

La palabra fue un murmullo, de modo que Royce no le entendió bien. —¿Que ha dicho?

—Le he dado las gracias.

—¿Por qué? —preguntó, evidentemente confundido.

Ella se encogió de hombros. —Por su gentileza —explicó—. Nunca hay una buena razón para ser groseros, barón. Nosotros los sajones lo entendemos; pero presumo, por su mirada, que los normandos, no. Esta es otra de las razones por las que debería volver a sus tierras y dejar a Inglaterra en paz. Nuestras culturas son demasiado diferentes como para mezclarlas.

Dios, esa mujer era exasperante. Royce suspiró. —¿Todos los sajones son tan necios como usted?

Nicholaa se aferró a los extremos de su pesada capa y le miró iracunda. —No somos necios. Somos civilizados.

El se rió. —¿Tan civilizados que tanto los sajones como las sajonas se pintan el cuerpo? No me niegue con la cabeza. He visto dibujos paganos en los brazos y rostros de los soldados sajones. Hasta los jefes de su Iglesia lo consideran decadente.

El hombre le había presentado un argumento válido, pero ella no estaba dispuesta a admitirlo. A ella también le parecía decadente el modo en que ciertos sajones se pintaban. No obstante, era una ridiculez tratar el tema en ese momento.

—¿Por qué no puede dejarme tranquila, simplemente?

La angustia de su voz le sorprendió. Hacía un instante que había estado discutiendo acaloradamente con él y, al segundo siguiente, le suplicaba de tal manera que parecía a punto de echarse a llorar en cualquier momento.

—Nada me agradaría más que dejarla tranquila, pero mi obligación es llevarla a Londres y la suya...

—¿La de convertirme en el premio de algún hombre? ¿No es ésa la verdadera razón por la que me lleva a la rastra a Londres?

Nicholaa estaba furiosa otra vez. Sus cambios de humor se sucedían con tanta rapidez que eran sorprendentes. Atractivos. Royce prefería mucho más una mujer iracunda que una llorona.

—No tenía intenciones de llevarla a la rastra hasta Londres, pero la idea tiene sus méritos.

El aire burlón de su voz le inspiró deseos de gritar. —Realmente agota mi paciencia —masculló.

—Y usted la mía —declaró él, cuando ella volvió a despreciarle, por segunda vez, la mano que él le ofrecía.

—Si tengo que ir a Londres, entonces iré caminando hasta allí. No...

Nicholaa jamás terminó con la amenaza, pues Royce tomó al toro por los cuernos. Antes que ella pudiera adivinar su intención, se inclinó hacia un lado de la silla, le rodeó la cintura con el brazo y la levantó para sentársela en su regazo. Todo sucedió tan rápido que ella ni siquiera tuvo tiempo de gritar. Su trasero aterrizó sobre los rígidos muslos de Royce. Le apretó violentamente la espalda contra el pecho y asió firmemente su cintura con un solo brazo.

Ulric estaba en el otro brazo. Por las carcajadas del niño, era obvio que estaba divirtiéndose en grande por el movimiento.

A Nicholaa no le agradó en lo más mínimo estar tan cerca de su captor. Su robustez la devastaba. El calor y la fuerza que irradiaba su cuerpo la tornaban insoportablemente vulnerable.

Trató de controlar el frío, pero supo que estaba perdiendo la batalla cuando empezó a temblar otra vez. Realmente era su captor el que le hacía desaparecer el terror. Le entregó a Ulric y luego se tomó su tiempo —y cuidado, según vio ella—, para colocarse la capa sobre los hombros. Le cubrió las piernas con la capa y hasta le ofreció el calor de su cuerpo al atraerla contra su pecho. Estaba siendo extremadamente cuidadoso con ella, tanto como lo había sido con el pequeño Ulric.

Además, su fragancia era agradable. Nicholaa suspiró. Después de todo, no era ningún monstruo. En rigor a la verdad, esa aceptación le hizo olvidar el viento. Y su temor también. Se dio cuenta de que no podía despreciarle por mucho que lo deseara y, por eso, sonrió. Dios la ayudara, pero nunca había podido menospreciar a alguien de la manera que quería, ni por el tiempo que quería.

Nicholaa se quedó pensando en esa verdad durante uno o dos minutos y luego encontró una alternativa. No podía odiarle, porque eso habría sido un pecado. Sin embargo, podría convertir la vida de ese hombre en un infierno en el corto tiempo que tuvieran que compartir. Era extraño, pero su plan le levantó el ánimo considerablemente. Después de todo, las posibilidades eran interminables.

Ese bárbaro normando se merecía tener todos los inconvenientes que ella pudiera causarle. El era el que insistía en llevársela a Londres, por lo que todas las angustias que ella pudiera ocasionarle las tendría bien merecidas.

Nicholaa se concentró en el bebé. Le acurrucó contra su pecho y le besó la cabeza. Ulric emitió un gorjeo de alegría. Distraída, ella le acarició la cabellera. Los mechones rubios volvieron a ponerse de punta.

Royce la observó. —¿Por que tiene así el cabello? —preguntó.

El le había murmurado la pregunta al oído. Ella tenía la mirada fija en el bebé. —¿Así cómo?

—De punta —contestó—. Parece que hubiera atravesado por una crisis de nervios.

Ella no pudo evitar sonreír. Ulric parecía tonto. Y adorable. Pero de todos modos, no permitiría que el normando viera lo divertida que estaba. —Es perfecto —anunció.

El no coincidió ni disintió.

—¿No pretenderá llevar a Ulric con nosotros a Londres, no, barón? El viaje sería tedioso para él.

Royce ignoró la pregunta de Nicholaa y guió a su corcel para que siguiera adelante. Se detuvieron al llegar a los portales de la abadía. Royce desmontó con un ágil movimiento. —Espere aquí —le ordenó. Le puso la mano sobre el muslo—. ¿Me entiende?

El apretón le dolió. Nicholaa le puso la mano sobre la de él, para apartarla. No estaba dispuesta a obedecer cada orden que él le diera. Pero Royce le tomó los dedos y comenzó a estrujarlos. —Entiendo. Me quedaré —mintió, con la esperanza de que esa mentira no se considerara un pecado, porque el normando todavía era su enemigo y Dios aún estaba de su lado. Pensó que Dios la ayudaría de todas maneras. En cuanto el normando entrara en la abadía, ella y Ulric saldrían corriendo por el camino hacia el norte.

¿Y luego qué? Los hombres del barón se darían cuenta de que ella se marchaba.

De inmediato abandonó el intento cuando vio que el barón tomaba en sus brazos al pequeño.

—Devuélvamelo —le ordenó ella.

El meneó la cabeza.

—¿Qué piensa hacer? —preguntó.

—Le he dicho que se quedara aquí —dijo, al ver que ella intentaba bajar del caballo.

Si bien no elevó el tono de voz, empleó tanta severidad que ganó la atención intacta de la joven. —Entrégueme a mi hijo y haré lo que quiera.

Royce fingió no haberla escuchado. Nicholaa esperó hasta que entró en el convento. Esperó, inquieta, durante unos diez minutos, hasta que él volvió a salir.

El bebé no estaba con él. Sin embargo, Royce traía su equipaje y una vez que lo aseguró a la parte posterior de la montura, volvió a montar detrás de ella.

—¿La abadesa se encargará de que Ulric regrese a salvo a casa?

—No.

Ella esperó a que Royce se explayara con la explicación, pero él sólo la acomodó sobre su regazo, volvió a taparla con la capa y siguió con la boca cerrada.

—¿Quién cuidará de Ulric?

La preocupación en su voz mitigó su actitud. —Ulric se quedará en la abadía hasta que su futuro haya sido resuelto.

—¿Cómo ha logrado que la abadesa aceptara cuidar de Ulric?

—Le ofrecí un trato al que no pudo negarse —contestó Royce.

Nicholaa se dio cuenta de que el tono de voz del normando denotaba cierta picardía. Trató de darse la vuelta, para poder verle el rostro, pero él la obligó a quedarse como estaba. —¿Qué clase de trato fue ése?

Empezaron a bajar la colina antes que él le contestara. —A cambio del favor de cuidar de Ulric, yo le prometí que me encargaría de que atendieran a Justin como corresponde —dijo.

Nicholaa se quedó pasmada. —¿Cómo he podido hacer semejante trato? Justin está muriéndose, ¿o acaso lo ha olvidado?

El suspiro de Royce fue muy prolongado. —No se está muriendo —dijo—. En algún rinconcito de esa mente suya sabe que estoy diciendo la verdad. Tal vez Justin no quiera vivir, pero vivirá, Nicholaa.

Cuando ella intentó contestarle, Royce le tapó la boca con la mano. —En los últimos dos meses se han operado muchos cambios en su país. Inglaterra nos pertenece ahora y William es tanto rey suyo como mío.

Nicholaa estaba totalmente desolada. Royce le decía la verdad y ella no era tan inocente como para aparentar lo contrario. Ya había oído hablar de esos cambios. Aunque la abadía estaba bastante aislada, las monjas siempre estaban al tanto de los últimos acontencimientos. Nicholaa tenía plena conciencia de que la defensa sajona se había derrumbado en los campos de Hastings.

—De todas maneras, no tenía ningún derecho a hacer esa promesa a la abadesa. Justin es mi hermano. Yo voy a cuidarle —dijo Nicholaa.

Royce meneó la cabeza.

Quería golpearle. —Si tuviera un ápice de compasión en ese corazón, me dejaría permanecer junto a mi hermano durante este período tan difícil, para que pudiera brindarle todo el consuelo que necesita.

—Lo último que necesita su hermano es consuelo.

Royce parecía tan seguro de sí. Era extraño, pero su actitud le hizo sentir una chispa de esperanza, la posibilidad de que, tal vez, él tuviera la respuesta para el futuro de Justin. Nicholaa había tenido tanto miedo por su hermano. ¿Qué sería de él? ¿Cómo podría abrirse camino por sus propios medios, en ese mundo tan frío?

—¿Qué cree usted que necesita Justin? —preguntó Nicholaa.

—Alguien que le enseñe a sobrevivir. La compasión no le mantendrá con vida. El entrenamiento adecuado, sí.

—¿Ha olvidado que a Justin sólo le queda una mano?

Hubo una sonrisa en la voz de Royce cuando le contestó: —No lo he olvidado.

—¿Y todavía cree que puede entrenarle?

—Sí.

—¿Por qué?

—Porque es lo que yo hago, Nicholaa —explicó él pacientemente—. Me dedico al entrenamiento de hombres.

Nicholaa estaba asombrada por el compromiso que Royce acababa de contraer con Justin. Pero aterrada también. ¿Realmente podía confiar en ese hombre? —¿Qué va a pasar con esta promesa suya cuando regrese a Normandía?

—Si yo regreso a Normandía, Justin lo hará conmigo.

—No —gritó ella—. No le permitiré que me arrebate a mi hermano.

Royce detectó pánico en su voz. La estrechó para calmarla. Comprendía su nerviosismo, por supuesto. Nicholaa ya había perdido a un hermano en la guerra, si estaba bien informado y, obviamente, la mujer se sentía completamente responsable del bienestar de Justin. Debía llevar una carga muy pesada sobre los hombros, demasiado pesada, según él, para alguien tan joven como ella.

—Justin regresaría a Inglaterra en cuanto finalizara su entrenamiento. También hay una posibilidad de que yo me quede aquí, Nicholaa.

La joven tenía la esperanza de que se quedara en Inglaterra. Sólo por el bien de Justin, aclaró. Nicholaa sintió un alivio tan grande. El barón cumpliría su palabra. No tenía ni la menor duda al respecto.

—Todavía sigo sin entender cómo es que ha aceptado semejante resposabilidad por un soldado sajón, barón, cuando usted...

Royce volvió a taparle la boca con la mano. —Ya hemos terminado esta conversación —declaró—. He sido extremadamente paciente con usted, Nicholaa. Le he permitido expresar sus preocupaciones y he explicado mi posición. Ya he perdido bastante tiempo.

Nicholaa no estaba de acuerdo con esa imposición tan descortés. Pero de todos modos, Royce se salió con la suya. Hizo andar al corcel nuevamente, haciendo imposible la conversación.

Apresuró la marcha. Sin embargo, hubo un momento divertido, cuando se detuvo al pie de la colina para recoger su escudo. El soldado que lo sostenía, al parecer, pensó en impresionar a su superior arrojándoselo a la mano. Pero el peso resultó ser demasiado para él, de modo que el escudo, con forma de cometa, cayó al suelo, entre ambos caballos.

Nicholaa estuvo por soltar una sonora carcajada, pero al ver la expresión de horror en el pálido rostro del soldado, se contuvo. No podía enfatizar la humillación del joven riéndosele en su cara abiertamente. Se mordió el labio inferior, clavó la mirada en su regazo y esperó la reacción de Royce.

El no dijo ni una sola palabra. Pero Nicholaa le oyó suspirar y por poco perdió el control en ese preciso instante. El debió de darse cuenta de que ella estaba a punto de reírse. Le apretó la cintura, a modo de tácito mensaje, según ella, para que permaneciera en silencio.

El pobre soldado, por fin, se repuso de su estupor y recogió el escudo. Tenía las mejillas coloradas cuando lo tomó.

Y Royce seguía sin reprenderle. Aceptó el escudo y cogió las riendas. En cuanto se alejaron lo suficiente como para que el soldado no pudiera escucharlos, Nicholaa dio rienda suelta a su impulso de echarse a reír.

Pensó que el barón también reiría, pues la situación había sido muy cómica. Pero Royce no se rió y cuando bajó la parte superior de la capa sobre la cabeza de la joven, Nicholaa llegó a la conclusión de que no le había sentado nada bien que se riera de ese modo.

Por lo que siguió en la larga jornada, no volvió a presentarse ninguna oportunidad para reír. Acamparon cuando se hizo demasiado oscuro para continuar. Nicholaa comenzaba a pensar que Royce era un hombre bastante tolerable. Se aseguró de que ella estuviera bien abrigada, bien alimentada y hasta le armó una tienda cerca de los fogones.

Pero luego, Royce arruinó el concepto que ella estaba formándose de él cuando le recordó la razón por la que estaba llevándola a Londres. Habló de un matrimonio inmediato y no dejó de referirse a ella como al premio del rey.

Fue entonces cuando Nicholaa empezó a planear su fuga. Fingió ser muy dócil y estar agotada, mientras esperaba la oportunidad.

Royce le ofreció su capa y además, una manta extra. Ella le agradeció la consideración.

El se rió.

Nicholaa iba entrar en la tienda cuando, de pronto, se detuvo y se volvió. —¿Royce?

El barón se sorprendió al oír que le llamaba por su nombre de pila. —¿Qué?

—Me pase lo que me pase, usted no puede faltar a la palabra que le dio a la abadesa. Tiene que cuidar de Justin, ¿verdad?

—Sí —contestó—. No puedo faltar a mi palabra.

Nicholaa se sintió satisfecha. Fingió quedarse dormida pocos minutos después. Ya había desarrollado todo el plan mentalmente. Se escaparía del campamento en cuanto todos los soldados se hubieran acostado. Conocía muy bien el territorio. El bosque pertenecía a las propiedades del baron Norland, situadas justo al sur de las suyas. No obstante, la caminata de regreso a la abadía sería bastante larga. Nicholaa pensaba que le podría llevar todo un día llegar hasta allí. Entre bostezos, se dijo que tendría que ir ocultándose entre los árboles y esquivar el camino del norte lo máximo posible.

El calor del fuego y el cansancio que realmente sentía fueron más fuertes que ella. Se quedó dormida de verdad.

Royce esperó hasta comprobar que estuviera sumida en un sueño profundo y luego se sentó en el suelo, justo frente a ella. Se apoyó contra el grueso tronco de un árbol y cerró los ojos. Estaba convencido de que Nicholaa no trataría de escapar sino hasta que todo el campamento estuviera durmiendo. Pero para eso, faltarían una o dos horas, que él podría aprovechar para descansar un poco... y gozar de la paz de la noche.

Nicholaa se despertó sobresaltada a mitad de la noche. De inmediato, vio a Royce. Se quedó mirándole durante un largo rato, hasta asegurarse de que realmente estuviera dormido.

Parecía estar en paz... y contento también. Había colocado su casco en el suelo, junto a él. Tenía el brazo izquierdo apoyado en la cabezada y la mano, a escasos centímetros de la espada que tenía asegurada al costado.

Su atractivo físico era innegable. Tenía el cabello mucho más largo de lo habitual, aun para ser un bárbaro normando. El color era castaño oscuro y tenía una tendencia a rizarse.

Nicholaa se estremeció, disgustada. ¿Cómo podía verle atractivo cuando la intención de ese hombre era la de arruinarle la vida? La consideraba una posesión, un premio que debía entregarse a un caballero.

La injusticia del caso la forzó a poner manos a la obra. Encontró sus zapatos ocultos bajo las mantas. Los dedos de los pies le picaron cuando se los puso. El viento de la noche estaba congelado. La larga caminata de regreso a la abadía que la esperaba sería una verdadera tortura para ella.

Se envolvió en la capa de Royce y, silenciosamente, se abrió camino hacia el bosque, que estaba detrás del claro. Ninguno de los soldados le prestó demasiada atención, aunque uno de los tres hombres que estaban de pie cerca del segundo fogón miró en dirección a ella. Al ver que no la llamaba, Nicholaa se convenció de que el hombre habría creído que todo lo que ella necesitaba eran unos pocos minutos de intimidad.

En cuanto ella volvió la espalda, Royce hizo un gesto a los soldados, indicándoles que se quedaran donde estaban. Esperó sólo uno o dos minutos, se puso de pie y estiró sus piernas entumecidas. Entonces sí fue por ella.

Había esperado que Nicholaa intentara ese movimiento y ella, por supuesto, no le defraudó. La mujer tenía muchas agallas, de modo que era natural que quisiera vencer cualquier escollo con tal de huir de él. Era una tontería, se dijo, pero no por eso había que restarle mérito a su valentía.

Nicholaa empezó a correr en cuanto llegó al follaje más denso. Por la escasa luz que emitía la media luna que había esa noche, no podía divisar cada pequeño obstáculo que se interponía a su paso. Fue un camino muy traicionero. Fue lo más cuidadosa que pudo, hasta que oyó que alguien la seguía. Continuó corriendo, pero se daba la vuelta con frecuencia, para ver si alguno de los soldados venía trás ella.

Se tropezó con un tronco podrido y cayó de cabeza a un empinado barranco. Sin embargo, tuvo tiempo de razonar con inteligencia y se protegió la cabeza, poniéndose de costado, antes de dar contra el suelo.

Aterrizó con un golpe seco. En la caída, había perdido uno de sus zapatos y también la abrigada capa de Royce. Cuando por fin pudo sentarse, su estado era deplorable. En la cabeza tenía más hojas que rizos y estaba toda sucia.

Royce se quedó de pie en la sombras, esperando. Esa tonta mujer podía haberse roto el cuello. Sin embargo, los claros improperios que escuchó, muy indignos de una mujer, le indicaron que se encontraba bien. Sólo furiosa. Los insultos eran tan coloridos que habría podido despertar hasta a la última de las monjas de la abadía.

Nunca podría declarar un jaque mate. No sabía cómo calcular sus movimientos. Pero tampoco podría ser una verdadera enemiga. Royce ya había llegado a la conclusión que no estaba en su naturaleza el sentimiento de odio... ni la sed de venganza. Ni siquiera era capaz de mantener su enfado. Royce sonrió al recordar cómo ella le había interrogado respecto de si cumpliría o no con su promesa de cuidar de Justin, pasara lo que pasara con ella. En ese momento, el barón se dio cuenta de que trataría de escapar. Sus intenciones eran demasiado fáciles de adivinar y cada una de sus expresiones demasiado honestas y transparentes.

Royce sintió un nudo en el pecho. Nicholaa era como una flor muy frágil, tan delicada, tan increíblemente suave, tan hermosa.

Su florecita de seda estaba esgrimiendo las palabrotas más groseras que él había escuchado. Ninguna de las frases tenía sentido.

No obstante, ese estallido de rabia duró muy poco. Se sintió avergonzada de usar semejante vocabulario. Se hizo rápidamente la señal de la cruz, para disculparse con el Creador y luego se puso de pie. En cuanto apoyó el peso del cuerpo sobre el pie izquierdo, experimentó un agudo dolor que le subió hasta la pantorrilla.

Gritó y cayó al suelo. Se quedó allí sentada, durante un rato, pensando qué debía hacer. Cuando Royce la escuchó quejarse, comenzó a caminar hacia ella.

Nicholaa por fin admitió la derrota. Empezó a pedir auxilio a gritos.

Royce estaba junto a ella antes de que terminara de clamar socorro. Estaba demasiado dolorida como para advertir que Royce había llegado allí hacía rato.

Tenía el zapato de la joven en la mano. Lo dejó caer sobre su regazo y luego se hincó sobre una rodilla, a su lado.

Nicholaa pensó que Royce estaba exasperado. —Si ahora me dice "jaque", le juro que me pondré a gritar.

—Ya lo ha hecho —contestó, con un tono francamente divertido—. Pero es "jaque mate", Nicholaa. El juego ha terminado.

Nicholaa no estaba de humor para ponerse a discutir. Dirigió la mirada a su regazo. —Me caí —anunció, dando una explicación obvia—. Creo que me he fracturado el tobillo.

Inspiraba lástima. Parecía arrepentida, también. Tenía el cabello sobre la cara, en una caótica maraña, el vestido roto a la altura de los hombros y las hojas secas la cubrían casi por completo.

Royce no dijo nada. Sólo se inclinó hacia adelante para examinar la herida. Nicholaa gritó de dolor antes que él la tocara siquiera.

—Nicholaa, lo normal es sentir primero el dolor y luego quejarse —le explicó.

—Estaba preparándome —gruñó ella.

Royce disimuló su sonrisa. Ya estaba seguro de que el tobillo no estaba fracturado. No había hinchazón alrededor del hueso. Además, podía mover los dedos de los pies sin gritar como una loca, otro claro indicio de que sólo se había torcido.

—No está fracturado.

Ella no le creyó. Se inclinó hacia adelante, colocando la mano instintivamente sobre el brazo de Royce para mantener el equilibrio y poder examinar la lesión por sí misma. Tenía el rostro a pocos centímetros del de él. Nicholaa miraba su pie mientras Royce la observaba a ella.

—Parece fracturado —murmuró.

—No lo está.

—¿Tiene que ponerse tan contento? Debería sentirse dolorido por este trágico accidente —dijo ella.

—Este "trágico accidente" no habría sucedido si usted no hubiera...

Ella le interrumpió. —Sólo trataba de tener unos pocos minutos de intimidad para encargarme de ciertos asuntos personales.

Le miró a los ojos al mentirle. Pero fue un error, pues en ese momento tomó conciencia de lo cerca que estaban uno del otro.

Sus miradas se encontraron durante lo que le pareció una eternidad. Ninguno de los dos habló. Nicholaa parecía no poder respirar.

Royce tampoco. No sabía qué hacer con esa reacción que ella le provocaba. La necesidad de tocarla era imperiosa. No podía evitar apartarle el cabello suavemente del rostro. Le rozó la mejilla con los dedos.

Nicholaa se sintió reconfortada por la caricia. Pero la experiencia fue breve, pues, de pronto, él asumió una expresión ceñuda. Ella abrió los ojos desmesuradamente. Royce le tomó el mentón y la obligó a volver la cabeza a un lado, hacia la luna. Luego, con la otra mano, le quitó el cabello del ojo.

—¿Por qué tiene este hematoma aquí? —preguntó, con voz áspera y furiosa.

Ella se encogió de hombros.

Royce le apretó el mentón. —Contésteme. Esto no ha salido solo, Nicholaa. La marca se nota demasiado.— Se acentuó su expresión ceñuda.— Pero esta tarde no la tenía, pues de lo contrario, yo me habría dado cuenta.

—Claro que la tenía esta tarde —le dijo ella—. Lo único que no se notaba tanto. ¿Pero por qué está tan enojado? Después de todo, es mi problema, no el suyo.

El la ignoró. —¿Cómo sucedió?

—No es asunto suyo.

Nicholaa le apartó la mano y retrocedió. El, obcecado, la siguió. Volvió a subirle el mentón con el pulgar.

—Estoy cansado de que sea tan cabeza dura, mujer.

—¿Tan cansado como yo de sus constantes órdenes?

Nicholaa consideró que su respuesta había sido muy astuta. Estaba recibiendo tanto como lo que recibía. Además, era imperioso que ese normando se enterara de una vez por todas que no estaba tratando con una adversaria tímida y asustadiza. No iba a intimidarla. Y era mejor para él que tampoco le diera la espalda, porque si tenía una daga, ella no dudaría en clavársela profundamente entre los omóplatos.

Oh, que Dios la ayudara, pero en ese momento, se mentía a sí misma. Claro que no podía matarle. Y en el fondo de su corazón, pensó que él lo sabía.

Suspiró, frustrada. Notó que un mechón de cabello caía sobre la frente de Royce. Antes de pensar lo que hacía, Nicholaa extendió la mano y devolvió el mechón adonde correspondía.

Royce reaccionó como si ella le hubiera estampado un beso en los labios. Reculó abruptamente y adoptó una expresión de incredulidad. Nicholaa se sintió tan avergonzada por la actitud, que desvió la mirada.

Le llevó un minuto recuperarse del gesto insolente de Nicholaa. Su voz fue ronca cuando le dijo: —Toda marca que tenga en su cuerpo es asunto mío, Nicholaa. Yo soy responsable de lo que le pase. Ahora dígame cómo se golpeó.

—Se va a enfadar si se lo digo.

—¿Cómo lo sabe?

—Porque he estado observándole —le contestó ella—. Para una persona, es muy importante conocer los mecanismos mentales de su enemigo, barón. He estado observándole minuciosamente y he llegado a la conclusión de que se enfada con facilidad.

Royce sonrió por la autoridad con la que Nicholaa hablaba. —¿Y qué más ha descubierto?

—Que no le caigo bien.

Esperó a que la contradijera. Al ver que no fue así, continuó. —Cree que soy un estorbo.

—Sí, es cierto.

Nicholaa ignoró su honestidad. —Si odiar no hubiera sido un pecado mortal, le habría detestado de muy buen grado.

—No, no podría —contestó él, con una tierna sonrisa. La expresión de sus ojos anudó el estómago de la joven—. Tal vez yo tenga un temperamento desagradable, Nicholaa, pero el suyo es muy suave. No sabe odiar.

Nicholaa ya estaba cansada de intercambiar insultos con ese hombre. —Voy a morir congelada si no regresamos junto al fuego —manifestó—. ¿Está esperando que le ruegue que me ayude?

Royce meneó la cabeza. —Estoy esperando que me cuente cómo se hizo ese moretón —le informó.

¡Dios, qué obstinado era! Por la forma en que la miraba, Nicholaa adivinó que estaba decidido a salirse con la suya. —Justin me golpeó.

Nicholaa pudo haber suavizado un poco las cosas. Royce se puso hecho una furia. Ella no quería que él pensara mal de su hermano. —No puede culpar a Justin.

—Al diablo con eso.

Royce comenzó a ponerse de pie. Ella le tomó el brazo. —Puedo explicarle.

—Nicholaa, usted no puede justificar lo que...

Ella le tapó la boca con la mano. —Justin estaba totalmente dormido, Royce. Yo estaba cerca de él, tapándole con las mantas y él se dio la vuelta. Cuando se puso de costado, me golpeó con el puño debajo del ojo; pero fue totalmente sin intención. Justin ni siquiera sabe que me golpeó.

Royce no parecía convencido.

—Le digo la verdad —masculló ella—. Los hermanos sajones no nos golpeamos entre nosotros. ¿Le cuesta creerme porque las familias normandas pelean como perros y gatos?

Royce no estaba dispuesto a permitirle más insolencias. Recogió su capa, la envolvió con ella y luego la tomó entre sus brazos para levantarla. Ella le rodeó el cuello con los suyos, mientras se encaminaban hacia el campamento.

En un murmullo contra el cuello Nicholaa le dio las gracias.

¿Qué rayos haría con ella?, se preguntaba.

Estaba metiéndosele fácilmente en el corazón y no tenía armas para detenerla. Maldición, su vida estaba ya planeada. Era demasiado viejo como para cambiarla. Además, le gustaba el orden y la disciplina de su vieja rutina. Era muy feliz.

¿No?

Royce trató de olvidar a esa mujer tan conflictiva. Pero le fue difícil, porque la sentía tan maravillosamente suave ahí, acurrucada en sus brazos.

Aunque no por eso dejaba de ser un trastorno. Le hizo la vida imposible hasta que llegaron nuevamente al campamento. Otra vez estaba con deseos de reñir con él por cualquier motivo. Y él tuvo el impulso de amordazarla, aunque no fuera más que para tener unos minutos de paz.

Cuando por fin llegaron al campamento, Royce la llevó al sitio que habían ocupado junto al árbol. Se sentó con un movimiento tan suave que Nicholaa casi ni lo notó. La acomodó sobre su regazo y después de apoyarle la cabeza contra uno de sus hombros, cerró los ojos.

La capa del barón la cubría de los pies a la cabeza. La estrechaba con fuerza. El calor de su cuerpo la mantenía abrigada y a gusto.

—¿Royce?

—¿Y ahora qué?

—No debería dormir así —murmuró—. Después de todo, soy una mujer casada y...

—Su marido ha muerto.

Nicholaa se sorprendió por la vehemencia de su voz. —Usted no puede saber con certeza si mi amado esposo está vivo o muerto.

—Está muerto.

¿Le hacía gracia? A ella le pareció que sí, pero cuando trató de volverse para verle la expresión, él le empujó la cabeza otra vez contra su hombro. —Oh, está bien —murmuró ella—. Está muerto. Pero yo aún sigo de luto por él.

—¿Y se viste de azul para mostrar su luto por él?

Nicholaa no había reparado en ese detalle. Se dio cuenta de que el hombre era muy rápido para pensar en ciertas cosas. Pero, bueno, ella también. —Llevo el luto por él en mi corazón.

—¿Cuánto hace que murió?

Con mucha suavidad, Royce estaba masajeándole los hombros. Y el gesto le resultó demasiado reconfortante para protestar. En cambio, soltó un sonoro bostezo, para nada femenino, antes de responder. —Dos años.

—¿Está segura?

Royce ya estaba riéndose abiertamente de ella.

—Sí, estoy segura —gruñó—. Es por eso que ya no me visto de negro. Han pasado dos años.

Ahí le había ganado, pensó. Cerró los ojos y sonrió satisfecha.

Pasó un largo rato. Ella casi se quedó dormida cuando oyó que Royce mencionaba su nombre en un susurro.

—¿Nicholaa?

—¿Sí?

—¿Qué edad tiene Ulric?

—Casi ocho meses.

Royce supuso que la joven estaba demasiado dormida como para advertir el error en sus mentiras. Ni siquiera se puso tensa. —¿Pero no hace dos años que murió su esposo?

El barón estaba ansioso por escuchar cómo saldría Nicholaa de ese lío en el que ella sola se había metido.

La joven abrió los ojos repentinamente. —Mi esposo hace un año que se murió. Sí, exactamente un año entero. Yo recuerdo habérselo dicho.

Pasaron más de cinco minutos hasta que Royce volvió a hablar. —Tampoco es buena mintiendo.

—Nunca miento.

La estrujó para hacerle saber que estaba enfadado con ella. —¿Admitirá la derrota ahora? —le preguntó—. Estaba tratando de escapar.

—¿Me dejará dormir?

—Cuando acepte...

—Sí —interrumpió ella—. Trataba de escapar. Ya se lo he dicho. ¿Está contento ahora?

—No volverá a intentarlo.

No tuvo necesidad de emplear un tono tan perverso para dar la orden. De pronto, Nicholaa tuvo deseos de llorar. Era el único modo que tenía de protegerse contra el horrendo futuro que el superior de Royce, William, había planeado para ella.

Nicholaa acomodó sus hombros junto a los de Royce. Distraída, jugueteó con el cabello de su nuca, mientras pensaba en todas las injusticias que la esperaban.

Esas caricias le inquietaban.

—Su William está dispuesto a entregarme como premio a un hombre, ¿cierto? —dijo ella.

—Sí.

Ella se separó de su hombro y le miró, hecha una furia. Una hoja se le cayó del cabello. Tenía el rostro lastimado y sucio. Royce no pudo contener su sonrisa. La muchacha parecía haber participado en uno de esos juegos donde ambos bandos tiran de los extremos de una cuerda en direcciones opuestas. Lógicamente, también era evidente que había resultado perdedora.

—No soy ningún premio.

Royce nunca estuvo más de acuerdo con ella. —No, claro que no.

4

Tras haber pasado una larga semana con lady Nicholaa, Royce decidió que, después de todo, no era un hombre tan paciente como pensaba. Para cuando llegaron a destino, estaba tan saturado que deseaba estrangularla.

Esa diablilla le había hecho el viaje lo más desagradable posible y, rayos, había tratado de escapar en varias ocasiones.

Simplemente, se negaba a aceptar la futilidad de la huida. Era inaguantablemente terca. Pero bueno, para el caso, él también. Le había exigido que admitiera la derrota cada vez que la atrapaba. Hasta había tenido el coraje de decirle "jaque mate", pues obviamente, la expresión la ponía furiosa. Claro que, en rigor a la verdad, Royce sólo quería humillarla. En el fondo de su corazón, sólo deseaba lo mejor para ella. Si Nicholaa iba a sobrevivir con el espíritu intacto bajo la dictadura normanda, sería mejor que aprendiera a ser más dócil. No todos serían tan considerados y amables como él.

Royce no quería que la joven fuera lastimada. Con sólo pensar que alguien podría tratarla mal su humor se ennegrecía como la noche más siniestra.

La necesidad de protegerla le remordía la conciencia. Cuando llegaron a Londres, se dio cuenta de que estaba sentando cátedra de cómo debía comportarse. No obstante, Nicholaa no estaba de humor para prestar atención a sus clases. Cuando le sugirió que fuera dócil, ella le mordió. El no la reprendió, porque consideró que estaba muy malhumorada por las pocas horas de sueño que había tenido en los últimos y penosos siete días compartidos.

Llegaron a Londres a media tarde. El palacio estaba casi desierto cuando Royce entró, llevando a Nicholaa prácticamente a la rastra. Ordenó a dos de los guardias que informaran a William de que su premio por fin había llegado. Royce se encargó personalmente de instalar a Nicholaa en su recámara.

Ella trató de ponerle la zancadilla, pero él siguió arrastrándola una distancia considerable hasta que por fin la dejó recuperar su equilibrio.

Qué feliz estaría cuando por fin pudiera quitársela de encima. Royce se repitió tantas veces esa mentira que casi la creyó.

Casi.

El subcomandante, un caballero que le llevaba varios años, se topó con ambos justo en el momento en que Royce abría la puerta de la habitación de Nicholaa. El soldado se llamaba Lawrence. Se le veía muy saludable, con su cabellera castaña y sus ojos color avellana. Era casi tan alto como su señor feudal, pero no tenía su robustez ni su musculatura en los hombros. Lawrence había luchado junto a Royce en innumerables batallas. Era un avezado guerrero, digno de confianza y fiel hasta los huesos. También era muy buen amigo de Royce.

—Qué bueno volver a verle, milord —le saludó Lawrence. Por su entusiasmo, dio una palmada en el hombro de Royce. El polvo salió volando por el aire entre ambos gigantes. Lawrence rió—. Parece que necesita un buen baño, barón.

—Sí, claro —contestó Royce—. Qué bueno es estar aquí. —Miró a Nicholaa, imitó su expresión ceñuda y luego agregó.— Por fin.

A ella no se le escapó la insinuación. Sabía que el viaje se había retrasado por su culpa. Alzó el mentón, con altivez.

Lawrence sintió una profunda curiosidad por la mujer. Cuando la miró, el corazón se le detuvo por un instante. Vaya, era una auténtica belleza. Sus ojos le cautivaron. Eran del color azul más extraño que había visto en la vida.

Y no era tímida. Tenía la mirada muy directa, franca.

A Royce le hizo gracia la reacción de su vasallo. Actuó exactamente de la misma manera que Ingelram cuando conoció a la dama. Lawrence parecía pasmado.

—Ella es lady Nicholaa —anunció Royce.

Lawrence hizo una reverencia exagerada. —Es un placer conocerla, milady.

Ella hizo una reverencia para responder a su cortesía.

—Estoy ansioso por escuchar todas las aventuras que han vivido —dijo Lawrence.

—¿Qué aventuras? —preguntó ella.

—Para empezar, quisiera saber cómo se ha hecho todos esos arañazos. Realmente parece que hubiera estado en plena batalla —agregó, con una sonrisa muy delicada—. Seguramente debe de haber alguna historia detrás de todo esto.

—Es muy propensa a los accidentes —refunfuñó Royce.

Ella frunció el entrecejo y procuró que Royce lo advirtiera. Luego siguió mirando a Lawrence. —No me quedaré en Londres el tiempo suficiente como para ilustrarle con anécdotas.

Recordó que Royce aún la tenía tomada de la muñeca cuando sintió que él la apretaba. Lawrence se dio cuenta de la mirada ceñuda de su barón, pero no pudo determinar la causa. —¿Va a partir a alguna parte, milady? —preguntó.

—No —contestó Royce.

—Sí —respondió ella en el mismo instante.

Lawrence sonrió. —Se ha corrido el rumor, barón, de que partiremos rumbo a Normandía antes de que la semana llegue a su fin.

—Discutiremos ese tema más tarde —anunció Royce, dirigiendo a Nicholaa una mirada significativa.

El vasallo asintió. Advirtió que en el bello rostro de la mujer se dibujaba una expresión sombría, que él atribuyó al cansancio del viaje. —El rey le enviará sirvientes para que la atiendan a su gusto, lady Nicholaa —anunció.

—¿Y también soldados para que vigilen que no me escape? —preguntó ella.

Lawrence se sorprendió por la vehemencia de su voz. —Usted no es una prisionera —señaló. Miró a Royce, confundido—. ¿O sí, barón?

Royce asintió. —Lo es hasta que acepte su destino.

—William también es su rey —dijo Lawrence a Nicholaa. Su voz era gentil.

—No, no lo es.

—Lawrence, no le servirá de nada discutir con ella.

Royce soltó la muñeca de Nicholaa y le dio un empujón para que empezara a caminar. Entró a la recámara, con Royce y Lawrence a la zaga. —Voy a escapar —se jactó ella.

Se dirigió directamente hacia la ventana. Royce sabía lo que estaba pasándole por la mente. —Va a romperse el cuello si trata de saltar, Nicholaa.

Ella se volvió y le sonrió. —¿Y le importaría, barón?

Royce no le respondió directamente. —A su Ulric sí le importará, cuando sea lo suficientemente grande para entender. Tenga en cuenta al niño y a Justin también, Nicholaa, cada vez que piense en hacer alguna tontería. Dañaría a su familia tanto como a usted misma. —Comenzó a cerrar la puerta.

—Espere —le gritó ella, con desesperación.

Royce se detuvo y se volvió para mirarla a los ojos. —¿Sí?

Ella avanzó un paso hacia él. —¿Entonces eso es todo? ¿Se marcha?

—¿Quería algo más?

—No.

Royce empezó a marcharse otra vez.

Pero se detuvo y suspiró profundamente. —¿Qué más quiere que le diga?

Los ojos de Nicholaa se llenaron de lágrimas, mientras no dejaba de retorcerse las manos.

Royce no entendía qué le estaba sucediendo. —¿Pero qué pasa con usted, por el amor de Dios? —le preguntó, auténticamente confundido por su actitud.

Nicholaa meneó la cabeza. —Nada. No me pasa nada. Ya me he liberado de usted, barón. Es grosero e insufrible. —Una lágrima rodó por su mejilla. Se la secó con el dorso de la mano.

Demonios. Nicholaa se comportaba como si Royce estuviera abandonándola y que Dios le ayudara, pero él se sentía igual. —No partiré rumbo a Normandía —dijo él entonces—. Si me necesita, envíeme un mensaje por alguno de los soldados. El sabrá cómo encontrarme.

El alivio de la muchacha fue más que evidente. El pánico abandonó su expresión y su actitud se relajó. Sin embargo, al parecer no pudo controlar su llanto, por lo que volvió la espalda a Royce para que no la viera en esas condiciones. —No enviaré a nadie para que vaya a buscarle, normando. Váyase. No me importa.

Royce no podía dejarla así. Nicholaa parecía estar tan sola... tan desgraciada y tan vulnerable. Por todos los demonios. Prefería verla fuerte y enfadada con él, como durante todo el trayecto hasta Londres.

—¿Barón? —preguntó Lawrence, al ver que su superior se quedaba allí parado, por más tiempo del necesario, sin decir ni una sola palabra.

Royce meneó la cabeza. —¿Nicholaa? —dijo, cuando llegó a la puerta.

—¿Sí?

—Tengo que decirle una última cosa.

Ella se volvió para mirarle. La ira, pensó Royce. La ira le haría olvidar su temor.

—¿Qué? —preguntó ella.

El le sonrió. —Jaque mate.

Cerró la puerta al ver la expresión de enfado de la joven. Luego soltó una carcajada.

Un estruendoso ruido retumbó contra la puerta. —¿Qué es eso? —preguntó Lawrence.

—La jarra de agua, creo. Ella se siente mejor.

Y él también.

La ira de Nicholaa la mantuvo ocupada durante gran parte del día. Horas después, esa misma tarde, dos criadas subieron a su cuarto. Ambas eran sajonas, un hecho que sorprendió a Nicholaa. Una de ellas traía ropa limpia; la otra, sábanas. Nicholaa se acercó a la ventana, cuando las mujeres trajeron una gran tina de madera y la llenaron con agua caliente y humeante.

El baño le resultó demasiado tentador como para rechazarlo. Nicholaa se metió en la tina, disfrutando del agua de rosas y se lavó el cabello hasta que se sintió realmente limpia.

No habló con ninguna de las sirvientas sino hasta que una de ellas se ofreció a cepillarle el cabello para desenredárselo. —¿Por qué sirve al rey normando? —le preguntó Nicholaa.

—Porque ahora es el rey de Inglaterra —contestó la criada de nombre Mary—. Todos le servimos.

Si bien Nicholaa no estaba de acuerdo con ella, sintió que habría sido una descortesía contradecirla. Mary debía obrar según sus opiniones, aunque fueran equivocadas.

Mary tenía la misma edad que Nicholaa, aproximadamente. Era bastante regordeta, de cabellos muy rojizos y tenía casi todo el rostro cubierto por pecas. La otra criada, Heloise, era considerablemente mayor y sus modales, bruscos y antipáticos.

—Nunca serviré a William —anunció Nicholaa. Se sentó en el banco que Mary le había traído y colocó una mano sobre la otra, en el regazo.

Mary empezó a cepillarle el cabello. —Si sigue hablando de ese modo, tendrá problemas, milady —murmuró, mientras asentía con amargura—. Los que no se arrodillan frente al rey William, pueden morir. En este mismo momento una docena de soldados estan esperando la muerte.

—¿Y dónde están esos soldados sajones? —preguntó Nicholaa.

—Aquí, dos pisos más abajo —susurró Mary.

—Que Dios se apiade de sus almas por ser tan tercos —murmuró Heloise—. A cada uno se le brindó la oportunidad de prestar su voto de lealtad y cada uno de ellos rechazó la posibilidad.

El fuego ardía en la chimenea e hizo un crujido tal, que Nicholaa y Mary se sobresaltaron. —Todo es tan diferente ahora —dijo Nicholaa.

—Todo está en orden —interceptó Heloise—. Al rey sólo le ha llevado dos meses reprimir casi toda la resistencia. Gobierna con mano de hierro. Ahora todos ocupan el lugar que les corresponde.

—Todos excepto los sajones —dijo Nicholaa.

—No, hasta los sajones tenemos nuestro lugar —respondió Mary—. Esta es la causa por la que usted va a convertirse en la esposa de un normando, milady. Cuantas más bodas se celebren entre unos y otros, mejor será nuestra paz futura.

Nicholaa escuchó a las mujeres hablar de los cambios operados. No comió la cena que le trajeron y se acostó temprano. Pensó en los doce soldados sajones que estaban aguardando para ser ejecutados. Su corazón sangraba por ellos y por sus familias. Sabía que su hermano Thurston podría ser uno de ellos y la idea le aterró. Rezó hasta que quedó agotada y después, hecha un mar de lágrimas, se quedó dormida.

Soñó con Royce.

Y Royce tuvo una pesadilla con ella. Decidió que debió de haber estado más cansado que de costumbre como para tener un sueño tan extraño. Después de todo, había sido una jornada muy larga. Había pasado más de tres horas conversando con el rey William y regresó a su alcoba a altas horas de la noche.

La pesadilla le despertó, bañado en un frío sudor. Había sido tan real. En su sueño, Nicholaa estaba perdida en el bosque. Corría un serio peligro y él no podía acudir en su auxilio.

Como después de la horrenda pesadilla, Royce no pudo volver a conciliar el sueño, terminó por levantarse e ir a caminar por los jardines que estaban detrás del palacio. Había muchos aspectos que tener en cuenta. Su vida cambiaría por completo si se permitía entregar su corazón a esa mujer.

Pero, rayos. Era demasiado mayor para ella y tenía una vida demasiado estable como para dar cabida en ella a esa joven. Vaya, toda su existencia era como un mapa. Sí, eso era... un mapa. Las líneas ya estaban dibujadas y no podían alterarse. Y él tampoco podía cambiar, simplemente, porque era demasiado tarde.

Se sintió aliviado al llegar a esa conclusión. Había tomado la decisión correcta. Sin embargo, de vez en cuando, se sorprendía mirando en dirección a la ventana de lady Nicholaa, preguntándose si se encontraría bien. Y si eso no era una ridiculez, ¿entonces qué era?

Los caballeros normandos fueron citados ante su rey la noche siguiente. Lawrence entró en el gigantesco salón junto a Royce. El vasallo estaba bastante inquieto por su señor, que parecía muy preocupado. Lawrence presentía que algo andaba mal, pero no podía determinar de qué se trataba. Sin embargo, sabía que no le serviría de nada preguntar. Royce se lo diría espontáneamente, cuando estuviera dispuesto.

El rey William ocupó su sitio en la silla de respaldo alto, situada en el centro de una plataforma, que se elevaba cuatro peldaños del resto del auditorio. El rey era un hombre robusto, con un vientre bastante prominente. Su cabello castaño se pintaba con algunas canas, elocuentes delatoras de su verdadera edad. No obstante, cada vez que sonreía, parecía joven y saludable.

Matilda, la esposa del rey, era exactamente el polo opuesto. Tenía una contextura física muy pequeña, el busto y los muslos generosos, destellantes ojos castaños y cabello rizado, del mismo tono.

El rey William le hizo un gesto, para que subiera a la plataforma con él, y cuando Matilda se paró junto a su marido, sólo le llegaba hasta la cintura. Hizo un ademán, pidiendo silencio. De inmediato, la audiencia obedeció. Entonces, William tomó la mano de su esposa y le sonrió.

—La mayoría de vosotros habrá oído hablar de lady Nicholaa y de cómo logró vencer a tres de mis nobles caballeros.

Un fuerte murmullo estalló en el grupo. Royce sonrió. Ya había explicado al rey cómo un sajón llamado John había ayudado para defender la fortaleza contra los desafiantes normandos, pero William decidió no revelar esa información al resto de sus servidores. Los soldados necesitaban una recompensa, según le había manifestado a Royce, y él no quería amargarlos confesando que los lauros habían sido compartidos.

—Clayton, el heraldo, recitará todas las proezas, para que aquellos que aún no estén familiarizados con esa notable mujer puedan comprender por qué nosotros estamos tan complacidos con ella —continuó William—. Pero primero deberán conocer mi premio. Deliberadamente he tenido bien escondida a lady Nicholaa hasta el último momento, para despertar la curiosidad de todos vosotros.

William hizo una pausa para besar el dorso de la mano de su esposa. Luego le guiñó el ojo para hacerle saber lo mucho que disfrutaba de esa situación y luego hizo un gesto a los dos soldados que estaban parados a la derecha de la plataforma. No bien los soldados abrieron las puertas que estaban detrás de ellos, William se volvió a su audiencia.

—Vosotros decidiréis si queréis participar en juegos de guerra para obtener su mano. El ganador la recibirá como esposa mañana por la noche.

Matilda susurró algo al oído de su esposo. El asintió y luego anunció a los presentes: —Acaban de recordarme que, además de lady Nicholaa, el ganador se quedará con su fuerte y con las fértiles tierras aledañas, hacia el este y el oeste. Es una generosa dote que ofrezco, además de esta valerosa mujer.

Se oyeron gritos de algarabía por parte de los hombres. William sonrió satisfecho. Le causaba un gran placer ver el entusiasmo de sus hombres.

El ruido pronto fue ensordecedor... hasta que lady Nicholaa entró en el recinto. Entonces, reinó el silencio. Los hombres dejaron de gritar. Las mujeres, de reír. Cada uno miró, fascinado, a la hermosa mujer que estaba caminando hacia el rey William.

Nicholaa estaba vestida de blanco, con un ajustado cinturón dorado trenzado. Su cabello suelto caía en delicados rizos, que se mecían con cada paso que avanzaba.

Parecía una imagen irreal. Royce estaba de pie en la parte posterior del salón, con sus anchos hombros apoyados contra la pared. Como era el hombre más alto de todos, no tuvo problema alguno para ver a Nicholaa.

—Dios, es toda una beldad —suspiró Lawrence.

Royce estuvo totalmente de acuerdo, pero en realidad, lo que más le impresionaba de Nicholaa era su personalidad. Era tan orgullosa, tan digna en su actitud.

Royce sabía que, en realidad, tenía que estar aterrada. Sin embargo, supo disimular muy bien sus sentimientos frente a la audiencia. La expresión de su rostro era apacible, serena.

Sin embargo, imaginaba que esa diablilla, en ese preciso instante, tal vez estuviera planeando matar al rey y a su esposa. Escuchó a alguien calificarla como un ángel y casi se echó a reír en voz alta.

Lawrence levantó la vista y sorprendió a Royce sonriendo. —¿Va a pelear por ella? —preguntó.

Royce no le contestó.

Nicholaa siguió a los guardias hasta la chimenea. Cuando los hombres se detuvieron, ella también. Luego, ellos se retiraron y Nicholaa quedó sola. Estaba a unos metros de la gigantesca chimenea y también a una distancia prudencial del rey y de sus súbditos.

En realidad, tenía la sensación de que la habían llevado a una jaula de leones hambrientos. Y ella, lógicamente, era su cena. Tuvo la esperanza de que su expresión no delatara el temor que sentía. El corazón le latía con tanta velocidad, que le producía dolor. El estómago le ardía como el fuego de la chimenea. Gracias a Dios, no había probado ni un solo bocado de todo lo que le habían llevado durante el día. De lo contrario, en ese momento estaría vomitando todo.

En poco tiempo, comenzó a sentirse como una extravagancia. Todos estaban observándola. Sentía sus miradas duras, como insectos caminándole por los brazos.

Tres niñitas escaparon de las faldas de su madre y se pararon justo frente a Nicholaa. La miraron, boquiabiertas y con los ojos cargados de curiosidad. Parecían tres pajarillos esperando su comida.

—¿Es usted una princesa? —susurró una.

Nicholaa miró a la niña. La pequeña morena no podía haber vivido más de tres o cuatro abriles. Se leyó una inocente curiosidad en su expresión. Nicholaa no podía ser grosera con ella. Lentamente negó con la cabeza. Luego, fijó la vista en la pared opuesta, decidida a ignorar a todos los presentes.

El barón Guy estaba en el centro de la sala, rodeado de todos sus súbditos. En el momento en que Nicholaa entró estaba contando una graciosa anécdota, pero en ese instante perdió el hilo de la historia. También estaba convencido de haber perdido su corazón, pues si bien no era hombre con tendencias a la sensiblería, sospechaba que acababa de enamorarse. Por supuesto que la vasta heredad que el rey William ofrecía al vencedor acentuaba el atractivo de la mujer, pero Guy estaba impactado por la belleza de aquella joven.

Decidió que la haría suya.

Guy dio un paso al frente y quebró el silencio reinante con su frase jactanciosa: —Reto a quien se atreva a desafiarme para obtener su mano en matrimonio. Y resultaré vencedor.

—Así será siempre y cuando el barón Royce no participe en la contienda —contravino a gritos otro de los caballeros.

El comentario no pasó inadvertido. Las risas hicieron eco entre la multitud. Guy permaneció inalterable. Volvió el rostro en dirección al rey, hizo una reverencia formal y luego se quedó de pie, con las piernas separadas y los brazos a los lados del cuerpo, esperando que los demás caballeros hicieran sus propuestas.

Guy había peleado para William durante casi diez años. Las cicatrices que tenía en los brazos eran un fehaciente testimonio de sus batallas. Por obra del destino y de la buena suerte, su rostro había permanecido intacto. Las damas de la corte le consideraban un hombre bastante apuesto. Tenía cabello dorado y ojos avellana. Tenía casi la misma estatura del rey, aunque no su barrigota ni su avanzada edad.

Royce era el polo opuesto a Guy. Su piel era tan morena como blanca la de Guy y, además, le llevaba unos cuantos centímetros de estatura. Por otra parte, nadie le consideraba apuesto. En la mejilla derecha, tenía una extensa cicatriz que iba desde la parte superior de la oreja hasta la base del cuello. Se había ganado esa marca de hoz muchos años atrás, cuando, siendo todavía escudero, se pusiera delante de Matilda, la esposa de su jefe, para protegerla del ataque. Redunda aclarar que su acto de arrojo tuvo su recompensa. En cuanto terminó su entrenamiento, con la supervisión personal del rey William, recibió su propio contingente de soldados.

Royce ya había demostrado su valor con anterioridad. Como se había convertido en un as en tácticas de guerra, William comenzó a enviarle caballeros jóvenes e inexpertos para que él los entrenara. Royce siempre se había mostrado muy paciente, aunque no por eso menguaban sus exigencias. Se consideraba un privilegio recibir entrenamiento bajo su tutelaje. Sus tropas eran la elite, el invencible corazón de la poderosa armada de William.

Guy se consideraba un verdadero amigo de Royce; pero, de todas maneras, le carcomían los celos por lo que él pensaba que era sólo la buena suerte de Royce. El remanente se le enviaba a Guy para su preparación militar, por lo que se le conocía como entrenador de hombres. Guy siempre había sido un apasionado competidor de Royce, aun desde la época en que ambos eran escuderos. Muy en el fondo de su corazón estaba convencido de que habría sido él el favorito de William de haber podido salvar a Matilda a riesgo de su propia vida, como lo había hecho Royce.

Y Royce reconocía la fiebre de los celos en la personalidad de Guy, pero la achacaba a un defecto humano que algún día Guy podría superar y, por ende, la descartó, restándole importancia.

—Yo también pelearé para conseguir su mano —gritó otro caballero, pavoneándose frente a su rey.

Y luego otro y otro avanzó para hacer su propuesta.

Nicholaa jamás se había sentido más humillada en la vida. Cuadró los hombros, mientras trataba de bloquear los gritos y de alimentar su ira al mismo tiempo. Necesitaba mantenerse furiosa, para no caer y romper en llanto. Pero la humillación y la degradación eran demasiado intensas como para poder concentrarse.

Las tres niñitas, vestidas como damas, con sus trajes largos y vaporosos, corrían una detrás de la otra, en un juego espontáneo e infantil. Dibujaban grandes círculos en torno de Nicholaa.

¿Dónde estaba Royce? ¿Por qué permitía que le estuviera sucediendo todo esto?

Se obligó a borrarle de su mente y trató de remplazar, en cambio, su imagen por la del pequeño Ulric. Royce le había dicho que recordara al bebé cada vez que tuviera deseos de hacer alguna tontería.

Pensó que le agradaría matar al rey de Inglaterra. ¿Tan tonta era? Sólo William era responsable por la desgracia que ella estaba padeciendo. Si hubiera dejado en paz a Inglaterra, nada de eso habría sucedido.

Era un plan tonto. No podía matar al rey. Nunca lo conseguiría. Ni siquiera tenía un arma para hacerlo. Estaba bastante lejos de donde él y su esposa estaban sentados y bastante lejos, también, de la horrenda multitud que se peleaba por poseerla.

Todavía no había escuchado la distintiva voz de Royce, clamando por participar en la contienda. ¿Estaría allí o ya habría partido para Normandía? A decir verdad, Nicholaa también quería matarle a él.

Un grito ensordecedor atrajo la atención de Nicholaa. Era una voz infantil; Nicholaa se volvió justo a tiempo para ver a una de las niñas, gritando de dolor. Se le había prendido el vestido con el fuego de la chimenea. Las llamas estaban quemándole la parte posterior de las piernas.

Nicholaa se puso a la niña contra el cuerpo y usó las faldas de su vestido y sus manos para apagar las llamas.

El fuego se extinguió mucho antes de que los soldados pudieran prestar su colaboración. Nicholaa se arrodilló en el suelo. Le arrancó lo que le quedaba del vestido y luego la abrazó, mientras le susurraba palabras de consuelo.

La niña se aferró a su salvadora, quejándose suavemente contra su cuello.

Durante un rato, fue como si nadie hubiera podido moverse. Luego la madre de la niña gritó y atravesó el salón corriendo.

Nicholaa se puso de pie, con la niña aún aferrada a su cuello. La colocó en los brazos expectantes de su madre. —Todavía está asustada —le dijo a la madre en voz baja—, pero no creo que haya sufrido quemaduras serias.

El rey William se había levantado de su silla en cuanto el grito de la pequeña llegó a sus oídos. Su esposa estaba junto a él, con las manos apretadas sobre la boca.

Ambos contemplaron a la madre que tomaba a su pequeña. En el último segundo, la niña se volvió hacia Nicholaa para plantarle un beso en la mejilla. —Usted *sí* es una princesa —le susurró—. Me ha salvado.

La madre de la niña lloró aliviada. —Claro, ella te ha salvado —coincidió. Abrazó a su hija y sonrió a Nicholaa—. Se lo agradezco profundamente. —Comenzó a hacer una reverencia cuando lanzó otro alarido.— ¡Por el amor de Dios! ¡Mírese las manos! Pero si ya están cubiertas de ampollas.

Nicholaa no quería mirárselas. Sabía que, si veía el daño, le dolería aun más. La izquierda le ardía mucho más que la derecha. La verdad era que tenía la sensación de estar haciendo una brasa al rojo vivo entre ambas manos.

Levantó la vista y vio que Royce se abría paso para llegar a ella. Le vio a pesar de las lágrimas que nublaban su visión.

Ya era hora, pensó. Claro que tenía que acudir en su ayuda. Todo eso era por su culpa... ¿o no?

Al parecer, Nicholaa no podía concentrarse. La multitud la rodeó. Nicholaa retrocedió y ocultó las manos detrás de sí.

Deseaba desesperadamente que Royce se le acercara, para poder decirle que se fuera y la dejara en paz.

—Déjeme ver sus manos, Nicholaa.

Estaba tan cerca de ella, que con sólo inclinarse levemente hacia adelante ya habría podido tocarle. Royce habría podido rodearle los hombros con el brazo, ofrecerle su apoyo.

Nicholaa juró que le daría una fuerte bofetada si la tocaba.

Por Dios, lo que pensaba no tenía ningún sentido. Meneó la cabeza y retrocedió otro paso.

—Abran paso, abran paso.

La escalofriante orden femenina obligó a la muchedumbre a obedecer. Royce se apartó a un lado y Nicholaa se encontró de pronto frente a frente con la esposa del rey.

Dios, qué baja era. Sólo le llegaba a los hombros. Pero de todas maneras, la mujer tenía la presencia de un comandante. —Dame tus manos. Ya.

Nicholaa no se opuso. Mostró las quemaduras a la mujer. Decidida a no mirar las lesiones, clavó los ojos en la cabeza de Matilda mientras la reina examinaba sus manos.

—Debes de tener unos dolores terribles, querida. Ven. Yo me encargaré personalmente de atenderte. ¿William? —gritó—. No se hablará más de desafíos hasta que regresemos.

El rey estuvo completamente de acuerdo. Matilda trató de asir a Nicholaa por el codo, pero terminó tratando desesperadamente de respirar un poco más de aire, pues la joven se movía con la velocidad de un relámpago, para poder acercarse más a Royce. Se había arrimado a él antes que Matilda pudiera parpadear.

La actitud fue más que elocuente. Matilda miró a su leal vasallo, luego a la mujer sajona y nuevamente a Royce. Usted puede venir con nosotras, barón —anunció.

Entonces sí, Nicholaa permitió que la reina la tomara por el codo. Matilda trató de no sonreír. Se dio cuenta de que, mientras la hacía atravesar la sala para marcharse y también mientras caminaban por el pasillo, Nicholaa se volvió en varias ocasiones, para comprobar que realmente Royce estuviera siguiéndolas.

Y él les cuidaba las espaldas. La encantadora jovencita se sintió inmensamente aliviada, aunque no pudo determinar por qué. Oh, sí, ahora lo recordaba. Porque todo eso era culpa de él y ella quería recordárselo.

El sólo había cumplido con su obligación al traerla a Londres por la fuerza. Esa idea lógica afloró a su mente repentinamente. Pero luego la descartó. No era momento de ponerse a razonar.

—Eres una mujer muy valiente, lady Nicholaa —dijo Matilda—. La niña que salvaste es mi querida sobrina. Todos estamos en deuda contigo. —Hizo una pausa para dirigirle una mirada penetrante y luego agregó.— Es normanda, pero aparentemente, eso no ha sido un escollo para ti, ¿verdad?

Nicholaa meneó la cabeza. Ojalá Matilda no hubiera sido tan solícita. Se volvió y miro a Royce por encima del hombro, como diciéndole: "espera a que estemos solos y verás".

El le guiñó el ojo.

—Usted es el responsable de esto, Royce —murmuró.

Matilda la escuchó. —No, querida, fue un accidente. —Hizo un gesto a los sirvientes para que abrieran la puerta del cuarto de Nicholaa y luego caminó hacia el interior.

Royce tuvo que empujar a Nicholaa para que entrara.

Los quince minutos siguientes fueron agónicos para Nicholaa. Mientras la pechugona esposa del rey daba sus órdenes, su curandero personal —un viejo arrugado, llamado Samuel, que parecía necesitar más de un curandero que nadie—, llegó con tres sirvientas. Las mujeres apoyaron las cosas que traían sobre un arcón de madera, hicieron la reverencia correspondiente a Matilda y volvieron a marcharse del cuarto.

Royce se quedó de pie junto a Nicholaa, con las manos entrelazadas en la espalda, cuando el curandero empezó con su trabajo. Matilda estaba junto a la ventana, con los brazos cruzados sobre su voluptuoso busto, mirando con ojos de águila a ambos.

Nicholaa se había negado a tumbarse. Estaba sentada en un banco. Tenía la espalda rígida, como si hubiera sido de madera y la vista perdida en el espacio, sin mostrar emoción alguna.

El barón Samuel estaba sentado en otro banco frente a su paciente. Limpió las heridas con agua fría y luego esparció una generosa capa de ungüento marrón desde los extremos de los dedos hasta los codos.

La limpieza le había producido un dolor insoportable, pero el ungüento fresco le alivió bastante la piel. Nicholaa no se dio cuenta de que había estado apoyada contra el muslo de Royce. Pero Matilda sí, por lo que no pudo contener una sonrisa.

—Le quedarán algunas cicatrices —dijo Samuel a Matilda cuando terminó de cubrir las heridas con suaves vendas blancas.

Royce ayudó al viejo a incorporarse. Las rodillas le crujieron más que los leños del fuego que ardía en la chimenea.

—Le enviaré una poción que le hará dormir —dijo a Nicholaa—. Con eso se le calmará el dolor y podrá descansar un rato.

—Gracias —susurró ella.

Fueron las primeras palabras que murmuró desde que había entrado al cuarto. Su sonrisa fue amplia. —Volveré mañana a cambiar los vendajes.

Nicholaa volvió a darle las gracias. La mirada penetrante de Matilda iba desde la serena expresión de Nicholaa a la preocupada de Royce.

—¿Le duele ahora, Nicholaa? —preguntó él.

La compasión de su voz fue el detonante. —No se atreva a ser atento conmigo, cretino.

—Royce, ¿podría dejarnos solas ahora? —solicitó Matilda.

No quería irse. Su intención fue obvia para Matilda. El barón cumplió la orden, claro, como era lógico; pero cuando llegó a la puerta, se detuvo, dirigió una larga mirada a Nicholaa y se retiró, haciendo previamente la reverencia correspondiente.

—¿Por qué esa mirada ceñuda? —preguntó Matilda.

—Es su modo de advertirme que es mejor que me porte bien —contestó la joven.

Matilda se paró frente a Nicholaa. Echó su cabellera hacia atrás, en un gesto maternal. —El barón Royce tenía obligación de traérnosla hasta aquí. ¿Por qué le culpa por eso?

Nicholaa se encogió de hombros. —Porque se alegra mucho de su obra —confesó—. Y me siento mejor echándole la culpa a él.

Nicholaa levantó la mirada justo a tiempo para ver la sonrisa de Matilda. —Sé que el barón Royce es su leal servidor, milady. Probablemente usted le aprecia mucho; pero a mí, me resulta insoportable.

—¿Te ha tratado mal?

—No.

—¿Entonces por qué te resulta insoportable.

—Porque es grosero, arrogante y... —Se detuvo al ver lo mucho que estaba divirtiéndose Matilda. Su reacción la confundió por completo. Estaba insultando a uno de los caballeros favoritos del rey, ¿no?

—Si Royce te hubiera dejado en la abadía en estos momentos mi querida sobrina tendría varias quemaduras, porque mis valerosos caballeros habrían tardado mucho más que usted en socorrerla. Entonces, como verá,

Nicholaa, fue Dios quien te nos ha enviado para salvar a la niña. ¿No te parece?

Su tono sugirió que Nicholaa tenía que estar de acuerdo. —Sí, me parece —contestó. Sin embargo, en el fondo de su corazón, sabía que Matilda estaba equivocada. Su llegada al palacio no había sido obra del Señor. En absoluto. Había sido decisión de William, nada más.

—Dime qué ves cuando miras a Royce.

A Nicholaa le pareció una pregunta bastante peculiar. Ya no quería seguir hablando de él. No obstante, habría sido una descortesía no responder. —Veo a un hombre muy obstinado.

—¿Y?

—Vanidoso —agregó.

Matilda pareció sorprendida. —¿Vanidoso, dijo?

Nicholaa asintió. —Sé que no quiere que le hable de los defectos de su barón, pero Royce es vanidoso. Es consciente de su atractivo.

—Explícame exactamente qué te parece físicamente —insistió Matilda.

Por la mirada determinante de la reina, Nicholaa se dio cuenta de que no se daría por vencida hasta que no obtuviera las respuestas que quería. Pero ella no estaba dispuesta a disfrazar la verdad al responderle. —Es un moreno muy apuesto y él lo sabe. Debo admitir que hasta yo admiré sus magníficos ojos grises. Tendría que ser ciega para no haber reparado en ellos, milady. También tiene un perfil muy marcado.

—¿De modo que también has advertido eso, no? —preguntó Matilda, sonriente.

—Sí —dijo Nicholaa, suspirando—. Pero después me da uno de esos sermones que me hacen olvidar lo guapo que es. Entonces sólo siento deseos de gritarle. Dígame por qué está sonriendo. Estoy insultando a uno de sus barones y me parece que tendría que sentirse ofendida por mis declaraciones.

Matilda meneó la cabeza. —Tú sólo me estás diciendo lo que hay en tu corazón.

—Royce no significa nada para mí —declaró Nicholaa—. Es un bárbaro. Tiene los modales de un... —Iba a decir que tenía los modales de un normando, pero se detuvo justo a tiempo.— De un perro.

Matilda asintió. Se dirigió hacia la puerta. —Pediré a las sirvientas que te ayuden a cambiarte de ropa. ¿Estás con ánimos para seguir con la contienda?

Nicholaa asintió. Quería que esa tortura terminara de una vez por todas. —Voy a hacerle una advertencia, milady —gritó ella—. No seré una buena esposa. Al que se case conmigo le convertiré la vida en un infierno.

Quiso que esa frase sonara como una amenaza, pero Matilda la malinterpretó. Su sonrisa fue amable. —No se subestime, mi querida. Estoy segura de que tiene cualidades para hacer feliz a su esposo durante el resto de sus días.

—Pero yo quise decir...

Nicholaa no tuvo la oportunidad de explicarse. Matilda ya se había marchado. Mary y Heloise entraron corriendo a la alcoba y Nicholaa debió concentrar toda su atención en tratar de quitarse de encima las manos de las mujeres. Estaba decidida a que la dejaran en paz y a no cambiarse de ropa.

Matilda regresó a toda prisa al salón. No se detuvo para hablar con nadie sino que se dirigió directamente a la plataforma, a ocupar el sitio junto a su esposo. William estaba repantigado en su silla. Tenía una jarra de plata llena de cerveza en la mano.

Su esposa le murmuró algo al oído. Fue un monólogo bastante largo. Matilda se paró en varias ocasiones para secarse los ojos con un pañuelito, y cuando terminó de hablar, William estaba sonriendo. Tomó la mano de su esposa y se la besó.

El rey entregó la jarra de plata a su escudero e hizo un gesto, pidiendo silencio. Con una voz muy alta y estridente ordenó que todos los caballeros casados se retiraran del salón, junto a sus esposas e hijos. Los solteros, debían permanecer allí.

A Royce le pareció bastante extraña la orden y, a juzgar por las expresiones de sus compañeros, advirtió que ellos también compartían su opinión. Sin embargo, nadie habría cuestionado los deseos del rey. Royce regresó a su sitio, contra la pared del fondo, pues era desde allí donde veía mejor las puertas dobles por las que Nicholaa volvería a entrar. Hizo un gesto a Lawrence y se apoyó contra el muro para esperar.

Por fin se abrieron las puertas. Todos, incluso el rey de Inglaterra y su esposa, se volvieron para ver a Nicholaa entrando en el salón.

Los que estaban sentados, se pusieron de pie inmediatamente. Alguien comenzó a aplaudir. Luego otro se le unió, y otro y otro más, hasta que todo el salón explotó en un solo aplauso.

El rey William no se puso de pie, pero sí aplaudió. Nicholaa no entendía qué estaba sucediendo. Se detuvo abruptamente y casi se dio la vuelta para ver si había alguien detrás de ella, merecedor de tan caluroso recibimiento.

Por su expresión, Royce notó que ignoraba que todos le rendían tributo a ella. Sin embargo, el bullicio no pareció aturdirla. No, se la veía bastante serena.

Y encantadora. Se había puesto un vestido azul oscuro y un manto. Royce pensó que ese color le sentaba mucho mejor que el blanco, que había lucido hacía una hora, cuando entró por primera vez en el recinto.

El rey William hizo un gesto a Nicholaa para que se acercara. Ella vaciló una centésima de segundo, pero luego obedeció.

Royce reprobó en silencio las miradas lujuriosas que sus compañeros dirigieron a la mujer cuando la vieron pasar. Tuvo el incontenible impulso de golpear despiadadamente a esos malditos caballeros.

En ese ataque de posesión y celos, supo lo que debía hacer.

—¿Por qué está frunciendo el entrecejo, Royce? —preguntó Lawrence.

—Por nada —mascullÓ Royce—. Maldita sea, Lawrence. Nicholaa debe de estar sufriendo un profundo dolor. Mire esas vendas. Le cubren la mayor parte de los brazos. Tendría que estar descansando.

—Eso debe decidirlo nuestro superior —señaló Lawrence—. Tal vez él crea que lo mejor es terminar con esta tortura de una vez por todas —agregó, antes de mirar a Nicholaa.

En realidad, Nicholaa no sentía ningún dolor. El barón Samuel le había asegurado que el ungüento contenía un ingrediente especial que le adormecería la zona afectada, por lo que no sentiría el ardor que provocaban las quemaduras. Y le dijo la verdad.

Se dirigió hacia los cuatro escalones que conducían a la plataforma. No habría podido arrodillarse aunque lo hubiera deseado; pues, por las vendas que tenía en las manos, no habría podido tomar el bajo del vestido para levantárselo.

William advirtió el detalle. Se inclinó hacia adelante, mientras seguía sentado en su silla. —¿No se arrodilla frente a mí?

Su expresión comenzaba a adoptar una mirada ceñuda cuando su esposa dijo: —Ella no puede arrodillarse, esposo. Tiene las manos vendadas y no puede tomarse las faldas para levantarlas. Si lo intentara, se iría de bruces al suelo. Nicholaa, querida —dijo—, inclina la cabeza. Eso bastará para complacer al rey.

William asintió. Al parecer, la explicación de su esposa le había convencido.

Nicholaa se dio cuenta de que, si quería, podía desafiar al rey en ese preciso instante.

¿Pero qué pasaría con Ulric?

Inclinó la cabeza.

William rió. —Ha demostrado tener un gran valor —anunció, prácticamente a gritos, para que todos pudieran escuchar el elogio—. Yo había pensado en organizar una competición entre mis caballeros, para que aquel que resultara vencedor tuviera derecho a obtener su mano en matrimonio. Pero ahora he cambiado de opinión. Será usted la que tenga el derecho de escoger.

Nicholaa alzó la cabeza inmediatamente. El rey sonrió por la sorpresa que acababa de dar a esa mujer. —Sí, usted será quien escoja a su esposo. Dése la vuelta y haga su elección, mi querida. Ahora son ellos los premios, lady Nicholaa. Todos, sin excepción, son valerosos soldados. Examine a cada uno personalmente, si lo desea. Interróguelos individualmente, también. Si le lleva toda la noche tomar una decisión, bien, que así sea. Esperaremos. La boda tendrá lugar cuando usted haya elegido.

El barón Guy soltó una sonora carcajada. Se acomodó su túnica roja y dio un paso al frente. Uno de sus vasallos le codeó en las costillas y le dirigió una sonrisa cómplice.

Guy no tenía duda alguna de que Nicholaa le escogería a él. Sabía que no podía equivocarse en su juicio, pues tenía plena conciencia de sus propios valores. Era un hombre apuesto. Tal vez, el más apuesto de todos los barones de William. Las mujeres se peleaban entre ellas sólo para poder acercarse más a él. ¿Y por qué no? Guy tenía una espesa cabellera rubia, unos perfectos ojos avellana, blanquísima dentadura y un carácter muy autoritario. Era alto, delgado y musculoso y, además, tenía la fuerza de tres hombres juntos. ¿Qué más podía desear una mujer?

Sí, Nicholaa le escogería a él. Todo lo que necesitaba Guy era llamar su atención. Luego, le sonreiría y con eso la conquistaría para siempre.

En cuanto lady Nicholaa se volvió para encaminarse hacia la multitud, Guy se interpuso en su camino. Le sonrió. Ella se detuvo, le miró a los ojos y le devolvió la sonrisa.

De inmediato, le esquivó y continuó su camino.

Guy no podía creer que ella le hubiera rechazado. Extendió la mano para tocarle el brazo. Nicholaa se la quitó de encima.

Guy sentía que el rostro se le ponía colorado de vergüenza. Cerró fuertemente los puños a ambos lados del cuerpo y debió reunir todo el coraje que tenía para no tomarla por los hombros y zarandearla. Con un esfuerzo supremo, se obligó a fingir indiferencia.

Los dos vasallos predilectos de Guy, Morgan y Henry, se colocaron uno a cada lado de su barón. Pero ellos ni siquiera se molestaron en disimular su irritación. Resoplaron abiertamente en dirección a la espalda de Nicholaa.

Pero la mujer no tenía ni idea de la ira que había provocado. Toda su atención se concentraba en un solo hombre: Royce. Estaba apoyado contra la pared del fondo. Parecía muy aburrido, a punto de quedarse dormido.

Pero estaba mirándola.

Cuanto más se le acercaba, más preocupado estaba. Nicholaa trató de no sonreír.

Sentía la tensión reinante en todo el salón. Pero la fuente principal de esta tensión era Royce. No era posible que alguno de los barones estuviera satisfecho con ese giro que había dado la situación, pues uno de ellos acababa de convertirse en el preciado premio, en la posesión.

En realidad, debió haber sentido un poco de compasión por los caballeros. Pero no. Estaba demasiado ocupada regodeándose con la situación.

Dios, qué momento tan emocionante.

Nicholaa siguió abriéndose paso entre la multitud hasta que llegó a Royce. Cuando estuvo a menos de medio centímetro de distancia de él, se detuvo. No dijo ni una sola palabra. Sólo le miró, durante unos eternos minutos.

Royce no podía creer que ella estuviera parada allí. Meneó la cabeza.

Ella asintió. —¿Royce? —Nicholaa apenas murmuró su nombre, pero él lo escuchó de todos modos.

—¿Sí, Nicholaa?

Su sonrisa le cautivó. Ella le hizo un gesto para que se le acercara. Luego se puso de puntillas y le susurró al oído:

—Jaque mate.

5

Se casaron poco más de media hora después.

Tanto el novio como la novia se comportaron como si hubieran sido las víctimas de un sacrificio humano: el de ellos.

Nicholaa se negó a mirar a Royce. Sabía que tenía que estar furioso.

El mantuvo la mirada fija en la cabeza de la joven durante toda la ceremonia, que en realidad fue muy breve. Pensaba que Nicholaa se había vuelto loca.

La reina era la única que se mostraba absolutamente complacida. No hizo más que enjugarse los ojos con un pañuelo, mientras el obispo recitaba el ritual. No era habitual que Matilda exteriorizara sus emociones tan abiertamente, pues no revelaba sus verdaderos sentimientos a nadie, excepto a su esposo.

Hechas las respectivas promesas, Royce se agachó para besar a su esposa. Pero Nicholaa no tuvo tiempo de prepararse, siquiera. Su boca la tocó y la abandonó antes de que ella pudiera reaccionar.

Se había permitido la entrada al salón de todas las parejas casadas con sus respectivos hijos, quienes permanecieron en la parte posterior del recinto para presenciar la ceremonia. Una vez concluida ésta, avanzaron todos en masa para ofrecer sus felicitaciones. Los hombres hicieron una reverencia con la cabeza, en dirección a Nicholaa, mientras que sus esposas, al no poder tomarle las manos por los vendajes, le palmearon el hombro mientras le brindaban los mejores augurios para un futuro feliz.

De pronto, toda la multitud volvió a replegarse hacia atrás, como si se hubiera dado una orden silenciosa, que todos, excepto Nicholaa, había escuchado. Levantó la mirada para juzgar la reacción de Royce ante tan extraña actitud. El la ignoró y siguió contemplando a los presentes. Ella le miró de reojo y vio al vasallo que estaba parado a su lado. Recordó que se llamaba Lawrence. Se trataba del subcomandante de Royce, y había sido el primer caballero en darles la bienvenida cuando llegaron a Londres.

Lawrence advirtió que Nicholaa estaba observándole. Le guiñó un ojo. Ella se puso colorada y luego le sonrió. Le habría hablado, si Royce no la hubiera tomado por el brazo y la hubiera llevado hacia atrás.

Nuevamente, Nicholaa concentró su atención en la gente. Uno de los vasallos de Royce se adelantó. Nicholaa se quedó atónita cuando se hincó frente a ella y colocándose la mano sobre el corazón, le juró lealtad. A ella.

Y luego otro y otro repitieron idéntico procedimiento. Cuando todos los súbditos terminaron con el ritual, Royce asintió en señal de aprobación.

Pero Nicholaa se sentía humillada y confundida por todos esos juramentos. ¿Acaso habían olvidado que ella era sajona? Obviamente, decidió, pues de lo contrario no habrían jurado protegerla a riesgo de sus propias vidas.

Royce en ningún momento miró a sus vasallos mientras éstos juraban lealtad a su esposa. Sin embargo, sabía que Nicholaa estaba nerviosa. La joven se había ido aproximando a él cada vez más, hasta que estuvo totalmente apretada contra su cuerpo.

El rey observaba desde la plataforma. Cuando el último de los vasallos de Royce cumplió con los mandatos de la tradición, William bajó como pudo los escalones.

Dio palmadas profusamente a Royce sobre el hombro y después tomó a Nicholaa entre sus brazos. La estrechó ferozmente y luego la dejó otra vez en brazos de su marido. Comenzaba a recuperarse de esa sorpresa cuando el rey le dio palmadas en el hombro. El gesto cariñoso por poco la derriba.

Royce la tomó. La colocó a su lado y le rodeó los hombros con el brazo, como indicándole que no se moviera.

—Esta boda me produce un inmenso placer, lady Nicholaa —declaró el rey—. Ha sabido usted escoger muy bien. —Hizo una pausa para arquear una ceja en una estudiada actitud melodramática.— Mi querida esposa tenía razón, como siempre. Ella me dijo que usted escogería a mi barón predilecto. Sí, mi dulce Matilda fue la que me lo dijo.

Nicholaa no pudo evitar sonreír. Era gracioso ver a un hombre tan robusto derretirse de amor por una persona tan pequeñita como Matilda. Pero también, conmovedor. Era evidente que estaban muy enamorados. En los tiempos que corrían, donde las preferencias sentimentales se colocaban siempre a la zaga de la lista de prioridades para escoger pareja, parecía un verdadero milagro que William amara realmente a Matilda y que ella correspondiera a esos sentimientos tan nobles.

Por esa razón, Nicholaa empezó a apreciar mucho más al matrimonio. El lazo de respeto y confianza conyugal que los unía hizo que Nicholaa recordara el de sus padres.

Demonios, ¿qué estaba pasando? Supuestamente, no debía sentir simpatía ni por el rey ni por su esposa. Era una falta de lealtad, ¿no?

¿Pero una falta de lealtad hacia quién? Hacía casi tres meses que el rey de Inglaterra había muerto. Los normandos parecían haberse establecido definitivamente y no había ninguna facción que estuviera dispuesta a rebelarse contra ellos. Todo se le antojaba tan confuso. Necesitaba tiempo para ordenar todos sus pensamientos.

Una voz, que se alzó entre la multitud, le llamó la atención. —Tal vez, lady Nicholaa hizo esa elección porque Royce era el único caballero a quien ella conocía. Si usted me hubiera enviado a mí a buscarla, seguramente yo sería su esposo en estos momentos.

Se trataba del hombre que se había interpuesto en su camino cuando ella quiso llegar hasta Royce. Nicholaa le observó mientras avanzaba, con sus largos pasos tan arrogantes como su teoría. Estaba sonriendo, pero esa sonrisa no pareció franca en absoluto ante los ojos de Nicholaa. Los ojos del hombre eran tan fríos como el hielo.

A ella no le agradaba.

Dos vasallos se habían adelantado para colocarse a los lados del jactancioso caballero. Nicholaa no los miró a la cara hasta que no le fueron presentados formalmente.

—Nicholaa —dijo Royce—, quiero presentarte al barón Guy y a sus vasallos, Morgan y Henry.

El barón Guy hizo una reverencia muy formal, mientras sus súbditos, como dos mal educados, se quedaron muy erguidos, inmóviles. Nicholaa inclinó la cabeza en dirección a Guy y luego se volvió hacia los vasallos.

Ojalá no se hubiera molestado. El fastidio que leyó en sus ojos casi le cortó la respiración. La desaprobación de esos hombres estaba cercana al odio.

Al instante se dio cuenta de que tenían el corazón negro y, al mismo tiempo, de que su juicio era absurdo. Ni siquiera los conocía. Se acurrucó más todavía contra Royce, pero ni así pudo dejar de temblar.

Sólo eran hombres, se dijo. Y horrendos. El tal Morgan tenía cabello oscuro y ojos avellana. Su estatura era idéntica a la de Henry, aunque éste era mucho más rubio y tenía los ojos castaños. Nicholaa decidió que su fealdad nacía de sus miradas ceñudas y de sus ideas.

¿La odiarían porque era sajona o porque no había elegido a su adorado señor como esposo? No tenía ninguna importancia, pensó Nicholaa. Esos hombres eran de lo más vulgar y si aquella actitud no era ofensiva, ¿entonces qué era?

El rey William volvió a palmear la espalda de Royce. —¿Que opinas de la arrogancia del barón Guy? ¿Estás de acuerdo en que Nicholaa le habría escogido a él si yo le hubiera enviado a buscarla?

Royce se encogió de hombros. Nicholaa quiso darle un codazo en las costillas. ¿Tenía necesidad de demostrar tanta indiferencia? En lugar de darle un codazo, le dio un pisotón.

—Tal vez —concedió Royce.

—Mi amigo es tan afortunado —exclamó Guy. Volvió a mirar a Nicholaa—. Y desde ahora, usted, mi querida dama, se verá privada de por vida de la dicha de tenerme como esposo. —Hizo una pausa para suspirar.— Qué pena.

Morgan y Henry soltaron una risita tonta al unísono.

¿Por qué Guy se estaba mofando de ella y de Royce? Estaba convencida de que ésa era la intención, pero ignoraba el motivo. Levantó la vista, para juzgar la reacción de Royce. No obstante, la expresión de su esposo fue ilegible.

—¿No desea felicidad, Guy? —preguntó Royce, con una voz tan suave como la seda.

Guy se tomó bastante tiempo para contestar. La atmósfera se puso más tensa que nunca. ¿Qué diablos estaba sucediendo? Tenía la sensación de que todos estaban mezclados en una especie de juego, en el que ella era la única que no participaba. Tenía el estómago revuelto y se sentía amenazada.

Pero de inmediato, Royce le apretó los hombros. Su temor se desvaneció. Pero Nicholaa tampoco supo cómo interpretar esa reacción.

Los normandos la atontaban.

Guy todavía no había contestado a la pregunta de Royce. Varios vasallos se habían acercado, obviamente, con la intención de escuchar la conversación. Lawrence avanzó un paso.

Nicholaa sentía aprecio por este súbdito. Lawrence no disimulaba sus sentimientos ni tampoco trataba de participar en ese extraño juego. Su expresión parecía tan feroz como la de un oso a punto de atacar. Estaba furioso por lo que sucedía con su barón. Por lo menos él se daba cuenta de que Guy estaba insultando a Royce, aunque los demás no.

—Por supuesto que les deseo felicidad —contestó Guy por fin—. Sólo estoy sorprendido —agregó, encogiéndose de hombros.

—¿Por qué? —preguntó Lawrence. Cruzó los brazos sobre su pecho y esperó la contestación.

—Sí, ¿por qué? —preguntó también Nicholaa.

Morgan y Henry dieron un paso al frente. Nicholaa pensó que ambos vasallos querían demostrar la lealtad que sentían hacia su barón y, al mismo tiempo, intimidar a Lawrence.

Sin embargo, Royce no exteriorizó ninguna reacción por la tensión que le rodeaba.

—Me sorprendió que escogiera a Royce por su aspecto —explicó Guy—. Es un hecho que esa cicatriz ofende a la mayoría de las mujeres.

Morgan de inmediato asintió con la cabeza, manifestando su acuerdo. Henry fue el menos sutil de los dos. Sonrió ampliamente.

Nicholaa se quitó el brazo de Royce de encima y avanzó un paso. —¿Se refiere a la bella prueba de valor que tiene en la mejilla, barón?

La voz de Nicholaa sacudió la ira del hombre. Guy no pudo disimular su sorpresa. Esa maldita sajona era una mujer de carácter. Esa característica acentuaba su atractivo, al igual que sus ojos, que se habían teñido de un profundo color violeta. A Guy le resultaba excitante. Rayos, ¡cómo la deseaba!

—¿Prueba de valor? —repitió él—. Qué modo tan peculiar de mirar una imperfección.

—Los jovencitos son perfectos —contestó Nicholaa—. Yo he escogido a un hombre.

La respuesta fue urticante. Guy se puso colorado de vergüenza. Nicholaa habría dejado las cosas como estaban, si Guy no la hubiera irritado más aun con la frase siguiente: —Todos saben que usted habría sido mucho más feliz conmigo.

Esa fue la gota que colmó el vaso. Esa actitud altanera tal vez no irritaba a Royce, pero a ella sí. Y, por supuesto, también la ofendió.

Matilda escogió ese momento para intervenir. —Nicholaa —comenzó—, usted no tiene por qué saber de qué se trata todo esto. Por eso, yo le explicaré este comportamiento de Guy. El es un hombre muy competitivo, querida. No se toma la derrota a la ligera. Sin embargo, cada vez que se enfrenta con Royce en contiendas de fuerza, Guy siempre resulta perdedor.

La voz de Matilda denotó cierta censura. Guy bajó la cabeza y trató de aparentar diversión en lugar de furia.

Nicholaa ya tenía una buena arma. Sabía que pasaría uno o dos días más de lo debido en el purgatorio, por el pecado que estaba a punto de cometer, pero no era eso lo que le preocupaba en esos momentos.

—Ha sido una gentileza de su parte darme esta explicación —dijo ella—, pero yo ya sabía que Royce está considerado como el mejor guerrero de su armada.

—Oh, ¿y cómo te enteraste? —preguntó Matilda.

—Oh, ya había oído hablar de Royce hacía mucho tiempo —mintió Nicholaa—. Los soldados de mi hermano han contado muchas historias sobre él. Se ha convertido en una leyenda. Sus proezas siempre han estado en boca de todos. Royce fue el adversario más temido de los hombres de mi hermano.

Nicholaa se volvió y dirigió a Guy una mirada condolente. —Es extraño, barón, pero de usted, jamás he oído hablar.

El rey William se echó a reír. —Ahí tienes, Guy —dijo—. Ahí tienes su respuesta. Nicholaa habría escogido a Royce aunque hubieras sido tú el que la hubiera traído a Londres.

Nicholaa asintió. Sonrió a Morgan y luego a Henry. —Sí —confirmó—. Yo quería al mejor.

Guy debió recurrir a una concentración suprema para devolver la sonrisa. —Ya he recibido la debida respuesta.

Alguien propuso un brindis a viva voz en honor al novio y, de ese modo, la tensión se disipó. Guy atravesó todo el recinto, con Henry a su lado. Morgan se quedó.

El irritado vasallo estaba dispuesto a proferir un par de amenazas, pero Royce no se lo permitió. Empujó a Morgan para que avanzara y se alejara de Nicholaa y luego hizo un gesto a Lawrence, para que se quedara junto a ella.

Royce ni siquiera pudo mirarla, pues sus amigos le apartaron de ella. Nicholaa no pudo determinar si estaba contento o irritado por el modo en que le había defendido.

Sin embargo, Matilda no pudo haberse sentido más complacida. —El barón Guy siente unos celos terribles por Royce, pero yo no olvido que es muy fiel a su rey. —Se volvió hacia Lawrence y le sonrió.— Es una buena pareja —dijo al vasallo—. Nicholaa ya es leal a Royce. Creo que, con el tiempo, también le entregará su corazón.

Nicholaa no se engañaba. Royce no era la clase de hombre capaz de aceptar su amor —siempre y cuando ella estuviera de humor para brindarlo—, agregó mentalmente. Entonces suspiró por el curso que habían tomado sus pensamientos.

—¿Se enamoró de William a primera vista? —preguntó.

Matilda rió. —No, querida. El me hizo la corte durante siete años, hasta que por fin acepté casarme con él y, a partir de ese momento, le entregué mi amor. Ruego para que a Royce no le lleve tanto tiempo conseguir el suyo.

Nicholaa se preguntó por qué Matilda habría cambiado de opinión después de tanto tiempo, pero tuvo la sensación de que no le correspondía pedir esa explicación. Por otra parte, quería preguntar otra cosa. —Tengo una inquietud. ¿Cómo sabía que yo escogería a Royce? Escuché a su esposo decir que lo sabía, pero no entiendo...

—Fue una conclusión muy simple —contestó Matilda—. Cuando te pregunté qué opinabas sobre el aspecto de Royce, fue lo que no mencionaste lo que respondió mi pregunta. Entonces supuse que formaríais una excelente pareja —agregó, tocándole el cabello—. Fue por lo que tú no viste.

Nicholaa no tenía idea de lo que la mujer estaba diciéndole. —¿Lo que no vi?

—La cicatriz.

Bueno, por supuesto que Nicholaa había visto la cicatriz de Royce. Después de todo, le cubría media mejilla. ¿Pero qué tenía que ver eso?

Matilda se volvió hacia Lawrence. —Su señora me dijo que cree que Royce es un hombre vanidoso.

Lawrence rió. Nicholaa estaba ruborizándose por la vergüenza.

Matilda le dio una palmada en el brazo. —Vamos ahora —le ordenó—. Debes regresar a tu cuarto a esperar a tu esposo. A nosotras no se nos permite participar de la celebración de esta noche. Mañana por la noche tendrás una cena festiva, Nicholaa; pero esta noche pertenece a los hombres. Es mejor —agregó, asintiendo con la cabeza—. Pareces agotada por todo este caos. Fue una ceremonia encantadora, ¿no? —continuó—. No te inquietes, Nicholaa. Yo te acompañaré un buen trecho. ¿Lawrence? Puedes tener el honor de escoltarnos.

El vasallo hizo una genuflexión profunda. Parecía que no podía dejar de sonreír. Había escuchado, sin querer, los comentarios de Matilda sobre la cicatriz de Royce y también la confusa reacción de Nicholaa. No pudo haberse sentido más complacido. Nicholaa era la mujer ideal para su barón.

Matilda tomó a Nicholaa por el codo y se encaminó hacia las puertas. Sus guardias las siguieron de cerca.

Nicholaa estaba exhausta. La noche había sido devastadora. La había dejado sin fuerzas. Todos habían sido muy amables con ella. Todos, excepto los malvados vasallos del barón Guy. Pero esos individuos eran de lo más insignificantes.

¿Realmente sería factible que normandos y sajones pudieran vivir juntos en armonía?

La esposa del rey se despidió con un gesto cuando tomó por el pasillo del sur. Sus asistentes corrieron para alcanzarla. Lawrence caminó junto a Nicholaa, por el corredor del norte.

—¿Acompañarás al barón Royce hasta mi casa cuando nos vayamos de aquí? —preguntó ella.

—Eso creo —respondió Lawrence.

Nicholaa alzó la vista justo a tiempo para ver su sonrisa. —¿Estás contento por tener que establecerse en Inglaterra?

Lawrence se encogió de hombros.

—¿Entonces por qué estás sonriendo? —preguntó.

El súbdito dudó por unos minutos antes de responder. —Estaba recordando la expresión del barón Royce, mientras usted iba acercándosele. No creo que mi señor imaginara que usted le iba a escoger.

Nicholaa bajó la mirada. —¿Crees que le he arruinado la vida? —murmuró.

—Creo que se la ha iluminado —contestó—. Lady Nicholaa, yo no estaría sonriendo si creyera lo contrario.

Fue un cumplido muy dulce el del vasallo. Nicholaa no supo qué responder. Levantó la vista y de pronto se echó a reír. —El se sorprendió, ¿verdad?

—Sí, claro —coincidió Lawrence.

Dos soldados estaban apostados a los lados de la puerta, haciendo guardia. Lawrence hizo una reverencia a su flamante señora, abrió la puerta para que entrara y luego se volvió para marcharse.

—¿Lawrence?

Se detuvo de inmediato.

—Gracias.

—¿Por qué, milady?

—Por aceptarme. —Cerró la puerta antes que pudiera responder.

Lawrence volvió silbando al gran salón. La irritación por haber tenido que enfrentarse al barón Guy ya había desaparecido. La sonrisa de su flamante señora le había levantado el ánimo considerablemente. Sí, pensó, esa mujer iluminaría la vida de su barón. Daría brillo a esa existencia disciplinada y aburrida que llevaba. Lawrence concluyó en que no pasaría mucho tiempo hasta que ella lograra hacerle sonreír. Para ello, haría falta magia, pero Nicholaa era capaz de afrontar ese desafío.

Nicholaa estaba tan agotada que no podía pensar en otra cosa más que en ir a acostarse. Mary estaba esperando para atenderla. Mientras la ayudaba a desvestirse, no dejó de hablar ni un momento. Una vez que su ama se bañó y se puso un largo camisón blanco, comenzó a cepillarle el cabello.

—Se ha convertido en el comentario de todo el palacio —declaró Mary—. Tanta valentía. Todos han elogiado su coraje al salvar la vida de la sobrina del rey. Aquí tiene, milady. Beba esto —le pidió, después de tapar a Nicholaa con las mantas de la cama—. El barón Samuel le ha mandado esta medicina para calmarle el dolor.

Mary no dejó de insistir hasta que Nicholaa se tragó hasta la última gota de la medicina.

Pocos minutos después, Nicholaa se quedó profundamente dormida. Mary se dirigió hacia el banco que estaba junto a la chimenea y se quedó sentada allí, velando por su señora, hasta que el barón Royce le ordenara que se retirase.

Pasó más de una hora hasta que Royce pudo marcharse del salón. Cuando entró en su alcoba, la sirvienta se levantó de un salto, llamando su atención.

—Su esposa está profundamente dormida, milord, pero tan inquieta, que no puede descansar bien —murmuró Mary—. Grita de miedo. Yo he tratado de despertarla de la pesadilla, pero la medicina que ha tomado es tan fuerte que no logra salir de ese sueño.

Royce asintió. Sorprendió a la criada al darle las gracias por su colaboración y luego le indicó que se retirase a sus aposentos.

Cerró la puerta para impedir la entrada de intrusos y se encaminó hacia la cama. Nicholaa tenía el entrecejo fruncido, a pesar de que dormía. Con suma ternura, Royce le acarició la ceja con la mano. —Has tenido una semana tremenda, ¿verdad, Nicholaa?

Ella murmuró algo entre sueños y luego se puso de costado. El peso de su cuerpo sobre la quemadura la hizo gritar de dolor.

Royce la acomodó suavemente boca arriba y se quedó parado durante un rato largo, contemplándola. Dios santo, Nicholaa le pertenecía ahora, de verdad. Meneó la cabeza. ¿Y qué se suponía que debía hacer con ella?

Una lenta sonrisa se instaló en su rostro. Protegerla y también a su familia. Esa era su obligación primordial hacia ella. No importaba quién había hecho la elección. Ya era una realidad. Tampoco le importaba que tuviera una forma de ser muy particular, que no deseaba modificar, y que le agradara el orden y la disciplina en su vida.

A partir de ese momento, todo cambiaría. Nicholaa le enloquecería antes de que por fin pudiera calmarse y aceptar el nuevo rumbo que había tomado su vida. Era extraño, pero a Royce le fascinaba el reto de tratar de domar a Nicholaa. Si era paciente y comprensivo con ella, no le llevaría demasiado tiempo ganarse su lealtad. Por el modo en que se había enfrentado a Guy, Nicholaa le había demostrado que era muy capaz de ser leal también a quienes no pertenecieran estrictamente a su familia.

Sin embargo, Royce dudaba que ella pudiera llegar a amarle alguna vez. Por supuesto que eso carecía completamente de importancia, pues el amor no tenía ningún significado para él. Royce era un guerrero y los guerreros ni querían ni necesitaban amor. Sus intenciones eran las de conquistar la mente de Nicholaa, no su corazón. Emplearía mano firme, pero cordial, mientras le enseñara a ser una buena esposa.

Era un plan lógico y natural. Olvidó la idea por el momento y se preparó para acostarse.

Le resultaba extraño dormir con una mujer. Por supuesto que se había acostado con decenas de golfas, pero jamás había pasado la noche entera con ninguna de ellas.

Y Nicholaa tampoco colaboraba para que él pudiera adaptarse sencillamente. Si no mascullaba frases incoherentes, daba vueltas y vueltas como una peonza. Y cada vez que se movía, se golpeaba las heridas y aullaba de dolor.

Royce trataba de ayudarla para que se sintiera más cómoda. Pero le resultaba una tarea terriblemente difícil. No se quedaba quieta ni un solo minuto.

Justo en el momento en que él estaba a punto de quedarse dormido, ella se levantó abruptamente de la cama. —Quiero dormir boca abajo —murmuró.

Royce presumía que la mujer ni siquiera tenía idea de dónde estaba, pues ni siquiera había abierto los ojos al decir aquella frase. Cuando pateó las mantas para intentar levantarse, él la tomó del brazo.

Nicholaa tenía el peso de su cuerpo muerto. Royce quiso atraerla hacia sí, pero ella se dio la vuelta repentinamente. Terminó desparramada encima de él.

Por fin Nicholaa encontró una postura cómoda. Soltó un prolongado suspiro de alivio y dejó de moverse.

Había colocado la cabeza debajo del mentón de Royce. Sus suaves senos se presionaban contra el torso desnudo de su esposo. La pelvis descansaba sobre la de él, mientras que con ambas piernas abrazaba uno de los masculinos muslos.

Royce fue acomodándola hasta que las piernas de Nicholaa quedaron entre las de él. Luego le rodeó la cintura con los brazos.

La joven era toda suavidad y feminidad. Era tan agradable percibir su fragancia como tocarla. Según él, además, compatibilizaban bastante bien. Esa idea le condujo a otra y luego a otra más, por supuesto. Sin embargo, poco después Royce empezó a sentirse muy incómodo.

Trató de quedarse dormido, pero la calidez del cuerpo de Nicholaa perturbaba sus pensamientos. Lo único que tenía en mente era hacerle el amor.

Ella se movió.

El gimió.

Era una noche de bodas que Royce jamás olvidaría.

6

Cuando Nicholaa despertó, era ya media tarde. Estuvo como una hora dando vueltas por la alcoba, tratando de despejar su mente de los efectos del poderoso somnífero que le habían suministrado.

Dios, cómo había dormido. Era extraño, pero, a pesar de las muchas horas de sueño, no se sentía bien descansada.

Poco después, cuando Mary entró en la alcoba, encontró a su señora sentada a un lado de la cama. La criada traía un hermoso vestido blanco, con un manto del mismo tono. Las mangas de éste estaban bordadas en dorado y ese diseño se repetía en el bajo del vestido. El género era tan delgado, que al parecer podría haberse deshecho con un solo estornudo. Cuando Nicholaa se lo apoyó en la mejilla, le resultó sorprendentemente suave.

—¿Quién me envía esto? —preguntó Nicholaa.

—La esposa del rey —contestó Mary—. Usted se ha ganado su cariño —agregó, asintiendo con la cabeza—. Hasta ha enviado algunas hebras de oro para que las trence en su cabello. En la cena de esta noche tendrá que sentarse junto a su esposo a la mesa del rey, milady.

Nicholaa no mostró reacción alguna a la noticia. Sabía que probablemente, debía haberse entusiasmado ante la honorable perspectiva de cenar con el rey de Inglaterra. Pero no podía. Todavía estaba un poco atontada por la droga que le habían dado. Además, echaba de menos su casa, y todo lo que deseaba era que la dejaran en paz por un rato.

Pero su deseo no se realizó. Las siguientes horas las pasó atendiendo asuntos prácticos. Después de bañarse y vestirse con esa ropa tan elegante, Nicholaa se sintió mucho mejor. Mary le cepilló el cabello minuciosamente, desenredándoselo y acomodándoselo tan al detalle, que la muchacha quería ponerse a gritar como una chiquilla. No estaba acostumbrada a tantos cuidados, pero como no quería herir los sentimientos de la sirvienta, trató de llevar adelante el suplicio sin quejarse. Sin embargo, a Mary se le dificultaba demasiado la tarea de trenzarle el cabello con las hebras de oro. Por fin, ya harta, Nicholaa le ordenó que abandonara los intentos.

En ese momento, llegó el barón Samuel para revisar las heridas de Nicholaa. La muchacha no pudo convencer al curandero de que le dejara las quemaduras descubiertas, aunque sí logró arrancarle el consentimiento para que el vendaje permaneciera en sus manos sólo una noche más.

Durante todo ese tiempo, Nicholaa no hizo más que esperar que Royce se presentara a visitarla. Después de todo, no había vuelto a verle desde la ceremonia de la boda y, según ella, lo apropiado habría sido que él viniera a ver como estaba, al menos. Para cuando llegó la hora de la cena, Nicholaa ya estaba que se la llevaban los demonios por la descortesía de Royce. Era evidente que su esposo estaba ignorándola.

Mary se pasó todo el rato alabándola. Nicholaa no estaba acostumbrada a tantas loas respecto de lo bella que era y, por lo tanto, se había ruborizado de vergüenza. Presa de la desesperación, envió a Mary a que le trajera un poco de agua fresca, para poder gozar de unos breves minutos en silencio y tranquilidad.

La sirvienta dejó la puerta entreabierta al salir. Cuando Nicholaa advirtió que había dos hombres haciendo guardia en la puerta, se irritó sobremanera. ¿Entonces significaba que seguía siendo prisionera? Decidió averiguarlo. Se dirigió hacia la puerta, la abrió con la puntera del zapato e hizo una reverencia a los hombres.

Los soldados la miraron fijamente, obviamente asombrados. Nicholaa se preguntaba por qué estarían tan atónitos, aunque de todas maneras los saludó con toda naturalidad.

—Es usted una excelente esposa para nuestro señor —gritó uno de ellos.

El otro asintió. —Sí, claro.

Nicholaa les dio las gracias a los soldados por el comentario y luego les preguntó: —¿Por qué custodiáis mi puerta?

El más alto de los dos contestó. —Porque el barón Royce nos ha ordenado permanecer aquí, milady.

—¿Con qué propósito?

—Protegerla —contestó el soldado—. Usted es ahora nuestra señora —agregó, con una dramática genuflexión.

—¿Entonces se me permite salir sin problemas?

Ambos soldados asintieron con la cabeza. —Será un honor para nosotros escoltarla hasta su destino —explicó.

Nicholaa se sintió mejor. Después de todo, no era prisionera. —¿Tendrían la amabilidad de escoltarme hasta los aposentos de mi esposo? —solicitó—. Tengo necesidad de hablar con él.

Ambos hombres se miraron entre sí y luego miraron a la mujer.

—Pero ya está en sus aposentos —replicó el más bajo de los dos.

¿Entonces dónde había dormido Royce? Nicholaa no iba a preguntarles eso. La respuesta podría ser humillante. Afirmó con la cabeza y estaba a punto de cerrar otra vez la puerta cuando Lawrence apareció corriendo.

—¿Está lista para la cena, lady Nicholaa?

—¿Dónde está mi esposo? —preguntó.

—Esperándola, en el salón principal —respondió Lawrence—. Si me permite escoltarla, milady, la llevaré hacia él.

¿Pero ese hombre ni siquiera podía tomarse la molestia de venir a buscar a su esposa personalmente? Nicholaa disimuló su mirada ceñuda. Se juró que no le importaba. Por ella, Royce podía dormir en la cama de quien quisiera. Y también podía ignorarla cuanto quisiera.

No, no le importaba en absoluto. Nicholaa siguió repitiéndose esa mentira mientras caminaba junto a Lawrence.

El salón principal estaba repleto. Nicholaa localizó a Royce de inmediato. Era el guerrero más alto de todos, y por ello su tarea resultó más sencilla. Royce estaba de espaldas a ella, rodeado de conocidos.

Un abrupto silencio reinó en el recinto cuando Nicholaa y Lawrence hicieron presencia. Todos parecían mirar en dirección a ella, pero la joven ignoraba la razón. —¿A quién están mirando todos, Lawrence?

—A usted.

Lawrence no pudo haber sido más directo, supuso Nicholaa. Los latidos de su corazón se aceleraron. —Pensé que me habían aceptado —murmuró.

Lawrence sonrió. —Claro que la aceptan, milady. Esta cena festiva es en honor a Royce y a usted.

Nicholaa se sentía tan incómoda que no pudo tranquilizarse a pesar de la explicación. No le gustaba ser el centro de atención. Y tampoco que su esposo la ignorase. Clavó la mirada en la espalda de Royce, esperando que fuera a buscarla.

—Yo la llevaré adonde está Royce —manifestó Lawrence.

Ella meneó la cabeza. —Royce debe venir por mí.

Uno de los caballeros que estaba hablando con Royce por fin la descubrió. Dejó de hablar y codeó al flamante esposo.

Royce, lentamente, se dio la vuelta. Su mirada se cruzó con la de ella, por supuesto. Era la mujer más hermosa de todo el salón. ¿Alguna vez se habituaría a tenerla cerca? Cada vez que la veía, su belleza le sacudía. El cabello le brillaba como el oro. Además, el atuendo que había escogido para esa noche era de su agrado, holgado y suelto en torno de los hombros. De pronto sintió la necesidad de tocarla.

Debió inspirar profundamente para controlar sus pensamientos. Asintió con la cabeza y, con aire altivo, hizo un gesto a Lawrence y a Nicholaa para que avanzaran.

Nicholaa rechazó la orden, negando con la cabeza. Lawrence parecía estar en apuros. Royce le observó mientras se acercaba a la dama, para murmurarle algo al oído. Ella volvió a negar con la cabeza.

¿Y ahora a qué estaba jugando? Royce no podía creer lo que estaba viendo. ¿Su esposa tenía la osadía de desobedecerle una orden? Era una locura. Casi se echó a reír, pero se detuvo a tiempo. Volvió a repetir el mismo gesto.

La expresión de Royce no delató sus pensamientos ni en lo más mínimo... hasta que ella empezó a llamarle con señas. Entonces, el guerrero abrió los ojos desmesuradamente y, ¡rayos!, empezó a menear la cabeza en dirección a su esposa.

Aun a pesar de la distancia que los separaba, Nicholaa advirtió que uno de los músculos de su mejilla se ponía tenso. Tenía las mandíbulas muy apretadas. Estaba furioso. Aunque Nicholaa estaba preocupada por la expresión de sus ojos, se negó a echarse atrás. Dios santo, esa mujer era su esposa y se negaba a acudir a su lado.

Royce cruzó los brazos sobre el pecho y siguió mirándola fijamente. El mensaje fue claro: no estaba dispuesto a ceder.

Sólo quedaba una alternativa: Nicholaa tendría que abandonar el salón. De todas maneras, no tenía mucho apetito, pensó. Además, sin duda, Royce saldría corriendo trás ella y, en la intimidad del corredor, tendría la ocasión de hacerle la vida imposible por lo grosero que había estado con ella. Además, podría aprovechar la oportunidad para explicarle cuáles eran sus obligaciones de esposo. Primero y principal, le informaría que un hombre siempre debe escoltar a su esposa en cualquier evento de importancia.

Nicholaa puso manos a la obra. Dio las gracias a Lawrence por haberla escoltado y luego sonrió a Royce. Como no podía hacer la reverencia debidamente, por el vendaje de sus manos, sólo se despidió inclinando la cabeza. Luego se volvió y se encaminó hacia la puerta.

—Nicholaa.

La voz de Royce hizo temblar las paredes. Nicholaa se detuvo de inmediato. No podía creer que él la hubiera llamado a gritos frente a todos los invitados. Se dio la vuelta y le miró, completamente avergonzada. Gracias a su desconsiderado esposo, se había convertido en el centro de atracción de todos.

Sentía que las mejillas le ardían por el bochorno. Por la expresión de los ojos de Royce, llegó a la conclusión de que estaba dispuesto a formar un escándalo peor sin sentir ni un ápice de vergüenza. Nicholaa se lo imaginó arrastrándola de los pelos hasta la mesa y esa idea le obligó a reconsiderar su postura. Sólo Dios sabía hasta que punto llegaba la grosería de ese individuo y de lo que era capaz con tal de conseguir lo que se proponía.

Nicholaa decidió que lo mejor sería darle el gusto... por esa vez, nada más. Suspiró, pintó una ficticia expresión de serenidad en su rostro y rehízo sus pasos. Mantuvo la mirada fija en Royce. Juró por Dios que si ese sujeto se atrevía a sonreír, le patearía las rodillas.

Se detuvo justo cuando estuvo a menos de medio metro de distancia de él. —¿Deseaba algo?

Royce asintió. Parecía complaciente con ella. Nicholaa se le acercó un poco más. —No siempre conseguirá todo lo que quiera —murmuró ella.

—Sí, siempre.

Entonces, ella advirtió un brillo especial en sus ojos. —Es usted un hombre imposible.

—Ya lo habías mencionado antes —contestó él con sarcasmo y un trato más familiar.

Sonrió. Nicholaa no supo cómo tomar el gesto. Bajó la cabeza. El la obligó a levantarla otra vez. Luego, lentamente, se le aproximó y la besó. Sus labios apenas rozaron los de ella por unas décimas de segundo, pero ese corto tiempo fue suficiente como para turbarla.

Nicholaa estaba tratando de recuperarse de ese momento cuando Royce le rodeó los hombros con el brazo, la atrajo hacia sí y se volvió hacia sus amigos.

La trataba como si hubiera sido una maleta, pensó, pero al menos, la había recibido como correspondía. Dios, vaya si la confundió.

Ese sentimiento permaneció con ella durante toda la cena. Su esposo la ignoró por completo mientras se sirvió la comida. Nicholaa recibió elogios por parte de los hombres y de las mujeres, pero para ella fueron totalmente irrelevantes. Royce no le había dicho ni una palabra de su aspecto. Pero según Nicholaa, a ella le importaba un rábano lo que él pensara. Sin embargo, se esmeraba por cuidar su peinado al máximo.

Por las heridas que tenía en las manos, alguien debería darle de comer y Nicholaa no estaba dispuesta a tolerar semejante humillación. Se volvió para comunicar justamente eso a su marido, pero él se anticipó. Le metió un trozo de carne en la boca y en lugar de hablar, Nicholaa tuvo que masticar.

Había tanta conmoción en la sala, entre risas y conversaciones, que Nicholaa no creía que alguien hubiera estado prestando atención a la escena. Matilda estaba sentada a su derecha, pero en ese momento charlaba muy entretenida con su esposo. El tema, por lo que Nicholaa alcanzó a escuchar, eran sus hijos.

Y de ese modo permitió que su esposo la ayudara con la cena. Por suerte, Royce pareció asumir la tarea con bastante espontaneidad. Pudo haber ordenado a uno de los escuderos que se hiciera cargo y, por ello, la joven se sintió agradecida de que Royce no hubiera hecho tanta alharaca por las quemaduras.

—El barón Samuel dijo que me quitará las vendas mañana —comentó a Royce.

El asintió y luego se volvió para conversar con un barón que ella no conocía. Nicholaa le dio un puntapié por debajo de la mesa, pero él ni siquiera se dio la vuelta.

Nicholaa se quedó sentada allí, sintiéndose sola y desgraciada, con sus manos quemadas apoyadas sobre la falda. Poco después, comenzó a sentir autocompasión. Le ardían las manos y el dolor sólo servía para enfatizar su angustia. Advirtió que varias mujeres solteras dirigían a Royce miradas atrevidas. Se acercó más a su esposo y frunció el entrecejo en dirección a esas descaradas, indicándoles su reprobación.

A Nicholaa no le agradaba que la ignorasen. Royce llegó a esa conclusión al ver que ella se apretaba cada vez más contra él, en el largo banco. Si se movía otra vez, terminaría sentada sobre su regazo.

Por fin sintió lástima por ella. —¿Te estás divirtiendo, Nicholaa? —le preguntó.

Ella se encogió de hombros, airadamente. —¿Dónde durmió anoche?

Nicholaa dejó de mirar a Royce para reprobar tácitamente a una insolente pelirroja que por todos los medios trataba de captar la atención de su marido. —¿Y bien?

—Mírame cuando me hagas una pregunta —le ordenó.

Royce esperó pacientemente a que ella cumpliera con la orden. —Dormí con mi esposa.

—Yo soy su esposa —aclaró ella, siguiendo con el trato formal.

Royce arqueó una ceja. —Sí, tú eres mi esposa.

—¿Y durmió conmigo?

—Eso es lo que acabo de decir, mujer. Y ya deja de tratarme de usted.

—Bueno, tampoco tiene... tienes que irritarte tanto. No recuerdo qué sucedió anoche. De modo que has dormido conmigo.

Al parecer, Nicholaa no podía conseguir que encajaran las piezas del rompecabezas. Royce trató de ser paciente. Era una gloria contemplar a esa mujer cuando le picaba la curiosidad por alguna razón. Y estaba claro que algo la intrigaba en ese momento. Trataba de disimular su entrecejo fruncido, pero fracasó rotundamente. Royce decidió molestarla aun más. —En realidad, he dormido debajo de ti, pues tú te acostaste sobre mi cuerpo.

El rostro de la muchacha se tiñó de un intenso carmesí. Royce rió. El estruendo de sus carcajadas atrajo la atención de varios.

—Me has hecho dormir encima de...

—Tú lo quisiste.

—Estaba drogada.

—Sí.

Nicholaa irguió los hombros. —Esta noche no tomaré ninguna medicina.

Royce acepto al ver cuán indignada estaba poniéndose ella.

Entonces, Matilda le hizo participar de una conversación. Royce advirtió que Nicholaa no se separó de su lado. Ella parecía querer estar cerca de él. Royce no entendía por qué, pero le agradaba tenerla así. Le parecía lo más natural del mundo rodearle los hombros con el brazo. Y Nicholaa no se lo quitó. Pocos minutos después, Matilda terminó de relatar la graciosa anécdota de una de sus hijas y siguió charlando con el rey. Entonces, Nicholaa aprovechó la oportunidad para ceder a su tentación de recostarse contra él.

Supuso que, para los demás, ella y Royce parecerían una pareja felizmente casada, desesperada por quedarse a solas. En parte, era cierto. Estaba ansiosa por tener a Royce todo para ella. Y en cuanto lo consiguiera, daría a esa bestia un buen escarmiento. Vaya, se irritaba cada vez que recordaba cómo la había llamado a gritos, delante de todos y con qué arrogancia le había ordenado en silencio que fuera hacia él.

No le costó demasiado esfuerzo ni demasiado tiempo ponerse furiosa. Pero luego Royce lo echó todo a perder. Comenzó a masajearle los hombros de un modo tan agradable, para eliminarle la tensión, que Nicholaa se acurrucó más a su lado. También bostezó.

—¿Todavía te arden las manos, Nicholaa? —murmuró Royce a su oído.

Sintió un placentero escalofrío en el cuello que le hizo cosquillas. La ternura de su voz fue como una caricia. Sabía que quizá no sería muy correcto que estuviera tan encima de él en público, pero estaba tan agotada que no le importaba.

Además, hacía bastante frío allí y el cuerpo de Royce irradiaba un reconfortante calor. Nicholaa se dijo que sólo estaba tan cerca de él por el frío que tenía.

Se acercó más a él todavía antes de responderle. —Todavía me arden un poco, Royce. Pero no es algo tan insoportable.

Entonces, Royce empezó a masajearle los hombros otra vez. A ella le agradaba la intención. También su perfume. Royce tenía una fragancia tan fresca, tan masculina. Cada vez que se daba la vuelta para conversar con sus amigos, Nicholaa ya no se sentía tan ignorada, pues de vez en cuando Royce le rozaba la nuca o el brazo con la mano, como para hacerle saber que no la había olvidado. El rey William de pronto se puso de pie, levantó una mano para pedir silencio y ordenó que se acercara sir Clayton.

Un hombre alto y delgado, con nariz larga y estrecha, en contraposición a la ancha mandíbula, se apartó del resto del grupo y realizó una exagerada genuflexión. Tenía un atuendo color violeta y una capa en un rojo muy intenso, sobre uno de sus hombros.

El rey William se sentó y todos se apresuraron a buscar sus asientos. En una cuestión de minutos, volvió a reinar el silencio en la sala.

Clayton dramatizó sus ademanes al llamar a sus asistentes. Dos jóvenes, con vestimentas similares, se pararon uno a cada uno de sus lados. Tenían trompetas en sus manos.

Nicholaa se irguió, separándose de Royce. Otra vez sentía curiosidad. Pensó que el trío se pondría a cantar para animar la velada.

El rey William dio palmadas con sus manos. Los asistentes hicieron sonar sus trompetas y luego avanzaron. Clayton los siguió.

Royce también estaba observando. Se apoyó en el respaldo del banco y luego codeó a Nicholaa, para que hiciera lo mismo.

Ella se volvió para sonreírle. —¿Van a cantar para nosotros? —susurró.

Royce meneó la cabeza. —Ese es Clayton, el heraldo —explicó.

Nicholaa no entendía nada. Sabía que el heraldo era el recuerdo viviente de las épocas, el narrador de hechos históricos importantes. Los sajones también tenían heraldos, por supuesto, y aunque Nicholaa conocía cuáles eran sus responsabilidades, no se imaginaba por qué Clayton tenía que relatar alguna historia en ese momento.

Volvió a apoyarse contra Royce. —¿Va a contar lo que sucedió en Hastings? —murmuró.

Royce meneó la cabeza. —Va a narrar una leyenda especial, Nicholaa. Presta atención. Ya entenderás.

Clayton ya había dado comienzo al relato. Nicholaa alcanzó a escuchar el final de una frase sobre la importancia de asegurar una fortaleza provechosa en nombre del rey William.

La voz del heraldo era grave, pero musical. De inmediato, la historia se ganó la incondicional atención de Nicholaa.

Clayton hizo una pausa, se volvió para sonreír a Nicholaa y luego volvió a dirigirse al grupo para proseguir. —Otros tres caballeros normandos trataron de capturar a los sajones. Pero cada uno de ellos fracasó.

—Sir Gregory fue el primero en solicitar el desafío. El ansioso y joven caballero, osado de corazón y de alma, estaba ansioso por demostrar su valor a su señor. Rogó para que le asignaran la misión y, cuando por fin lo consiguió, el altivo caballero salió a gritar a los cuatro vientos que regresaría victorioso en menos de una semana. Los rumores, después de todo, indicaban que no era un guerrero sajón el que estaba al mando de la ciudadela y, si esos rumores eran ciertos, entonces no valdría la pena narrar la batalla. Gregory estaba tan seguro de que resultaría triunfador, que sólo se llevó treinta soldados consigo y salió pavoneándose del campamento, con el pecho henchido.

Las carcajadas estallaron en el salón. Clayton esperó a que las risas terminaran y luego continuó. —¡Ay! —dijo, con un ensayado suspiro—. Sir Gregory no volvió a pavonearse. No pudo. La flecha que le salía por la espalda imposibilitaba un andar arrogante. En cuanto le arrancaron la flecha de la espalda, Gregory, ya humilde, se arrodilló frente a su líder. Tenía la cabeza tan gacha, les aseguro, que por poco tocaba el suelo. Después de admitir su derrota, el caballero imploró a nuestro amado William que le cortara la cabeza por la vergüenza que sentía.

Nicholaa se quedó boquiabierta. El rey William se reía tanto de la historia que tuvo que secarse las lágrimas de los ojos con un pañuelo. Obviamente, el relato le resultaba muy gracioso.

Clayton hizo una reverencia a su rey y siguió adelante. —"¿Eran ciertos los rumores?" —preguntaba el rey William—. "¿Fue sólo una mujer la que venció a mi noble caballero?"

—Gregory, soy testigo de ello, no intentó siquiera ofrecer una excusa plausible. Sólo pudo explicar la verdad a su superior, por humillante que fuera el resultado. —Sí, milord —confesó—. Era una mujer la que dirigía la defensa.

Clayton esperó una vez más a que se callaran las risas y prosiguió con la explicación. —El duque de Normandía —pues nuestro señor todavía no había sido designado oficialmente como rey de Inglaterra— se entrelazó las manos en la espalda y miró fijamente al caballero que tenía frente a sí, de rodillas. Nuestro señor había ganado varias batallas en los alrededores de Hastings, pero todavía quedaban muchas más por conquistar antes que Inglaterra le perteneciera. Sus hombres, según él mismo me informó, estaban cansados de pelear.

—Que todos sepan —continuó Clayton—, que William es muy astuto al juzgar a los hombres. De inmediato advirtió que desde el momento en que Gregory volvió cojeando al campamento, sus hombres disimularon la fatiga y acudieron ansiosos junto al joven guerrero para escuchar su historia. Cuando Gregory terminó su confesión de la derrota, todos sonreían divertidos. Como verán, nadie podía creer que una mujer fuera capaz de vencer a un caballero normando.

—William me informó que esa nueva encrucijada le llenaba de vigor. Dijo que la mujer sajona había brindado una tregua a sus soldados, que, en realidad, los había hecho olvidar sus heridas y su cansancio. "¿Quién aceptará el desafío en mi nombre?", gritó William, nuestro líder. —Clayton se vio obligado a hacer una nueva pausa para recuperar la atención de los presentes, pues todas las cabezas se habían girado a un lado.

Nicholaa murmuró. —¿A quién están buscando?

Royce sonrió. —A Hannibal —contestó—. Allí está, en el fondo. Es el que tiene el rostro colorado. Todas sus derrotas se ventilarán frente a nosotros.

Nicholaa trató de no reír. El pobre parecía tan abochornado. —¿Dónde está Gregory? —preguntó—. El primer caballero que aceptó el desafío.

—Está tratando de incrustarse en la pared del fondo, a tu izquierda, Nicholaa.

Clayton atrajo la atención de todos cuando continuó. —Otro ansioso caballero, de nombre sir Hannibal, dio un paso al frente sin dilaciones. Llevándose la mano al corazón, agachó la cabeza y humildemente solicitó se le asignara la misión. Nuestro amado William le concedió su autorización. "Quiero que nadie dañe a la mujer", decretó. "Quiero que la traiga a Londres en cuanto se haya asegurado la fortaleza. Ella será testigo de mi coronación". Entonces William hizo una pausa para mirar a su audiencia y luego agregó: "Esa mujer será el premio que yo otorgue a un valeroso caballero.

No fue sino hasta ese momento, cuando Clayton mencionó la palabra "premio", que Nicholaa se dio cuenta de que la historia narrada se refería a ella.

Si Royce no la hubiera tenido abrazada, habría salido corriendo de esa sala a toda velocidad. Se volvió hacia su esposo. Parecía azorada. Tenía los ojos llenos de lágrimas.

Royce le murmuró al oído: —Clayton no está burlándose de ti, Nicholaa. Está alabándote.

La joven inhaló profundamente. Tenía la espalda rígida y la vista fija al frente. Trató, pero sin éxito, de no escuchar la voz del heraldo.

—La mañana siguiente, Hannibal se marchó del campamento para cumplir con su misión. Se llevo sesenta soldados consigo, exactamente el doble de los hombres que había comandado Gregory. La llama de la determinación ardía en los ojos del caballero; pero, al igual que Gregory, Hannibal subestimó a su adversaria. Seis días después se encontró frente a su superior, para confesar su derrota.

—Un tercer caballero, de nombre Michael, partió la mañana siguiente. Era mayor que los dos primeros retadores y mucho más experimentado, pero ¡ay!, él también fracasó.

El heraldo siguió adelante con la narración, explicando por fin cómo William había convocado a sus barones de confianza, para reunirse en conferencia. Clayton elogió detalladamente a cada uno de esos barones y concluyó la historia con los eventos que condujeron a la boda.

Cuando Clayton dio término al cuento, hizo una reverencia al rey William y se dirigió hacia Nicholaa, para ponerse de pie justo frente a ella. Hizo otra reverencia exagerada, pero para ella, esa vez. Todos los presentes se pusieron de pie y aplaudieron.

Royce también se puso de pie, pero Nicholaa parecía estar pegada al banco. Entonces, él la levantó y la mantuvo firme, sosteniéndola por la cintura con el brazo.

Los caballeros a quienes ella había vencido se adelantaron, abriéndose paso entre la multitud. Cada uno traía un enorme ramo de flores. Las de Gregory eran blancas; las de Hannibal, rosa, y las de Michael, rojas. Los caballeros hicieron una reverencia dirigida a Royce y luego colocaron las flores sobre la mesa, frente a Nicholaa.

El rey William volvió a levantar la mano, pidiendo silencio. —Estos tres hombres se han ganado el derecho de unirse a las filas del barón Royce. Cuando él termine de entrenarlos, ya nadie los vencerá.

Las risas sucedieron al anuncio. William entrelazó las manos y los músicos empezaron a tocar.

Nicholaa se sentó, confundida por lo que acababa de suceder. Se volvió hacia Royce, quien la miraba detenidamente. No sonreía. —Todo fue un juego —susurró ella—. Robarme mi casa y...

Royce le borró la desolación acercándosele para besarla. Sorprendida por la demostración de cariño, Nicholaa se quedó aun más confundida.

El le acarició la mejilla con el dorso de la mano. —Fue una guerra, Nicholaa, no un juego —murmuró—. Acepta el tributo que te han ofrecido.

Lentamente, la joven asintió; pero no estaba convencida.

Royce meneó la cabeza. —Nicholaa, jamás habría permitido que Clayton volviera a contar la historia si su intención hubiera sido la de burlarse de ti. Y si yo hubiera creído que todo se trataba de un juego, para aliviar el cansancio lógico de los soldados, no te habría sometido a todo esto.

Por fin Nicholaa se tranquilizó. En el fondo dc su corazón sabía que William no permitiría a nadie que se mofaran de ella. De pronto, las flores adquirieron un nuevo significado. Sonrió a su esposo y se volvió para recoger una. Claro que se detuvo al instante, al darse cuenta de que no podía tomar nada con sus manos vendadas.

Royce cogio un pimpollo rojo y lo sostuvo debajo de la nariz de Nicholaa. Ella inhaló la dulce fragancia y luego alejó la flor, en dirección a Royce. —Tiene un aroma delicioso —comentó.

Nicholaa no tuvo tiempo de darle las gracias. Royce se volvió, porque uno de sus amigos le llamó, dejándola desatendida por el momento.

La fiesta se prolongó hasta altas horas de la noche. La mayoría de los invitados parecía estar divirtiéndose. Uno por uno, se acercaron para hablar con Nicholaa y brindarle nuevamente sus felicitaciones. La joven se sintió muy complacida por los elogios y los creyó sinceros. Notó también que varios barones sajones, de edad avanzada, se mezclaban con barones normandos. Cuando mencionó el hecho a Royce, él le explicó que aquellos que habían jurado lealtad a William recibían igual trato que los normandos dentro del reino. A unos pocos, hasta se les permitió conservar una parte de sus propiedades.

En las penumbras, cerca de la entrada, había cuatro hombres de pie, muy concentrados en su conversación. De vez en cuando, uno de ellos se volvía para mirar a Nicholaa. El líder de los cuatro estaba parado en el medio, dictando sus órdenes. Cada vez que daba una de ellas los otros tres asentían con la cabeza.

—¿Está seguro de que ella lo hará? —preguntó uno. Miró con preocupación y rápidamente por encima del hombro, para asegurarse de que nadie estuviera escuchándolos y luego se dirigió nuevamente a su jefe—. Si el plan falla...

—Será ella quien sufra las consecuencias —murmuró el líder.

—Ella podría negarse a cooperar —señaló otro.

El líder sonrió. —Nicholaa es sajona, sobre todas las cosas. Lo hará.

—¿Y después? —preguntó el tercero.

—Morirá.

Nicholaa no tenía ni idea de que era ella el tema de discusión. La despabiló de pronto el feroz estallido de carcajadas que provino de la entrada. Se volvió para ver quiénes eran los causantes de semejante conmoción, pero la gente no le dejaba ver. Hacía horas ya que la cerveza corría libremente y Nicholaa concluyó que algunos de los caballeros menos cautos habrían bebido demasiado.

Las manos le ardían por el dolor. También sentía comezón. Supuso que ya se estaría pasando el efecto del ungüento.

—¿Royce? ¿Sería una grosería por mi parte marcharme ahora? —preguntó.

En respuesta, Royce hizo un gesto a Lawrence.

El vasallo dejó su copa y caminó hacia la mesa.

Nicholaa sonrió al caballero antes de volverse hacia Royce. —¿Tú te quedas?

El sonrió. Tenía tanto sueño que sus ojos estaban casi cerrados. —No es una grosería que te marches, Nicholaa. Pero yo debo quedarme aquí hasta que el rey William termine la celebración. Debe ser él el primero en abandonar la fiesta.

Nicholaa pareció complacida con su explicación. Royce no supo cómo interpretarlo. Sin embargo, la muchacha tenía una sonrisa de ángel y, por primera vez, Royce experimentó el impulso de darle un beso auténtico.

—Después de todo, sabes qué es correcto y qué no lo es —le dijo ella—. Ahora sé que cada vez que has sido descortés conmigo, fue a propósito y no por ignorancia.

—¿Y eso te hace feliz?

Nicholaa asintió. —Ninguna mujer desea estar casada con un ignorante —explicó ella—. Debo advertirte, Royce: ahora que me he enterado de que siempre sabes lo que haces, voy a vengarme como corresponde. Es justo, ¿no?

—No.

—Por supuesto que lo es. Vaya, creo...

Royce no la dejó terminar. La besó. Rápida, pero intensamente, y cuando sus labios soltaron los de Nicholaa, ella estaba tan aturdida que ya no recordaba lo que había querido decir.

Maldita sea. Royce quería besarla profundamente. Quería que ella abriera la boca, introducirle la lengua... Demonios, quería una noche de bodas.

—¿Por qué estás frunciendo el entrecejo? —preguntó ella.

Royce no le contestó. En cambio, la ayudó a ponerse de pie. Nicholaa se volvió para dar las gracias al rey y a su esposa.

Royce estaba de pie junto a ella, observando el modo en que supo ganarse las sonrisas del monarca y de Matilda, con unas breves pero dulces palabras.

Era una criatura tan frágil y tan educada. Sí, un ángel, pero con algo de demonio en su personalidad, si ese pícaro brillo de sus ojos era un indicio.

—Cuando llegue al otro extremo del salón —murmuró Nicholaa—, tal vez me detenga y te llame a gritos. Después, quizá, te haga un gesto para obligarte a venir a mí. ¿Qué crees que harías en una situación así?

Por supuesto que la joven estaba fantaseando. Era demasiado correcta, toda una dama, como para llegar hasta ese punto con tal de estar en igualdad de condiciones.

Royce debió de haberse dado cuenta de eso también. Le guiñó el ojo y luego hizo una seña a Lawrence, para que se acercara.

—Mi esposa va a salir ya —le dijo—. Puedes escoltarla hasta nuestra alcoba.

Lawrence asintió y tomó a Nicholaa por el codo. La siguiente orden de su barón le hizo detenerse. —Si a lady Nicholaa se le ocurre pararse cuando lleguéis a la puerta del salón, tienes mi autorización para sacarla de aquí, aunque sea por la fuerza.

Nicholaa abrió los ojos desmesuradamente. Miró a Lawrence, para ver cuál era su reacción ante esa vergonzosa orden y notó que estaba tratando de no sonreír. Se enfureció con él y luego se dirigió a Royce. —Eres horriblemente desconsiderado, Royce.

Su esposo le sonrió. —Me hieres con esa crítica tan tajante. Jamás he sido desconsiderado.

Para probar su teoría, dijo: —Lawrence, si tiene que cargar a mi esposa al hombro, no le toque las manos. Todavía las tiene muy sensibles por las quemaduras.

—Sí, barón —contestó Lawrence—. Seré cuidadoso.

Royce guiñó un ojo a Nicholaa. —Ahí tienes, esposa. Para que veas lo considerado que puedo ser.

Ella meneó la cabeza. —¿Sabes, Royce? Cada vez que se me ocurre la remota posibilidad de que podamos vivir un futuro en paz juntos, dices algo y echas todo a perder. Será mejor que comprenda su nueva posición, señor.

Sus ojos adoptaron un violeta intenso. Estaba tomándose las cosas muy a pecho, decidió Royce. Tuvo deseos de reír. Su esposa estaba allí, haciéndole frente, sin temor alguno, como si hubiera estado hablando de igual a igual. Demonios, cómo le gustaba.

Lawrence observó el modo en que su barón miraba a Nicholaa y sonrió. Royce trataba de intimidar a su esposa, pero sin éxito. El vasallo tenía la sensación de ver las llamas que ardían en los ojos de su señora. Se le ocurrió que tal vez ya estaba enamorada de Royce. Indudablemente, ya le había entregado su voto de fidelidad. Su lealtad quedó comprobada por el modo en que le había defendido frente a Guy. Lawrence se preguntó si Royce habría tomado conciencia de lo afortunado que era. Le llevaría bastante tiempo valorarla, por supuesto, porque Royce era un guerrero y, como tal, rara vez se ocupaba de asuntos tan insignificantes.

—¿Nicholaa? —preguntó Royce, atrayendo nuevamente la atención de Lawrence—. ¿A qué te referías cuando dijiste que debía conocer mi posición actual?

La mujer tuvo que dejar de mirarle a los ojos para poder concentrarse. Royce era un hombre apuesto, aun cuando la insultaba. Todo lo que tenía que hacer era reparar en los destellos grises de sus ojos y con eso bastaba para que olvidara todo lo que estaba pensando. Por lo tanto, decidió poner la vista en su pecho. —Este no es el momento de discutir...

—Oh, pero yo quiero que me des la explicación ahora. —Entrelazó las manos en la espalda y esperó pacientemente.

Nicholaa respiró profundamente. —Muy bien —dijo—. Dentro de pocos días regresaremos a mi fortaleza, ¿no? —No esperó a que él asintiera.— Y ahora estás casado conmigo.

Royce debió tomarse un minuto para darse cuenta de que ella ya había terminado. Nicholaa estaba mirándole muy esperanzada, pero él sentía deseos de echarse a reír. Dios, qué inocente era esa mujer. —Tu explicación no ha sido lo suficientemente clara como para que la entienda.

Nicholaa se encogió de hombros. Habría preferido estar a solas para darle una explicación más detallada, pero esa oportunidad que se le presentaba era demasiado buena como para dejarla pasar. En ese momento, había conseguido su atención total y ni siquiera Dios sabía cuándo volvería a tener ese honor.

—Como tu esposa, tengo la obligación de servirte y, como mi esposo, tú tienes la obligación de servirme.

Royce dejó de sonreír. —¿Y de qué modo se supone que debo servirte?

—Siguiendo mis órdenes.

—*¿Qué?*

Nicholaa no estaba dispuesta a echarse atrás en ese momento, por furioso que Royce se pusiera. El tema era demasiado importante. —Siguiendo mis órdenes —repitió—. No será una adaptación sencilla. Tú serás el extraño. Los sirvientes de mi fortaleza son fieles a mí, por supuesto. ¿Ves cuán simple es?

—Nicholaa, mi obligación es protegerte.

—Esa también —coincidió ella. Debió recurrir a todas sus fuerzas para mantenerse allí de pie. La expresión de sus ojos era escalofriante—. Me gustaría vivir en paz contigo, Royce. Si sólo tuvieras un poco de paciencia...

—Siempre soy paciente —gruñó.

Su voz no denotó ni una pizca de paciencia, pero Nicholaa decidió que lo mejor era no contradecirle. —Con el tiempo, aprenderás todas nuestras costumbres. Yo te ayudaré a adaptarte.

—¿Y tú crees que yo voy a cambiar mi manera de ser? —preguntó con voz ronca.

—Bueno, yo no lo veo desde ese punto —respondió ella—. Estoy tan cansada. ¿No podríamos hablar de tus nuevas obligaciones mañana?

Royce ni siquiera le contestó. Se quedó de pie, allí, mirándola con la expresión más extraña que ella jamás había visto en su rostro.

Nicholaa pensó que lo mejor era marcharse en ese momento. Se estiró para besarle la mejilla y luego fue a toda prisa hacia la salida. —¿No vienes, Lawrence? —gritó, por encima del hombro.

El vasallo corrió detrás de su señora.

Nicholaa se sentía muy complacida consigo misma. Había expresado sus deseos y Royce la había escuchado. Era un buen principio. En un abrir y cerrar de ojos, su esposo comprendería que ella tenía razón. Royce era el extraño, porque la fortaleza pertenecía a Nicholaa. Pero, como se trataba de un hombre inteligente, se adaptaría casi de inmediato. Nicholaa estaba segura de ello.

Lawrence no dijo ni una sola palabra a su señora mientras la escoltaba a sus aposentos. A decir verdad, no pudo, pues estaba demasiado concentrado en contener sus deseos de reír. La expresión de incredulidad del barón Royce viviría en su memoria por largo tiempo.

—Gracias por escoltarme, Lawrence —le dijo Nicholaa, cuando llegaron a la puerta—. Buenas noches.

—Buenas noches, milady. Que duerma bien.

Nicholaa sonrió a los dos guardias que estaban apostados a los flancos de la puerta y luego entró. Uno de los soldados cerró la puerta. La joven soltó un sonoro suspiro. Una criada estaba aguardándola en las penumbras, cerca de la chimenea, pero Nicholaa no advirtió su presencia hasta que no estuvo en el centro de la alcoba. Entonces, se detuvo abruptamente y soltó una exclamación de sorpresa.

No había visto antes a esa criada. La mujer era mucho mayor que Mary. Tenía una postura muy rígida, unas cejas espesas y su expresión ceñuda era más densa que sus cejas. Hizo un gesto a Nicholaa para que se le acercara.

Obviamente, la mujer no actuaba como una criada. Nicholaa, de inmediato, se puso en guardia. —¿Cómo se llama? —preguntó—. ¿Por qué no está Mary aquí? Fue a ella a quien se le asignó la tarea de ayudarme.

—Mi nombre no tiene ninguna importancia —susurró la mujer en voz muy baja—. No volverá a verme. En cuanto a la criada, le dije que la requerían en la cocina.

—¿Por qué está aquí? —preguntó Nicholaa. Advirtió que la mujer tenía las manos escondidas detrás del cuerpo y decidió que lo más seguro era retroceder un paso hacia la puerta, donde estaban apostados los guardias.

—Se me ha ordenado darle un mensaje e irme.

—¿Quién envía este mensaje? —preguntó Nicholaa.

—El jefe de los rebeldes que se resisten al impostor que ellos llaman rey.

—¿Hay sajones aquí en Londres que se resisten?

La mujer frunció aún más su entrecejo. —¿Ya ha perdido su lealtad? —preguntó.

Nicholaa irguió los hombros. —Dígame el nombre de su líder.

—No sé como se llama, pero si lo supiera, tampoco se lo diría. Todavía no me ha demostrado que es de confianza.

—Yo no tengo ninguna necesidad de probarle nada —respondió Nicholaa—. Ahora déme el mensaje y váyase.

La mujer extrajo una filosa daga que había ocultado en la espalda y la blandió frente a Nicholaa. —El barón Royce es el mejor entrenador de tropas. Si algo le sucediera a él, el ejército sufriría las consecuencias. William depende de él en todos los asuntos de guerra. Su esposo es el primero al que debemos eliminar.

Los ojos de Nicholaa estaban fijos en la daga. Observó que la mujer la guardaba sobre una mesa baja que estaba junto a la cama. Luego, corrió hacia la puerta. —Mátele —murmuró—. Esta misma noche.

—¡No! —gritó Nicholaa.

La mujer se volvió abruptamente. —¿Quiere que los guardias la oigan?

Nicholaa meneó la cabeza. Estaba aterrada, pero de todos modos, no quería que esa vieja bruja se marchara todavía. Había tomado la determinación de averiguar el nombre del jefe de la resistencia. Pero fundamentalmente, existía la posibilidad de que esa mujer supiera lo que había sucedido con su hermano Thurston, que había partido con rumbo norte, para unirse al ejército del barón Alfred.

—Vuelvo a insistir en mi pregunta: ¿Cómo se llama su líder? El barón Alfred es el único que yo sé que aún sigue resistiéndose a William. El y sus hombres tienen su fuerte en el norte, cerca de mi ciudadela.

Habría continuado, pero la mujer la interrumpió. —Más de un grupo permanece fiel al viejo sistema —dijo—. Usted debe demostrar su lealtad esta noche.

—¿Y cómo sugiere que mate a mi esposo? —preguntó Nicholaa. Levantó sus manos vendadas—. Ni siquiera puedo sostener un cuchillo.

La mujer pareció confundida. Era evidente que no había tenido en cuenta ese problema.

Nicholaa pronunció una rápida plegaria del día de gracias, en silencio, por no haber podido convencer al barón Samuel para que le retirase los vendajes. —No podría matar a mi esposo aunque quisiera —dijo, con cierto dejo de victoria en su voz y, también, de alivio. Creyó que la mujer no lo había advertido, pues estaba demasiado concentrada en las manos de Nicholaa.

—Tendrá que hallar el modo —declaró la anciana—. Es la muerte de su esposo o la suya.

Estaba a punto de tocar el seguro de la puerta, cuando Nicholaa le dijo: —De todas maneras, moriría, porque William se vengaría de mí.

La mujer meneó la cabeza. —Al amanecer, vendrán tres hombres a buscarla. Este asunto debe estar terminado antes del alba.

—No voy a hacerlo.

—Entonces los matarán a ambos.

La puerta se cerró tras esa amenaza.

7

Nicholaa sabía que iba a vomitar. La maldad que había irradiado esa mujer bastó para congelar todo el cuarto.

Royce entró a la alcoba, aproximadamente veinte minutos después. No estaba seguro respecto de cómo encontraría a Nicholaa. O bien, estaría profundamente dormida, como un ángel; o por el contrario, estaría caminando de aquí para allá, como un felino enjaulado, pensando en las más agrias opiniones para compartir con él.

Sólo una cosa era segura: la pondría a raya lo antes posible. También era cierto que, como Royce nunca había estado casado antes, no tenía ni la más remota idea de cómo hacían un hombre y una mujer para vivir juntos en armonía. Pero ella tampoco había estado casada antes. Además, las leyes conyugales sajonas eran idénticas a las normandas, pues era la Iglesia la que las dictaba. El esposo era el amo y señor de su casa, mientras que la esposa era simplemente su esclava.

Nicholaa tenía todo patas arriba en su cabeza. Royce sonrió. No sería fácil para ella aceptar todos los cambios que él pretendía implantar. ¡Ah! y otra cosa más era segura: sería Nicholaa quien debiera adaptarse a la nueva situación; no él.

Pero en cuanto entró en la habitación, Royce desechó la intención de sermonear a su esposa. Nicholaa no estaba en condiciones de escuchar nada. Estaba arrodillada en el suelo, doblada en dos frente a una palangana, vomitando.

Vaya recibimiento, pensó Royce. Ya había escuchado por ahí que todas las esposas se ponían bastante nerviosas en su noche de bodas, pero la reacción de Nicholaa estaba extralimitándose. ¿Tenía tanto miedo por tener que acostarse con él que se había puesto enferma?

La posibilidad no le pareció correcta. Suspiró profundamente y se dirigió hacia donde estaba el recipiente con agua. Sumergió en ella un paño y luego se acercó a Nicholaa.

La muchacha estaba sentada sobre los talones, tratando de regularizar su respiración, cuando Royce la levantó en brazos y se sentó en la cama. Ella terminó sobre su regazo.

En cuanto la tocó, empezó a llorar. Royce mantuvo el paño mojado sobre su frente. —Deja de llorar —le ordenó— y dime qué te duele.

A Nicholaa no le agradó en lo más mínimo el tono de voz que empleó. —No me duele nada —mintió.

—De acuerdo —aceptó él—. Entonces dime por qué estás llorando.

Pero entonces le pareció *demasiado* razonable. —No fue mi intención elogiarte como lo he hecho —declaró. Se quitó el paño y se volvió hacia él para que pudiera ver su expresión ceñuda—. No te atrevas a creer ni una sola palabra de todas las loas que he dicho sobre ti.

Royce asintió, sólo para tranquilizarla. —¿Y cuándo has dicho todas esas cosas que se supone que no debo creer?

—Anoche —le contestó—. Cuando el barón Guy se puso insoportablemente arrogante.

Royce recordó el episodio y sonrió, pero Nicholaa estaba demasiado preocupada como para prestar atención a eso. Las últimas horas la habían agotado. Se dejó caer en brazos de su esposo y cerró los ojos. En el fondo de su corazón se dio cuenta de que quería que él la tocase, que le brindara su apoyo. Ese deseo no tenía ningún sentido, pero no estaba de humor para ponerse a analizar la situación.

—¿Royce?

—¿Sí?

—¿Me odias?

—No.

—¿Te enfadaste mucho cuando te escogí a ti como esposo?

—¿Y tú que crees?

—Que sí —murmuró—. Ahora no puedes volver a Normandía.

—No, no puedo.

—¿Eso te molesta?

Royce volvió a sonreír. Apoyó el mentón sobre la cabeza de ella. Nicholaa parecía preocupada. —No.

—Bueno, ¿por qué no?

Su suspiro fue prolongado. —¿Quieres reñir?

—No —contestó—. Deberías volver a Normandía. ¿Allí hay alguna dama en especial que esté esperándote?

—Es un poco tarde para preocuparse por esa posibilidad, ¿no crees?

Otra vez, los ojos de Nicholaa se llenaron de lágrimas. —Sólo consideré la posibilidad —se quejó—. Oh, Dios, he arruinado tu vida, ¿no?

El la estrechó con fuerza entre sus brazos. —No, no has arruinado mi vida —le contestó—. No he dejado ninguna mujer en Normandía.

Ella descansó contra su cuerpo. Royce pensó que era por el alivio que sintió al escuchar la noticia. —Por supuesto que allí tengo familia. Mi padre ha muerto, pero mi madre aún vive y esta muy atareada con mis hermanas y sus nietos.

—¿Alguna vez conoceré a tu familia?

—Tal vez.

Royce se convenció de que ya había logrado calmarla lo suficiente como para preguntarle por qué había estado llorando. Iba a cambiar de tema, cuando ella, de pronto, susurró: —Debes volver a Normandía, Royce. Aunque sólo sea para visitar por largo tiempo a tu familia.

La urgencia de sus palabras no pasó inadvertida para Royce. —¿Y por qué?

—Porque estarás seguro allí.

—Estoy seguro aquí.

Nicholaa decidió usar otra táctica. —Me gustaría marcharme de este lugar lo antes posible, esposo. ¿Podríamos irnos ahora mismo? La luna está lo suficientemente clara como para que podamos ver el camino.

En su voz se oyó una nota de desesperación. Royce le levantó el mentón con la mano para verle la expresión. Una sola mirada le bastó para darse cuenta de que estaba aterrada. —¿Qué ha pasado? —preguntó.

—Nada —exclamó ella—. Sólo quiero irme ahora.

Ella le apartó la mano del mentón y volvió a ocultar el rostro en el cuello de él.

—¿Nicholaa? ¿Estás tan preocupada por el hecho de que yo vaya a tocarte que te has puesto enferma?

—¿De qué estás hablando, Royce? ¿Acaso no estás tocándome ahora?

—No me refería a eso —le dijo—. Cuando me acueste contigo...

Royce nunca pudo terminar, pues ella levantó abruptamente la cabeza. Santo Dios. Ni siquiera había pensado en eso. Royce era la persona ideal para añadir una preocupación más a su larga lista.

—No puedes pretender eso de mí —vociferó—. Ni siquiera he tenido tiempo para pensar en esa posibilidad. No, no puedes esperar...

—Sí, lo espero —la interrumpió.

Nicholaa le miró a los ojos. Evidentemente, Royce tenía intenciones de cumplir con su palabra. La joven se puso pálida y el corazón le latió a toda prisa. Nicholaa rompió en llanto nuevamente.

Royce controló su exasperación. Decidió que no debió haber mencionado el tema. Cuando llegara el momento de tener relaciones sexuales con ella, las tendría; pero no le daría la oportunidad de que se muriera de miedo por eso.

—Nicholaa, ¿tienes confianza en mí?

Ni siquiera tuvo que pensarlo. —Sí.

—¿Y no me temes?

—No.

—Bien —murmuró—. Entonces dime por qué estás tan abatida.

—Me duelen terriblemente las manos y los brazos —murmuró—. Todas las preocupaciones que dan vueltas por mi cabeza están volviéndome loca, Royce. No estoy en condiciones como para que te permita tocarme.

—¿Para que me *permitas*? —Pareció más sorprendido que enojado por la pobre elección de términos que Nicholaa hizo.

—Ya sabes a que me refiero —le gritó—. ¿Acaso no tienes compasión?

Royce se encogió de hombros. Nicholaa supuso que no la tenía.

Si no hubiera estado tan ocupada tratando de encontrar la manera de salvar la vida de ese hombre, seguramente se le habría ocurrido algún plan para evitar que reclamara sus derechos maritales.

Volvió a apoyarse contra él. —No te odio, Royce. Pero por momentos, me desagradas.

Royce la estrechó con fuerza. Pasaron unos largos minutos en silencio. Esperaba que ella se tranquilizara. Mientras tanto, pensaba en lo suave que era, en lo femenina que le resultaba su fragancia y en lo mucho que le agradaba abrazarla.

En cambio, Nicholaa pensaba en la expresión maligna de la mujer al transmitirle el mensaje.

Royce la sintió estremecerse. La apretó con más fuerza. La luz de la vela parpadeó, atrayendo su atención. Fue entonces cuando vio la daga sobre la mesa y frunció el entrecejo. La noche anterior había dado órdenes precisas de que retiraran toda arma que se encontrase en el recinto. Aunque no tenía dudas de que por la personalidad que tenía Nicholaa sería incapaz de matar ni a una mosca, también sabía que por intentar escaparse, podría llegar a hacer mucho daño.

Entonces sonrió. Pensó que si tenía las agallas de herir a uno de sus soldados, de inmediato se disculparía con él, compungida.

La mujer seguía siendo un enigma para él, pero por fin comenzaba a entender ciertos arrebatos.

—¿Nicholaa? ¿Todavía quieres huir?

—Ahora soy una mujer casada.

—¿Y? —insistió Royce, al ver que no continuaba.

Ella suspiró. —Si yo escapara, tú tendrías que venir conmigo.

Nicholaa acababa de darse cuenta de lo absurdo de su comentario cuando él le preguntó: —¿De dónde salió esa daga?

Nicholaa se puso tensa. —No lo sé.

—Sí, lo sabes —la contradijo—. No me mientas, Nicholaa.

Se quedó callada durante un largo rato. —Es una larga historia —murmuró finalmente—. Seguramente no querrás escucharla ahora.

—Sí, quiero escucharla ahora.

—Me la ha dado una anciana.

—¿Cuándo?

—Esta noche. No quiero hablar de eso —gritó—. Sólo quiero que me lleves lejos de aquí esta misma noche. Por favor, Royce.

Royce se comportó como si no hubiera escuchado las súplicas. —¿Por qué te ha dado esa daga?

Nicholaa tendría que revelarle toda la verdad. El no aceptaría menos. Además, pensó que necesitaba de la ayuda de Royce en ese tema tan preocupante y era vital para él que ella le alertara. —Me dijo que tengo que matarte con esa daga.

Nicholaa se quedó esperando un rato largo, a que él reaccionara ante la noticia, pero luego se dio cuenta de que él no diría ni una sola palabra. ¿Le habría creído?

—No estoy bromeando —murmuró—. De verdad se me ordenó matarte.

—¿Cómo? —preguntó, con una voz incrédula—. Si ni siquiera puedes sostener la daga en tus manos.

—Yo mencioné ese problema a la mensajera —dijo—. Y ella me indicó que yo debía hallar la manera de hacerlo. Cuanto más dudas de mi palabra, Royce, más me convenzo de que no habría sido tan difícil lograrlo.

—Nicholaa, no podrías matarme.

Royce parecía muy contento con esa conclusión. Con dulzura, le apartó el cabello de la sien. Pareció una caricia de un esposo que amaba a su esposa.

Dios, qué cansada estaba. Seguramente, ésa era la razón por la que los ojos volvieron a llenársele de lágrimas. —Justo cuando comenzaba a pensar que la guerra por fin había terminado y que todos podríamos vivir juntos y en paz, tenía que suceder todo esto.

—La guerra ha terminado —dijo—. Estás preocupándote por nada.

—No me crees, ¿verdad?

—Yo no he dicho eso.

—No hay necesidad —gritó—. Ya tengo la prueba, esposo.

—¿Te refieres a la daga?

—No —contestó ella—. Mi prueba llegará al amanecer. Tres hombres vendrán hasta aquí. Si para entonces no te he matado, nos matarán a los dos. En ese momento, te darás cuenta de que no te he mentido.

Royce bajó la cabeza y le besó la ceja. —Estás diciéndome toda la verdad, ¿no es así?

—¿Cómo puedes creer que yo inventaría una historia tan cruel?

Se apartó de su hombro para poder dirigirle una mirada tan punzante como la daga. Nicholaa estaba sorprendida por lo furioso que estaba Royce, porque su voz había sido muy suave cuando le habló. Inmediatamente, dejó de fruncir el entrecejo y asintió con la cabeza, satisfecha. Ya era hora de que ese hombre asumiera una actitud correcta.

Dios, qué alivio sentía. El enfado de Royce realmente la reconfortó. El sabría qué hacer. Se haría cargo de esa amenaza. Se acurrucó contra él y bostezó de un modo muy poco femenino. —¿Ahora entiendes por qué pensé que teníamos que marcharnos esta misma noche?

—Nicholaa, quiero que empieces por el principio —le ordenó—. Cuéntame exactamente qué sucedió.

Nicholaa no discutió. Terminada la explicación, Royce le apretaba la cintura con el brazo. Además, tenía la expresión tan ceñuda como la del mismo demonio. La cicatriz de la mejilla se le había puesto más blanca que nunca. Parecía un guerrero, aunque no llevara el atuendo de guerra.

La muchacha experimentó el más extraño de los sentimientos. Para ser totalmente franca, debía admitir que Royce le brindaba una gran seguridad. ¿Cuánto hacía que no se sentía así? Nicholaa no lo recordaba.

Ni siquiera pensaba en irse. Royce la protegería a cualquier precio.

—¿Qué vas a hacer? —le preguntó.

—Yo me haré cargo, Nicholaa.

Ella asintió.

—Ponte de pie y permíteme que te ayude a quitarte la ropa —le dijo él.

—¿Por qué?

Royce ignoró la sorpresa de su voz. —Para que puedas irte a dormir, esposa. Esperaré a que se curen tus manos para tener relaciones contigo.

—Gracias.

—Rayos, no tienes por qué sentirte tan aliviada.

Por el tono de su voz, Nicholaa se dio cuenta de que le había ofendido. Supuso que le había herido en su orgullo. Se puso de pie y le miró. —Royce, el primer momento entre marido y mujer debería ser especial, ¿no?

Estaba ruborizándose como una virgen. Tampoco podía mirarle a los ojos, pues tenía la vista fija en el suelo. Royce no pudo evitar burlarse de ella, sólo un poco. —Pero ya has estado casada antes, ¿no? También has tenido un hijo. ¿O ya has olvidado a Ulric?

—Por supuesto que no he olvidado a Ulric —respondió ella de inmediato—. Justamente, estaba tratando de explicar que, con o sin experiencia, el primer momento entre nosotros debería ser...

—¿Especial? —terminó él, al ver que ella no continuaba.

Nicholaa asintió. —Preferiría no tener que preocuparme de que alguien te ponga una daga entre los omóplatos, mientras tú estés preocupado en... otras cosas.

Royce le desabrochó el cinturón, lo arrojó a un lado y se puso de pie. Trató de no pensar en lo que estaba haciendo, mientras le quitaba el manto por la cabeza. Siguió el mismo procedimiento con el resto de las prendas, a excepción de una camisola, que era tan delgada como el aire.

Se produjo un pesado silencio entre ellos. Nicholaa estaba tan tiesa como una estatua. Pero no se sentía así. Royce ya estaba arrepintiéndose de la promesa que le había hecho respecto de no tener relaciones hasta que se curase.

—No has mencionado tus omóplatos —comentó Royce, en un intento por eliminar la tensión que comenzaba a apoderarse de él—. Bien podrías ser la primera en sentir la hoja del arma enemiga. —Su voz le pareció muy dura.

Nicholaa estaba parada frente a él, con los dedos de los pies encogidos y la cabeza bien gacha. Dios, era aún mucho más bella sin ropa. Tenía unas piernas increíblemente largas. Su piel se le antojó muy tersa y, a la luz de las velas, le pareció una diosa de oro, de épocas mágicas.

El provocativo escote de la camisola dejaba muy poco para la imaginación de Royce. La prominencia de los senos, que resaltaba el bordado del género, le comprimía el pecho.

Sí, era hermosa. Y le pertenecía.

—No permitirías que nadie me hiciera daño.

—¿Qué has dicho?

—Que no permitirías que nadie me hiciera daño.

Debió recurrir a toda su disciplina para concentrarse en la conversación. —No, no lo permitiría.

—¿Por qué estás frunciendo el entrecejo? ¿Estás enfadado conmigo?

El meneó la cabeza y casi rió. La pobre inocente no tenía ni idea de lo que estaba pensando su lujurioso esposo. Respiró profundamente y la acostó en la cama. La cubrió con las mantas y se volvió en dirección a la puerta.

—¿Nicholaa? —gritó, por encima del hombro.

—¿Sí?

—Cuando lleguemos a *mi* fortaleza —dijo, enfatizando el posesivo—, no permitiré más mentiras. Desde el momento en que nos instalemos allí, siempre me dirás la verdad.

—¿Estás pensando que te he mentido con respecto a la mujer que me ordenó matarte?

—No —le contestó. Se volvió y la miró—. Estoy hablando de las otras mentiras que me has contado. En cuanto lleguemos a Rosewood, terminarán. Prométemelo.

Nicholaa no quería prometerle nada. —¿A qué mentiras te refieres? —agregó, tratando de determinar a qué se refería exactamente.

—No es necesario que te lo explique —le respondió—. Sólo quiero tu promesa, Nicholaa. —Había un brillo especial en sus ojos, mientras aguardaba a que ella le dijera lo que deseaba.

—Royce, comprende esto —murmuró—. Haré lo que sea con tal de proteger a Ulric y a Justin. Esa es la promesa que te hago ahora.

—¿Y los proteges mintiéndome?

—En el pasado, cuando yo...

—Estoy hablando del futuro —la interrumpió—. A partir del momento en que lleguemos a Rosewood —agregó— no habrá más mentiras.

Nicholaa respiró profundamente. —De acuerdo —murmuró—. Te prometo que no habrá más mentiras.

Royce se volvió y se dirigió nuevamente hacia la puerta. Ya había eliminado a su esposa de sus pensamientos. Había mucho que hacer antes del amanecer. Ya tenía la mano en el cerrojo cuando Nicholaa le llamó.

—Royce, mi padre siempre daba a mi madre un beso de buenas noches. Era una tradición familiar.

Royce regresó junto a ella. —¿Y?

—También es una tradición sajona. —Pasó otro minuto.— Sólo me preguntaba si los normandos también tendrían la misma tradición. —Nicholaa trataba de aparentar indiferencia.

Royce ni contestó.

—Las tradiciones deben respetarse, Royce, especialmente, en épocas turbulentas.

—¿Por qué?

Era evidente que Royce no entendía nada. No se daba cuenta de que ella pretendía que la besara. —Para que no caigan en el olvido.

—¿Nicholaa? ¿Quieres que te bese?

Vaya sutileza, pensó ella. —Sí.

En cuanto le vio avanzar hacia ella, cerró los ojos. Royce se sentó en un lado de la cama. Se agachó y le besó la ceja. Ella le dio las gracias. Luego le besó la nariz. Nicholaa volvió a agradecérselo.

Tenía el rostro colorado, como si hubiera estado expuesta al sol. Royce sabía que se sentía avergonzada, aunque no tenía ni la menor idea de cuál sería la razón. Estaba demasiado contento de que ella hubiera deseado sus caricias.

—Las tradiciones son mu-muy importantes para mí-mí —balbuceó Nicholaa—. Ahora que eres mi esposo, también deben serlo para ti.

Esa frase le dio un respiro. —¿De verdad?

—Sí —contestó ella. Abrió los ojos para mirarle—. No es que deseara que me besaras. Sólo que...

Nicholaa tuvo que dejar de explicarle cuando él posó su boca sobre la de ella. Royce le robó por completo la concentración. Tenía una boca tan maravillosamente cálida. Jugueteó con su cabello, para mantenerla cautiva, aunque en realidad, no fue necesario. Nicholaa no quería moverse. El beso fue tierno, para nada exigente. La dejó sin aliento. Y anhelando más.

Royce se retiró apenas. —Abre la boca, Nicholaa —murmuró.

Nicholaa casi ni tuvo tiempo de acceder a su petición, pues la boca de su esposo volvió a apoderarse de la de ella. Pero en esa ocasión, sintió entrar su lengua, que la saboreaba, la acariciaba, la enloquecía.

Royce la mantuvo muy quieta mientras su boca descendía sobre la de ella, una y otra vez. La sintió temblar y pensó que tal vez estaría aterrándola. Nicholaa era tan cándida.

Entonces, la muchacha le tocó la lengua con la suya y emitió un débil chasquido. Royce advirtió que su respuesta era apasionada. Azorado, estuvo a punto de perder los estribos en ese preciso instante.

Royce se obligó a apartarse de ella. Su sonrisa delató una gran ternura al comprobar los resultados de sus caricias. Nicholaa tenía los labios muy sonrojados e hinchados. Su expresión era de total asombro.

Royce le acarició el labio inferior con el pulgar.

—No creo que mi padre haya besado a mi madre de ese modo alguna vez —murmuró.

Había un brillo especial en sus ojos. Royce se dio cuenta de que ella estaba bromeando. El le respondió del mismo modo. —¿Con todos esos hijos? Yo creo que sí.

Se agachó y la besó otra vez, aunque rápidamente, sin pasión. Nicholaa no pudo disimular su desazón cuando él se puso de pie. —Ahora duérmete, Nicholaa —le ordenó—. La tradición se ha respetado.

Nicholaa no le dio las gracias. Pero suspiró. Estaba dormida profundamente cuando Royce llegó a la puerta.

Dos soldados nuevos vinieron a remplazar a los que habían estado apostados en la puerta del cuarto. Los cuatro eran caballeros muy hábiles, bajo las órdenes del barón Royce. Uno de los soldados traía una jarra con el somnífero que el barón Samuel había enviado para Nicholaa. Royce le ordenó que lo tirara. Después indicó a otro de los guardias que informara a Lawrence que tenía deseos de hablar con él.

El subcomandante llegó en cuestión de minutos. Royce todavía no había autorizado a los soldados que abandonaran su puesto de guardia. Se apoyó contra la puerta y rápidamente explicó la situación. Cuando terminó, dio las órdenes oportunas.

Por orden de Royce, el jefe de la guardia del rey debía ser alertado sin demora sobre la posible amenaza. Además, se triplicarían los guardias nocturnos y se llevaría a cabo una minuciosa inspección en todo el castillo, pues la mujer que había ordenado a Nicholaa matar a Royce, aún podría estar allí. Royce quería encontrarla.

—¿Y qué hay de los hombres que vendrán al amanecer, para desafiarle? —preguntó Lawrence, cuando Royce terminó de dar todas las órdenes.

—Yo me haré cargo de esa posibilidad —respondió el barón—. Sin embargo, creo que es casi imposible que se presenten. Han usado a esa anciana para pasar el mensaje a Nicholaa y ahora la dejarán sola, para que sufra las consecuencias. Sería muy peligroso para ellos tratar de secuestrar a cualquiera de nosotros. —Exhaló un prolongado suspiro.— Dios, ojalá esté equivocado. Cómo me gustaría que lo intentaran, pues de ese modo, tendría la oportunidad de matar a esos bastardos. Han asustado a mi esposa.

Lawrence se dio cuenta de que su barón estaba mucho más irritado por el hecho de que habían intimidado a Nicholaa que por la posibilidad de que alguien tratara de matarle. Según el vasallo, era una actitud muy sugestiva.

Después de hacer las reverencias correspondientes, Lawrence y los demás súbditos se retiraron a cumplir con sus obligaciones. Royce se quedó allí, protegiendo la puerta con la espalda, hasta que dos de ellos volvieron. Entró nuevamente a la habitación cuando estuvo convencido de que el pasillo estaba nuevamente custodiado por sus hombres de confianza.

Menos de una hora después, se oyó que llamaban a la puerta. Royce la abrió antes de que Lawrence dejara caer su brazo al costado.

El vasallo se hizo a un lado, para que Royce pudiera reunirse con él en el corredor. —Hemos encontrado a la anciana —anunció en voz baja—. Está muerta. Tiene el cuello roto. Alguien arrojó su cuerpo detrás de unas maderas. ¿Quiere que reunamos a todos los sajones para interrogarlos?

Royce meneó la cabeza. —Los barones sajones que han jurado lealtad a William se sentirían insultados por nuestra desconfianza. Por supuesto que eso no le importaría a nuestro rey, pero tampoco nos serviría para nuestros propósitos. Si hay algún sajón traidor aliado a los rebeldes seguramente no nos dará ninguna respuesta. Tendremos que hallar otro medio para desenmascarar a ese bastardo.

Lawrence asintió. —Hay mucha gente aquí, barón —dijo—. Hay muchos a quienes yo no conozco. Con esta multitud, nos resultará muy difícil encontrar al culpable.

—Rayos, cómo me gustaría poder tenderle una trampa ahora mismo, para que caiga y así terminar con todo esto de una vez.

—¿Una trampa en la que usted sería el cebo? —preguntó Lawrence—. Sería terriblemente difícil controlar el resultado, milord.

Royce se encogió de hombros. —Podría lograrse —contravino Royce—. Sin embargo, no correré el riesgo. La seguridad de Nicholaa es lo primero. Una vez que me asegure de que nadie puede llegar hasta ella, puedo concentrar toda mi atención en encontrar al bastardo que está detrás de este maldito plan. Esto no ha terminado, Lawrence. Volverán a intentarlo. Estoy seguro.

—¿Cuándo desea partir?

—Mañana, alrededor del mediodía —contestó Royce—. Hablaré con William por la mañana.

Royce pidió a su vasallo que se retirase y regresó al cuarto. Nicholaa estaba profundamente dormida. Las negras ojeras de su rostro eran aún notorias. Royce deseó haber podido dejarla unos días más en Londres, para que recuperara sus fuerzas.

Pero no había tiempo. Royce no descansaría hasta que ella estuviera a salvo. Sin embargo, su dulce esposa no parecía preocupada. De lo contrario, no habría podido descansar con tanta paz.

La tapó mejor con las mantas. Las esposas eran un trastorno, decidió. Si un hombre quería a su esposa, su enemigo podía usarla para extorsionarle. En efecto, podían usar a Nicholaa como arma para destruirle.

Si ese hombre quería a su esposa, repitió mentalmente.

Royce estaba desesperado por llevar a Nicholaa de regreso a Rosewood, donde estaría segura. Meneó la cabeza. La evidencia no podía negarse. ¿Cómo había podido pasar? ¿Y tan rápido? Pensó en aquella semana infernal, en la que ella le había enloquecido, mientras se dirigían a Londres. Volvió a menear la cabeza.

Y después sonrió. No entendía cómo ni por qué había sucedido. Sólo una cosa era segura: la quería.

8

Los asesinos no vinieron al amanecer.

A Royce no le sorprendió. Pero sí le decepcionó.

Dejó que Nicholaa durmiera varias horas más y por fin la despertó después. La muchacha se alegró de que nadie hubiera tratado de irrumpir en sus aposentos.

El barón Samuel llegó pocos minutos después. Royce ayudó a Nicholaa a ponerse la bata y se quedó de pie junto a ella, cual centinela, mientras el curandero le examinaba las quemaduras. En cuanto llegó Lawrence, Royce se marchó para ir a hablar con el rey.

Samuel cubrió las manos y brazos de Nicholaa con vendas limpias. Había prometido a Nicholaa que dejaría al aire las heridas, pero como la muchacha estaba a punto de partir rumbo a su casa, el curandero creyó más conveniente volver a vendarla, para proteger la piel sensible por las quemaduras de las inclemencias del tiempo. Pero Nicholaa no se opuso.

Samuel le dejó un pequeño paquete con hierbas y le indicó mezclar una pizca de cada una de ellas con agua limpia y colocar el preparado sobre las heridas todas las mañanas.

Nicholaa le quedó profundamente agradecida. Mary, la sirvienta de modales tan dulces, estaba aguardando para ayudar a su señora a vestirse, cuando Royce entró al cuarto y le ordenó que se retirase.

—Preferiría que Mary se quede, Royce —dijo Nicholaa—. Necesito su ayuda para vestirme.

—Yo te ayudaré —contestó Royce—. Lawrence, cumple con tus obligaciones. Partiremos dentro de una hora. —Cogió el paquete con las hierbas.— ¿Qué es esto? —preguntó.

Nicholaa le dio la explicación correspondiente. Cuando concluyó, Royce se dirigió hacia la chimenea y arrojó al fuego el paquete. Nicholaa se quedó tan pasmada que ni siquiera atinó a detenerle.

—¿Por qué has hecho eso?

Royce ni le contestó. Tampoco había mejorado su humor. Al menos, permitió que Mary volviera a entrar en el cuarto cuando Nicholaa le pidió a él que le cepillara el cabello. Por supuesto que él no podía encargarse personalmente de semejantes trivialidades, pero de todas maneras se negó rotundamente a abandonar la recámara. La pobre Mary estaba tan intimidada con su presencia, que no podía hacer la trenza de Nicholaa. Las manos le temblaban demasiado.

En cuanto Nicholaa la hizo retirarse, se volvió hacia Royce. —¿Qué pasa contigo? ¿No confías en mí lo suficiente como para dejarme unos pocos minutos a solas con mi criada para que se encargue de asuntos personales, esposo? ¿Todavía crees que trataría de escaparme? ¿Por eso estás tan irritable?

Royce parecía exasperado con ella. —Estoy pensando en tu seguridad, esposa —declaró—. No tengo confianza en los sirvientes. Cuanto antes nos vayamos a casa, antes mejorará mi humor.

Nicholaa meneó la cabeza. —No soy yo la que corre peligro, esposo —lo contrarió ella—, sino tú. Además, los sirvientes son empleados del rey. Seguramente ninguno de ellos querrá hacerme daño.

Royce entrelazó las manos sobre su espalda y resopló. —Nicholaa, es obvio que no todos los sirvientes son fieles a William. La anciana que anoche entró en tu habitación para transmitirte el mensaje no le era leal, por cierto. Puede haber más. Tú corres tanto peligro como yo —agregó.

—¿Por qué?

Royce suspiró. —Ahora eres mi esposa. Los sajones podrían usarte para llegar a mí. Por eso. Ahora deja ya de preguntar. Es hora de que nos vayamos.

—¿Y cómo haría el enemigo para usarme? —preguntó, sin prestar atención alguna a la orden de él para que dejara de interrogarle.

Royce no le contestó.

Poco después se marcharon de Londres. Nicholaa subió al caballo con Royce. Advirtió que los soldados que iban con ellos eran bastante mayores que los que los habían escoltado en el camino a Londres. Los más jovenes iban a la zaga de la comitiva.

—¿Cuántos hombres nos acompañan? —preguntó Nicholaa.

—Los suficientes.

¿Y eso qué significaba? Nicholaa decidió que lo mejor era no insistir con el interrogatorio. Por el modo en que Royce apretaba la mandíbula, la mujer se dio cuenta de que no estaba con ánimos de entablar una conversación.

Cuando acamparon ya se había hecho de noche. Nicholaa estaba demasiado cansada como para preocuparse por el humor de su esposo. Durmió en el interior de una tienda pequeña, sobre una cama de pieles que él le había improvisado. Pero cuando despertó, en mitad de la noche, se dio cuenta de que estaba sobre el regazo de Royce. Cómo había llegado allí, nunca lo supo.

Dos días después de cabalgar a toda prisa, alcanzaron el límite de las tierras de Nicholaa. Sin embargo, no llegarían a la fortaleza propiamente dicha hasta la mañana siguiente, porque las colinas que aún les quedaban por subir harían tediosa la travesía. Tendrían que aminorar la marcha.

A Nicholaa no le importó. El tiempo había mejorado. El sol brillaba y la brisa había perdido parte de la crueldad invernal. El aroma a primavera flotaba en el aire. Nicholaa se sentía más animada. Hizo una lista de todas las cosas que haría cuando llegara a su casa. Primero, se cambiaría de ropa y luego iría raudamente a la abadía, a ver a Justin y a Ulric.

Comentó a Royce sus intenciones durante la cena.

—No te irás de Rosewood —anunció. Le entregó una generosa rebanada de pan—. Justin y Ulric vendrán a ti.

Nicholaa debía estar extremadamente cansada por el viaje de todo el día y, seguramente, ésa fue la razón por la que se irritó tanto con su esposo.

—¿Por qué te pones tan difícil? —le preguntó.

Royce pareció auténticamente sorprendido por la pregunta de su esposa. —No me pongo difícil.

De pronto, extendió los brazos, la tomó y se la sentó en su regazo. Le rodeó la cintura con un brazo. Cuando Nicholaa trató de protestar, él le metió un trozo de queso en la boca.

Ninguno de los dos volvió a hablar hasta que terminaron de cenar. Luego, ella se recostó sobre el hombro de él y dijo: —¿Serás más agradable cuando lleguemos a casa?

La pregunta fue demasiado tonta como para merecer una respuesta. Royce siempre era agradable... excepto, por supuesto, cuando se encontraba en medio de una batalla. Dios, estaba demasiado cansado como para ponerse a pensar en esas cosas. —¿Estás lista para ir a dormir?

—Estoy lista para conversar con mi esposo —murmuró ella—. Me gustaría hablar de nuestro futuro.

Levantó el rostro y Royce la besó. Su única meta era la de persuadirla de posponer la charla para otro momento, pero el beso pronto ensombreció todo lo demás.

Fue un beso tierno, ardiente, exigente, totalmente excitante. Royce no podía saciarse de ella. Entró con la lengua en su boca, para juguetear con la de ella. Soltó un gemido grave, que se confundió con el suspiro de placer de la mujer. De inmediato, Nicholaa olvidó dónde estaba. Royce, no. Terminó el beso y le empujó la cabeza contra el hombro.

—Ahora vas a dormir —le ordenó.

Nicholaa estaba demasiado alterada como para responder. Tenía el rostro apoyado en el pecho de Royce, por lo que pudo escuchar los latidos de su corazón con gran claridad. De pronto, no le importó que fuera tan brusco con ella. El descubrimiento que acababa de hacer era demasiado fascinante: tal vez Royce no quisiera admitirlo, pero el beso le había afectado también a él.

Nicholaa suspiró, cerró los ojos y bostezó. Estaba a punto de quedarse dormida cuando Royce murmuró su nombre.

—¿Nicholaa?

—¿Sí, Royce?

—En dos días más se te curarán las manos.

Su voz se había tornado dura y exigente. —¿Sí? —preguntó ella, tratando de averiguar cómo habría llegado él a esa conclusión. ¿Por qué le importaría tanto saber el tiempo que tardarían en sanar sus heridas?

Y luego recordó. Royce le había prometido que no tendría relaciones sexuales con ella hasta que no se quitara las vendas. Nicholaa sonrió.

Eso significaba que la deseaba. Nicholaa pensó que tal vez debería sentirse un poco asustada por el inminente acontencimiento, pues lo desconocido siempre era motivo de preocupación. Su madre sólo le había contado que era algo normal entre marido y mujer, necesario para tener hijos y totalmente aprobado por la Iglesia.

Sin embargo, ninguna de esas razones disipaba su preocupación más que las suaves caricias de Royce. De verdad la deseaba. Eso era lo único que le importaba en ese momento. Pero de pronto, necesitó que él mismo se lo confesara: —¿Estarás contento cuando se me curen las manos?

Royce permaneció callado durante una eternidad. Le estrechó con más fuerza la cintura, se rascó la barbilla contra la cabeza de Nicholaa y cuando finalmente ella llegó a la conclusión que él jamás le respondería, le oyó murmurar: —Sí, Nicholaa, estaré contento.

Los latidos del corazón de la joven se aceleraron al escuchar esa voz tan suave como el terciopelo.

Durante un largo rato, no pudo conciliar el sueño. Por su mente pasaban todas las responsabilidades que tendría que asumir de ahí en adelante, como esposa y dueña de Rosewood.

Su madre le había enseñado todos los dones que una dama debía poseer, pero no había hecho comentario alguno respecto de las obligaciones que una esposa tenía para con su esposo. No obstante, Nicholaa sabía que, como dueña y señora de Rosewood, tendría la tarea de convertir su entorno en un hogar feliz y apacible.

Y su madre le había dado lecciones mediante el ejemplo y no la palabra. Nicholaa recordó que a su padre le gustaba el orden y que su madre se había encargado de que lo tuviera. Ella le cuidaba y, por sus actos, le enseñó a cuidar de ella. Por caótica que fuera la situación fuera de las paredes del castillo, cada vez que su padre llegaba a casa, su madre salía corriendo a recibirle con un abrazo. A veces, Nicholaa se quedaba junto a ella, en lo alto del castillo. Su padre, que tenía un aspecto horrible cada vez que llevaba los pertrechos de guerra, generalmente aparecía con una expresión feroz y absolutamente exhausto, mientras subía la última colina. Sin embargo, Nicholaa nunca le tuvo miedo. Sabía que su madre podía borrarle ese negro humor, con una sola de sus mágicas sonrisas.

Siempre resultaba. Cuando su padre llegaba al pie de las escaleras, ya estaba sonriendo. Entonces, besaba a su esposa, la cargaba a ella al hombro y con voz estridente anunciaba que estaba famélico y que quería comer de inmediato.

Nicholaa se sintió reconfortada con ese recuerdo de la niñez. Decidió que el hogar de todo hombre debe ser un santuario, un paraíso en el que reine la paz y la seguridad y —a veces— el amor.

Ya había descartado el hacer la vida imposible a Royce, pues con eso sólo lograría hacerse daño a sí misma. Ahora era toda una adulta y, por lo tanto, debía comportarse de acuerdo con ello.

También debía pensar en Ulric. El pequeño había perdido a su madre al nacer y, con el transcurso de cada día, Nicholaa se convencía más y más de que también su padre estaba muerto. De haber sobrevivido a la última batalla, Thurston le habría mandado algún mensaje.

Ella y Justin eran los únicos familiares que le quedaban a Ulric. Pero también estaba Royce. ¿Estaría dispuesto a convertirse en un padre para Ulric? ¿Le daría todas las clases que un padre daba a sus hijos? Recordó la suavidad con la que había cargado al bebé, aquel día que fue por ella a la abadía. En el fondo de su corazón estaba convencida de que le protegería. Tal vez, con el tiempo, aprendería a querer a ese niño como si hubiera sido suyo.

Ulric necesitaba un hogar en paz. Nicholaa juró dejar de lado sus críticas. Aprendería a ceder un poco para llevarse bien con su esposo y, así, le enseñaría a él también a ceder.

Nicholaa se acurrucó contra su esposo mientras consideraba su nuevo plan.

El le dijo que se quedara quieta.

Su voz sonó irritable, con el fastidio del sueño. Sin embargo, le masajeó la espalda mientras le daba la orden.

Nicholaa estaba contenta. El futuro parecía lleno de promesas, ahora que tenía todo planeado.

Era tan sencillo. Royce era el mejor entrenador de tropas. Su obligación se había decidido años atrás, cuando William reconoció su talento. Matilda había contado a Nicholaa varias historias sobre las victorias de Royce y ella se había quedado muy impresionada.

Nicholaa decidió no interferir en las responsabilidades prioritarias de su esposo. No intervendría mientras él se dedicara a transformar a los hombres ordinarios en invencibles guerreros.

Sin embargo, como acababa de tomar esa determinación, no sabía por dónde empezar. Sólo una cosa era segura: Royce y ella vivirían en paz y armonía, a cualquier precio.

Sí, se dijo, Royce entrenaría a sus hombres.

Y ella, a él.

Nicholaa había soñado con vivir feliz para siempre; pero, a la mañana siguiente, la certeza de que su futuro estaría lleno de dicha y paz debió pasar por una aterradora prueba.

La comitiva había cabalgado durante casi una hora cuando alcanzó un estrecho sendero que conducía a una empinada colina. Royce no lideraba la fila, sino que se había colocado en el centro. Nicholaa montaba un caballo propio, exactamente detrás del de él. Tenía las riendas enroscadas alrededor de las muñecas.

De pronto, Royce ordenó que se detuvieran y encabezó la procesión, dejando a Nicholaa al pie de la colina, con unos cuantos soldados rodeándola. Luego condujo a los primeros veinte hombres a la cima.

Era el lugar ideal para una emboscada, pensó Royce. El sendero era tan estrecho que los soldados tenían que formar una fila de un solo hombre para recorrerlo.

Royce regresó por Nicholaa una vez que situó estratégicamente al primer grupo en la cima, con sus arcos y flechas preparados para defenderse en caso de ataque. Nicholaa pensó que Royce tomaba precauciones exageradas. Ya estaban prácticamente en la fortaleza y los rebeldes tendrían, seguramente, mejores cosas que hacer en lugar de disponerse a atacar un lugar tan aislado como aquél.

Por el modo en que su esposo apretaba la mandíbula, Nicholaa se dio cuenta de que lo mejor era guardar sus apreciaciones para sí. Se sintió reconfortada por las extremas medidas que cada uno tomaba para mantener su seguridad, aunque le parecieron un poco excesivas.

El ataque la tomó totalmente por sorpresa. Ocurrió cuando el último soldado llegó a la cima.

Royce dio el grito de batalla. Y fue tan estridente que Nicholaa por poco se cae del caballo. De pronto se vio rodeada de soldados, con los escudos en alto para protegerla de todo peligro.

Las flechas les llovían desde las colinas lindantes. Los atacantes abarrotaron las colinas como langostas en busca de su presa.

Nicholaa vio que Royce desenvainaba su espada. Obligó a su corcel a galopar y blandió la espada bien a lo alto de su cabeza. Fue una imagen imponente. Aterradora, también. Nicholaa murmuraba furiosos y veloces padrenuestros, rogándole a Dios que no le pasara nada a su esposo.

El soldado que estaba detrás de ella soltó un grito y cayó al suelo. Nicholaa se volvió y vio más rebeldes que abandonaban sus escondites para subir por la colina.

Los soldados que la rodeaban cambiaron sus tácticas de inmediato. Uno de ellos dio una palmada al anca del caballo de Nicholaa y gritó la orden de cabalgar hacia el cerro occidental.

A Nicholaa le resultó difícil controlar su caballo, pues no podía asir las riendas con la fuerza suficiente como para dirigir al animal, que a toda costa quería ir hacia el este. Un soldado le gritó que no tomara el mismo rumbo de Royce.

Nicholaa no prestó atención. Quería encontrar a su esposo, asegurarse de que estaba bien, antes de procurarse refugio. Con la mirada inspeccionó las colinas, mientras desesperadamente repetía sus oraciones.

Royce y sus tropas estaban al alcance del primer oleaje de flechas, cuando Nicholaa los divisó.

Santo Dios, ¿por qué tenía que ser tan robusto? Eso le convertía en un blanco fácil. Seguramente, el enemigo le alcanzaría primero.

Nicholaa trató de disminuir la marcha de su caballo. No quería interferir en la labor de su esposo. Esa distracción podría costarle la vida. Justo en el momento en que trataba de girar al animal con rumbo oeste, algo en la cima del cerro le llamó la atención. El reflejo del sol contra la armadura que cubría el pecho del enemigo la encandiló.

Se movió en su montura y volvió a mirar hacia arriba. Un solo jinete, con pertrechos de guerra sajones, de pronto levantó la mano en el aire, bien alta. Era la señal para que los restantes jinetes se unieran al ataque. Aproximadamente cincuenta soldados sajones, dando gritos de batalla, galoparon cerro abajo.

Nicholaa no podía apartar la mirada del líder. El sol resplandecía sobre sus atavíos, dándole un aspecto místico. La luz actuaba como un espejo, dando la sensación de que se hallaba más cerca de lo que realmente estaba.

Cuando el jefe se movió en su montura y trató de tomar la flecha, Nicholaa le vio el perfil.

Entonces entendió por qué se había quedado tan pasmada.

El líder sajón estaba apuntando a su blanco, con la flecha en el hilo y éste bien tenso.

Nicholaa empezó a gritar.

Su hermano Thurston estaba vivo. ¡Y preparándose para matar a Royce!

9

Royce se volvió cuando oyó gritar a Nicholaa. Obligó a su caballo a aminorar la marcha, al tiempo que ella obligaba al suyo a emprender un veloz galope. Cuando llegó a donde él estaba, se le echó en los brazos.

Fue muy oportuna. Se interpuso en el flechazo que iba dirigido a él. La fuerza de la saeta empujó su cabeza contra Royce. El la atrapó y luego trató de colocarla sobre su regazo, para poder protegerla con el escudo. Fue entonces cuando se dio cuenta de que estaba clavada a él. La flecha atravesaba el hombro de Nicholaa y se insertaba en el camisote de Royce.

El grito angustiado de Royce hizo eco desde la cima del cerro. Hizo girar a su corcel y éste se dirigió hacia el refugio que proporcionaban los árboles del oeste. El largo cabello dorado de Nicholaa tapaba la herida y aunque Lawrence no había sido testigo del incidente, el alarido de desesperación de su barón le indicó que algo terrible había sucedido a su señora. El vasallo ordenó a tres de los hombres más diestros a seguir al líder, y luego a otro, a hacerse cargo de la batalla. Poco después, Lawrence siguió a su barón hacia los árboles.

Royce pensó que Nicholaa se había desmayado. Y le pareció una bendición, para que la mujer no tuviera que padecer el terrible dolor de tener la flecha clavada en el hombro.

Estuvo a punto de apearse cuando ella le dijo: —Perdónale, Royce. El no sabía. No podía saber.

Royce no entendió de qué estaba hablándole. Al sentir el peso muerto de Nicholaa en sus brazos, se dio cuenta de que no podía contestarle a ninguna pregunta en ese momento. De todas maneras, él tampoco habría podido formular ningún interrogatorio lógico, pues la ira por lo que acababa de suceder le mantenía demasiado ocupado.

Lawrence bajó de un salto de su caballo y extendió su capa sobre el suelo. Tendió los brazos, para tomar a Nicholaa, de modo que Royce pudiera desmontar sin seguir lastimándola. Royce meneó la cabeza. —Todavía está clavada a mí —anunció, con la voz llena de angustia.

No permitió que su vasallo le ayudara. Le temblaron los dedos cuando sacó el extremo de la flecha de su camisote. Después, inspiró profundamente para calmarse y poder descender del corcel. No toleraba pensar en el tormento que le esperaba. Apoyó a Nicholaa, que seguía inconsciente, sobre la capa. Cortó la punta de la flecha y luego deslizó la vara de la misma, para quitársela del hombro.

Ella gritó y ese alarido desgarró el corazón de Royce. Le murmuró palabras entrecortadas de aliento, mientras la sangre que manaba de la herida le bañaba los brazos.

Lawrence era mucho más experimentado que su barón para curar heridas. Con la mente, Royce entendía muy bien esa realidad, pero su corazón no quería entrar en razones. Lawrence tuvo que pedirle tres veces que le permitiera acercarse a Nicholaa, hasta que por fin accedió.

Nicholaa comenzaba a recobrar el reconocimiento cuando el súbdito vertió un líquido ardiente sobre su herida. Esta vez, no gritó; rugió. También trató de abalanzarse hacia su verdugo. Royce tuvo que sostenerla. Si hubiera tenido una daga, habría matado al hombre que estaba tratando de ayudarla.

La preocupación en el rostro de Lawrence por fin penetró en su estupor. De pronto, Nicholaa sintió que se le despejaba la mente. Entonces, se dio cuenta de que estaba gritando y se calló.

Royce estaba arrodillado en el suelo, junto a ella, con la cabeza apoyada en el hombro sano de Nicholaa. Ella observó la escalofriante expresión de su rostro y casi perdió nuevamente el conocimiento. Dios, parecía furioso, como con deseos de matar a cualquiera y, por el modo en que estaba mirándola, supuso que la víctima en cuestión sería ella. ¿Cómo se atrevía a enfadarse con ella? Después de todo, le había salvado la vida, ¿no?

Oh, Dios, su hermano Thurston había tratado de matar a Royce. Era una carga demasiado pesada de sobrellevar. Santo Dios, ¿qué iba a hacer? Thurston estaba con vida. ¿Pero por cuánto tiempo?

Se volvió para mirarse la herida, cuando Lawrence le quitaba el manto cortándoselo con la daga.

Nicholaa se dio cuenta de que no se trataba de una herida fatal. El corte era profundo, sí, pero la hemorragia había disminuido considerablemente.

Royce le apartó el rostro. —No mires —le ordenó—. Te hará daño.

Le tembló la voz. Nicholaa pensó que era porque se contenía para no gritar.

Thurston estaba vivo y trataba de asesinar a Royce. Claro que, de tener la oportunidad, su esposo también intentaría matar a Thurston. ¿Qué iba a hacer?

Decidió optar por la salida más cobarde. Luchó para poder sentarse y luego fingió que el movimiento la había mareado. Se dejó caer contra el cuerpo de Royce, le imploró que le rodeara la cintura con el brazo para sostenerla y cerró los ojos.

Pero las náuseas la tomaron por sorpresa. No estaba segura de si se trataba de una reacción a la trampa que había puesto en práctica o de que había perdido más sangre de la que creía.

Lawrence levantó el bajo del vestido y arrancó una tira de la enagua para usarla como venda. Entonces comenzó a colocarla sobre el hombro herido.

Nicholaa miró las deterioradas vendas que le cubrían las quemaduras de las manos y meneó la cabeza por las paupérrimas condiciones en las que se encontraba. Dios, era un desparpajo humano. Desde que había conocido a Royce, tuvo que soportar una lesión o indignidad tras otra. De seguir así, moriría en una semana.

Quiso hacer ese comentario a su esposo, sólo para herirle en su orgullo; pero, abruptamente, el malestar que pretendió fingir apenas minutos atrás se convirtió en realidad. Debió pedirle a Royce que la sostuviera por la cintura, aunque en esa ocasión por un motivo verdadero.

—No he decidido todavía si voy a despedir mi cena o a desvanecerme —murmuró.

Royce deseó fervientemente que se desmayara. Y ella le dio el gusto.

—Otra vez perdió el sentido —comentó Lawrence.

Royce asintió. Su voz sonó entrecortada, cuando dijo: —Ha perdido demasiada sangre.

La angustia del barón no pasó inadvertida para Lawrence. —No, Royce —contestó—. Sólo lo normal. Se recuperará en una semana o dos.

Ninguno de los guerreros volvió a hablar hasta que Lawrence no terminó de atenderla. Royce permitió al súbdito que sostuviera a Nicholaa hasta que subió al caballo. Una vez allí, tomó a su esposa y la situó sobre su regazo. Notó que el vendaje blanco que Lawrence había aplicado en su hombro ya estaba manchado de sangre. —Tal vez se desangre hasta morir antes de que lleguemos a casa —masculló.

Lawrence meneó la cabeza. —La hemorragia ha cesado —dijo—. Royce, no entiendo su reacción. No estamos frente a una herida mortal.

—No quiero hablar de mi reacción —exclamó Royce.

El vasallo asintió de inmediato. Montó su corcel antes de volver a hablar. —¿Por qué lady Nicholaa se interpuso, milord? Seguramente se habría dado cuenta de que su armadura le protegería.

—No lo pensó —respondió Royce—. Sólo se preocupó por protegerme a mí.

Su explicación pareció muy relamida. —Nicholaa dijo algo, justo después de... No entiendo a qué se refería, Lawrence, pero en todo esto hay algo más que...

No continuó. Uno de sus soldados le llamó la atención al ofrecerle su capa. Royce aceptó la prenda y la utilizó para tapar a Nicholaa.

Luego dio la orden de reunir a sus hombres. Era la primera vez, en su larga trayectoria como guerrero, que emprendía la retirada de una batalla. Pero ni siquiera lo dudó. Nicholaa era su única preocupación. Lo único que le importaba.

Pero de todas maneras, no fue necesaria la retirada. Lawrence vino a dar la noticia a Royce de que los atacantes habían huido con la misma rapidez con la que habían aparecido.

Royce se quedó pensando en lo extraño de la situación durante un largo rato. Aunque los rebeldes habían tenido una clara ventaja al principio, a Royce no le habría costado nada obtener la victoria. Por otra parte, sus soldados eran mucho más idóneos que los sajones. Eso se había evidenciado en el modo en que el enemigo se había lanzado sobre ellos desde las colinas. Simplemente, se habían limitado a correr hacia adelante, sin preocuparse por flanquear a los normandos ni por cuidarse las espaldas. Tampoco hubo disciplina en las filas, por lo que constituyeron un blanco fácil para las flechas normandas.

Durante el largo viaje a Rosewood, Royce se mantuvo concentrado tratando de separar sus ideas de sus emociones. Una tarea sencilla, bajo circunstancias normales. Sin embargo, su corazón no hizo más que dificultarle la tarea. Cuando dio la orden de emprender la retirada, se repitió hasta el cansancio que sólo estaba cumpliendo con su obligación. Nicholaa era su esposa y su responsabilidad era protegerla. ¿Pero por qué estaban temblándole las manos todavía? ¿Por qué la herida de su hombro le enfurecía tanto que le impedía pensar?

Maldición, esa contrariedad estaba escapándosele de las manos. Nicholaa interfería en sus pensamientos. Toda la vida de Royce había sido trazada cuidadosamente, como un mapa, hasta que apareció esa mujer. Ella tenía fácil acceso a cada una de sus ideas.

Cuando llegó al castillo, mientras la llevaba en sus brazos por las estrechas escaleras que conducían al cuarto, descubrió el alcance de la horrorosa situación.

No sólo la quería. Se estaba enamorando de esa mujer.

Para ser totalmente franco, aceptar la realidad le dejó tan atónito que por poco la deja caer en las escaleras. Pero se recuperó de inmediato y siguió conduciendo a Nicholaa hacia su habitación. Mientras tanto, su mente le dictaba, una tras otra, todas las razones por las que no era posible que amara a esa mujer tan obcecada e ilógica. Demonios, pero si le resultaba antipática la mayoría de las veces.

La lógica vino en su auxilio. No le era posible amarla. No sabía amar. Claro, se dijo. Durante todos esos años, había recibido entrenamiento para combatir. A nadie se le había ocurrido enseñarle a amar. Por lo tanto, era natural que le fuera imposible amar a Nicholaa.

Por supuesto que siempre tendería a cuidar y a estimar a su esposa, porque ella era una posesión más. Royce le tendría el mismo aprecio que todo dueño siente por cualquier objeto valioso que le pertenece.

Se sintió mucho mejor después que ordenó todos sus sentimientos. No obstante, contradijo sus propias convicciones gruñendo a todos los sirvientes que presumían de su capacidad de velar por Nicholaa. El barón Hugh había seguido el desfile de lloronas que subían las escaleras. Se quedó parado en la puerta, observando con creciente asombro a Royce, que trataba de tender a Nicholaa sobre la cama. El monumental guerrero parecía no entender nada de lo que estaba presenciando. Dos veces le vio inclinarse sobre la cama, pero cada vez que volvía a incorporarse, Nicholaa seguía en sus brazos. Era como si Royce no hubiera podido desprenderse de ella.

Hugh sintió pena por su amigo. Ordenó a todas las sirvientas que se marcharan de la habitación, con excepción de una de ellas; una dulce, rolliza y atractiva mujer, de nombre Clarise, a quien Hugh había estado tratando de llevarse a la cama durante casi una semana. Le hizo un gesto, para que se echase a un lado y luego ordenó a Royce que pusiera a su esposa en la cama. Le apoyó la mano sobre el hombro. —Quítate el casco y atiende a tus propias necesidades. Clarise cuidará de Nicholaa.

Royce se quitó el casco y acostó a Nicholaa, pero se negó a abandonar la alcoba. Arrojó la cabezada a un lado y luego entrelazó ambas manos sobre la espalda. Se quedó como un guardia, junto a la cama. Vio que Nicholaa se sobresaltó al escuchar el ruido del casco cuando dio contra el suelo. ¿Entonces podía escucharlos?, se preguntó. Tal vez comenzaba a recuperar el conocimiento. Dios, ojalá, imploraba Royce.

Nicholaa sabía qué estaba sucediendo exactamente. Durante el viaje hasta su casa, había alternado entre un estado de inconsciencia real y uno fingido. El dolor del hombro se había calmado considerablemente. El problema era que tendría que explicar sus acciones a su esposo si él se daba cuenta de que ya se había recuperado y, en realidad, no sabía qué iba a decirle.

Necesitaba tiempo para determinar un plan de acción a su problema. Todavía estaba un poco aturdida por la noticia de que Thurston estaba vivo... y agradecida, por supuesto. Como hermana, se sentía en la obligación de protegerle. Pero también era esposa de Royce. Le debía lealtad y también tenía la obligación de protegerle. Dios, qué confusión.

Nicholaa empezó a temblar. Tenía miedo por Royce y por Thurston. Conocía la naturaleza obstinada de su hermano. No descansaría hasta recuperar su fortaleza; pero Royce, por su parte, tampoco permitiría que Thurston se quedara con ella sin pelear. Uno, o ambos, podría morir tratando de solucionar la cuestión.

Nicholaa no quería perder a ninguno de los dos. ¿Qué iba a hacer? ¿Debería confiar en Royce y contarle toda la verdad? ¿Eso sería una deslealtad para con Thurston?

Las lágrimas acudieron a sus ojos. Necesitaba tiempo para ordenar sus ideas antes de actuar.

—Está sufriendo —murmuró Royce, atrayendo su atención—. Quiero aliviarla. Ya mismo.

Nicholaa no abrió los ojos. Deseaba que Royce la tomara entre sus brazos y le ofreciera todo el apoyo que tanto necesitaba en esos momentos. Quería que su esposo le asegurara que todo estaba en orden.

Que Dios la ayudara, pero realmente quería que él la amase, aunque sólo fuera un poco, nada más.

—Podríamos enviar a alguien a la abadía a buscar algún curandero —sugirió Hugh.

Clarise terminaba de revisar el baúl de Nicholaa, tratando de hallar un camisón. Llevó una prenda blanca de algodón hacia la cama. Cuando Nicholaa gimió, Clarise se echó a llorar. Dejó caer el camisón y empezó a retorcer el ruedo de su manto, hasta hacerlo un nudo. —Lady Nicholaa no puede morir —sollozó—. Estaríamos perdidos sin ella.

—Deja ya de decir tonterías —le ordenó Hugh—. Ella no va a morir. Ha perdido un poco de sangre, eso es todo.

Clarise asintió y luego recogió el camisón de su señora.

Hugh se quedó de pie junto a Royce, contemplando a Nicholaa. Se frotó la barbilla y preguntó: —¿Fue una flecha la que...?

—Se abalanzó sobre mí, para impedir que la flecha me alcanzara —le interrumpió Royce.

—Se recuperará —dijo Hugh otra vez—. ¿Estás de ánimos para contarme por qué está aquí? Pensé que sería entregada a algún valeroso caballero, como premio. ¿El rey cambió de parecer?

Royce meneó la cabeza. —Es mi esposa.

Hugh alzó una ceja y sonrió. —De modo que participaste en la contienda para ganarte su mano. Supuse que lo harías.

—No hice tal cosa —contravino Royce. Halló su primera sonrisa al responder—: Podría decirse que fue Nicholaa la que se arriesgó por mí.

Hugh se echó a reír a carcajadas. —Creo que aquí hay gato encerrado. Exijo una historia completa. Ahora quiero que mires hacia atrás, cuando ocurrió este lamentable hecho, y me expliques por qué tu esposa se arrojó sobre ti para defenderte. Tenías puesta tu armadura, ¿verdad?

—Por supuesto.

—¿Entonces por qué...?

—Tendré esas respuestas cuando Nicholaa despierte.

Nicholaa había escuchado toda la conversación claramente. Hasta hizo una mueca por la aspereza del tono de voz de su esposo. En ese preciso instante, decidió que lo mejor era seguir inconsciente, durante una o dos semanas más, hasta que decidiera qué hacer con Thurston. Pero no mentiría a Royce. Para ella su palabra era tan importante como su lealtad. Había hecho una promesa a su esposo y la cumpliría.

—Ruego a Dios que lady Nicholaa sepa dónde está cuando despierte.

El comentario de Clarise atrajo la atención de ambos guerreros.

—¿Qué estás murmurando? —preguntó Hugh—. Por supuesto que sabrá dónde está.

Clarise meneó la cabeza. —Mucha gente pierde la memoria después de haber recibido un fuerte golpe en la cabeza o después de haber perdido mucha sangre. Otros se confunden. Y otros se vuelven un poco olvidadizos. Estoy diciéndoles la verdad —agregó, con un sollozo—. Tal vez, milady ni me reconozca.

—Jamás he oído hablar de esas cosas —gruño Hugh.

Durante la conversación, Royce no apartó la vista del rostro de su esposa en ningún momento, de modo que sólo él pudo darse cuenta de que la mueca de dolor había desaparecido. En su lugar, se había instalado otra, de tranquilidad.

¿Estaría escuchando la conversación? —Nicholaa, abre los ojos —le ordenó.

Ella no le obedeció. Sólo se quejó. Fue un sonido dramático, sin embargo, para nada convicente. ¿A qué estaba jugando?

Royce no pudo contener su repentina sonrisa. Nicholaa se repondría. Se sintió profundamente aliviado. —Contestarás a mis preguntas cuando despiertes, Nicholaa.

Ella no respondió. —Todavía está inconsciente, milord —susurró Clarise—. Está agotada.

Royce suspiró. Y luego esperó.

Pasaron varios minutos. Clarise abandonó el cuarto, en busca de lo necesario para cambiar los vendajes de Nicholaa. Hugh se ocupó de encender la chimenea. Royce no se movió de la cama de su esposa

Por fin Nicholaa abrió los ojos. Lentamente, su mirada buscó la de Royce. Tenía la mirada limpia, para nada turbada. Royce decidió que el entrecejo fruncido era fingido.

Adivinó su plan antes de que ella lo pusiera en marcha.

—¿Dónde estoy? —Nicholaa observó su entorno, antes de prestar atención a Royce.

El se sentó en la cama. —En tu cuarto —le contestó—. Has dormido durante un largo rato.

—¿Sí?

Royce asintió.

—¿Quién es usted?

Royce disimuló su exasperación. Había estado en lo cierto: Nicholaa había escuchado perfectamente los comentarios de Clarise. Colocó una mano a cada lado de Nicholaa y se agachó. —Soy tu esposo, Nicholaa —murmuró—. El hombre a quien amas más que a nadie en el mundo.

Esa frase provocó la reacción que él esperaba. Pareció pasmada. Pero no fue suficiente para él. —¿No lo recuerdas? —le dijo.

Nicholaa se encogió de hombros. El sonrió. —Soy el hombre a quien suplicaste de rodillas que se casara contigo. Seguramente, recordarás cómo me rogabas...

—Yo no te supliqué que te casaras conmigo, insolente cret...

Royce la hizo callar con un largo beso. Ella le frunció el entrecejo. El barón no pudo sentirse más feliz. Su esposa estaba a punto de recuperarse.

—Tendrás que explicarme por qué has reaccionado así, Nicholaa.

Ella le miró, durante un largo rato. —Lo sé —dijo por fin, con un suspiro resignado—. Sólo te pido que tengas paciencia y esperes a que me sienta mejor, Royce. ¿De acuerdo?

El asintió. —También tendrás que prometerme que nunca, nunca jamás, volverás a hacer una tontería semejante, a riesgo de tu propia vida. Careces completamente de autodisciplina, Nicholaa.

La joven se sintió muy ofendida. Royce se puso de pie y se dirigió hacia la puerta. —Esperaré hasta mañana para que me des ambas cosas: tu confesión y tus disculpas, esposa. Ahora tienes mi permiso para descansar.

Nicholaa se incorporó violentamente en la cama. El movimiento le produjo un dolor insoportable. —Sólo quise salvarte el pellejo, desagradecido.

Royce no dejó de caminar. —Sí, por supuesto —admitió él—, pero hay algo más detrás de todo esto, ¿no es cierto?

Ella no le contestó. Esa reacción iracunda le había arrebatado todas las fuerzas. Volvió a desplomarse sobre la cama. Estaba murmurando, con coloridos improperios, todo lo que opinaba sobre su esposo, cuando se dio cuenta de que el barón Hugh estaba parado junto a la chimenea. Se sintió horrorizada al comprobar que el caballero había sido testigo de una actitud tan indigna por parte de ella. —Por lo general, no acostumbro a levantar la voz a nadie —declaró—. Pero este hombre me saca de quicio, barón.

Hugh sonrió. —¿Por lo general le dice que es un hijo de perra?

De modo que le había escuchado los murmullos. Nicholaa suspiró. —Sólo cuando creo que nadie me está oyendo llamarle así —confesó.

Hugh se acercó al lecho. —¿Está lo suficientemente descansada como para contarme qué le sucedió, Nicholaa? Me intrigan los vendajes que tiene en las manos.

Ella frunció el entrecejo. —Ha sido una semana de lo más difícil, barón.

—Eso creo.

—Todo iba perfectamente bien, hasta que conocí a Royce.

—¿Entonces cree que todas estas lesiones son culpa de Royce?

—No directamente —eludió Nicholaa.

Por la expresión expectante del barón, la muchacha se dio cuenta de que él pretendía que le ilustrase con detalles, pero ella no estaba dispuesta a hacerlo. Que Royce le explicara todo. —Es una larga historia, señor —murmuró—. Y penosa, también. Basta decir que ese hombre es responsable.

—¿Ese hombre?

—Royce.

Cerró los ojos y volvió a suspirar. Hugh supuso que querría descansar. Se volvió para marcharse.

—No sé para qué me he molestado en salvarle la vida —susurró—. ¿Acaso ha expresado su gratitud?

Hugh detuvo sus pasos. Estuvo a punto de responder, cuando ella misma lo hizo por él. —No, barón, no lo ha hecho. Tampoco supo valorar mi acto de arrojo. No, al contrario, se enfureció conmigo. Es insufrible. Puede comentarle también que he dicho eso de él, milord.

Volvió a cerrar los ojos. Hugh trató de abandonar los aposentos por segunda vez. Pero al llegar a la puerta, ella le pidió que transmitiera a Royce otras de sus opiniones.

Quince minutos después, Hugh por fin pudo irse de allí.

Royce le encontró al pie de las escaleras. —He estado a punto de enviar a buscarte —le dijo—. Nicholaa necesita descansar, Hugh.

Hubo tanta desaprobación en la voz de su amigo que Hugh se echó a reír. —Yo no la he fatigado, si es eso lo que te preocupa —le dijo—. A decir verdad, fue ella la que me agobió informándome sobre todo lo que opina de ti. ¿Quieres escuchar algunas de sus frases?

Royce no disimuló su exasperación frente a Hugh. —No me interesan las trivialidades. Nicholaa está bien ya. Cuando se recupere del todo, le explicaré cuáles son sus obligaciones.

Se dirigió hacia la puerta con la intención de salir, cuando Hugh le detuvo. —Todo es tan fácil para ti, ¿verdad, Royce?

—Por supuesto —gritó Royce por encima de su hombro. Ignoró la picardía del tono de voz de su amigo—. Tal vez sea un flamante esposo, Hugh, pero entiendo que sólo hay un modo de que esta sociedad funcione para satisfacción de todos: yo daré las órdenes y ella las obedecerá. Seré paciente, por supuesto. Nicholaa se merece esa consideración. Para ella, el matrimonio es algo nuevo también —agregó—. Una vez que ella lo comprenda, la vida será sencilla. Sólo tiene que obedecerme, Hugh. No es tan difícil.

—¿Nicholaa ha entendido este dictado? —preguntó Hugh.

—Con el tiempo lo hará —juró Royce. Su voz fue dura al agregar—: Tendré un hogar apacible.

La puerta se cerró violentamente tras esa promesa.

Hugh se volvió, para mirar en dirección a las escaleras. Se rió otra vez. Claro, pensó, Royce vivirá en paz. Pero Nicholaa primero se ganará su corazón.

10

Nicholaa decidió ser agradable. Después de todo, ya había puesto en práctica las demás tácticas. Las protestas de nada le habían servido. Tampoco los gritos. Ya estaba desesperándose. Se dio cuenta de que, si le trataba con amabilidad, tal vez él la imitaría. Quizás entonces, Royce escucharía sus órdenes.

Ya era hora de que le trajera a Ulric y a Justin. Ya habían pasado dos semanas enteras desde que llegaron a Rosewood. Nicholaa tenía la esperanza de que Royce le trajera a su familia de inmediato, pero evidentemente su esposo no estaba de humor como para obedecer sus órdenes. Royce evitaba cumplir con sus obligaciones del mismo modo que la evitaba a ella. Vaya, si en los últimos quince días, sólo le había visto seis o siete veces.

Los primeros días, no le había dado importancia a esa desatención. Nicholaa sabía que él estaba irritado porque ella no le había explicado su actitud del día del ataque. No obstante, había aceptado esperar hasta el día en que ella estuviera dispuesta a contarle todo. Por lo menos, eso fue lo que Nicholaa concluyó cuando le dejó en claro su posición y él asintió con la cabeza.

Ahora que lo pensaba, fue después que ella le aclaró su postura que él comenzó a ignorarla.

Era hora de solucionar las cosas entre ellos. Nicholaa quería ser una buena esposa. A decir verdad, detestaba el modo en que él la ignoraba. No estaba comportándose como un esposo debía hacerlo con su esposa, o al menos eso creía ella, por las limitadas observaciones que había hecho con diferentes matrimonios.

Por otra parte, Royce no compartía su cuarto. Clarise le informó que se había instalado en la habitación del norte del castillo, que había pertenecido a los padres de Nicholaa. La cama matrimonial había sido hecha a medida, para que su padre, un hombre muy robusto, pudiera acostarse cómodamente. La chimenea era enorme también, pues el ambiente que debía calentar era tres veces más grande que la pequeña alcoba de Nicholaa.

Ella comprendió perfectamente los motivos de Royce para elegir ese cuarto, pero de todas maneras seguía considerando una descortesía el hecho que no durmiera con ella. Royce era su esposo, después de todo, y lo lógico era que durmieran uno junto al otro. La verdad la abofeteaba. Royce pudo haberla invitado a su cama... pero no lo hizo.

Nicholaa no quería seguir así. Se sentía muy deprimida. Decidió que tendría que dejar de lado su orgullo. Contra viento y marea, hallaría el medio para revertir esa farsa en la que se había convertido su matrimonio.

Tendría que empezar por averiguar por qué Royce la eludía. Lo más factible sería que no le agradara la respuesta de Royce, pues ella sabía muy bien que cada vez que él daba sus opiniones podía ser tan frontal como un toro enfurecido. De todas maneras, estaba decidida a preguntárselo.

Se vistió cuidadosamente para la cena. Se bañó con un jabón de fragancia dulce, que también utilizó para lavarse el cabello. Clarise la ayudó. La adorable mujer se puso a llorar cuando vio las cicatrices en las manos de Nicholaa, después de que le quitaran los vendajes.

Nicholaa se sintió muy avergonzada. Las horrendas marcas se acentuaban más en la mano y en la muñeca izquierdas. Si bien no se consideraba vanidosa, las espantosas cicatrices la preocuparon. Tal vez, Royce sentiría la misma repulsión que ella al verlas.

Nicholaa decidió entonces distraer su atención, poniéndose el vestido más bonito que tuviera. El color también era bello, o al menos eso era lo que ella pretendía. La prenda era de un celeste muy pálido y bastante ceñida, aunque no en exceso.

Pero tal vez el dorado le habría sentado mejor. Nicholaa vaciló entre ambas alternativas, hasta que Clarise entró en la recámara. Entonces lo consultó con ella. —¿Crees que a mi esposo le gustaría el celeste o el dorado?

—Yo prefiero el celeste, milady, pero no conozco los gustos de su esposo.

—Yo tampoco —admitió Nicholaa.

Clarise sonrió por lo irritada que sonó la voz de su señora. Cuando cogió el cepillo, Nicholaa se sentó sobre un banco. La sirvienta le cepilló el cabello hasta que lo dejó perfecto. Dos veces empezó a hacerle una trenza y las dos veces su señora cambió de parecer.

Clarise no sabía que Nicholaa fuera tan indecisa ni que se preocupara tanto por su aspecto. —¿Por qué está tan alterada, milady?

—No estoy alterada. Sólo quiero estar bonita esta noche.

Clarise sonrió. —¿Quiere estar bonita para alguien en particular?

—Para mi esposo —contestó Nicholaa—. Estoy decidida a llamarle la atención esta noche.

—Bueno, eso es un hecho.

Nicholaa se sintió agradecida porque la criada no pudiera verle el rostro. Sentía las mejillas coloradas. —He trazado un buen plan.

Clarise rió. —Usted siempre tiene buenos planes.

Nicholaa sonrió por el elogio de su criada. —En estos tiempos tan difíciles, una siempre debe estar un paso por delante.

—Los tiempos ya no son tan difíciles —dijo Clarise—. Su esposo está trayendo mucho orden a la casa, milady.

Nicholaa meneó la cabeza. Clarise tenía todo el derecho del mundo a sentirse optimista, pues todavía ignoraba que Thurston estaba vivo. Nicholaa no le había revelado a nadie ese secreto. Ni siquiera podía pensar en su hermano sin que se le hiciera un nudo en el pecho.

—Para algunos, la guerra ha terminado —murmuró—. Para otros, acaba de comenzar.

—¿Qué tontería es esa, milady? —preguntó Clarise—. No estará hablando de su matrimonio, ¿verdad? No está en guerra con su esposo. Si me permite una opinión, usted está siendo un poco obstinada.

Nicholaa no respondió a las opiniones de la criada. Clarise llamó de nuevo su atención cuando dijo: —Hábleme sobre ese plan que tiene, milady.

—Esta noche seré muy amable durante la cena —contestó Nicholaa—. Royce no logrará alterarme, por horrendos que sean sus comentarios hacia mí. Espero que cuando se dé cuenta de lo tolerable que soy trate de imitarme. Entonces, tal vez, entre en razones y vaya a buscar a mi familia.

Clarise no pudo disimular su decepción. Cuando Nicholaa se puso de pie y tomó su cinturón trenzado, advirtió que la sirvienta estaba frunciendo el entrecejo. —¿No crees que mi plan vaya a funcionar?

—Oh, su plan es muy bueno —admitió—. Sólo estoy un poco desilusionada. Pensé que se estaba poniendo bonita por otros motivos.

Nicholaa se ajustó apenas el cinturón sobre las caderas y luego insertó su pequeña daga en una de las presillas.

—Pero tras mi plan hay otras cosas —dijo Nicholaa—. No me complace en absoluto el modo en que está funcionando mi matrimonio. Es muy difícil llevarse bien con Royce. Seguramente, habrás notado cómo me ignora. Vaya, cada vez que trato de hablarle de Justin y de Ulric me da la espalda y se marcha. Es terriblemente descortés. Justo a mitad de mis peticiones, me encuentro hablando sola, como si estuviera loca.

—¿Peticiones? —repitió Clarise, resoplando—. Su esposo se da media vuelta cuando usted empieza a mandonearle, milady. Eso es lo que he notado. Si me permite el comentario, milady, durante estas semanas no ha sido la misma de siempre. Ha dado más órdenes y más gritos que en toda su vida.

Nicholaa sabía que Clarise le hablaba con total franqueza. Bajó la cabeza, avergonzada. —Mi esposo me crispa los nervios —confesó—. Pero de todas maneras, prometo no volver a gritar. No es para nada femenino.

La sirvienta sonrió. —Usted no volverá a gritar porque se da cuenta de que con su esposo no le sirve de nada.

Nicholaa asintió. —Además —dijo—. Y ya puedes dejar de fruncir el entrecejo, Clarise. He decidido que es hora de que Royce y yo arreglemos nuestras diferencias.

—Bueno, gracias a Dios —exclamó la criada—. Por fin ha entrado en razones. No está bien que duerman separados. ¿Se refiere a que va a corregir esta vergüenza?

Nicholaa se encaminó hacia la chimenea. Dios, qué abochornada se sentía. Le resultaba difícil hablar de un asunto tan personal. —Voy a seducirle.

Clarise se echó a reír. Nicholaa le dirigió una mirada ceñuda. —Este es un asunto muy serio —protestó.

Esperó a que la criada se controlara y luego dijo: —Royce y yo empezaremos de nuevo. El matrimonio es un juramento sagrado y mi obligación es dar hijos a ese hombre.

Antes de que Clarise pudiera asentir, Nicholaa agregó rápidamente. —No importa cómo sucedió, Royce y yo ahora somos marido y mujer. Debemos aceptar el hecho y tratar de vivir armoniosamente. También estoy pensando en Ulric. Ese bebé se merece un hogar feliz.

—No tiene que convencerme, milady. Estoy en favor de su plan. Claro que hay un problema que debemos tener en cuenta. ¿Acaso su esposo no cree que Ulric es hijo suyo?

—Sí.

Clarise suspiró. —Se dará cuenta de que le ha mentido, milady, cuando tenga relaciones con usted. Será mejor que le confiese toda la verdad antes de que él la descubra por sus propios medios.

Nicholaa meneó la cabeza. —Tuve muy buenas razones para mentirle así —dijo—. Estaba protegiendo a Ulric. Siempre y cuando los normandos le creyeran hijo mío, le dejarían en paz.

—Pero las cosas han cambiado —arguyó Clarise—. Y usted no puede creer que su marido sea capaz de hacer daño al bebé ahora.

La sirvienta parecía furiosa. Nicholaa se dio cuenta de que Clarise ya había jurado lealtad a Royce. Eso le agradó, aunque no pudo entender por qué. —Una vez que conocí a Royce, me di cuenta de que jamás habría sido capaz de dañar al pequeño. Sin embargo, podría usarle para conseguir la cooperación de Thurston. Eso es lo preocupante.

—¿De qué tontería está hablando? —preguntó Clarise—. Ambas sabemos que Thurston está muerto. —Clarise se detuvo brevemente para hacerse la señal de la cruz.— Que en paz descanse.

—¿Y si no lo está? —preguntó Nicholaa.

—De todas maneras, su barón no usaría al bebé en su contra. Lo creo de corazón.

Nicholaa suspiró y cambió de tema. —Sé que todo matrimonio que se basa en la mentira está mal encaminado. Ya le he prometido a Royce que nunca más volvería a mentirle.

—Entonces va a decirle...

—Primero le embriagaré —anunció Nicholaa—. Después voy a contarle todo.

—¿Ha perdido la razón, milady?

Nicholaa rió. La expresión despavorida de Clarise le resultó cómica. —Sé lo que estoy haciendo —dijo Nicholaa—. Alice me dijo que cuando un hombre bebe demasiada cerveza, olvida gran parte de lo que ha escuchado. Le confesaré la verdad sobre Ulric y también otro secreto que me ha estado perturbando, pero si Royce está aturdido por la mañana recordará sólo fragmentos de lo que le he contado.

A Clarise le pareció el plan más tonto que había escuchado en la vida. —Será mejor que tenga otro plan preparado, por si éste no le da resultado —le aconsejó—. Alice es una boba por haberle sugerido esa idea tan ignorante. Un hombre ebrio sólo piensa en dormir, pero si el señor está dispuesto a divertirse, no tendrá ninguna consideración. Especialmente, si cree que usted es una mujer experimentada.

Nicholaa meneó la cabeza. —Royce jamás me haría daño.

—Tal vez no quiera, pero...

Clarise abandonó sus esfuerzos por explicar la situación a su señora cuando ésta salió del cuarto. La siguió por el pasillo. —Milady, esta vez ha inventado un plan muy deficiente. Tiene que confiar en mi palabra en esta cuestión, porque, Dios me perdone, yo ya he tenido cierta experiencia y usted ninguna. Ya he visto cómo la observa el barón cuando usted no se da cuenta. El desea algo feroz y a menos que usted le explique...

Llegaron a la entrada del salón principal. Nicholaa abrazó a Clarise con mucho afecto. —Todo saldrá bien —murmuró—. No te preocupes tanto, Clarise.

—Por el amor de Dios, lady Nicholaa. Deje de lado su orgullo y confiese todas sus mentiras.

—El orgullo nada tiene que ver con todo esto —le dijo Nicholaa.

Clarise meneó la cabeza. —No, milady. El orgullo está completamente relacionado con este plan suyo.

Al ver que su señora volvía a negar con la cabeza, la sirvienta desistió. Se dirigió hacia las sombras y, una vez allí, se quedó de pie, retorciéndose las manos, deseando con alma y vida que hubiera sido el cuello de Alice el que tuviera entre ellas.

Nicholaa forzó una sonrisa y lentamente caminó hacia su esposo.

Sí que estaba apuesto esa noche. Estaba todo vestido de negro, pero ese color tan severo le daba un aspecto de omnipotencia ante los ojos de la mujer. Estaba de pie frente a la chimenea, junto a Hugh, con quien mantenía una conversación muy entretenida. Nicholaa estaba contenta de que Hugh aún no hubiera partido hacia Londres. Le había dicho que reuniría a sus hombres para el viaje lo antes posible. Nicholaa le echaría de menos, porque él sí que era amable. Además, jugaba al ajedrez bastante bien. Por supuesto que no era rival para ella, pues Nicholaa lograba ganarle enseguida y sin muchos esfuerzos; pero al menos, Hugh era el único que la obligaba a concentrarse en el juego. Y cuando ella se lo dijo aquella noche, la semana anterior, Hugh se desternilló tanto de risa que los ojos se le llenaron de lágrimas. En ese momento, a Nicholaa le pareció una reacción muy extraña para un cumplido, pero no se lo dijo por temor a herirle en sus sentimientos.

Royce no se presentaba en el salón con la frecuencia suficiente como para retarla a una partida. Pero de todas maneras, Nicholaa no quería jugar al ajedrez con él. Sabía que no podría concentrarse. Tal vez, en uno o dos años más, cuando se acostumbrara a tenerle cerca y a verle tan guapo, podría entonces pensar en la partida. Entonces sí jugaría con él. Y le ganaría. La perspectiva la hizo sonreír.

Hugh advirtió su presencia. Pareció asombrado durante uno o dos minutos y luego hizo una reverencia profunda. La saludó.

Royce, simplemente, miró fijamente a su esposa y le hizo un gesto como para que se acercara.

Nicholaa apretó los dientes, por la tosquedad de su marido; pero de todas maneras obedeció la arrogante orden. Se detuvo cuando estuvo a unos pasos de ambos hombres y estaba en mitad de su reverencia cuando de pronto se dio cuenta de que Royce podía verle las cicatrices de las manos. Se enderezó y las escondió detrás de la espalda.

Hugh la elogió por lo bonita que estaba esa noche. Royce no dijo ni una palabra. No obstante, Nicholaa no le iba a dar el gusto de que le echara a perder su buen talante. Se quedó de pie allí, decidida a conservar la paciencia y un carácter dócil, hasta que los hombres terminaran de hablar.

—Por favor, sigan con la charla. No ha sido mi intención interrumpir.

Hugh se volvió hacia Royce y dijo: —¿Derribarás primero el murallón o el castillo?

Nicholaa gimió. —¿Piensas derribar mi casa?

—No.

El alivio de Nicholaa fue evidente. Luego, Royce explicó. —Voy a reforzar *mi* casa con madera y piedra.

—¿Por qué?

—Porque quiero.

Nicholaa debió esforzarse al máximo para sonreír. —Gracias por la explicación.

—De nada.

Decididamente, en los ojos de Royce había un brillo especial. Ella lo notó de inmediato, pero no entendía por qué él estaba tan divertido. —No estaba cuestionándote, Royce. —Nicholaa bajó la cabeza, para que él se diera cuenta de que tenía una actitud sumisa.— Sólo estaba interesada en tus planes. Lo que hagas en esta fortaleza no es asunto mío.

Nicholaa levantó la vista justo a tiempo para verle sonreír. Entonces cobró coraje. Ser agradable era mucho más fácil de lo que había pensado.

¿A qué estaría jugando Nicholaa entonces?, se preguntaba Royce. Nunca la había visto actuar con tanta dulzura. Las últimas dos semanas habían sido una tortura. Revitalizante... definió, pero tortura al fin. Por momentos, pensó estar en medio de un tornado. Había sido un infierno, pero al menos tuvo la honestidad de admitir que disfrutó los astutos planes que la mujer había puesto en marcha para vencerle.

Y ahora se hacía la humilde. Tal vez esa actitud estuviera matándola. Royce siguió sonriéndole, cuando le dijo: —¿Entonces no te importaría que derribara este edificio y construyera otro en su lugar?

Como Royce le había dicho que sólo quería reforzar las maderas con piedras, Nicholaa se sintió segura para mentir: —No, no me importaría en absoluto.

—Estoy totalmente confundido —exclamó Hugh—. Pensé que ése era tu plan desde un principio.

—Lo era —dijo Royce—. Pero después decidí que, tal vez, mi idea perturbara a mi esposa. Verás, Hugh, como se crió aquí, pensé que la unirían fuertes sentimientos a este lugar y que se deprimiría mucho si yo lo derribara. Pero ahora, yo...

—Ciertamente me unen fuertes sentimientos a este lugar.

—Pero acabas de decir...

Nicholaa olvidó lo de ser agradable. —No derribarás mi casa, Royce.

Royce arqueó una ceja.

Nicholaa suspiró. No había querido gritar. —Espero que dejes este edificio tal como está.

—Entonces estabas mintiendo cuando has dicho...

—Sólo estaba tratando de llevarme bien contigo —le interrumpió—. A decir verdad, esto es casi imposible. ¿No podríamos comer ahora y olvidar este asunto?

Hugh estuvo totalmente de acuerdo. Se dirigió a toda prisa hacia la mesa y, a gritos, ordenó a Clarise que trajera la cena.

Nicholaa se volvió para seguir a Hugh. Pero Royce la tomó por el codo y la obligó a quedarse donde estaba. —Dirás la verdad en todo momento —le ordenó.

Nicholaa se volvió para mirarle. —Estoy intentándolo —le dijo—. Me gustaría complacerte.

Esa confesión le tomó por sorpresa. —¿Por qué?

—Porque si yo sé como complacerte, tal vez tú empieces a complacerme a mí.

Royce sonrió. —¿Y cómo se supone que yo debo complacerte? —Lentamente, la atrajo hacia sí.

—Si trajeras a Justin y a Ulric a casa, me complacerías.

—Entonces lo haré —contestó. Le tomó el mentón entre los dedos—. En cuanto me expliques por qué actuaste así el día del ataque de los sajones.

—¿Todavía quieres que me disculpe contigo por haberme interpuesto?

Royce asintió.

Ella se acercó y le besó. Fue una caricia muy delicada, para nada exigente. —Esta noche te lo explicaré todo, Royce. Cuando sepas la verdad, no creo que quieras mis disculpas. No he hecho nada malo y cuando haya explicado todo, estoy segura de que me darás la razón. Hasta es probable que seas tú el que deba disculparse conmigo. Sabes cómo, ¿no?

Nicholaa le estaba sonriendo con suma dulzura y su expresión era la de un ángel. Royce casi no podía creer que se tratara de la misma diablilla con la que había vivido las dos últimas semanas.

—¿Nicholaa?

—¿Sí, Royce?

—Serías capaz de embriagar a un hombre.

Dios santo, cómo deseaba que fuera verdad. Ese insulto la llenó de dicha. Casi se puso a reír a carcajadas.

El hoyuelo apareció en su mejilla cuando sonrió. La tentación era demasiado grande como para resistirla. Royce estaba decidido a ignorarla, hasta que ella se dio cuenta de que con exigencias y órdenes no llegaría a ninguna parte. Sí, Nicholaa tenía que entender la posición que ocupaba en esa casa.

Lo que estaba en juego era demasiado importante como para que Royce se echara atrás. Pretendía una total lealtad y honestidad por parte de Nicholaa antes de poseerla y juró por Dios que tendría ambas cosas antes de ponerle un dedo encima. Rayos, si era él el único que sufría en esa pareja. Royce reconoció la verdad al instante. Nicholaa era demasiado cándida como para comprender el tormento por el que estaba haciéndole pasar. Tampoco tenía ni la menor idea de su atractivo físico. Era tan femenina. Cuando le sonrió, lo único que pasó por la mente de Royce fue tocarla. Nicholaa no entendía la dicha y la satisfacción que podrían brindarse mutuamente cuando estuvieran en la cama y, al paso que iban, sería toda una anciana cuando lo descubriera.

Tal vez, Royce tendría que cambiar de tácticas. Esa idea surgió cuando extendía los brazos para tomarla. Entrelazó los dedos en su cabellera, para mantenerla cautiva, mientras, lentamente, descendió hacia su boca. Sólo había querido darle un beso rápido, pero su esposa le resultó demasiado suave y bien dispuesta. Entonces no pudo evitar profundizar el beso. Deslizó la lengua en el interior de su boca para juguetear con la de ella. El sabor de la mujer fue embriagador. De inmediato, quiso más.

Royce gimió cuando sintió que Nicholaa le rodeaba la cintura con ambos brazos, para atraerle con fuerza hacia su cuerpo. El beso se tornó apasionado, ardiente. La boca de Royce descendió sobre la de ella, una y otra vez, hasta que quedó temblando de necesidad.

Había llegado el momento de detenerse. No era el momento ni el lugar para ese comportamiento tan desinhibido. Lentamente, Royce se echó hacia atrás. Ella le siguió. La reacción le produjo tanto placer que debió volver a besarla.

Nicholaa estaba temblando cuando por fin Royce se obligó a poner punto final al escarceo. Nicholaa apoyó todo el peso de su cuerpo contra el de él. Royce siguió abrazándola hasta que ambos se tranquilizaron. Luego la tomó por el mentón y le levantó el rostro, para poder mirarla a los ojos. Le susurró lo obvio: —Te deseo, Nicholaa.

Su tosco tono de voz no la asustó. Por el contrario; la confesión la colmó de placer. —Me halaga que me desees, Royce. Yo también te deseo a ti. Debe ser así entre marido y mujer, ¿no?

Royce le acarició la mejilla con el dorso de la mano. —Sí, debe ser así, aunque la verdad es que se da raras veces.

Nicholaa no supo qué contestar a eso. No podía dejar de mirarle. Y él tampoco a ella. Se quedaron así durante lo que pareció una eternidad. El hechizo se quebró con las carcajadas de Clarise. Royce fue el primero en reaccionar. Tomó la mano de Nicholaa y la condujo hacia la mesa.

Ella meneó la cabeza, exasperada, cuando advirtió que el barón Hugh había acorralado a Clarise contra la pared del fondo. El robusto normando mordisqueaba diligentemente el lóbulo de la oreja de la criada y, para empeorar aun más la escena, Clarise disfrutaba sobremanera de sus atenciones, hasta que se dio cuenta de que su señora la estaba observando. Entonces, se liberó inmediatamente de los brazos de su captor y desapareció en el interior de la despensa. Hugh soltó un prolongado suspiro de pesar. —Me hace perseguirla como loco —masculló el barón, mientras ocupaba su lugar.

Royce se sentó a la cabecera; Nicholaa, a su derecha; y Hugh, frente a ella.

Alice se quedó aguardando en la entrada de la despensa, para que su señora le diera la señal. La sirvienta ya había dispuesto tres copas de plata sobre la mesa. No bien Nicholaa dio la orden, Alice entró con una gran jarra y sirvió cerveza negra en cada una de las copas. La de Royce quedó llena hasta el borde. El barón no la reprendió, pues pensó que la criada, simplemente, estaba ansiosa por complacerle.

De inmediato, Nicholaa levantó la copa y sugirió un brindis. Mantuvo la mano alejada de Royce, para que él no llegara a verle las cicatrices. Bebió bastante, también, para que su esposo no sospechase.

Tampoco se conformó con un solo brindis. No, propuso uno tras otro, hasta que se elevaron las copas a la salud de toda Inglaterra, con excepción del encargado de establos. Estuvo a punto de brindar también por Royce, pero la interrumpió la llegada de una bandeja con trozos de codorniz y faisán. También se dispusieron sobre la mesa gruesas hogazas de pan negro, recién horneado, y generosas rebanadas de queso bien amarillo. La carne de Royce estaba más salada que de costumbre, para que tuviera más sed. Sin embargo, Nicholaa había olvidado el detalle de la sal, pues estaba un poco mareada por la cerveza que había bebido. Además, tomó con bastante apetito su cena, bajando cada bocado con una abundante dosis de líquido.

Casi de inmediato, Royce se dio cuenta de que Nicholaa tramaba algo. Cada vez que él bebía un sorbo, aparecía Alice para volver a llenarle la copa. Sospechó que ambas mujeres estaban aliadas para lograr sus objetivos. Se pasaron toda la comida intercambiando miradas.

Nicholaa quería embriagarle, pero él ya lo había advertido. Cada vez que le llenaban la copa, Royce vertía la mitad del contenido en la de Nicholaa. Y ella no podía negarse a su generosidad, por lo que transcurridos unos minutos estuvo demasiado aturdida como para notarlo. Al cabo de una hora, sintió que los párpados le pesaban terriblemente y que tenía grandes dificultades para seguir sentada en su banco. Apoyó el codo sobre la mesa y la cabeza, sobre la mano.

—Creo que esta cena es una de las peores que he comido en mi vida —declaró Hugh—. Es más sal que carne, Royce.

—Sí, es cierto —coincidió Royce.

Hugh se puso de pie. —Esta noche estoy bastante cansado. Iré a mi cuarto. ¿Adónde ha ido la dulce Clarise?

—Está escondida en la despensa —señaló Nicholaa de repente. De inmediato, se disculpó por la cena y dio las buenas noches a Hugh. No se dio cuenta de cómo se le había trabado la lengua al hablar, ni tampoco tuvo conciencia del aspecto lamentable que tenía. Estaba demasiado ocupada procurando que la cabeza no se le resbalara de la mano.

Royce estaba furioso con ella. Esperó a que Hugh se retirara y luego, con un gesto, indicó a Alice que hiciera lo propio. Entonces concentró su atención en Nicholaa. Justo cuando estuvo a punto de exigirle que explicara su actitud, ella se movió y por poco se cae del banco. Royce la tomó antes de que se fuera contra el suelo. Se apoyó contra el respaldo de su asiento y colocó a su esposa sobre el regazo.

Nicholaa estaba convencida de que la sala no dejaba de dar vueltas a su alrededor. Extendió los brazos, para rodear el cuello de Royce con ellos, pero cambió de parecer casi al instante. Con torpeza, intentó ocultar las manos en los pliegues del vestido.

—¿Qué estás haciendo? —le preguntó él, al verla forcejear con la prenda.

—Escondiendo las manos para que no me las veas.

—¿Por qué?

—No quiero que veas mis cicatrices. Son horrendas —anunció. Le apoyó la mejilla contra el hombro—. Tienes una fragancia muy agradable. Como la que siento cuando estoy al aire libre.

Royce ignoró el cumplido y le tomó las manos. La obligó a abrir los puños y luego observó las marcas. Pensó que aún tendría la piel muy sensible, pues en la zona afectada las palmas estaban casi en carne viva.

Como Royce no le dijo de inmediato lo que pensaba, ella susurró. —Son horribles, ¿verdad?

—No.

Ella se retiró ligeramente hacia atrás, para poder mirarle y determinar si estaba bromeando o realmente le decía la verdad.

Royce casi rió cuando vio su expresión descolocada. Un mechón rebelde de cabello le caía sobre el ojo izquierdo y parecía medio dormida.

—Tienes que decirme la verdad —le dijo—. Son horribles.

—No, no son horribles.

—Tampoco son bonitas.

—No.

—¿Entonces cómo son?

La sonrisa de Royce estuvo llena de ternura. —Son simplemente cicatrices, Nicholaa.

La mujer se tranquilizó. Royce le besó las cejas para que dejara de fruncirlas.

Ella sonrió, complacida. —Ya no soy perfecta —dijo, con una voz pícara, que hizo reír a Royce—. ¿Qué dices a eso? —No le dio tiempo a contestar.— Quédate quieto, Royce. Cada vez que te mueves así el salón empieza a girar.

Como Royce no se había movido para nada, no supo cómo solucionarle el problema. Todavía estaba mirándole las manos cuando advirtió que dos de los dedos estaban muy callosos.

—¿Cómo te has hecho estos callos? —le preguntó.

Nicholaa golpeó accidentalmente el mentón de su esposo con la cabeza, al darse la vuelta para mirar su mano izquierda. —¿Qué callos?

La mujer estaba casi doblada en dos para verse las manos. Obviamente, ni se le había ocurrido pensar que, en cambio, podía haber levantado el brazo para hacerlo.

Royce dominó su exasperación. —Los callos que tienes en la otra mano, Nicholaa.

Le levantó la mano derecha. Ella frunció el entrecejo al mirarse los dedos y luego sonrió. —Ah, esos callos. Son por las abrazaderas, por supuesto. Si no, ¿cómo me los habría hecho?

Con esa explicación Royce quedó más confundido que nunca. —¿Qué abrazaderas?

—Por las que paso los dedos.

Royce cerró los ojos y rezó para que el Señor le diera paciencia. —¿Pero de dónde son esas abrazaderas, Nicholaa? —insistió.

—De mi tirachinas.

—¿De tu qué?

Nicholaa se acurrucó contra el pecho de su marido, preguntándose por qué él estaría tan tenso con ella. Entonces recordó cómo le había herido con la piedra que le arrojó con el tirachinas. Y como había decidido ser totalmente franca con él, supuso que también tendría que confesarle lo de la agresión.

—Yo te di una pedrada con mi tirachinas. Eso ya te lo dije. Pero tampoco me arrepentí, porque de haberlo deseado podía haberte matado.

Nicholaa hizo una pausa para bostezar ruidosamente y luego agregó. —Thurston me enseñó a usar el tirachinas. ¿Sabes?

Royce estaba demasiado ocupado tratando de asimilar esa confesión como para contestarle. Recordó que Nicholaa había tratado de contárselo antes, pero él no le había creído. Ahora sí.

—Dios, qué sueño tengo —murmuró ella.

Royce suspiró. Decidió olvidar por el momento el tema del tirachinas y llegar al fondo de la cuestión, antes de que su esposa se dispusiera a dormir la borrachera. Y por la expresión de su rostro, sólo tardaría unos pocos minutos en hacerlo.

—¿Querías embriagarme? —le preguntó.

—Oh, sí.

—¿Por qué?

—Para seducirte.

Royce decidió que no había podido ser más específica. —¿Y pensaste que necesitabas emborracharme para seducirme?

Ella asintió. Su cabeza volvió a golpearse contra el mentón de Royce. Se masajeó para aliviar el dolor. —Estás ebrio, ¿verdad? Has bebido al menos doce copas de cerveza. Yo las conté.

Nicholaa se equivocó en el cálculo, por lo menos en ocho copas, al menos que por error hubiera contabilizado las copas que ella había bebido. —¿Alguna vez has estado ebria, Nicholaa?

Se quedó tan atónita por la pregunta que por poco se le cae del regazo. —Por el amor de Dios, no. Eso no sería apropiado en una dama, Royce. Sólo las golfas vulgares se emborrachan. Además, en realidad, no me gusta cómo sabe la cerveza.

—Pudiste engañarme —declaró él.

Ella sonrió. —Y claro que te engañé —le dijo ella—. Te he emborrachado y tú ni siquiera te has dado cuenta. ¿No fue muy astuto de mi parte?

—Todavía no me has explicado por qué —le recordó.

—Creo que eres muy apuesto, Royce, pero tú ya lo sabes.

La explicación careció totalmente de sentido. Pero Royce no se molestó. No, más bien se quedó perplejo. —¿Me crees apuesto?

—Por supuesto —contestó ella—. Yo tracé este plan y tú lo has seguido casi a la perfección.

—¿Y de qué se trata este plan?

—Ahora que estás ebrio, voy a confesarte todas las mentiras que te he dicho. Estás demasiado aturdido como para enfadarte. Y después, te seduciré. ¿Ves lo simple que es, esposo?

—No —contestó—. Dime por qué es tan simple.

—Por la mañana no recordarás lo que te he contado.

Esa mujer era más tonta que los pollitos. —¿Y qué pasará si lo recuerdo?

Nicholaa frunció el entrecejo por la pregunta y después contestó: —Entonces, habrás tenido relaciones conmigo y sólo lo recordarás a medias. Eso dice Alice.

—Por el amor de Dios, Nicholaa...

Ella le golpeó en el hombro. —Es un plan excelente, Royce.

Royce giró los ojos. Ese plan era infantil. —¿Por qué te has tomado tantas molestias, esposa? —preguntó él, entonces—. ¿No pudiste, simplemente, explicármelo todo?

—¿Por qué tienes que complicarlo todo? —le preguntó ella—. Este es mi plan, no el tuyo. Tenemos que hacerlo a mi manera. Me estás confundiendo con este interrogatorio.

Nicholaa estaba alterándose. Se le llenaron los ojos de lágrimas, como si hubiera estado a punto de romper en llanto en cualquier momento.

Royce trató de calmarla. —De acuerdo —le dijo—. Lo haremos a tu manera. Empecemos con las mentiras, ¿te parece? Luego podremos pasar a mi seducción.

—Es mi seducción, no la tuya.

Royce no la contradijo. —Entiendo que hay más de una mentira. ¿Correcto?

—Sí.

—¿Por cuál quieres empezar?

—Por la más grande.

Al ver que Nicholaa no continuaba, él insistió. —Estoy esperando, Nicholaa.

—Yo no soy la madre de Ulric.

Nicholaa se puso tensa, anticipando la reacción de Royce. El no dijo ni una palabra. La muchacha se alejó ligeramente de él, para ver si estaba frunciendo el entrecejo. Como la expresión de Royce era la de siempre, Nicholaa tomó coraje. —Nunca he estado casada.

—Ya lo veo.

Ella meneó la cabeza. —No, no ves nada —murmuró—. Me crees experimentada, pero la verdad es que soy exactamente todo lo contrario.

Royce seguía sin reaccionar. Nicholaa no supo cómo interpretarlo. Tal vez, él no le había entendido. —Royce, esto va a fastidiarte y lo siento, pero yo todavía soy...

No podía pronunciar la palabra. A él le dio pena. —¿Todavía eres virgen?

—Sí.

—¿Y crees que yo me habría enfadado por esta noticia?

—No tienes por qué reírte de mí, Royce. Tenía que decírtelo antes de seducirte. Tú tenías la obligación... —Se detuvo en mitad de la frase para fruncirle el entrecejo.— ¿Te habrías dado cuenta de todos modos, verdad?

—Sí, me habría dado cuenta.

—¿Lo entiendes? —dijo ella. Se retiró hacia atrás y lo habría hecho más todavía si Royce no le hubiera apretado con fuerza la cintura.

—Mañana no recordarás nada de esta conversación. No podrás saber que el pequeño Ulric es hijo de mi hermano. No sería seguro para el bebé, especialmente, si te enterases de que Thurston aún está con vida.

La mirada comenzó a nublársele otra vez y Royce la estrechó con fuerza. —Nicholaa, sé que te cuesta concentrarte ahora, pero quiero que trates de comprender lo que voy a decirte.

—De acuerdo.

—Me tienes miedo, ¿no es así?

—Tal vez, un poco.

—No quiero que me temas, ni siquiera un poco —susurró. La estrujó entre sus brazos, para enfatizar su frase—. ¿Sabes? Tu temperamento es mucho más fuerte que el mío.

Nicholaa se quedó analizando la comparación durante un largo minuto y luego asintió. —Gracias, esposo.

Royce contuvo su exasperación. —No ha sido un cumplido. Sólo una observación.

—Admito que muy de vez en cuando levanto la voz.

—Estás cambiando de tema, Nicholaa. Yo quiero que hablemos de este temor irracional que sientes hacia mí.

—No es irracional —aclaró ella—. Y tampoco estoy aterrada. Sólo me muevo con cautela. Es todo.

—La cautela es una buena medida, esposa, pero no para que la tomes conmigo. Por mucho que me provoques, jamás te haría daño.

—Me haces daño cuando me ignoras.

—Eso es diferente.

Ella suspiró. —No veo la diferencia.

—Dime qué sucedió el día que fuimos atacados.

—Yo me interpuse.

—Ya sé que te interpusiste. Quiero saber por qué.

—No debería decírtelo —murmuró—. Pero quiero hacerlo. No sé que hacer. Te pondrás furioso con Thurston. Por favor, no odies a mi hermano. No se dio cuenta de que trataba de matarte. Quiero decir, es probable que haya querido atacarte, pero no tenía modo de saber que eres mi esposo.

—Nicholaa, ¿quieres tratar de hablar con claridad? —le ordenó—. ¿Thurston todavía vive? ¿Eso es lo que quieres decirme?

—Oh, Dios, ¿cómo lo has adivinado?

—Tu hermano está aliado con los que se resisten a William.

La astucia de Royce la dejó azorada. —¿Cómo lo sabes? —le preguntó.

Royce no le recordó que había sido ella misma la que acababa de confesárselo. —Y Thurston es el padre de Ulric, ¿no es verdad?

—Sí —gritó ella—. Pero no recordarás de quién es el bebé mañana por la mañana, Royce. Prométemelo.

De pronto se puso furioso con ella. —¿Realmente crees que le haría daño a ese bebé sólo porque su padre es mi enemigo?

Ella se acurrucó en su hombro. —No, claro que no le harías daño, pero podrías usarle para llegar hasta su padre. Thurston es el líder de los soldados que nos atacaron, Royce. Yo misma lo vi.

—Maldita sea, Nicholaa. Jamas usaría a Ulric de ese modo. ¿Cómo has podido pensar que...?

Dejó de protestar cuando se dio cuenta de que había hecho precisamente eso: usar a Ulric para forzar a Nicholaa a abandonar el santuario. De modo que fue lógico que ella pensara que haría lo mismo para conseguir a su Thurston.

Su enojo se esfumó. En su mente daba vueltas toda la información que ella le había dado. —¿Nicholaa? ¿Viste a tu hermano antes o después que la flecha te atravesara el hombro?

Ella le rodeó el cuello con los brazos. Empezó a juguetear con su cabello. Royce puso punto final a la distracción, apartándole las manos. —Contéstame —le ordenó.

Ella suspiró. —Fue una flecha de Thurston la que me hirió. Iba dirigida a ti.

La sonrisa de Royce fue tierna. —Por eso gritaste, ¿verdad?

—Tuve miedo por ti —dijo ella. Le besó el mentón y luego volvió a apoyarse en él—. No puedes culpar a mi hermano. El no sabía que yo estaba allí. Me quiere, Royce. Jamás me habría herido intencionadamente.

Ahora encajaba cada pieza del rompecabezas. Thurston debió de haberse dado cuenta de lo que había hecho después de lanzar la flecha. El cabello rubio de la mujer no habría podido pasar inadvertido a los ojos del guerrero sajón. Royce recordó entonces el grito de angustia que vino desde lo alto de la colina y que se mezcló con su propio alarido de ira. Thurston sabía lo que había hecho y por eso ordenó la retirada inmediata a sus tropas.

Dios amparase a Nicholaa. Vaya infierno el que había vivido desde que había conocido a Royce. Le besó la cabeza y luego se puso de pie, levantándola en sus brazos.

—¿Dudas que Thurston me quiera? —le preguntó.

—No, no pongo en duda su afecto —contestó él—. Lo que sí pongo en duda es su buena vista —agregó, protestando—. Rayos, que debió haber...

—Thurston tiene una vista excelente —defendió Nicholaa—. Pero la mía es mejor. ¿Sabías que puedo acertar cualquier blanco con mi tirachinas?

Extendió el dedo y lo pasó por la pequeña cicatriz que Royce tenía en la frente. —Ahí fue exactamente donde quise darte, esposo.

A Royce no se le escapó lo divertida que estaba su esposa. —¿No te arrepientes de haber herido a tu esposo?

—Entonces no lo eras —le contestó ella—. También uso flechas, a veces. —Le besó el mentón otra vez y susurró.— Y mi puntería siempre es excelente. El primer caballero que William envió a tomar mi fortaleza, regresó al reino con una de mis flechas.

Royce comenzaba a subir las escaleras con ella en brazos. Se detuvo para mirarla a los ojos. Nicholaa estaba muy satisfecha consigo misma. —¿Fuiste tú la que clavaste la flecha en la espalda de Gregory?

Como Royce no recordaría nada la mañana siguiente, Nicholaa creyó conveniente jactarse de sus proezas. —No en la espalda, exactamente. Fue detrás del muslo, Royce, y sólo fue una herida superficial, para que no tomara mi casa.

El meneó la cabeza. —Pensé que habías dicho que el subcomandante de tu hermano había sido el encargado de esa defensa. ¿Estás diciéndome que en eso también me mentiste?

—No. John estaba a cargo a veces.

—Pero tú interviniste, ¿verdad?

—Sólo un poquito. —Se apoyó contra el hombro de él.— Tu fragancia es deliciosa, Royce.

Obviamente, se olvidó de que ya se lo había dicho. Royce siguió subiendo las escaleras. Tomó por el largo pasillo, pasó la puerta del cuarto de la joven para dirigirse al suyo.

Su escudero, un muchacho moreno llamado Trevor, esperaba en el interior del recinto para ayudarle. Royce le ordenó retirarse con un rápido movimiento de cabeza y luego cerró la puerta.

El fuego ardía en la chimenea. La alcoba estaba cálida y tentadora, tanto como la mujer que buscaba refugio en sus brazos. Royce se encaminó hacia la cama y se sentó con ella sobre el regazo.

Pensó que se había quedado dormida, hasta que le dijo. —¿Has notado lo dulce que he estado esta noche?

Su voz sonó como un murmullo somnoliento. —Lo he notado.

—Mamá solía decir que se cazan más sabandijas con azúcar que con vinagre.

La frase le confundió. —¿Y para qué rayos querrías?

—¿Querría qué?

—Cazar sabandijas.

—No quiero cazar sabandijas —masculló—. Quiero cazarte a ti. —Oh, Dios, cómo deseaba que Royce dejara de moverse y sacudirla entre sus brazos. Nicholaa se aferró a sus hombros para poder quedarse quieta. La cabeza le daba vueltas y tenía unas náuseas apenas controlables.

—¿Nicholaa? —le dijo—. En cuanto a este plan tuyo...

—¿Qué plan?

Royce desistió. Siguió abrazándola, hasta que se aseguró de que se había quedado dormida. Luego se dispuso a desvestirla.

No podía seguir irritado con ella. Era una experta en materia de manipular situaciones, pero él entendía sus motivos. Nicholaa trataba de mantener unida a su familia, a cualquier precio. Sí. Trataba de sobrevivir.

Royce sabía que a Nicholaa le llevaría mucho tiempo aprender a confiar plenamente en él. En cuanto lo hiciera, podrían llevar una vida armoniosa y en paz como pareja. Royce quería verla feliz. Sin embargo, no sabía cómo iba a alcanzar ese objetivo hasta que el problema con Thurston estuviera solucionado. Demonios, tal vez, tendría que matar a ese bastardo. Y obviamente, así no se ganaría el corazón de Nicholaa.

Tenía la sensación de que se encontraba en una postura imposible. Pero Nicholaa, también. Estaba tratando desesperadamente de protegerle a él de su hermano y, a la vez, a su hermano de él.

Al trazar su plan de acción, tendría que considerar primero varios aspectos. Nicholaa sólo tenía puesta su enagua y Royce estuvo a punto de acostarla así y taparla, cuando cambió de opinión. Lentamente, tomó las cintas que cerraban la prenda. Los dedos le temblaron al rozar la piel desnuda de Nicholaa.

Dios, tenía unas formas exquisitas. Sus senos eran generosos, su cintura, increíblemente estrecha, y las curvaturas de las caderas no pudieron ser más de su agrado.

Entonces fue su turno de desnudarse. Luego se acostó junto a ella. Si Nicholaa no le tocaba, Royce sería capaz de soportar el tormento de tener tan cerca su cuerpo tan cálido.

Tardó mucho en quedarse dormido. Todas las preocupaciones de Nicholaa se filtraron en su mente.

Y por fin, prevaleció una de las frases que ella le había dicho con mucha espontaneidad y que Royce sabía que era cierta.

Nicholaa quería seducirle.

Un hombre no podía pretender más.

11

Nicholaa se despertó por el sonido de una catarata que retumbaba en sus oídos. Le llevó un largo rato determinar de qué se trataba. No tuvo ni la menor idea hasta que no trató de moverse.

Entonces, sintió a Royce. Tenía el brazo alrededor de su cintura. Ambos estaban de costado. Ella, delante, con el trasero apoyado contra el miembro viril de su esposo. El ruido eran los ronquidos de Royce.

Tenía los pies enganchados en las piernas de él. Lentamente, trató de apartarse y estuvo a punto de rodar sobre su abdomen, cuando sintió que Royce la apretó con más fuerzas para atraerla hacia sí.

El movimiento casi la mata. Le dolía tanto la cabeza que tenía la sensación de que se le partiría en dos. Permaneció inmóvil. Relajó el vientre de inmediato. Pero no así su mente. Santo Dios. ¿Qué habría pasado la noche anterior? No lo recordaba.

Había dormido con él. Era lo único que sabía a ciencia cierta. De lo demás, no tenía ni la más remota idea.

¿Habría logrado embriagarle o todo lo que habría conseguido era una buena borrachera propia? Cerró los ojos. Demasiados pensamientos para una cabeza tan dolorida. Tal vez, si lograba dormir un poco más, se despejaría lo suficiente como para pensar claramente.

Royce despertó pocos minutos después. El sol de la mañana se filtraba por la ventana que él había dejado abierta. Levantó la cabeza para mirar a su esposa. Nicholaa tenía los ojos cerrados. El pensó que, tal vez, fingiría estar dormida para evitarle.

La sacudió con suavidad. Ella se quejó.

—¿Nicholaa? —murmuró él.

Pero ella reaccionó como si le hubiera gritado al oído. Se llevó la mano a la oreja, para tapársela de inmediato.

—¿Todavía duermes? —preguntó. La tendió de espaldas y se inclinó sobre ella.

El movimiento le dio ganas de vomitar. Lentamente, abrió los ojos y le miró. Lo primero que notó fue que Royce no parecía indispuesto. No, al contrario. Estaba en forma. Feliz, también. Tenía un mechón de cabello sobre la frente, que le daba una apariencia de adolescente. Si hubiera tenido las fuerzas necesarias, se lo habría puesto en su lugar. Obviamente, Royce no necesitaba dormir demasiado. Tenía la mirada optimista y parecía dispuesto a llevarse el mundo por delante.

En cambio, ante los ojos de Royce, Nicholaa presentaba un estado deplorable. Tenía los ojos tan colorados, que sufría con sólo mirarla. El rostro, más que pálido, estaba verdoso. Demasiada cerveza, pensó. Se sentiría muy mal durante toda la mañana.

Nicholaa volvió a quedarse dormida mientras él la miraba. Royce le besó la ceja y luego rodó sobre su cuerpo para levantarse. El movimiento la despertó. Se aferró a las sábanas para dejar de temblar.

Royce notó el gesto. —¿No te sientes bien, Nicholaa?

Si no dejaba de gritarle, moriría. —Estoy bien —murmuró.

Entonces, Royce se echó a reír. La voz de su esposa había parecido la de una mujer a punto de morir estrangulada.

Royce no parecía levantarse de mal humor. Por el contrario, le encantaba conversar desde temprano. Nicholaa tendría que trabajar sobre ese defecto, para corregírselo. Mientras se vestía, Royce siguió adelante con su monólogo. Dios, qué contento estaba. Nicholaa tenía ganas de amordazarlo. Era un deseo perverso, claro, pero no le importó mucho.

Royce se despidió a gritos y, luego, dio un portazo al marcharse, a propósito. Sin embargo, su crueldad no terminó ahí. Se encontró con Clarise al pie de las escaleras y le dio la orden de subir una bandeja con comida al cuarto de su esposa.

Habían pasado diez minutos cuando Clarise apareció con la comida, Nicholaa se levantó de un salto de la cama. Llegó hasta la palangana justo a tiempo. Ni un segundo antes.

Tardó toda la mañana en recuperar fuerzas. Para el mediodía ya se sentía mejor. Por fin decidió vestirse, con un manto verde, que se cambió de inmediato, cuando Clarise le dijo que le hacía juego con el color de su tez. El vestido azul cobalto le sentaba mucho mejor, o al menos eso fue lo que decretó la criada.

Le dolía tanto la cabeza que no dejó que la sirvienta le trenzara el cabello. Apretó los dientes mientras se lo cepillaba, para desenredárselo, y luego lo recogió detrás del cuello, con una cinta también azul.

—¿Va a contarme qué sucedió anoche? —preguntó Clarise.

—No lo sé —murmuró Nicholaa.

—Estaba completamente desnuda cuando se levantó de esa cama esta mañana, milady. Algo pasó.

—Oh, Dios. Estaba desnuda, ¿no? Clarise, no recuerdo qué pasó anoche. ¿Qué voy a hacer?

La sirvienta se encogió de hombros. —Tendrá que preguntarle a él que pasó, pero primero, es conveniente que salga a pasear un rato afuera. El aire fresco la va a despejar.

—Sí, saldré. Tal vez me despeje y comience a recordar.

Clarise asintió. —Milady, ¿no siente una pequeña molestia?

—En la cabeza.

—No me refería a eso —dijo Clarise. Entregó la capa a Nicholaa.

—¿Y a qué te refieres?

—No importa —respondió la sirvienta—. Vaya a tomar el aire. Lo recordará todo finalmente.

Nicholaa tenía la esperanza de que la criada estuviera en lo cierto. Quería recordar lo que había hablado con Royce. Más aun: quería recordar lo sucedido en la alcoba.

El aire frío sirvió para refrescarle los pensamientos. Se sintió mucho mejor, pero seguía sin recordar nada.

Encontró a su esposo, que regresaba al patio desde la muralla inferior. Corrió hacia él. —¿Royce? Me gustaría hacerte algunas preguntas sobre anoche.

—¿Sí?

Se le acercó más, para que nadie pudiera escucharla y luego bajó la vista. —¿Bebiste de más?

—No.

—Yo sí.

Royce le puso el pulgar en el mentón y le subió el rostro. —Sí, tú sí.

Parecía serio, pero no enojado. —No recuerdo lo que pasó —susurró—. ¿Qué hice?

—Hablaste.

—¿Y tú que hiciste?

—Te escuché.

Ella le demostró su fastidio. —Por favor, no me dificultes las cosas. Dime lo que he dicho. Me gustaría recordar.

Royce decidió hacerla sufrir. —Hablaremos de esto esta noche —anunció. Trató de alejarse.

Ella le tomó por el brazo. —Por favor —susurró—. Sólo contesta una pregunta ahora.

Royce se volvió a ella. —De acuerdo —concedió—. ¿Qué deseas saber?

No pudo mirarle de frente al formularle la pregunta. —¿Te resulté complaciente anoche?

La timidez de su voz y el rubor de sus mejillas le indicó exactamente qué estaba preguntándole. Nicholaa quería saber si le había resultado complaciente en la cama. Royce unió ambas manos en la espalda y esperó a que ella le mirase. Cuando por fin lo hizo, él meneó la cabeza. —No particularmente —anunció.

Ella pareció desolada. —Lamento haberte decepcionado —susurró—. Por lo general, es un poco... embarazoso la primera vez, ¿no?

—No. —Su voz fue dura.— Debió haber sido sencillo para ti.

Ella gimió. Ese hombre era un descorazonado. Nicholaa tenía los ojos llenos de lágrimas. —No tenía ninguna experiencia, Royce —mascullό.

—No. Fue obvio para mí que no la tenías.

—¿Y eso te decepcionó?

—Por supuesto —gruñó él—. Nicholaa, decirme la verdad no debe ser algo embarazoso, con o sin experiencia.

Nicholaa abrió los ojos desmesuradamente. Por Dios. Ni siquiera estaban hablando del mismo tema. Se sintió profundamente aliviada. Pero ese sentimiento no duró mucho. Royce sonrió y la joven decidió que él, deliberadamente, la había confundido.

—No estaba hablando de decir o no la verdad —mascullό.

—Lo sé.

Royce era un hombre muy cruel. Nicholaa pensó que la conversación había terminado y se volvió para marcharse. El la tomó por los hombros y la obligó a darse la vuelta. —Como te dije antes, esposa, hablaremos de eso esta noche.

Nicholaa todavía estaba frunciendo el entrecejo cuando Royce la estrechó entre sus brazos y la besó apasionadamente. Varios soldados pasaban junto a ellos, pero Nicholaa olvidó a los espectadores cuando Royce profundizó el beso. Estaba disfrutándolo demasiado como para pensar en otra cosa que no fuera corresponderle.

Por fin él se alejó. —Me gusta cómo me respondes —murmuró.

Ella le abrazó. —Gracias. Me alegra complacerte.

Royce sonrió, apoyado sobre la cabeza de Nicholaa. —Mañana iré a buscar a Justin y a Ulric. ¿Te agrada la idea?

La respuesta de la joven fue un fuerte abrazo.

Entonces, Lawrence llamó a Royce, interrumpiendo la escena. Nicholaa se separó de inmediato de su esposo y salió corriendo hacia el interior de la fortaleza. Estaba tan entusiasmada por el regreso de Justin y de Ulric que casi no podía contenerse. Había muchos preparativos que hacer. Decidió que asignaría a Justin su alcoba y que el pequeño Ulric dormiría con ella y con Royce.

Cuando Royce se presentó en el comedor para cenar, ella le comentó cómo pensaba disponer las habitaciones. Royce aniquiló su buen humor cuando negó con la cabeza. —Ulric ocupará tu antiguo cuarto y Justin dormirá con los otros soldados.

—Pero es mi hermano —protestó ella—. ¿No debería...?

Nicholaa abandonó sus protestas al ver que Royce le posaba la mano sobre la de ella y se la apretaba. Hugh estaba observándolos y Nicholaa decidió que su esposo no quería pelear frente a él.

—Hablaremos de esto después —anunció Nicholaa, con una sonrisa en dirección a Hugh.

—No, claro que no —contestó Royce—. Ya está decidido.

Volvió a estrujarle la mano izquierda. Nicholaa le sonrió con ternura, mientras colocaba la mano derecha sobre la de él, para apretársela también. Sosprendido por su osadía, Royce casi sonrió.

—Partiré para Londres mañana —dijo Hugh—. Tengo la esperanza de jugar una última partida de ajedrez esta noche, Nicholaa.

—¿Va a enfadarse cuando vuelva a ganarle? —le preguntó.

Hugh sonrió. Al principio, Nicholaa pensó que era por la broma de volver a ganarle, pero luego se dio cuenta de que había advertido la batalla de tira y afloja que estaba librando con su esposo. Ella estaba tratando de quitar la mano de la de él y Royce se lo impedía.

—Yo nunca me enfado, Nicholaa —le dijo Hugh—. De todas maneras, no importa, porque planeo ganar esta partida. Hasta ahora, sólo me he dedicado a entretenerme. Como me marcho mañana, tengo pensado derrotarla rotundamente. Será mejor que se prepare.

Nicholaa rió con arrogancia. Royce sonrió. —Lamento decepcionarte, Hugh —le dijo Royce—. Pero Nicholaa estará muy ocupada después de la cena. Tenemos una conversación pendiente, ¿no?

Entonces, le estrujó ambas manos, para que se diera cuenta de que no permitiría objeciones. A Nicholaa no le agradó la expresión de su mirada ni el modo en que apretaba la mandíbula. Eran los aires que siempre asumía cada vez que pretendía sermonearla.

Pero Hugh no permitiría que le negasen esa última oportunidad de jugar al ajedrez con Nicholaa. —Soy capaz de suplicar —dijo a Royce.

Nicholaa pensó que el barón parecía un niño pequeño, a quien habían ofrecido un dulce para después quitárselo. No quería que se llevara un mal recuerdo de esa última noche.

—Podría jugar una partida rápida —sugirió a Royce—. Puedo humillar a Hugh en cuestión de minutos. Y tú puedes sermonearme mientras nosotros jugamos, esposo.

Para ella, el plan no pudo haber sido mejor. Obviamente, Royce no estuvo de acuerdo. Fruncía el entrecejo ferozmente. —No voy a sermonearte —declaró—. Los dos vamos a conversar.

Ella le miró con desazón. Hasta pudo haber resoplado, pero no habría sido propio de una dama. —¿Del mismo modo que conversábamos yendo a Londres, donde tú siempre hablabas y yo siempre escuchaba? —Nicholaa no le dio ni tiempo a responder. Volvió a dirigirse a Hugh.— Para mí, es un sermón.

Hugh trataba de no reírse. Nicholaa parecía decidida a molestar a su esposo. Royce tampoco parecía muy feliz con ella. Le soltó las manos y se echó hacia atrás. Se cruzó los brazos sobre el pecho. Habría podido encender fuego con la mirada.

A Nicholaa le resultó difícil mantener la sonrisa. Pero tampoco iba a retroceder en sus pasos. Royce iba a darle un sermón y ella quería que, al menos, lo admitiera. —Sólo estaba haciendo una observación —dijo ella.

Su esposa demostraba una falta de disciplina total al discutir con él frente a un invitado. No tenía ninguna importancia que Hugh fuera un gran amigo. Lo que él quería hablar con ella era de naturaleza personal y, por lo tanto, estaba dentro del rótulo de "asuntos de familia". Nicholaa debió haber sido más sensata y evitar que un extraño quedara mezclado en sus problemas.

—Podéis jugar una partida de ajedrez —dijo—. Pero sólo una. ¿De acuerdo, Hugh?

Su amigo ya había corrido raudamente hacia la repisa de la chimenea, para recoger las piezas de madera. Estaba frotándose las manos, ansioso por la partida.

Nicholaa sonrió y miró a Royce. —Yo también estoy de acuerdo —le dijo.

Royce arqueó una ceja. —¿De acuerdo con qué?

—Con jugar una sola partida.

—Yo no he pedido tu consentimiento, Nicholaa. —Sonrió al decírselo.

Nicholaa meneó la cabeza. —A veces me resulta imposible llevarme bien contigo, Royce.

—¿Sólo a veces?

Cuando Alice apareció muy presurosa a quitar la mesa, Nicholaa se alivió por la interrupción. —Realmente espero que tu carácter mejore —susurró a su esposo. Se puso de pie y ayudó a Alice con su tarea, sólo para eludir su mirada ceñuda.

En cuanto la mesa quedó limpia y seca, Hugh colocó el tablero en el centro y colocó las piezas. Una de las piezas de madera fue a parar al suelo. Nicholaa esgrimió un quejido. —Por favor, tenga cuidado, Hugh. Mi padre talló esas piezas. No quiero que les pase nada.

Hugh la recogió, la examinó y luego la lustró con la manga de su túnica. —Ha quedado como nueva, Nicholaa. ¿De verdad las talló su padre? Mira, Royce. Esto es un trabajo artesanal. Mira el casco en detalle. Su padre fue un hombre muy hábil para los trabajos manuales, Nicholaa.

Royce tomó la pequeña estatua y la acercó al candelabro para poder mirarla mejor. Nicholaa se aproximó a su esposo y se paró detrás de él. Le apoyó la mano sobre el hombro y se inclinó hacia adelante para estudiarla con él. —¿Ves esa muesca que tiene la reina negra en la corona? Aún recuerdo cómo sucedió. Mientras papá tallaba esta pieza, nos contaba una historia que ya habíamos escuchado por lo menos una docena de veces. Cuando terminó el relato, se echó a reír con tantas ganas que se cortó el dedo y, accidentalmente, melló la pieza. —Se inclinó más todavía hacia adelante, hasta que prácticamente quedó doblada en dos sobre el cuerpo de su marido. Señaló el pequeño defecto en la pieza de ajedrez.

La calidez de su voz le emocionó. —¿Y tú también te reíste con tu padre a pesar de que habías escuchado esa historia por lo menos doce veces? —le preguntó.

Ella le sonrió antes de contestar. El brillo de sus ojos le oprimió el pecho. A Royce le encantaba verla tan feliz. —Por supuesto que nos reímos. Mamá dijo que lastimaríamos los sentimientos de papá si no lo hacíamos.

—¿De modo que para ella eran importantes los sentimientos de tu padre?

Nicholaa asintió. —Del mismo modo que tus sentimientos lo son para mí. —Su expresión se tornó seria.— ¿Por qué pareces tan sorprendido? Toda esposa debe velar por los sentimientos de su esposo. Es así como deben funcionar las cosas.

Fue como si Nicholaa no hubiera podido controlarse, Royce tenía una expresión tan peculiar al mirarla. Fue como si ella le hubiera hablado en otro idioma. Nicholaa quiso borrarle la mirada ceñuda. Le besó.

Royce se quedó perplejo ante una reacción tan espontánea. Ella sintió vergüenza y se echó hacia atrás, con la idea de poner cierta distancia entre ambos. Pero él no se lo permitió, la tomó por el brazo para impedírselo.

—Háblame sobre el resto de las piezas —le ordenó, con voz tosca.

—¿Realmente quieres saberlo o sólo estás siendo amable?

Royce sonrió. —Nunca soy amable, ¿lo recuerdas? Soy bastante grosero.

Royce estaba bromeando, a juzgar por el brillo especial de sus ojos.

—¿Sabes? —comentó ella—. Tienes unas hermosas chispas grises en los ojos.

Nicholaa ni siquiera se había dado cuenta de que había hecho el comentario en voz alta, hasta que le vio menear la cabeza. El rubor de sus mejillas se intensificó. Tomó su lugar en la mesa, frente a Hugh. —¿Te has dado cuenta cómo la reina blanca tiende a inclinarse levemente hacia la izquierda? Justin trató de corregirla en la base. Entonces sólo tenía ocho o nueve años, por lo que papá no se enojó demasiado con él. Dijo que Justin sólo trataba de ayudarnos. Todos en la familia colaboramos con las piezas.

—¿Y tú que hiciste? —preguntó Royce—. ¿Cuál de las piezas es obra tuya?

—Mamá y yo tuvimos la tarea de pintar y lustrar todas las piezas. Las blancas estuvieron a mi cargo; las negras son obra de mamá.

—Es un hermoso juego —anunció Hugh. Su voz se tornó abrupta, al decir—. Ahora basta de cháchara, Nicholaa. A jugar.

—Usted es el invitado —comentó ella—, de modo que le corresponde hacer el primer movimiento.

Hugh asintió. —Prepárese para la derrota.

—Estoy preparada —contestó Nicholaa. Guiñó un ojo a Royce, provocando otra expresión de sorpresa en él y luego dijo—. Algunos de mis recuerdos favoritos están ligados con este juego de ajedrez. Esas piezas son todo lo que me queda de mis padres. Tengo que recordar todas las historias, Royce, para poder contárselas a nuestros hijos.

Hugh meditó el primer movimiento durante más de cinco minutos y por fin lo realizó. Nicholaa casi ni miró el tablero para adelantar su peón.

—Las tradiciones tienen un valor muy importante para ti, ¿verdad, Nicholaa? —preguntó Royce.

Hugh tamborileó los dedos sobre la mesa mientras analizaba su segundo movimiento. Estaba tan concentrado que tenía el entrecejo fruncido. Nicholaa respondió en un murmullo, para no molestarle. —Sí, las tradiciones son muy importantes para mí. ¿Y para ti?

—La que es más importante es la de decir siempre la verdad.

Nicholaa le dirigió una mirada de reproche y luego advirtió que Hugh ya había ejecutado el paso siguiente. Le respondió casi al instante.

—¿Pero otras tradiciones son importantes para ti también? —insistió Nicholaa.

El guerrero normando se encogió de hombros. —No había pensado en ello.

—Esta partida es importante para mí —gruñó Hugh—. Deje la charla, mujer. Tiene que pensar en lo que está haciendo.

Ambos jugadores ejecutaron tres movimientos cada uno y luego Nicholaa se dirigió a su esposo nuevamente. Royce había estado observando la partida. Nicholaa observó que, cada vez que ella movía una pieza, él sonreía. Se preguntaba en qué estaría pensando.

—Deberían ser importantes para ti —exclamó ella.

—¿Qué?

—Las tradiciones.

—¿Por qué? —preguntó Royce. Se acercó más a la mesa para estudiar el juego.

—Porque son importantes para mí. Jaque, Hugh.

—No puede ser jaque aún.

Nicholaa le dirigió una expresión condolente. —Su reina ha quedado atrapada.

—No, no es cierto. —Su negativa sonó a lamento.

Nicholaa disimuló su sonrisa, movió su alfil y luego le arrebató la reina del tablero.

Royce tenía dificultades para creer lo que estaba viendo. Después de los primeros dos movimientos, pensó que la astucia que Nicholaa había demostrado era pura suerte. Se vio obligado a reevaluar esa postura cuando ella realizó el movimiento siguiente. Toda la partida se jugó brillantemente. *Ella* estuvo brillante.

Hugh dejó que la cabeza le cayera sobre los brazos. —Me ha ganado en sólo ocho movimientos.

Nicholaa se extendió y le palmeó el hombro. —Está mejorando con cada partida, Hugh.

El hombre se irguió en su asiento. —No, no es cierto —murmuró—. Pero como usted tiene un gran corazón, me miente para que no me desaliente, Nicholaa.

—No le estoy mintiendo —exclamó, mirando de inmediato a su esposo—. De verdad ha mejorado mucho.

Hugh resopló. Se puso de pie, hizo una reverencia formal a la joven y luego anunció que se retiraría a sus aposentos. —Echaré de menos a tu esposa más que a ti, Royce —dijo en voz muy alta, mientras se encaminaba hacia la puerta.

—En la corte, todos consideran que Hugh es un buen jugador de ajedrez —señaló Royce.

Nicholaa sonrió. El hoyuelo había reaparecido en su mejilla. —Yo soy mejor.

Y Royce no pudo contradecirla, pues *realmente* era mejor. —Sí, lo eres —admitió—. Pero yo también.

—Tal vez —concedió ella—. De todas maneras, no te desafiaré a jugar. Tal vez, te hiera en tu orgullo cuando te gane.

Royce se quedó tan asombrado por su jactancioso vaticinio que se echó a reír a mandíbula batiente. —Jamás me ganarías, esposa, y mi orgullo no se vería afectado en lo más mínimo.

Por la forma en que le miró, fue obvio que Nicholaa no le creyó. Comenzó a ponerse de pie, con la intención de llevar el juego de ajedrez a la repisa de la chimenea. Pero Royce se lo impidió, al colocarle la mano sobre la de ella.

—Quédate donde estás, esposa. Es hora de que conversemos.

Entonces fue él quien se puso de pie. Nicholaa suspiró. Se echó el cabello hacia atrás, puso una mano encima de la otra, sobre la mesa, y luego sonrió a su esposo. Royce se había colocado al otro lado de la mesa y seguía de pie, en una posición mucho más elevada que la de ella.

—Estoy lista para escuchar —anunció Nicholaa.

—En cuanto a lo de anoche...

—¿Sí?

—Ese fue otro intento de tu parte para manipularme, ¿verdad?

Royce esperó pacientemente a que ella negara su plan de emborracharle. Entonces la obligaría a ser honesta, aunque eso le llevara toda la noche. Ya había preparado sus argumentos, punto por punto, siguiendo una lógica estricta.

—Sí, Royce. Estaba tratando de manipularte.

Como la mujer admitió su culpa con tanta rapidez, Royce se quedó de una pieza. Pero rápidamente se recuperó. —Tu plan se arruinó. ¿No?

—Sí.

—¿Recuerdas lo que me dijiste?

Nicholaa comenzaba a experimentar un fuerte dolor en el cuello, de tanto estirarlo para poder mirarle a la cara. Deseaba que Royce se sentara, o bien que se alejara uno o dos pasos. —Sólo fragmentos —admitió—. Creo que te dije que Ulric es hijo de mi hermano. ¿O tú lo adivinaste?

Royce estuvo a punto de responderle, pero luego cambió de parecer. —Ya basta, Nicholaa —dijo, con voz entrecortada—. ¿Cuál es este juego nuevo en el que estás entrando?

—No estoy jugando a nada.

—¿Entonces por qué te muestras tan condescendiente?

Nicholaa se encogió de hombros airadamente. —Prometí ser completamente honesta contigo.

—¿Y crees que lo fuiste anoche?

—Tenía planeado decirte unas cuantas cosas anoche —contestó—. Iba a ser totalmente franca contigo cuando te contara lo de mi familia. Sí, fui honesta. Claro que lo fui.

—Pero primero querías embriagarme.

Nicholaa asintió. —Pensé que sería más fácil para ti aceptar la verdad de ese modo.

Royce meneó la cabeza. —Pensaste que me manipularías.

—Supongo que podría verse de ese modo —contestó—. Admito que fue un plan tonto, Royce. ¿Es eso lo que buscas?

El asintió. —Es un buen comienzo —admitió.

—Es exactamente la razón por la que lo hice. A mí también me gustaría empezar de nuevo.

—¿Sí?

Nicholaa se miró las manos. —Me gustaría que nos lleváramos bien.

El tono esperanzado de su voz llamó la atención de Royce. Se quedó contemplándola durante un largo rato, mientras trataba de determinar si estaba hablándole con honestidad o si quería manipularle otra vez. —¿Esto es importante para ti?

—Oh, sí. —Le miró.— Muy importante.

Royce le creyó. Sonrió.

—¿Te divierte lo que pienso? —le preguntó Nicholaa.

Royce no le dio tiempo para enfadarse. —Me complace, no me divierte —explicó—. Yo también quiero que nos llevemos bien —agregó, de mala gana.

Nicholaa abrió los ojos desmesuradamente. Royce parecía tan sincero. Luego asintió.

Ella le imitó.

Rayos. Esa muchacha le había arrebatado todas las ínfulas. De pronto, se sentía tan torpe como un escudero novato, muy poco familiarizado con sus nuevas obligaciones.

—Bueno, entonces estamos de acuerdo —dijo Royce.

Nicholaa volvió a asentir y comenzó a ponerse de pie. Royce se volvió y entrelazó las manos sobre la espalda.

Nicholaa se sentó de nuevo. Sabía lo que iba a suceder. Después de todo, su condescendencia no le había detenido. Había llegado el momento del sermón. —Un esposo debe tener confianza en que su esposa siempre será totalmente honesta con él —anunció.

—Pero tú nunca has estado casado antes. —No pudo evitar hacerle notar el detalle.— ¿Cómo puedes saber si es cierto o no?

—Nicholaa, uno no tiene que haberse quemado con fuego para darse cuenta del daño que puede hacer una llama.

A ella le pareció una comparación bastante peculiar, pero la mirada intensa de su esposo la obligó a reservarse sus opiniones.

—Soy mayor que tú —recomenzó Royce—. Tienes que tener confianza en mí para saber de qué hablo. Y ahora, Nicholaa, hablando de confianza...

Dios, cómo le gustaba sermonearla. Royce siguió caminando de aquí para allá y continuó. Nicholaa bajó la cabeza otra vez, mientras mentalmente hacía una lista de las cosas que tenía que hacer antes que Justin y Ulric regresaran a casa. Los suelos debían limpiarse a fondo. El bebé ya gateaba y Nicholaa no quería que se ensuciara las rodillas con tierra. También deseaba que la cocinera preparara algunos de los platos favoritos de Justin. Su hermano se sentiría muy feliz de comerlos. La noche siguiente cenarían faisán y manzanas dulces al horno. Justin adoraba el faisán. Y después de cocido, ayudaría a la cocinera a decorarlo con las mismas plumas coloridas, para que el manjar también entrara por los ojos.

—¿No estás de acuerdo, Nicholaa?

Levantó la cabeza abruptamente cuando escuchó su nombre. Royce estaba mirándola, obviamente esperando una respuesta. —Sí, Royce.

El asintió. Luego empezó todo otra vez. —El matrimonio es como un mapa.

—¿Un qué? —Su voz fue incrédula.

—Un mapa —repitió—. No me interrumpas cuando te doy clases.

Royce no levantó la voz al darle la orden. Nunca levantaba la voz. Nicholaa se dio cuenta de pronto. Royce era un hombre controlado y disciplinado. De hecho, ella admiraba su capacidad de contención. Además, era generoso.

Nicholaa alcanzó a escuchar unos pocos fragmentos del sermón, aunque en el aire, y de inmediato se puso a soñar despierta otra vez. Advirtió que todo lo que él le decía tenía la intención de ayudarla a adaptarse a su nueva vida. Royce quería que ella fuera feliz. Ese hecho se evidenciaba cada vez más a medida que profundizaba en su oratoria.

Entonces la quería... Tal vez tanto como ella a él. Claro que ella le quería. No se habría quedado allí sentada, escuchándole pacientemente, como si le hubiera interesado lo que él decía, si no le hubiera querido aunque no fuera más que un poquito. Se dio cuenta de que estaba comportándose tal como su madre solía hacerlo. A su padre le encantaba contar las mismas historias mil veces y ella fingía estar muy entretenida en cada una de ellas, hasta que terminaba.

A Royce le fascinaba sermonearla. Y ahora ella fingía estar profundamente interesada en lo que él le decía.

La tradición seguía respetándose.

Nicholaa experimentó una cálida sensación. Su madre se habría sentido orgullosa de ella, pues así como ella había sabido proteger los sentimientos de su esposo, Nicholaa protegía los de Royce.

—Y de ese modo, esposa, creo que sería una buena idea que me informes sobre las obligaciones que piensas asumir cada día —concluyó Royce—. Es otra de las maneras en las que podremos establecer el orden en nuestras vidas cotidianas.

—¿Te refieres a que quieres que me plante frente a ti cada mañana para informarte sobre todo lo que pienso hacer ese día?

—Sí.

Nicholaa abrió los ojos desmesuradamente, mostrando su gran asombro. —Pero de ese modo, no dejas cabida a las sorpresas —señaló ella.

Royce pareció perplejo. —No, por supuesto que no. Por el amor de Dios, Nicholaa. ¿Acaso no has escuchado ni una palabra de lo que te he dicho?

La joven supuso entonces que Royce ya se habría referido al tema de las acciones espontáneas. No se atrevió a sonreír. —Oh, sí —contestó ella, de inmediato, tratando de aplacarle—. He aprendido mucho. Es sólo que no estaba muy segura de lo que opinabas sobre las... sorpresas.

El pretexto le pareció muy pobre, pero al parecer, Royce se tranquilizó bastante. Entonces sí, Nicholaa sonrió. —¿Ya has terminado? Se está haciendo tarde y Clarise prometió que me tendría el baño preparado para antes de irme a acostar. No quiero que se me enfríe el agua.

Royce le dio autorización para marcharse. Cuando Nicholaa caminó hacia la puerta, sintió que tenía las piernas rígidas. Dios, ¿cuánto hacía que estaba sentada allí?

Se volvió para despedirse de Royce y advirtió que estaba llevando el juego de ajedrez a la repisa de la chimenea. Nicholaa esperó hasta que él se volvió. —Buenas noches, Royce.

El se quedó mirándola durante un largo minuto. —Esta noche dormirás conmigo.

La dureza de la orden no dio lugar a discusiones, pero de todas maneras, tampoco intimidó a Nicholaa. No. La intención de Royce sólo había servido para informarle de que estaba decidido.

Pero para el caso, ella también. Ya era hora de que ese matrimonio fuera auténtico en el más amplio sentido de la palabra. No importaba que ella tuviera un poco de temor. En el fondo de su corazón, sabía que Royce jamás le haría daño.

Las sirvientas habían llevado una tina de madera a su cuarto. Nicholaa tomó un largo baño, durante el que se recordó que todo saldría bien. Hasta sonrió al darse cuenta de que estaba sermoneándose a sí misma.

Clarise se quedó dando vueltas por allí, comportándose como una madre sustituta. Sin embargo, en cuanto se convenció de que Nicholaa entendía exactamente lo que iba a pasar, dejó sin efecto el tema tan avergonzante.

No obstante, Nicholaa no había contado toda la verdad a Clarise. En los últimos años de su vida sólo había escuchado algunos datos sobre el acto conyugal. Su madre sólo había hablado en general del tema.

De todas maneras, Royce sabría qué hacer... si alguna vez ella reunía el coraje para ir a su cuarto, agregó.

Clarise terminó de cepillarle el cabello y luego la ayudó a ponerse la bata. —No creo que él anoche hiciera lo debido —murmuró la sirvienta—. De lo contrario, hoy usted se habría sentido un poco dolorida.

Nicholaa asintió. —No creo que me haya tocado —susurró—. No habría sido honorable. Empiezo a comprender los mecanismos de la mente de un hombre. No me habría tocado porque yo estaba en condiciones muy... vulnerables.

Nicholaa se ató el cinturón de la bata. Debajo tenía puesto un camisón blanco de algodón. Quiso ponerse debajo una enagua de abrigo, pero Clarise le sugirió lo contrario.

La caminata desde su habitación hasta la de Royce le pareció interminable. Pero no vaciló. Abrió la puerta y entró.

Royce estaba arrodillado frente a la chimenea. Estaba descalzo y con el torso desnudo. El despliegue de la musculatura de sus hombros fue impresionante cuando Royce levantó un leño grueso para alimentar el fuego.

Nicholaa se quedó de pie allí, observándole durante un largo rato. Pronunció unas plegarias rápidas, implorando que Royce aún conservara sus pantalones puestos. No quería empezar la noche ruborizándose hasta las orejas. Royce se daría cuenta.

Cuando sintió la corriente alrededor de sus tobillos, cerró la puerta. Cuando volvió a darse la vuelta, descubrió que Royce estaba apoyado en la repisa de la chimenea, contemplándola.

Trató de sonreír. —¿En qué estás pensando, esposo? —preguntó ella, un tanto preocupada por la expresión sombría de su rostro.

—Estoy pensando en que me he casado con una mujer hermosa.

El corazón de Nicholaa comenzó a latir a toda velocidad. —Gracias —contestó. Dio un paso al frente—. ¿Sabes? Creo que es el primer cumplido que me has dicho.

Royce meneó la cabeza. —No, hubo otro.

—¿Sí?

—Te dije que habías sido muy astuta cuando te disfrazaste de monja. ¿No lo recuerdas? Fue cuando volvimos a encontrarnos en la abadía.

Nicholaa sonrió. —Lo recuerdo, pero no consideré el comentario como un cumplido.

—¿Por qué no? Fue mucho más sustancial que mi comentario sobre tu apariencia.

Nicholaa estaba totalmente confundida. —¿Por qué fue más sustancial?

—Una mujer no puede hacer nada respecto de su apariencia —dijo él—. Es bonita o no lo es. Pero su personalidad es un tema aparte. ¿Entiendes?

—Entiendo que tratas de confundirme —le dijo—. Y todavía me complace el hecho de que te resulte atractiva. No me interesa qué cumplido sea el más sustancial de los dos.

Además, Nicholaa estaba contenta de que no le temblara la voz. Muy contrariamente a lo que sucedía con sus piernas. No quería que Royce se diera cuenta de que tenía un poco de temor y mucha vergüenza por lo que iba a suceder. Ahora era su esposa, no una chiquilla tonta. Vaya, ni siquiera podía pensar en ruborizarse.

Tenía el rostro tan encendido como el fuego. Royce soltó un prolongado suspiro. Nicholaa trataba de disimular, desesperadamente, el temor que le tenía; pero Royce, aún desde el otro lado de la habitación, advirtió cómo le temblaban los hombros. Además, retorcía el cinturón de la bata anudándolo, gesto que también delató su temor.

—¿Quieres que trabe la puerta? —preguntó.

—Sí.

Nicholaa asintió. Se quitó el calzado con dos patadas y se dirigió rápidamente hacia la cama, olvidando, en el apuro, que la puerta seguía sin trabar.

Nicholaa se detuvo tan nerviosa, de pronto, que no pudo evitar empezar a dar vueltas. —Un cumplido sobre la naturaleza de una persona es más importante porque ésta debe elegir cómo comportarse. En cambio una loa a su aspecto físico no es tan significativa, pues en este caso no hay ninguna elección. Anoche no tuviste relaciones conmigo, ¿verdad?

Royce se tomó un minuto para adaptarse al repentino cambio de tema. —No, no hice el amor contigo anoche.

Nicholaa se dedicó entonces a quitarse la bata. —Ya lo sabía —murmuró—. Pero de todas maneras, sentí la necesidad de preguntar.

Dobló la bata sin más y la colocó sobre los pies de la cama.

—¿Quieres que me meta debajo de las mantas?

—¿Tú quieres?

Nicholaa bajó la vista hacia el lecho, luego la elevó hacia el rostro de Royce y nuevamente, hacia la cama. Apareció una expresión ceñuda en su bello rostro. Royce decidió que, a juzgar por ella, Nicholaa actuaba como si él le hubiera pedido que solucionara todos los problemas del mundo.

—No creo desear estar ya en la cama —contestó por fin.

—Entonces no te acuestes.

Nicholaa se volvió para mirarle con reprobación. —¿Por qué te muestras tan condescendiente?

Royce sonrió. —Me dijeron que uno puede cazar más sabandijas con azúcar que con vinagre.

—¿Y quién pudo haberte dicho semejante ridiculez?

—Tú. Anoche.

Royce tenía una sonrisa tan adorable, que parte del temor de la mujer se disipó. —Estaba ebria —le recordó. Entrelazó los dedos en su cabello y trató de concentrarse en la conversación. —Me avergüenzo de mi comportamiento. Te juro que nunca más volverá a suceder. Habrás notado que en la cena de esta noche sólo he bebido agua, ¿verdad?

Royce se echó a reír. —Lo que he notado es que no pareces arrepentida en lo más mínimo —gruñó—. Eso es lo que noto.

Ella sonrió. Comenzaba a relajarse, porque Royce no parecía tener ninguna prisa para iniciar la actividad sexual. Tal vez sabía que estaba un poco nerviosa y deliberadamente decidió darle un poco de tiempo para que olvidara su temor.

La posibilidad eclipsó el resto de sus temores. Nicholaa se le acercó y se detuvo justo frente a él. El hecho de que Royce fuera mucho más alto que ella pareció carecer de toda relevancia en ese momento. Sin embargo, lo que la perturbaba era su torso desnudo. Dios qué apuesto era. Nicholaa sintió un placentero nudo en el estómago. Royce tenía la piel bronceada y su contextura física, poderosamente formada. Los brazos se destacaban por la fibrosa musculatura y su pecho era magnífico. Un vello renegrido y rizado cubría la mayor parte del mismo y luego se reducía a una línea delgada, que desaparecía por debajo de la cintura del pantalón. Nicholaa sentía que le faltaba el aire con sólo mirarle. Su reacción le pareció tonta, pues le había visto sin túnica varias veces ya.

Claro que en ninguna de esas ocasiones, Royce había tenido la intención de hacerle el amor. Ahora sí.

Nicholaa advirtió una cicatriz larga y estrecha, que recorría el centro de su pecho. Tocó la marca desde el extremo superior, con la yema del dedo, y luego fue descendiendo. Al llegar al abdomen, sintió la contracción muscular de Royce.

—Esta herida pudo haberte matado —murmuró—. Debes de haber tenido un Dios aparte en esta vida, por haber sido víctima de tantas heridas y haber sobrevivido a todas ellas.

A Royce se le estaba haciendo sumamente difícil concentrarse en lo que ella estaba diciéndole pues, mientras hablaba, dibujaba círculos con los dedos, sobre su vientre. Esa caricia de terciopelo aceleró considerablemente los latidos de su corazón.

A Nicholaa le agradaba tocarle. El calor de su piel la asombraba. Era duro, pero cálido a la vez. La joven decidió que ese físico era el fiel reflejo de su personalidad. Royce se mostraba implacable durante las batallas, pero a ella siempre la trataba con ternura.

Nicholaa le rodeó la cintura con los brazos y le estrechó.

Royce también la abrazó con más fuerza todavía, de modo que la mejilla le quedó presionada contra el pecho. —¿Royce? ¿Podrías explicarme qué va a suceder?

La timidez de sus palabras le hizo sonreír. Le besó la cabeza, pero en realidad, ansiaba saborear sus labios. —No.

Nicholaa se echó hacia atrás, para mirarle a los ojos. —¿No vas a contármelo?

Le puso la mano debajo de la cabeza, para que ella no pudiera ocultarle el rostro. Luego, lentamente, fue acercándosele hasta quedar a un suspiro de su boca. —Mejor te lo muestro, Nicholaa.

La mujer no tuvo tiempo para detenerse a pensar si era o no una buena idea. Royce atrajo toda su atención al posar la boca sobre la de ella. El beso no fue tierno en lo más mínimo. No. Más bien, fue ardiente y rotundamente posesivo. Con el pulgar le abrió más la boca, para poder colocarle la lengua con más facilidad.

Dios, su boca sabía a miel. Royce no podía saciarse jamás. Le masajeó la espalda y, luego, sus manos fueron descendiendo hasta llegar a las nalgas. La levantó y la apretó contra su miembro erecto.

Nicholaa trató de resistirse, al sentir esa rigidez contra sí, pero Royce se lo impidió. La abrazó con más fuerza todavía. Sus labios persiguieron incansablemente los de ella, una y otra vez, hasta que la débil resistencia cayó en el olvido y fue remplazada por una apasionada respuesta.

La melodía de la respiración de ambos —la de él, impaciente; la de ella, agitada— se confundió con los latidos de los corazones.

Royce prolongó el delicado ataque durante largos minutos. Estaba decidido a avanzar paso a paso, a saborear cada caricia. Cuando Nicholaa estuviera lista para una intimidad más profunda, ya se lo haría saber.

Royce tenía las piernas separadas y seguía apoyado contra la repisa de la chimenea, mientras se deleitaba con la boca de su esposa. No le llevó demasiado tiempo vencer su timidez. Nicholaa comenzó a acariciarle los brazos, los hombros, la espalda. Luego, empezó a moverse contra él. Abrigó el miembro viril de Royce entre sus caderas y se presionó contra él. Y cuando comenzó a mecerse hacia atrás y hacia adelante sobre el mismo, deliberadamente, el control de Royce se hizo añicos. La asió de las nalgas, obligándola a detenerse. Era demasiado pronto para perder el control; pero si su inocente esposa no ponía punto final a la dulce tortura, probablemente olvidaría su promesa de avanzar paso a paso.

Le masajeó los hombros y apenzas rozó los costados de sus senos. Nicholaa se estremeció de placer y extendió los brazos para rodearle el cuello. Cuando se aferró a él, Royce arrancó sus labios de los de ella y comenzó a mordisquearle el cuello. Nicholaa inclinó la cabeza a un lado para permitirle un mejor acceso. Royce le atrapó el lóbulo de la oreja con sus labios y sus dientes y ella respondió con un agitado gemido.

Dios, cómo le complacía. Nunca antes se había tomado tanto tiempo para mimar a una mujer, pero claro que también era la primera vez que se llevaría una virgen a su cama. Nicholaa era su esposa y él estaba decidido a lograr que la primera unión entre ellos fuera perfecta. La desinhibida respuesta de la mujer a sus caricias le hacía sentir que era la primera vez para él también. Le temblaban las manos y el dolor de su miembro se le hacía insoportable.

—Nicholaa, quítate el camisón.

Debió quitarle los brazos de su cuello para que le obedeciera. Nicholaa bajó la cabeza, se volvió y, lentamente, caminó hacia un lado de la cama. La sorprendió que sus piernas aún la sostuvieran. Los besos de Royce la habían debilitado. Se sentía mareada. Los latidos de su corazón se aceleraron tanto mientras se pasaba el camisón por la cabeza, que tuvo la sensación de que le estallaría dentro del pecho. Rápidamente, arrojó el camisón sobre la cama, levantó las mantas y se metió debajo de éstas.

Royce se quitó el resto de su ropa, con la mirada siempre fija en ella. Nicholaa todavía estaba nerviosa. Tenía los ojos cerrados, muy apretados y se negó a mirarle. La desnudez de su marido, obviamente, la avergonzaba. Royce sonrió por la candidez de su esposa y luego sopló la vela para apagarla. La pálida luz de la chimenea encendía una máscara dorada en el rostro de Nicholaa. Para él no había otra cosa visible de su cuerpo, pues ella se había tapado hasta el cuello con las sábanas.

Royce se acostó a su lado y apartó las mantas. No le dio tiempo a cubrirse ni a escaparse de él. Se tendió sobre ella, colocando un brazo a cada lado de su cuerpo para no aplastarla con su peso.

El contacto físico por poco aniquiló el dominio sobre sí. Era la sensación más maravillosa que había experimentado en toda su vida. Nicholaa era toda suavidad. De pronto quiso tocarla por todas partes. El corazón comenzó a golpearle, enloquecido, dentro del pecho, de modo que tuvo que inspirar profundamente para calmarse.

Ese contacto inicial también fue muy significativo para ella. Royce era tan firme, tan ardiente, tan grande; parecía devorarla con su físico. Cuando, con la rodilla, la obligó a abrir las piernas para instalarse entre ellas, el órgano presionó contra su pelvis. Al instante, ella se puso tensa.

Se dio cuenta de que por fin había llegado el momento. Se preparó para soportar el dolor del que tanto le habían hablado. Inhaló profundamente y se entregó sumisamente a la invasión.

Royce le besó la frente y luego la miró. Esperó a que Nicholaa abriera los ojos y luego le sonrió. —Es una sensación muy bella, ¿verdad?

Vaya si parecía satisfecho consigo mismo. También parecía estar muy contento. Pero como no actuaba como un hombre cegado por la lujuria, Nicholaa empezó a relajarse. —A mí me parece extraña —admitió.

Restregó los dedos de los pies contra las piernas de Royce. El vello duro le hizo cosquillas. La diferencia entre ambas contexturas físicas la asombró. El calor que irradiaba su pecho contra los senos le produjo una ansiedad muy extraña en los pezones. La erección del pene, anidado íntimamente en la unión de sus piernas, hizo que aquella ansiedad también se transmitiera a su pubis y vientre. Nicholaa se sentía muy bien, pero a la vez, experimentaba una especie de dolor. La sensación la confundía, tanto como el darse cuenta de que Royce no parecía afectado en lo más mínimo por la proximidad.

El temor había abandonado su mirada. En sus ojos sólo se leía confusión. Royce se preguntó en qué estaría pensando.

—Me deseas, ¿verdad, Royce?

El casi rió. Nicholaa parecía preocupada. El esfuerzo de actuar como si hubiera tenido todo el tiempo del mundo para concretar sus relaciones con ella había valido la pena. Fue una agonía, pero no en vano. Si Nicholaa hubiera tenido una vaga idea de lo que él estaba pasando para mantenerla serena, si hubiera podido adivinar lo que él quería hacerle, probablemente se habría desmayado.

—Sí, te deseo. ¿Acaso no me sientes contra tu cuerpo? Ansío tenerte y tanto que me duele, Nicholaa.

Ella abrió los ojos desmesuradamente. —¿Que te duele?

Royce asintió. Le tomó la mano y se acomodó sobre ella para que pudiera tocarle el pene. Pero en el instante que sus dedos lo rozaron, Royce apoyó la frente sobre la cabeza de ella y gimió desgarradoramente.

Nicholaa sintió curiosidad y terror a la vez. Cuando Royce gimió, ella retiró la mano inmediatamente. El volvió a ponérsela. Entonces, la joven se dio cuenta de que le gustaba que le tocara.

—¿Royce?

Royce apretó los dientes, por el temor que detectó en la voz de su esposa. —¿Sí, Nicholaa?

—No va a entrar.

Royce levantó la cabeza y la miró. No estaba bromeando. Tenía una auténtica preocupación en los ojos. Le sonrió con ternura. —Claro que sí —le prometió, con voz ronca.

Los dedos de Nicholaa se cerraron alrededor del órgano viril. Royce cerró los ojos en bendita sumisión. El placer que ese contacto tan simple le brindaba la dejó azorada. Le dio valor... y poder también. Lo apretó. Royce gimió y luego le quitó la mano, para posarla sobre su cuello.

Royce suspiraba profundamente sobre la garganta de Nicholaa. Ese aliento cálido le producía escalofríos, hasta en las piernas. —Me alegra que me desees —susurró ella—. ¿Hay algo que deba hacer para ayudarte?

Royce besó su mejilla colorada y luego el tabique de la nariz. —Sólo dime lo que te gusta, Nicholaa. Quiero complacerte.

Suavemente, Nicholaa le acarició el rostro. —Yo también quiero complacerte a ti, esposo.

La boca de Royce cubrió la de ella. El beso fue ardiente, mojado, excitante. El le ofreció la lengua y ella la tomó entre sus dientes, sólo para jugar. Pero el gemido de su esposo le indicó que también le agradaba esa clase de caricias. Entonces, Royce le mordió el cuello nuevamente. La vellosidad áspera de su pecho contra la suavidad de los senos de Nicholaa le produjeron una hermosa sensación, que la conformó por poco tiempo. Quiso más y, deliberadamente, se restregó contra él. Ese nudo agradable que originalmente había nacido en su estómago comenzó a expandirse.

Y Royce se sintió tan complacido como ella por los movimientos eróticos. Al parecer, su sed por ella fue insaciable casi de inmediato. Le besaba los hombros, mientras le acariciaba los senos. Cuando con los pulgares llegó hasta los pezones, Nicholaa se arqueó contra él para demostrarle lo que estaba viviendo.

Pero las acciones de Royce no eran tan deliberadas, pues el control sobre sí le estaba traicionando. Descendió sobre su cuerpo, para poder besarle los senos. Tomó el izquierdo en una mano y apoyó la boca en el pezón. Ella comenzó a gemir cuando él succionó. Se aferró a sus hombros y volvió a arquear el cuerpo.

Royce besó el valle de sus senos, mientras que bajaba la mano hacia la entrepierna. Con los dedos tocó la calidez de su feminidad. Los suaves rizos que protegían su virginidad estaban húmedos de pasión. Nicholaa trató de quitarle la mano, pero él no la dejó. —Te agradará —le juró él, mientras con sus labios reclamó otro ardiente beso.

Con el pulgar acarició el punto más sensible. Nicholaa se arqueó contra él y gimió. El deseo la encendió. Besó a su esposo con una pasión desconocida. Royce, lentamente, forzó con el dedo la entrada al estrecho y rígido canal. Su apetito por ella estaba prácticamente fuera de control. Una lámina brillosa de sudor perlaba sus cejas. Nicholaa estaba excitada, mojada, maravillosa. La boca de Royce cubrió la de ella y la lengua entraba y salía en un ritual sensual, que sus dedos imitaron, hasta que Nicholaa se movió compulsivamente sobre su mano gimiendo de placer.

Royce ya no pudo esperar más. Se colocó entre sus piernas, que separó aun más y emprendió la pausada penetración. Nicholaa enterró las uñas en sus omóplatos. Se retorcía, tratando de huir de él, aunque sin darse cuenta cada vez le permitía más el ingreso. Royce se detuvo al sentir la barrera de su virginidad. Trató de ser suave para vencerla, pero Nicholaa no se lo permitió. Se puso tensa e intentó rechazarle.

Royce la calmó con palabras dulces, mientras le acariciaba las nalgas. Ella no comprendió sus intenciones cuando él le elevó los muslos sobre las caderas.

—No te resistas a mí, Nicholaa —susurró.

La muchacha apenas alcanzó a comprender el significado de esas palabras. Su mente era un torbellino de emociones. Temblaba de deseo, pero el dolor que Royce le producía hacía que el placer y el sufrimiento se unieran en esos sentimientos tan confusos. Nicholaa no quería que Royce la lastimara, pero tampoco quería que se detuviera.

Royce no le hizo ninguna advertencia. Con un solo empuje destruyó el escollo y penetró profundamente en ella.

Nicholaa gritó de dolor. Se aferró a su esposo, hundió el rostro en su cuello y le exigió que se alejara.

Royce no la obedeció.

—Royce, me estás lastimando.

Apoyando todo el peso del cuerpo sobre los codos, la besó con todas sus ganas. Le tomó el rostro entre las manos. Ella trató de liberarse nuevamente, pero el peso de él se lo impidió. Las lágrimas bañaron el rostro de la joven. El dolor era tortuoso; pero, a decir verdad, lo peor ya había pasado.

La expresión de la mirada de Royce era intensa, determinada, pero también, toda ternura. —Pronto te sentirás mejor —le murmuró e inspiró profundamente—. Sólo dame un minuto, cariño. Luego haré que te guste.

Pero ella no quería su ayuda. Sólo quería que saliera de allí. Royce intentó besarla nuevamente. Ella apartó la cara. Royce la siguió y tiró de su labio inferior con los dientes, hasta que por fin ella abrió la boca. Entonces, la besó apasionadamente.

Royce ignoraba cuánto tiempo más podría soportar la situación. La dulce tortura de estar allí dentro, inmóvil fue tan bella que le hizo sufrir. Quería ingresar en ese canal tan deliciosamente estrecho una y otra vez, hasta alcanzar el clímax y esparcir su semilla en su interior.

Quería que Nicholaa deseara tanto ese momento como él. El placer de su esposa era mucho más importante que el suyo propio.

Cuanto más tiempo la besaba, más se relajaba. Royce, deliberadamente, estaba dándole tiempo para que se adaptara a él y, cuando Nicholaa empezó a acariciarle los hombros, se dio cuenta de que el dolor inicial estaría aliviándose.

Deslizó la mano entre los cuerpos unidos. Nicholaa le tomó la muñeca y trató de detenerle. —Suéltame, Nicholaa —le ordenó, aunque en un murmullo—. Esto te gustará.

Nicholaa no pudo detenerle. Además, Royce tenía razón, advirtió con un suspiro. Por supuesto que le gustó el modo en que la tocaba. Sabía exactamente dónde debía colocar los dedos. Cuando rozó con el pulgar la sensible protuberancia oculta entre los femeninos pliegues, Nicholaa casi se cayó de la cama. El placer fue intenso, la consumió.

Royce prosiguió con la dulce tortura hasta que sintió que el cuerpo de su esposa era totalmente maleable entre sus brazos. Toda ella se puso tensa instintivamente a su alrededor. El gimió y se retiró hacia atrás ligeramente sólo para hundirse más profundamente en ella.

El control de Nicholaa estaba reduciéndose a la nada. Al parecer, no podía hilvanar un solo pensamiento coherente. La presión que se formaba dentro de ella era intolerable. Quería que Royce se detuviera, pues de pronto se sintió aterrada por esa experiencia devastadora que la agobiaba. Pero al mismo tiempo, rogaba para que nunca se detuviera y, por ello, se sintió aun más asustada.

—Royce, no puedo...

Royce le hizo callar con un ardiente beso. —Está bien, cariño. No temas. Yo velaré para que nada malo te pase.

Esas palabras tiernas terminaron con su temor y su control. Claro que Royce velaría por su seguridad. El corazón de Nicholaa aceptó lo que su mente rechazaba. Se dejó llevar por los sentimientos. Elevó las rodillas, para permitirle un mejor acceso y luego se arqueó contra él, con insolente insistencia.

El dominio de Royce sobre sí se quebró. Penetró en ella una y otra vez, sin importarle otra cosa más que satisfacerla plenamente y alcanzar la satisfacción propia. El ritual del amor fue más fuerte. La cama se mecía con los movimientos de Royce y los de ella.

Nicholaa sabía que dejaba la vida en brazos de su esposo. No le im-

importó. Sólo gritó su nombre una y otra vez, mientras el placer se intensificaba en todo su ser. El clímax fue tan estridente que empezó a gritar.

Y cuando Royce advirtió esa reacción y escuchó su nombre, también experimentó su orgasmo. Eyaculó con un ardiente gemido.

Nicholaa creyó que se había muerto. Pero el corazón le latía a tanta velocidad que se dio cuenta de que aún estaba con vida. Cuando escuchó el gemido de Royce, que más bien pareció un gruñido y lo sintió caer sobre ella con todo el peso del cuerpo, pensó que también él estaría compartiendo la misma experiencia.

Nicholaa estaba agotada y totalmente confundida por lo que acababa de sucederle. Cerró los ojos y trató de analizar el maravilloso acto que había vivido.

Royce tardó bastante en recuperarse. No quería moverse. El olor de la unión física aún flotaba en el aire. Le gustó, al igual que el olor de Nicholaa.

Dios, qué satisfecho estaba. Le parecía tan natural tener a Nicholaa entre sus brazos. Creía que le había pertenecido desde siempre.

—¿Royce?

El gruñó la respuesta.

—Estás aplastándome.

De mala gana, se bajó y se acostó boca arriba sobre la cama. Nicholaa se acurrucó contra él, con su hombro como almohada.

Le acarició el pecho. —¿Te he dado placer, esposo?

Royce le cubrió la mano con la de él. —Sí, mucho.

Nicholaa esperó, con la esperanza de escuchar más elogios y luego murmuró: —¿Y?

Royce bostezó. —¿Y qué?

Otra vez esperó más elogios. Royce esperó a que ella le explicara lo que pretendía de él.

Ninguno de los dos dijo ni una sola palabra. De inmediato, Nicholaa se sintió vulnerable. Se estremeció y se alejó de él. Comenzaba a sentirse avergonzada por el comportamiento descarado que había tenido. El silencio de Royce empañaba la hermosa unión.

Nicholaa levantó las mantas y le dio la espalda. Las lágrimas acudieron a sus ojos. No entendía por qué sentía deseos de llorar, pero lo hizo. Al menos abrigó la esperanza de que Royce nunca se enterara de su estupidez. Seguramente le exigiría una explicación y, como ni siquiera ella sabía por qué se sentía tan triste, no podría dársela.

—¿Nicholaa?

Su voz sonó ronca y afectuosa. —Vuelve aquí.

—¿Por qué?

—Porque es el sitio que te pertenece.

Por supuesto que no fue un cumplido ni mucho menos, pero de todas maneras la joven se sintió muy dichosa. Volvió a acurrucarse contra su esposo. Royce la abrazó y la estrechó con fuerza.

No hubo más elogios ni fervientes declaraciones de amor. Pero Royce le besó la cabeza.

Fue un beso simple, inocente.

Pero le bastó.

12

Cuando Nicholaa por fin se despertó, Royce ya se había marchado de la habitación. La luz del sol se filtraba por la ventana abierta. Cuando se dio cuenta de que era bastante tarde, se quedó atónita. Nunca había dormido hasta esa hora, ni tan profundamente. Con un suspiro de dicha, supuso que estaba camino de la decadencia total.

Se sentía maravillosamente bien hasta que se levantó de la cama. Fue entonces cuando le llamó la atención el ardor entre las piernas. También tenía las piernas rígidas. Sin embargo, toda esa incomodidad no empañó los recuerdos de la noche anterior. Nada podría deslucir la belleza del acto que habían compartido.

Ahora era oficialmente la esposa de Royce, notó con una sonrisa. Había cumplido con su obligación y estupendamente, pues había sabido complacerle.

Podrían tener una bella vida juntos. Royce era un buen hombre. Por supuesto que era normando; pero también, amable, considerado y comprensivo.

Nicholaa permaneció en su habitación hasta que se dio cuenta de que era la vergüenza lo que la obligaba a ocultarse. No estaba segura de cómo reaccionaría cuando volviera a ver a Royce. ¿Querría que le besara al saludarle? Meneó la cabeza ante esa idea tan ocurrente. Royce era un guerrero y por supuesto que no querría que ella le besara a plena luz del día. Probablemente, no querría que ella le diera ninguna muestra de afecto frente a sus hombres. Sin embargo, si por casualidad se encontraban a solas en algún corredor, tal vez...

Nicholaa suspiró profundamente. Se estaba comportando como una tonta. Tenía que manejar su casa y había muchos asuntos que requerían su atención inmediata. No debía malgastar su tiempo pensando en los probables deseos de su esposo ni en su propio bochorno.

Se puso un vestido color celeste y unas enaguas color crema. Luego bajó rápidamente las escaleras. Fue extraño, pero no se cruzó con ningún criado en todo el camino.

Un considerable grupo de caballeros se había dado cita en el salón principal. Estaban reunidos alrededor de la larga mesa. Sólo tres estaban sentados. Nicholaa vio a Royce de inmediato, ocupando la cabecera. Estaba medio de costado a ella, hablando en voz baja a sus hombres. Lawrence se había sentado a la derecha de Royce y el joven rubio, de nombre Ingelram, a la izquierda.

Todos parecían muy tensos. Nicholaa creyó que estarían en medio de alguna reunión secreta muy importante, y no sabía si debía o no interrumpir. Luego, por casualidad, Lawrence levantó la vista. Al verla, le sonrió y dio un codazo a Royce.

Su esposo, lentamente, volvió la cabeza. No le sonrió. Simplemente, se la quedó mirando durante un largo rato y le hizo un gesto con la cabeza para que se acercara.

Fue extraño, pero Nicholaa tuvo la sensación de que él se alivió al verla. Esa reacción no tenía ningún sentido para ella, sin embargo, ¿por qué Royce se habría tranquilizado al advertir su presencia?

Descartó la idea y luego trató de disimular su irritación. Cómo odiaba esos gestos con la cabeza que Royce le hacía. ¿Acaso no la podía saludar de una manera más decente? Y además, ¿por qué no era él el que se le acercaba aunque sólo fuera una vez? Nicholaa decidió hacerle esas preguntas en cuanto estuvieran a solas.

Todos fijaron sus miradas en ella, mientras entraba en el salón. Nicholaa se sentía torpe e insegura, una sensación totalmente nueva y desagradable, por cierto.

Suspiró profundamente. —Te ruego me disculpes por interrumpir tu conversación, esposo —dijo ella—. Yo...

Se detuvo abruptamente y se quedó perpleja.

El pequeño Ulric estaba de regreso en casa. Dormía profundamente, en brazos de Royce. Estaba todo envuelto en una inmaculada manta blanca, por lo que sólo se le veía el rostro.

Nicholaa se quedó contemplando a su magnífico sobrino mientras luchaba por contener las lágrimas que acudían a sus ojos.

Ni siquiera se dio cuenta de que fue corriendo al lado de su esposo. El la asió por la cintura para que mantuviera el equilibrio. Cuando por fin Nicholaa le miró, sintió un nudo en la garganta. La dicha de sus ojos llegó al corazón de Royce.

El normando no comprendía por qué la dicha de Nicholaa le emocionaba tanto, pero se limitó a aceptar la verdad: la dicha de ella era también la suya.

Nicholaa sintió que una lágrima le rodaba por la mejilla. Se la secó. —Gracias.

El asintió con la cabeza.

—¿Quieres que me lleve a Ulric arriba para que tú puedas continuar con tu conversación? —le preguntó.

—Los sirvientes están limpiando su cuarto —contestó Royce. Cuando Nicholaa trató de retirarse, él le apretó la cintura con más fuerza—. No estábamos hablando de nada importante —agregó, de pasada.

—Pero estabais murmurando... —De pronto descubrió el porqué.— De modo que hablabais en voz baja para no despertar al bebé, ¿eh?

Royce volvió a asentir. La soltó, se puso de pie y puso al pequeño Ulric en sus brazos. Indicó a sus hombres que se retiraran del salón y luego se encaminó hacia la salida. De pronto, se detuvo. Dio media vuelta, regresó junto a Nicholaa, le alzó el rostro por el mentón y la besó intensamente.

Cuando se apartó de ella, Nicholaa se aferraba con una mano a su túnica y con la otra, al bebé que seguía durmiendo. —¿Te sientes bien hoy? —le preguntó él, en voz baja.

Nicholaa se tomó un momento para concentrarse en lo que él estaba preguntándole. Luego asintió. —Acabas de devolverme a mi sobrino —contestó—. ¿Cómo no podría sentirme bien?

Royce meneó la cabeza. —No me refería a eso —dijo—. Anoche te hice daño. Fue necesario, Nicholaa, pero ahora estoy... preocupado. Temo haber sido demasiado violento contigo.

Inmediatamente, ella fijó la vista en su pecho. Sentía que las mejillas le ardían. —Fuiste muy considerado —murmuró—. Y sólo me ha quedado un poco sensible esa zona.

Royce comenzó a darse la vuelta, obviamente complacido con la respuesta. Pero ella tiró de su túnica y le preguntó repentinamente: —Royce, ¿quieres que te bese cada mañana?

Royce se encogió de hombros. —¿Tú quieres?

—No se trata de lo que yo quiera —contestó ella—, sino de lo que deberíamos hacer por Ulric.

El arqueó una ceja. Las mejillas de Nicholaa se habían encendido más que nunca. Royce tenía ganas de reír. Era tan bello verla cuando se sentía avergonzada. —¿Tenemos que besar a Ulric? —preguntó él, sabiendo perfectamente que ella no se había referido a eso. Simplemente, Royce no quería terminar esa conversación tan superficial, aunque edificante.

—Sí, por supuesto que debemos besar a Ulric. Los bebés necesitan afecto, Royce. Pero también debemos besarnos nosotros frente a él, para que él se sienta feliz.

Luego decidió que estaba mezclando todas las cosas. —Un bebé debe estar rodeado por una familia feliz —continuó—. Si nos ve besarnos, pensará que somos felices. ¿Entiendes?

Royce le sonrió. Se acercó a ella hasta que estuvieron separados por escasos centímetros. —Lo que entiendo es que quieres que te bese todas las mañanas.

No le dio tiempo para discutir la cuestión. La besó sólo para hacerle olvidar el tema y volvió a darse la vuelta para retirarse.

Nicholaa corrió trás él. —Royce, ¿qué hay de Justin?

—¿Qué pasa con él? —gritó, por encima del hombro.

—¿También a él lo has traído a casa?

—Sí.

Nicholaa no comprendió por qué, repentinamente, se había tornado grosero. —Me gustaría dar la bienvenida a casa a mi hermano —dijo ella—. ¿Podrías pedirle que entre, por favor?

Royce se detuvo, se volvió y la miró durante un largo rato. Nicholaa advirtió su expresión de incredulidad. ¿Qué habría dicho para provocar semejante reacción? —se preguntaba.

—¿*Pedirle*? —refunfuñó.

Nicholaa asintió. —Por favor.

Royce suspiró. —Nicholaa, entiendes cuál es la posición actual de Justin, ¿verdad?

Nicholaa no sabía a qué se refería. —Lo que entiendo es que está de vuelta en casa —contestó.

—Esta ya no es su casa, esposa. Es la mía. Tu hermano es ahora uno de mis soldados. Yo no *pido* nada a mis hombres. Les doy órdenes, simplemente.

Por la expresión de su rostro, Royce se dio cuenta de que ella aún seguía sin entender.

—De acuerdo, entonces —contestó—. Por favor, ordena a mi hermano que entre.

—No.

—¿No?

Nicholaa tuvo que ir corriendo hacia la entrada para poder detenerle. —No entiendo por qué te pones tan difícil —comentó—. Justin nació y se crió aquí. Este es su hogar. Si tú no quieres que entre él, entonces saldré yo.

Royce le bloqueó la salida. —Tú te quedarás aquí dentro, atendiendo a Ulric, Nicholaa. Podrás ver a Justin en cuanto se haya instalado.

La muchacha frunció el entrecejo, muy confundida, pero decidió que lo mejor era no pelear. —Me sentiré feliz de esperarle hasta que se instale. ¿Crees que le llevará una hora, tal vez dos?

—No, esposa. Supongo que tardará un mes. Quizá más. Hasta entonces, permanecerás lejos de él. ¿Entiendes?

Royce cerró la puerta antes de que Nicholaa pudiera protestar ante semejante mandato. Se negaba a creer que su esposo hubiera hablado en serio. Era imposible que Royce pretendiera realmente que ella ignorase a su hermano.

Nicholaa se quedó preocupada por el tema hasta que Ulric empezó a moverse en sus brazos. Bajó la vista y le vio sonriendo. De inmediato se le levantó el ánimo. Llevó al bebé arriba y le instaló en su nuevo cuarto.

Nicholaa pasó el resto del día con su sobrino. Pensó que Ulric era terriblemente inteligente. Podía recorrer de un extremo a otro de su cuarto, con una velocidad y agilidad que le parecieron sorprendentes. Si era tan rápido ahora, ¿cómo sería cuando aprendiera a caminar?

—Tendremos que clavar los muebles al suelo cuando empiece a correr —comentó Clarise—. ¿Puede levantarle un momento, señora? El barón quiere que llevemos esta cómoda a su cuarto.

Nicholaa canceló esa orden. —Déjala aquí, Clarise. Podremos usarla para las cosas de Ulric.

Antes de la cena, Nicholaa había dado la contraorden por lo menos a seis de las órdenes de Royce. El había pedido a la cocinera que preparara codorniz; ella la cambió por faisán.

Cuando Alice, que sería la niñera hasta nuevo aviso, mandó a Ulric a la cama, Nicholaa regresó al salón principal. La mesa larga había sido trasladada al centro del mismo, cerca de la chimenea. Nicholaa la hizo poner de nuevo en el sitio donde estaba. Y los servientes obedecieron, pues eran extremadamente leales a ella.

Nicholaa pensó que Royce ni siquiera se había dado cuenta de que no se habían acatado sus órdenes. No dijo ni una palabra sobre la posición de la mesa. Además, comió una abundante porción de faisán. La cena fue muy amena. Lawrence e Ingelram compartieron la mesa con ellos y la charla se centró, principalmente, en los planes de expansión de la fortaleza. Sin embargo, Royce no fue muy específico respecto de esos planes.

—¿Te refieres a que mandarás construir un nuevo murallón para fortalecer el que ya tenemos, que está en perfectas condiciones? —preguntó Nicholaa.

—No, milady. Ese murallón no está en tan buenas condiciones —dijo Ingelram.

Nicholaa concentró su atención en el vasallo. —¿No?

Ingelram estaba tan hechizado por su hermosa señora que no podía recordar lo que estaban hablando. Esos bellos ojos azules le distraían. La sonrisa le arrebató el corazón. Casi no podía respirar.

El codazo que recibió en las costillas le devolvió violentamente a la realidad. Se dio la vuelta y vio la expresión ceñuda de su barón. —Puedes retirarte, Ingelram.

El súbdito se incorporó de un salto para cumplir la orden de su superior, tirando un banco por el apuro. Se apresuró a levantarlo, hizo una reverencia exagerada a su señor y salió corriendo del salón.

—¿Qué le pasa? —preguntó Nicholaa.

—Usted —anunció Lawrence.

Nicholaa cuadró los hombros. —¿A qué te refieres, Lawrence? Casi ni le he hablado. No he podido molestarle. Pero su comportamiento fue bastante peculiar durante toda la cena, ¿no es cierto, Royce?

Esperó a que su esposo asintiera y luego siguió conversando con Lawrence. —¿Ves? Royce también lo ha notado. Vaya, si Ingelram apenas ha comido. —Hizo un ademán en dirección a la bandeja llena de comida.— No debe de sentirse bien.

Lawrence sonrió. Ingelram no estaba enfermo. El hombre no había probado bocado porque estuvo demasiado ocupado maravillándose con su bella señora. Claro que la mujer era una conquistadora nata, admitió el vasallo. Y cada vez que esos ojos azules miraban a un hombre directamente era lógico que éste perdiera el hilo de todo pensamiento coherente.

Nicholaa se quedó pensando en la repentina sonrisa de Lawrence. Le pareció una reacción bastante extraña a su sugerencia de que, tal vez, Ingelram pudiera estar enfermo. Descartó la idea y volvió a mirar a Royce. También él estaba sonriendo. No sabía por qué parecía tan contento, pero decidió aprovechar la ocasión. —¿Justin se siente bien?

Royce se encogió de hombros. Luego, cambió de tema. —Lawrence, en cuanto termines, reúne a todos los sirvientes.

—¿Por qué quieres reunir a todos los sirvientes? —preguntó Nicholaa.

—Quiero hablarles.

Nicholaa ignoró su expresión ceñuda. —La mayoría de ellos ya se ha retirado a sus aposentos, esposo. No olvides que se levantan antes del amanecer.

Royce la ignoró. —¿Lawrence?

—Sí, milord —contestó el vasallo—. Ahora mismo me encargo de ello.

Nicholaa comenzó a protestar otra vez. Royce le puso la mano sobre la de ella y la apretó. En cuanto Lawrence se retiró, Royce la miró. —No vuelvas a cuestionar mis órdenes, Nicholaa.

—No estaba cuestionando nada —protestó ella. Trató de quitarle la mano. El no la dejó—. Sólo tenía curiosidad. Por favor, dime por qué quieres hablar con los sirvientes a estas horas.

—Muy bien —le respondió—. Esta mañana he dado instrucciones específicas que no se han seguido. Aquellos que me han desafiado serán expulsados de esta fortaleza.

Nicholaa se quedó perpleja. —¿Expulsados? ¿Pero adónde irán? Pertenecen a este lugar. Seguramente no te referirás a que vas a despedirlos, ¿verdad?

—Me importa un rábano adonde vayan —replicó, con tono duro.

—Esas... instrucciones, ¿fueron de gran importancia?

—No.

—Entonces...

—Todas y cada una de las órdenes que imparto deben seguirse al pie de la letra —dijo—. La importancia que revisten no debe ser calificada por los soldados ni por los sirvientes.

Nicholaa estaba tan furiosa por esa postura tan inflexible que sintió deseos de gritar. Sin embargo, el bienestar de sus sirvientes le importaba tanto que sabía que no conseguiría nada gritando a su arrogante esposo.

—¿No vas a darles una segunda oportunidad? ¿Con un solo pecado ya quedan condenados?

—Durante la batalla, un caballero jamás recibe una segunda oportunidad.

—Esto no es una batalla.

Sí, lo era, pensó Royce para sí. Y Nicholaa era su rival. Sabía que había sido ella quien había dado las contraórdenes. Pero quería que lo admitiera. Entonces, él procedería a explicarle la importancia de una buena organización, la necesidad de una jerarquía y el lugar que debía ocupar ella en la casa.

Royce empleó una voz sumisa al decir: —No me levantes la voz, esposa.

Nicholaa se quedó contemplándole durante un largo momento y entonces decidió que él no estaba hablando por hablar. Inspiró profundamente. No estaba dispuesta a permitir que sus sirvientes cargaran con la culpa de un error de juicio que le pertenecía exclusivamente a ella. —Tengo que pedirte algo, esposo.

—¿De qué se trata?

—Me gustaría hablar con los sirvientes en primer lugar, si me permites que interfiera en este asunto.

Nicholaa se sintió muy agradecida de que Royce accediera. El sólo se limitó a asentir con la cabeza. Pero en sus ojos apareció un brillo muy especial. Nicholaa no entendió la razón de esa reacción.

Los sirvientes se presentaron en el salón principal de inmediato. Algunos de ellos estaban con su ropa de cama. Nicholaa se puso de pie y fue al otro lado de la mesa. Tenía las manos montadas, una sobre la otra, y la expresión, serena.

Alice fue la última en unirse al grupo. Nicholaa asintió en dirección a ella. —Mi esposo ha tenido la gentileza de permitirme que les hable en primer lugar —comenzó. Se alegró de que la voz no se le quebrara, a diferencia de su corazón, que en cualquier momento se partiría en dos—. En el día de hoy, vuestro señor os impartió unas órdenes específicas.

Varios sirvientes asintieron. Nicholaa sonrió. —Yo cambié esas órdenes. Fue una desconsideración de mi parte —agregó—. Y me disculpo, ante vosotros y ante mi esposo, por haber creado esta confusión.

Cuando llegó a la parte difícil de su oratoria, inspiró profundamente. —En el futuro, cuando mi esposo dé una orden, vosotros la obedeceréis. Si yo, sin darme cuenta, contradijera cualquiera de sus mandatos, es vuestro deber informarme que seguiréis la orden de vuestro señor. El es el amo de esta fortaleza ahora y vosotros le debéis lealtad por encima de todos los demás.

Clarise dio un paso al frente. —¿También por encima de usted, milady? —preguntó, con una mirada ceñuda.

Nicholaa asintió. —Sí, hasta por encima de mí. ¿Alguna otra pregunta?

—¿Y qué sucede si es usted la primera que da la orden y luego el barón la cambia? —preguntó Alice.

—Tendréis que obedecer la orden de mi esposo, Alice.

Los sirvientes asintieron. Nicholaa conservó su sonrisa. —Ahora es mi esposo el que desea hablar con vosotros.

Nicholaa no se volvió hacia él, sino que lentamente salió del salón con la esperanza de que él no la llamara. Sabía que no podría mantener la sonrisa a flor de labios, mientras por dentro estaba furiosa.

Mientras subía las escaleras, Nicholaa murmuraba cosas que sólo ella podía escuchar. Su esposo era un canalla. Primero, le había arrebatado su fortaleza, y ahora, estaba dispuesto a robarle la fidelidad y lealtad de sus sirvientes. Todo era tan injusto, tan descabellado. ¿Por qué siempre tenía que ser ella la que cediera en todo? Supuso que era porque los normandos habían ganado la guerra. No obstante, ella era la esposa de Royce ahora y él debía tener en cuenta sus opiniones.

Pasó por su antigua alcoba y decidió comprobar que el pequeño Ulric estuviera bien. Seguramente, la imagen del precioso bebé le recordaría por qué estaba intentando tan fervientemente llevarse bien con su obstinado marido.

Cuando entró en el cuarto, trató de no hacer ruido para no despertar al niño. Estaba cerrando la puerta detrás de sí cuando creyó detectar un movimiento entre las penumbras, hacia su izquierda. Instintivamente, se volvió. Quiso gritar; pero una mano le tapó la boca tan apretadamente que no pudo emitir ni un solo sonido. La empujaron contra algo muy duro, que le pareció una pared de piedra.

Forcejeó como una loca. Mordió la mano de su captor, mientras le clavaba las uñas en los brazos.

—Maldita sea, Nicholaa. Basta ya. Soy yo, Thurston.

Entonces, se relajó completamente entre sus brazos. Su hermano le quitó la mano de la boca y, lentamente, fue dándole la vuelta para que le mirase a los ojos.

Nicholaa no podía creer que su hermano estuviera frente a ella. Estaba profundamente emocionada. Y aterrada. —¿Por qué te has arriesgado de este modo? ¿Cómo has entrado? Dios mío, si te encuentran aquí...

Thurston la rodeó con sus brazos y la estrechó con fuerza. —Entré por uno de los pasadizos secretos. Tenía que verte, Nicholaa. Necesitaba asegurarme de que estuvieras bien. Dios, por poco te mato, ¿no? Cuando vi esa cabellera dorada, supe que eras tú a quien había dado con mi flecha.

La angustia de su voz rompió el corazón de Nicholaa. —Fue sólo un rasguño —mintió.

—Yo tenía al normando en la mira. Pero, en el último segundo, tú te interpusiste. ¿Por qué? ¿Estabas tratando de protegerle? Eso me pareció, pero no tiene ningún sentido. ¿Sabías que yo estaba allí?

—Te vi, Thurston. Supuse que Royce era tu blanco.

—¿Royce? ¿Así se llama tu captor?

—No es mi captor —murmuró—. Es mi esposo.

Thurston no tomó bien la noticia. Le estrujó los brazos con tanta fuerza que Nicholaa sabía que tendría hematomas al día siguiente. En sus ojos azules se leyó una inequívoca expresión de ira. Nicholaa trató de liberarse de sus manos, mientras buscaba el medio para hacerle comprender. —Tenemos mucho de qué hablar —exclamó—. No me juzgues hasta que no conozcas todos los hechos.

Tomó la mano de su hermano y le condujo al otro lado del cuarto, para no molestar al bebé, que seguía durmiendo.

La luz de la luna se filtraba por la ventana. Nicholaa encendió una vela y miró a su hermano.

Thurston era tan robusto como Royce. Tenía cabello rubio y el rostro libre de cicatrices. Era apuesto, aun cuando fruncía el entrecejo, pero se le veía agotado.

—No puedes volver aquí —dijo Nicholaa—. Royce ha encontrado la mayoría de los pasadizos, de modo que es una cuestión de tiempo que descubra el que conduce a esta habitación. No quiero que te pase nada.

—Nicholaa, ¿te obligaron a casarte con ese normando?

No había tiempo para explicarle todo lo que había sucedido. Thurston jamás lo habría entendido, de todos modos. Inhaló profundamente. —No.

Thurston no quiso escucharla. —¿No te obligaron?

—No —dijo ella otra vez—. Yo le escogí. Si alguien estuvo obligado a casarse fue Royce y no yo.

Thurston se apoyó contra la ventana. Un trueno retumbó a la distancia. Nicholaa se sobresaltó. Su hermano se cruzó los brazos sobre el pecho y la contempló. —¿Y por qué hiciste semejante cosa?

Nicholaa sabía que toda la verdad serviría solamente para alimentar más su ira. —Si las circunstancias fueran diferentes y tuvieras la oportunidad de conocer a mi esposo, sabrías por qué le escogí. Royce es un buen hombre, Thurston. Ha sido muy amable conmigo.

—Es normando.

Escupió las palabras como si hubieran sido una blasfemia. La furia de su voz le hizo un nudo en el estómago y también la enfadó. —La guerra ha terminado, Thurston. Si no te arrodillas frente a William y le juras lealtad, te matarán. Te imploro, por favor, que aceptes esto. No quiero que mueras.

Thurston meneó la cabeza. —La guerra no ha terminado —dijo—. La resistencia cobra fuerzas con el paso de cada día. Es sólo una cuestión de tiempo, pero finalmente, destronaremos a ese bastardo rey normando.

—No puedes creer semejante tontería —gritó ella.

Thurston suspiró, agotado. —Has estado aislada aquí. No puedes entender. Tenemos que irnos ahora. Mis hombres están esperando al otro lado del murallón. Envuelve a Ulric en las mantas. Apúrate, antes que se desate la tormenta.

En un principio, Nicholaa se quedó demasiado perpleja como para reaccionar. Thurston era mucho más alto que ella. La mujer retrocedió un paso y meneó la cabeza. —No puedo ir contigo. Royce es mi esposo ahora y tengo que quedarme aquí.

—No puedes estar hablando en serio. No puedes desear quedarte con él.

La repulsión en su tono de voz le produjo dolor de estómago. Bajó la cabeza. —Quiero quedarme aquí.

Pasó un largo rato en silencio. La voz de Thurston sonó quebradiza cuando volvió a hablar. —Qué Dios se apiade de tu alma, Nicholaa. Le amas, ¿verdad?

No fue sino hasta ese preciso momento, cuando se vio enfrentada con la realidad, que aceptó el hecho. —Sí, le amo.

Asqueado por la confesión de su hermana, Thurston levantó la mano y abofeteó a Nicholaa en pleno rostro. El golpe por poco la tiró al suelo. Perdió el equilibrio, pero lo recuperó casi de inmediato. Le ardía la mejilla de dolor, pero no gritó. Simplemente miró a su hermano y esperó su siguiente reacción.

Nunca le había levantado la mano en toda su vida. Siempre había sido de carácter muy fuerte; pero también, comprensivo. Nicholaa pensó que la culpable era la guerra, que le había convertido en un desconocido.

—Te has convertido en una traidora.

Esas palabras le dolieron más que la bofetada. Se le llenaron los ojos de lágrimas. Trató desesperadamente de llegar al corazón de su hermano. —Yo te quiero, Thurston. Tengo miedo por ti. El odio está comiéndote el corazón. Piensa en tu hijo, Ulric te necesita. Olvida tu pecaminoso orgullo y considera el futuro.

Thurston meneó la cabeza. —Mi hijo no tiene futuro con los normandos —masculló—. ¿Dónde está Justin? ¿Todavía sigue en la abadía?

—Está aquí.

Nicholaa extendió la mano para tocar el brazo de Thurston. El se la quitó de un manotazo. —Por favor, no seas así —susurró ella—. Justin quería morir, Thurston; pero Royce no le dejó.

Thurston no denotó reacción alguna a las fervientes palabras de Nicholaa. —¿Dónde está exactamente?

—Con los otros soldados.

—Oh, Dios, cómo debe odiar esa humillación.

—Royce prometió ayudarle.

Thurston meneó la cabeza. —Dale a Justin un mensaje mío. Dile que no le he olvidado. Volveré... pronto.

—¡No!

Nicholaa no se dio cuenta de que gritó esa negativa. El sonido hizo eco en las paredes. Ulric se sobresaltó y empezó a quejarse. Nicholaa se apresuró hacia la cuna y empezó a dar suaves palmadas a la espalda del bebé. Ulric se llevó el pulgar a la boca y cerró los ojos.

—Apártate de su lado —le ordenó Thurston—. No quiero que toques a mi hijo.

La repulsión de Thurston la hizo sentir como una leprosa. Se alejó de la cuna y se volvió para mirar a su hermano.

Ulric pudo haberse quedado dormido otra vez, si Royce, en ese momento, no hubiera pateado la puerta abruptamente para abrirla. Las bisagras aguantaron, aunque apenas. La puerta golpeó dos veces contra la pared, antes de pararse.

Nicholaa dio un salto. Ulric, un grito.

Royce bloqueó la salida con el cuerpo. Tenía las piernas separadas y los puños cerrados a los lados del cuerpo. Asumió una postura de lucha, intimidatoria; pero no fue esa imagen, sino la expresión de sus ojos lo que aterró a Nicholaa.

Ella estaba bien. Royce empezaba a subir las escaleras cuando la oyó gritar. Entonces comenzó a correr, pues sintió que el corazón se le detenía. Las más nefastas posibilidades se cruzaron en su mente y cuando llegó por fin al cuarto del pequeño, el terror le consumía.

Ella estaba bien. Royce se quedó contemplando a su esposa, hasta que la realidad quedó bien registrada en su mente.

Nicholaa, deliberadamente, escondió el lado izquierdo de su rostro para que su esposo no se lo viera. Por la frialdad de su mirada, se dio cuenta de que estaba furioso. Si se enteraba de que Thurston la había golpeado, seguramente olvidaría que era un hombre paciente y se pondría tan irracional como su hermano.

Nicholaa estaba decidida a prevenir el caos, pero no supo a quién debía aplacar primero. El bebé seguía inquieto, aunque se había producido un profundo silencio en el cuarto. Ulric no corría ningún peligro. Royce, tal vez, sí. Thurston ya había dado un paso al frente.

Nicholaa se paró en el medio de la habitación, entre los dos adversarios. Royce y Thurston la contemplaban fijamente. Ella miró a uno, luego al otro.

Y entonces empezó a correr... hacia su esposo.

Se arrojó en sus brazos. —Por favor, sé paciente —murmuró—. Por favor.

El nerviosismo de sus súplicas mitigaron la ira de Royce. La abrazó rápidamente y luego la colocó detrás de sí, protegiéndola con su cuerpo, mientras observaba detenidamente al enemigo.

El hermano de Nicholaa avanzó otro paso.

Royce se apoyo contra el marco de la puerta. Se cruzó de brazos y miró al sajón. Su actitud indiferente desconcertó a Thurston.

—Hace rato que te espero, Thurston.

La voz de Royce fue tan serena que Thurston se desconcertó aun más. Pero se recuperó de inmediato. —¿Nicholaa te reveló los pasadizos secretos?

Royce meneó la cabeza. Sentía que su esposa le retorcía la parte posterior de la túnica. Sabía que estaba aterrada, por lo que decidió no prolongarle más la tortura. —Decídete, Thurston —le ordenó, con un tono duro esta vez.

Nicholaa trató de ponerse al lado de su esposo. Royce no la dejó. Su mirada nunca abandonó el rostro de Thurston. —La elección es tuya —le dijo—. O me entregas tu espada y juras fidelidad al rey, o...

—¿O qué? —preguntó Thurston—. ¿O me muero, normando? Te mataría primero.

—¡No! —gritó Nicholaa. Sintió que alguien le ponía la mano en el hombro, se volvió y vio a Lawrence detrás de ella.

—¿Barón? —dijo Lawrence.

Royce no quitó los ojos de Thurston. —Lleva a mi esposa a nuestro cuarto, Lawrence. Quédate con ella.

El vasallo tuvo que desprender las manos de Nicholaa de la túnica de Royce, a la fuerza. —¡No! —gritó ella—. Royce, el bebé... Por favor, déjame llevar a Ulric.

Entonces fue Thurston quien gritó la negativa. —Vas a dejar a mi hijo donde está, Nicholaa. Tú ya has escogido tu camino.

Entonces, Nicholaa soltó a Royce. Cuadró los hombros con aire decidido y salió de la recámara.

Royce avanzó un paso. Lawrence siguió a Nicholaa y cerró la puerta.

Thurston dio otro paso hacia Royce. —Debiste dejar que tus soldados entraran en este cuarto.

—¿Por qué?

Thurston sonrió. —Para que te protejan. Ahora te tengo todo para mí, bastardo. Te mataré.

Royce meneó la cabeza. —No, no me matarás, Thurston. Dios sabe cuánto me gustaría que lo intentaras. —Se detuvo para suspirar.— Entonces podría matarte. Me complacería muchísimo, pero mi esposa se entristecería demasiado.

—Ella ha traicionado a su propia familia.

Royce arqueó una ceja. El esfuerzo de controlar su ira estaba dificultándose más y más cada minuto. —¿Y cuándo se convirtió Nicholaa en una traidora? —preguntó con voz humilde, totalmente controlada—. ¿Antes o después de que tú la abandonaras?

—¿Abandonarla? No sabes de qué estás hablando.

—¿No? La dejaste librada a su suerte —contravino Royce—. Y después, le enviaste a tu hijo para hacerle más pesada aun la carga. Ella fue capaz de todo con tal de proteger a Ulric, pero a ti te importan un rábano todos los sacrificios que tuvo que hacer, ¿verdad? Claro que la abandonaste.

—Me necesitaban en el norte —mascculló Thurston.

—Ah, sí, el norte —repitió Royce con sorna—. ¿No fue allí donde dejaste a tu hermano para que se muriera?

El rostro de Thurston se puso colorado carmesí. El odio por el normando le consumía. Ya no había cabida para el razonamiento en su mente.

—Me dijeron que Justin había muerto.

Algo en su voz le delató. Royce se dio cuenta de que estaba mintiéndole. —No —le dijo—. Te dijeron que le habían herido. Pero cuando te enteraste de la clase de herida que tenía, le dejaste morir. Eso fue lo que sucedió en realidad, ¿no, Thurston? Justin, con una mano sola, no te servía para defender tu causa, ¿verdad?

Thurston estaba demasidado agitado por toda la información que Royce había recabado como para disimular su reacción. El normando trataba de echarle la culpa de la desgracia de su hermano. —Continué peleando porque quería vengar a mi hermano.

A Royce le repugnaron sus palabras. El sólo había logrado encajar unas pocas piezas de aquel rompecabezas. Lo del abandono de Justin, para que muriera, lo había adivinado, simplemente. Pero la defensa que hizo Thurston de su vil comportamiento confirmaba sus sospechas. Ese bastardo realmente había abandonado a su hermano para que muriera.

—Justin lo sabía, ¿no? —preguntó Royce.

Thurston asintió. —Lo comprendió. ¿Mi hermano se ha convertido en traidor? —preguntó—. ¿Te contó lo que pasó?, ¿o Nicholaa habló con él? ¿Acaso en la debilidad que tiene Justin en estos momentos, ella le convenció de que estaría mejor con los normandos?

Royce no contestó a ninguna de sus preguntas. —Dime una cosa —le ordenó—. ¿Condenas a Nicholaa porque se ha casado conmigo o porque todavía está viva?

—Su confesión la destruyó.

—¿Qué confesión?

—Me ha dicho que fue ella la que te escogió a ti —barbulló Thurston—. Nadie la forzó. Deja que la toques, ¿verdad? Dios santo. Mi propia hermana compartiendo la cama con un normando. Ojalá mi flecha le hubiera atravesado el corazón.

El control de Royce se desvaneció. Thurston no tuvo tiempo para prepararse. Royce se movió demasiado rápido. Su puño se estrelló contra el rostro del sajón antes que Thurston pudiera protegerse. Por el violento golpe, Thurston salió despedido hacia atrás, contra la chimenea. Los soportes de la repisa se soltaron del muro de piedra y aquélla cayó ruidosamente al suelo, mientras Thurston se tambaleaba para mantener el equilibrio.

Royce le había roto la nariz. Ojalá hubiera sido el cuello, pensó. Los gritos despavoridos del bebé ayudaron a que el normando controlara sus emociones. Miró en dirección a la cuna, para asegurarse de que Ulric se encontrara bien, y luego abrió de una patada el panel que se había dispuesto en la pared de madera.

—Te he permitido la entrada, Thurston, porque quería hablar contigo. Quiero el nombre del sujeto que amenazó a mi esposa cuando estábamos en Londres. Vas a decirme quién fue antes de irte de aquí.

Thurston meneó la cabeza. —No sé de qué estás hablando —refunfuñó, mientras se secaba la sangre que tenía en la boca con el dorso de la mano—. No tenemos a nadie en Londres... todavía —agregó—. Sin embargo, muy pronto recuperaremos lo que es nuestro. No quedará ni un solo normando...

—Guárdate tus oratorias políticas —le interrumpió Royce—. Quiero la verdad. Dime el nombre de ese sajón o te lo arrancaré a puñetazo limpio.

Los gritos de Ulric por fin atravesaron la ira de Thurston. Se acercó a la cuna y tomó al bebé entre sus brazos. Suavemente, palmeó la espalda de su hijo para tranquilizarle.

—Voy a llevármelo conmigo.

—No, claro que no —contestó Royce—. A ti tal vez te importe un rábano el bienestar del bebé, pero a Nicholaa y a mí nos importa mucho. Fuera hace mucho frío y está lloviendo. No te llevarás al pequeño en esas condiciones. Haré un trato contigo —agregó, antes de que Thurston pudiera protestar—. Cuando encuentres un lugar seguro donde tenerle, puedes enviar a alguien por él.

—¿Le dejarás ir?

Royce asintió. —Te doy mi palabra —le dijo—. Y ahora quiero que me des la tuya de que realmente ignoras el nombre de la persona que amenazó a mi esposa.

—Dime que pasó —le dijo Thurston.

Royce le explicó el incidente con la mujer que había entregado a Nicholaa la daga y las instrucciones correspondientes para matarle. Por la expresión de Thurston, Royce se dio cuenta de que realmente él no sabía nada al respecto.

—Los barones sajones que se han aliado a William, obviamente, no son de fiar —dijo Thurston—. Nosotros jamás habríamos encomendado tamaña misión a ninguno de ellos. Busca a ese hombre entre tu gente —agregó—. Nosotros jamás enviamos a una mujer para hacer un trabajo.

Royce le creyó. Observó a Thurston, que ponía al bebé a la cuna. Ese sajón era su enemigo; pero también, el hermano de Nicholaa. Royce aguardó con paciencia, mientras el padre se despedía de su hijo.

Thurston inhaló profundamente. La lógica le obligó a admitir que el normando tenía razón. Sin embargo, le exacerbaba el hecho de tener que dejar a su hijo en la guarida del enemigo. Tendría que confiar en la palabra del normando. Y eso le exacerbaba aun más.

—Ulric se quedará con la familia de mi esposa. Cuando ellos lleguen, usted tendrá que entregárselo.

Fue una orden, no una petición. Royce asintió y luego analizó su decisión. —La familia de su esposa puede venir. Si me convencen de que están capacitados para cuidar al pequeño y protegerle, entonces le dejaré ir. Ahora vete, Thurston. Ya has agotado todo el tiempo que tenía para ti.

Thurston miró a su hijo y luego se encaminó hacia la salida que conducía a la escalera secreta.

—Libérate de tu odio, Thurston. Todavía hay tiempo. No tienes que permitir que te destruya.

Si el hermano de Nicholaa escuchó el consejo, no dio indicios. Bajó las escaleras sin volver la vista atrás ni una sola vez.

Royce cerró el panel y luego se acercó a la cuna. Ulric estaba furioso otra vez. Royce lo levantó y se lo apoyó sobre el hombro, imitando el gesto que Nicholaa tantas veces repetía. Tranquilizó al niño susurrándole las tonterías que había escuchado murmurar a su esposa y en cuestión de minutos le calmó el berrinche.

Ingelram aguardaba en el pasillo. Royce le ordenó sellar ambas entradas al pasadizo, tanto la de arriba como la de abajo.

Advirtió que Alice estaba parada junto a las escaleras y le hizo un gesto para que se acercara. —El bebé está bien —le dijo, cuando la vio con el entrecejo fruncido—. No ha sufrido ningún daño.

Ulric estaba muy despabilado. Se apartó del hombro de Royce y miró a su alrededor. Alice le tomó en sus brazos. —Ha tranquilizado a este pequeño inocente —le dijo la criada—. Ahora será mejor que vaya a tranquilizar a la otra. —Alice se ruborizó al hacer la sugerencia.— Le ruego me disculpe, milord, por haberme atrevido a hablar con tanta osadía, pero estoy preocupada por mi señora. Seguramente, debe de estar muy angustiada con toda esta preocupación.

Royce asintió. —Sí, Alice, seguramente —coincidió. Dio una palmada a la cabecita de Ulric, luego se volvió y tomó por el corredor. Francamente, temía la tarea que le aguardaba. No se sentía apto para cumplirla. No tenía ni la más remota idea sobre qué debía hacer para calmar a Nicholaa.

Ella estaba parada junto a la ventana, mirando la oscuridad de la noche, cuando Royce entró en la recámara. Se volvió en cuanto oyó el crujido de la puerta al abrirse. La expresión de su rostro angustió a Royce: estaba aterrada. Royce suspiró, exhausto. Estaba convencido de que ella pensaba que ya había matado a su hermano y que sólo aguardaba la confirmación fatal.

Lawrence estaba de pie junto a la chimenea. Parecía aliviado de volver a ver a su señor. —Lady Nicholaa ha estado muy preocupada —vociferó, redundando en lo evidente.

Royce siguió con la vista fija en su esposa. —No tiene por qué preocuparse. Su hermano aún sigue con vida.

Lawrence conservó su sonrisa. Pasó junto a Royce al salir del cuarto. —No estaba preocupada por Thurston, barón. Estaba preocupada por usted.

El vasallo cerró la puerta cuando terminó de hacer el comentario.

—No estaba preocupada por ti —le dijo ella.

—Lawrence acaba de afirmar lo contrario.

—Mintió.

—Nunca miente.

Las lágrimas empañaron la visión de Nicholaa. —Debería odiarte, Royce. Sí, claro. Desde que nos conocimos me han sucedido las cosas más horrendas. Mírame. —Levantó las manos.— Tengo cicatrices en las dos manos y otra, espantosa, en el hombro. Todo ha sido por tu culpa.

Nicholaa se desató el cinturón y lo arrojó al suelo. Se quitó el calzado con dos patadas. —Y todo porque eres normando. Por eso todo es culpa tuya.

Se quitó el manto pasándoselo por la cabeza y luego metió la mano por debajo de las faldas, para tirar de las enaguas. —¿Y bien? —preguntó—. ¿No tienes nada que decir para defenderte?

No le dio tiempo a responder. —De no haber sido por ti, mi cuerpo no parecería un mapa por todas las cicatrices que tengo.

—Yo pensé que sólo se trataba de una tendencia tuya a sufrir accidentes.

Royce estaba convencido de que ella ni le escuchó. Estaba demasiado entretenida recitando la larga lista de defectos. Royce ni siquiera sonrió, a pesar de que ella le culpaba absolutamente de todo. Le permitió que despotricara hasta el cansancio, pues sabía que era la única manera que Nicholaa tenía para descargar su ira y su temor. Además, era evidente que tenía pánico de preguntarle sobre Thurston y Ulric.

Nicholaa estaba agotada cuando terminó de quitarse todas las prendas, excepto la camisola. Estaba de pie frente a Royce, aunque conservando la distancia, con la cabeza gacha, los dedos de los pies encogidos y una expresión de irremediable vulnerabilidad.

—¿Estás dispuesta a escucharme?

Ella no le contestó. —Nicholaa, ven aquí.

—No. —Atravesó todo el cuarto para pararse frente a él.— Nunca más voy a obedecer ninguna de tus órdenes, Royce.

El guerrero no creyó oportuno señalar que era justamente lo que acababa de hacer. La rodeó con sus brazos y trató de atraerla hacia sí.

Ella le golpeó las manos. —Tampoco permitiré que vuelvas a tocarme.

Pero Royce no estaba dispuesto a aceptar un rechazo. La obligó a acudir a sus brazos y la estrechó con fuerza. Ella relajó todo el cuerpo, abrigada entre los brazos de Royce y lloró desconsoladamente. Tan indisciplinadamente como Ulric solía hacerlo, a gritos. Royce apoyó el mentón sobre su cabeza y, simplemente, se quedó esperando a que se desahogara.

Y cuando Nicholaa terminó de llorar, Royce sintió que tenía la parte delantera de la túnica empapada por las lágrimas de su esposa. Nicholaa siguió sollozando unos cuantos minutos más contra el pecho de él. Estaba asombrada por su propio comportamiento, pero tampoco había podido impedirlo. Se sintió tan aliviada al ver entrar a Royce en la habitación, sano y salvo, que no pudo controlar sus emociones.

En ese momento, temblaba de cansancio y de frío. Royce la sintió temblar y la apretó con más fuerza. —Tienes que meterte en la cama y taparte antes de que mueras congelada —le dijo.

Nicholaa ignoró la sugerencia. No entendió por qué, pero necesitaba que Royce la tuviera abrazada un rato más. —Debes de pensar que soy una niñita —le dijo—. Estoy actuando igual que Ulric.

—Puede que te comportes como él, pero créeme que hueles mucho mejor.

Nicholaa le escuchó el tono de voz tan peculiar y se dio cuenta de que estaba bromeando. Era una reacción extraña, pensando en todo lo que había sucedido esa noche. —¿Royce?

—¿Sí?

Pasó un largo rato hasta que pudo formular la pregunta: —¿Soy una traidora?

—No.

La fuerza de su negativa la sobresaltó. —No te enojes conmigo. Esta noche ya ha habido demasiada ira.

Royce le tomó el mentón y la obligó a mirarle.

—No estoy enojado contigo. La pregunta me ha irritado, eso es todo. Thurston te ha dicho que eras una traidora, ¿verdad?

Las lágrimas acudieron de nuevo a sus ojos. Royce estaba asombrado de que todavía le quedaran. —Por Dios, Nicholaa, no te pongas a llorar otra vez. Todo ha terminado. Thurston está a salvo.

—Sabía que lo estaría —gritó ella—. Sólo estaba preocupada por ti.

La vehemencia de Nicholaa le dejó atónito. No sabía si debía sentirse insultado o no. —¿Tan poca confianza tienes en mi habilidad?

Nicholaa hundió los dedos en su pecho. —Tu habilidad nada tiene que ver con esto.

—¿No?

Royce parecía totalmente confundido. —No, por supuesto que no.

—Nicholaa, habla con coherencia, ¿quieres?

—Thurston es mi hermano.

—Ya lo sé.

—Le conozco mejor que tú.

—Sí.

—Tiene muchas cualidades buenas.

—No te atrevas a defenderle frente a mí.

Nicholaa trató de alejarse de él, Royce no la dejó. La obligó a mirarle y luego le acarició la mejilla con el dorso de la mano. —El te ha hecho esto, ¿verdad? —le preguntó, con una mirada tan feroz como la marca que ella tenía en el rostro—. Y si me dices que Thurston no tuvo la intención de golpearte, perderé la paciencia por completo.

—¿Cómo sabes que Thurston me golpeó? ¿El te lo ha dicho?

—Tienes la marca del tamaño de un puño de hombre en tu mejilla, esposa. Por eso me di cuenta.

La furia de su voz la hizo estremecer. —No perderás tu paciencia —le dijo ella—. Y eso es lo que trato de explicarte. Thurston tiene un carácter terrible. Desde que era niño, reaccionaba antes de pensar. Papá siempre se enfadaba con él. Aparentemente, nunca pudo enseñarle a controlarse. Mi hermano no pelea con honor, Royce. Tú sí.

Su sonrisa estaba llena de ternura. —¿Y cómo conoces mi manera de pelear?

—La conozco, simplemente —le contestó—. Tienes valores muy importantes. Has aprendido a controlar tus emociones. Además, eres extremadamente paciente. Durante el viaje a Londres, cuando yo siempre trataba de escapar y tú, de capturarme, jamás perdiste la paciencia conmigo.

De pronto, Nicholaa se sintió agotada. Se apoyó contra Royce. —La guerra ha cambiado a Thurston. Ahora está lleno de odio. Jamás habría luchado justamente.

—¿Y tú crees que yo sí?

—Por supuesto.

Royce le besó la cabeza, la levantó en brazos y la llevó a la cama. Sonreía por dentro. No creía que la mujer hubiera comprendido lo mucho que le había complacido. Su esposa no sabía qué era justo y qué no lo era. Obviamente, Nicholaa pensaba que había reglas específicas de conducta.

Nicholaa estaba en un error de concepto, claro, pero Royce no estaba dispuesto a explicarle que en la lucha no se seguía ninguna regla. Estaba demasiado orgulloso por el hecho de que ella se hubiera preocupado por él.

La bajó junto a la cama y luego tomó las cintas que ataban la camisola de Nicholaa. —¿Qué estás haciendo? —le preguntó ella.

—Quitándote esto.

Ella trató de apartarle las manos. Los tirantes de la prenda se deslizaron por los brazos de la muchacha. —Pero yo no quiero.

—Yo sí.

La camisola cayó al suelo. Nicholaa estaba demasiado avergonzada por su desnudez como para ponerse a discutir. Apartó las mantas hacia atrás y se metió en la cama. Royce apenas alcanzó a ver el rubor que teñía sus mejillas antes de que Nicholaa se tapara con las mantas, a modo de capullo.

La timidez de la muchacha le divertía. Royce se quitó la ropa, apagó las velas y se acostó. Estaba tan contento que ni siquiera tuvo que obligar a Nicholaa para que acudiera a sus brazos. El frío ya había hecho la tarea en su lugar. Nicholaa fue rodando hasta acurrucarse contra su cuerpo, para robarle un poquito de calor. Royce se puso de costado, la rodcó con los brazos, le atrapó las piernas entre las suyas y colocó la cabeza debajo de su mentón. Pocos minutos después, los escalofríos habían desaparecido.

A Royce le encantaba abrazarla. Su fragancia era tan suave y ligera que habría enloquecido a cualquier hombre. La deseaba. Suspiró al descubrirlo. Era demasiado pronto para ella. La noche anterior le había hecho daño, por lo que debía dejar pasar un poco de tiempo para que se recuperase. Además, esa noche Nicholaa había tenido que soportar el purgatorio y también debía recuperarse de eso. No. Royce no debía tocarla.

Sin embargo, su cuerpo hacía caso omiso a las decisiones que su mente había tomado. Ya tenía el miembro erecto y la ansiedad le consumía.

Dios, tenía tanta disciplina como un carnero en celo cada vez que estaba cerca de ella. No comprendía el porqué de esa falta de dominio. Nicholaa era sólo su esposa. Nada más. Realmente era algo asombroso que fuera capaz de producir ese efecto en él.

—¿Qué vas a hacer con Thurston? —murmuró Nicholaa en la oscuridad. Todo el cuerpo se le puso tenso, mientras aguardaba la respuesta.

—No voy a hacer nada con él.

Nicholaa no le entendió. —¿Le encerraste arriba? Le llevarás a Londres, ¿verdad?

Estaba preocupándose otra vez. Royce la apretó contra su cuerpo.
—Le dejé marchar, Nicholaa.

La joven se quedó pasmada con la noticia. Se quedó callada durante un largo rato. Luego le preguntó: —¿Tendrás problemas por haberle dejado marchar?

La pregunta fue tan ridícula que Royce sonrió. —No —le contestó, secamente.

—Escuché un estruendo —dijo—. Era como si las paredes se hubieran venido abajo.

Le apoyó la mano en el pecho, mientras esperaba que le explicara. Su piel era tan increíblemente tersa. Le acarició, distraída. Royce la detuvo, poniéndole la mano encima de la suya. Transcurrió otro minuto, hasta que

Nicholaa por fin se dio cuenta de que Royce no añadiría nada más. Supuso que tendría que insistir. —¿Ha habido pelea?

—No.

—¿Entonces por qué tanto ruido?

Royce suspiró. Nicholaa no iba a ceder. —Se cayó la repisa al suelo. —Royce parecía medio dormido.

Nicholaa acercó la cabeza para mirarle y advirtió que tenía los ojos cerrados. —¿Se cayó sola?

—Duérmete, Nicholaa. Es tarde.

—¿Por qué has dejado que Thurston se marchara?

—Ya sabes por qué.

—Le has dejado ir por mí, ¿verdad?

Royce no le contestó.

Ella le besó el mentón. —Gracias.

Royce abrió los ojos y frunció el entrecejo. —No tienes por qué darme las gracias —dijo con voz dura, casi desagradable—. Yo quería hablar con Thurston y eso fue lo que hice exactamente. Le di la oportunidad de rendirse. Pero él prefirió no hacerlo. Entiendes lo que eso significa, ¿no?

Nicholaa entendía perfectamente bien el significado de aquella negativa, pero no quería hablar al respecto. Trató de darse la vuelta, pero Royce la atrajo hacia su cuello otra vez. —No permitiré que te engañes. Thurston se resistirá hasta que muera. Si vuelve a esta casa, tendré que matarle.

—¿Pero y qué hay de Ulric? —gritó ella—. Thurston tendrá que volver por su hijo. No podrás tener la intención de...

Royce la obligó a bajar la cabeza, aplicando una ligera presión por detrás del cuello. Al mismo tiempo, selló las protestas con un beso prolongado. Sólo pensó en distraerla, pero sus labios se enternecieron de repente y adquirieron un sabor tan delicioso que Royce no pudo dejar de disfrutarlos. Su boca, por el contrario, estaba ardiente, abierta, exigente. Metió la lengua dentro, lo más profundo que pudo. Y a ella le gustó. Royce se dio cuenta, por el sensual gemido que emitió. Oh, Dios, cuánto la deseaba. Siguió deslizando la lengua, hacia adentro y hacia afuera, con un ritmo tan erótico que sólo le hacía desear más y más. Por mucho que se le acercaba, todo le parecía poco. Mientras con una mano le sujetaba el cuello, con la otra le apretaba las nalgas, restregándola con fuerza contra su erecto miembro viril.

Cuando por fin la soltó, Nicholaa sintió que le faltaba el aire. Aparentemente, él estaba en las mismas condiciones. Contempló su boca. Nicholaa tenía los labios colorados, hinchados, tentadores. Masajeó el inferior con el pulgar. Sentía que el corazón le golpeaba contra el pecho. Inspiró profundamente, varias veces, para tranquilizarse.

—Ahora escúchame —le dijo, con voz ronca—. Thurston no volverá. Enviará a alguien de la familia de su esposa para recoger a Ulric. Si esos tutores son de mi agrado, entonces dejaré ir al bebé.

—No. —Trató de alejarse de él.

—Sí. —Pasó una pierna sobre las dos de ella, para atraparla.— Thurston es el padre de Ulric. Como es de tu familia, he aceptado. No discutas conmigo, Nicholaa.

—¿Del mismo modo que no puedo discutir contigo sobre Justin? No me permites ver a mi hermano menor y ni siquiera me das una buena razón para no hacerlo. Me pides demasiado, Royce.

—Sólo te pido lo que sé que puedes dar —le respondió. Le besó la ceja—. En la decisión que he tomado con respecto a Justin no he tenido intenciones de lastimarte.

—Sin embargo, me estás lastimando.

—Ya veo. ¿Y crees que yo, deliberadamente, te alejé de Justin para que sufrieras?

—No —admitió ella con un suspiro—. No serías tan despreciable.

—En este momento, eres la última persona que necesita tener a su lado, esposa.

La ira de su voz la confundió. —Yo jamás haría daño a Justin.

—Sí, claro —le contestó. Meneó la cabeza—. Recuerdo claramente que el día que fui por ti a la abadía, te dije que yo asumiría personalmente la responsabilidad de cuidar a Justin, Nicholaa. ¿Acaso no escuchaste ni una palabra de lo que te dije?

—No recuerdo —masculló—. Por entonces, estaba muy deprimida. No puedo creer que pienses que le he hecho daño a mi hermano a propósito. Siempre le he cuidado. Después de todo, es el más pequeño de la familia y ahora que yo estoy...

—Nicholaa, basta ya de tonterías. Justin malinterpretaría tu preocupación por compasión. Y ese sentimiento le humillaría. Ya tiene demasiadas cosas por que preocuparse ahora. No puedo permitirte que le hagas más pesada la carga.

—¿Y por qué cosas tiene que preocuparse?

—Por mí.

Fue extraño, pero el comentario arrogante la calmó. En el fondo de su corazón, sabía que Royce tenía razón con lo que estaba diciéndole con respecto a su hermano. Justin era un hombre muy orgulloso. Habría sido humillante para él ver que Nicholaa observaba cómo luchaba él para recuperarse. Nicholaa no podría disimular su dolor. Y Justin pensaría que en lugar de congoja sería compasión.

Nicholaa apoyó la cabeza sobre el hombro de Royce y cerró los ojos. Se sentía fuera de lugar. No tenía tendencias a la autocompasión, pero todo estaba patas arriba desde que los normandos habían empezado a dirigir las cosas.

Royce le levantó el rostro, le besó la frente y luego la nariz. —Te deseo, Nicholaa —murmuró, con un suspiro de cansancio. Repentinamente, rodó sobre ella, de modo que Nicholaa quedó acostada boca arriba y con el cuerpo totalmente cubierto por el de Royce, desde la cabeza hasta los pies—. Duérmete antes de que olvide mis buenas intenciones.

Nicholaa no quería dormir. Quería... no, deseaba que él la tocara. Y mientras Royce estuviera haciéndole el amor, ella creería que de verdad la amaba. Ni siquiera le importaría estar mintiéndose a sí misma. El encuentro con Thurston había sido tan doloroso, tan desgarrador. Royce era capaz de hacerle olvidar el tormento, aunque sólo fuera por un rato.

—Has dicho que me deseabas —murmuró ella, con tono de vergüenza—. No cambies de opinión, Royce, pues yo también te deseo.

Royce apoyó todo el peso de su cuerpo sobre los codos y le sonrió. Su corazón advirtió la sonrisa pícara de su esposa y comenzó a latir a toda velocidad. —¿Cómo puedes sentir tanta vergüenza frente a mí ahora, cuando has estado envuelta en mí durante la última media hora.

—Nuestra discusión me ha hecho olvidar que... estaba desnuda —balbuceó—. Ahora lo he recordado. Bésame, por favor. Me haces olvidar la timidez. Eso fue lo que hiciste anoche.

Royce meneó la cabeza. El recuerdo del acto sexual de la noche anterior le colmó de ansiedad. Quería tomarla otra vez. —Pero te lastimaría.

—¿Un beso? Seguramente será inofensivo.

—No me detendré, Nicholaa. Mi disciplina se reducirá a la nada.

La sonrisa de Nicholaa le cautivó. —Me encanta cuando tu disciplina se reduce a la nada.

Le tomó el rostro entre ambas manos y le atrajo hacia sí. Le besó profundamente. Sin embargo, no tuvo respuesta alguna de su parte. Por fin, tuvo que morderle el labio inferior para llamarle la atención. Apenas fue un pellizco, pero resultó. Royce emitió un gemido gutural y su boca se plantó sobre la de ella, posesivamente. El beso borró de inmediato todas las demás consideraciones. Fue insolentemente carnal. La estaban seduciendo y fue una sensación gloriosa. Royce la hizo arder, desear más y más caricias. Se aferró a él y dejó que su amor y pasión por ese hombre arrebataran su mente y su alma.

La respuesta de Nicholaa hizo añicos su control. Royce trató de calmarse, de darle tiempo para que la mujer le deseara tanto como él a ella. Pero como su miembro había estado erecto durante tanto tiempo, la tarea le resultó prácticamente imposible.

Arrancó su boca de la de ella, para descender hacia el valle que se hundía entre sus senos. Luego le besó el vientre y bajó aun más. Nicholaa no tuvo tiempo para protestar, hasta que advirtió que Royce estaba besándole la zona que más le quemaba. Su asombro se convirtió en un grito de placer inconmensurable.

La intimidad que Royce había impuesto era decadente. Y maravillosa. Nicholaa pidió más, a gritos.

Y para Royce, Nicholaa sabía tan bien. Deslizó la lengua hacia la femenina protuberancia que se anidaba entre los pliegues de la vulva y luego presionó hacia adentro. Fue como si un rayo la hubiera alcanzado. Se arqueó contra él, exigiendo que aquella dulce tortura se prolongara. —Royce, por favor —gimió, rogándole para que le brindara la satisfacción total, que estaba allí, pero fuera de su alcance...

Royce no pudo esperar más. Se arrodilló entre sus muslos, le levantó las caderas y penetró profundamente en ella. Se detuvo cuando ya no pudo hundirse más. Tenía la voz cargada de pasión. —¿Estoy lastimándote? Dímelo si es así.

Nicholaa no podía decir ni una palabra. Se arqueó contra él, hundiéndole las uñas en los hombros. La presión que crecía dentro de ella fue fatal.

Royce deslizó la mano entre ambos cuerpos unidos. La acarició con las yemas de los dedos hasta que el fuego que ardía dentro de ella se descontroló por completo. Sus gemidos indicaron que el gesto la complacía sobremanera. La boca de Royce volvió a cubrir la de ella. Y entonces, empezó a moverse. No fue para nada suave. Se retiraba hacia atrás, para volver a penetrarla casi con violencia. Nicholaa estaba tan ardiente, tan mojada, tan maravillosamente estrecha. Sus pujos fueron más poderosos, más agobiantes. Y cuando por fin la sintió ponerse tensa a su alrededor, supo que estaba alcanzando el orgasmo. En ese mismo instante, eyaculó con un grito de placer.

Ambos vivieron juntos el clímax. El esplendor la devastó. Se aferró a su esposo y se dejó llevar por el éxtasis. No tenía miedo, aun cuando tenía la sensación de que la mente se le había separado del cuerpo. Saboreó esa sensación tan gloriosa, pues supo que Royce siempre la protegería.

Cuando el último temblor se desvaneció, Nicholaa se recostó contra las mantas. Se creía muerta.

Royce pensó que la había matado. Se desplomó sobre ella, plenamente satisfecho. Su dulce esposa le había arrebatado todas las energías y también la fuerza de voluntad, pues al parecer no podía alejarse de ella.

Le llevó varios minutos reponerse. Luego empezó a preocuparse. —Nicholaa, ¿te sientes bien?

La preocupación de su voz fue tan cálida como el fuego de la chimenea. —Sí.

Royce creyó que hasta la voz de su esposa estaba ruborizada. Dios le amparase, pero se echó a reír a carcajadas. Su esposa había sido totalmente insolente pocos minutos atrás y en ese momento era pura timidez.

—¿Qué te resulta tan gracioso? —preguntó ella—. ¿Te estás riendo de mí?

—Me complaces —le dijo él—. Por eso me río.

—¿Royce?

—¿Sí?

—Todo saldrá bien, ¿verdad?

El temor de su voz le obligó a recuperar la compostura. —Yo cuidaré de ti, Nicholaa —dijo él, eludiendo la respuesta.

—Ulric tiene que irse.

—Sí.

—¿Crees que Thurston no volverá una vez que el bebé ya no esté en esta casa?

—Eso espero —admitió.

—Volverá por Justin.

El suspiro de Royce fue prolongado. En un momento, había abrigado la esperanza de que Nicholaa no llegara tan pronto a esa conclusión. —Justin no se irá con Thurston. Duérmete, Nicholaa. Es mi obligación proteger a esta familia.

Cierto, era obligación de Royce y él jamás volvería la espalda a algo que creía justo. Esa responsabilidad había caído sobre sus hombros desde el momento en que ella le había elegido como esposo.

Nicholaa deseó con todo su corazón que no fuera sólo la obligación lo que le impulsara a actuar de ese modo. Cerró los ojos y trató de no llorar. Contaba con la protección de Royce. Por supuesto.

Pero ella pretendía su amor.

13

Royce estaba de pie cerca de la despensa, cuando Nicholaa entró en el salón principal, con el pequeño Ulric sujeto en una cadera. Un soldado mayor, a quien Nicholaa no reconoció, estaba parado junto a su esposo, hablando en voz baja. Ambos hombres estaban contemplando fijamente el suelo, donde había estado la mesa antes de que Royce diera la orden de que la corrieran hacia el centro del salón.

Ella decidió interrumpir. Se acercó a ellos para saludar a Royce. Ulric balbuceaba los nuevos sonidos que había aprendido. Cuando Royce se volvió, el niño extendió los bracitos.

Royce le levantó, le colocó sobre el hombro y luego miró a su esposa. Ella entrelazó las manos y le miró.

—Buenos días, esposo. —Amagó a besarle, pero de inmediato, lo pensó mejor. Había un extraño con su marido. No quería avergonzar a Royce frente a él.

Sin embargo, a Royce no pareció molestarle el espectador. Le tomó el mentón, le levantó el rostro y rozó su boca con la suya. Entonces, la atrajo hacia sí y se dirigió hacia el soldado otra vez.

—¿Qué me decías, Thomas? —le preguntó.

—Le explicaba, milord, que es un milagro que el suelo no se haya venido abajo todavía. Usted mismo verá lo podrida que está la madera en esta zona —agregó, abarcándola con un ademán de su mano.

Royce asintió. —Termina la inspección —le ordenó—. Esta noche, cenarás con nosotros. Entonces escucharé tu evaluación.

El soldado de cabellos morenos hizo una reverencia a su barón, pero mantuvo la mirada fija en Nicholaa. Ella dio un codazo a su esposo. Por fin, él recordó los dictados de la formalidad y presentó a Thomas y a su esposa. Nicholaa sonrió al soldado. Royce empezó a contar. Cuando llegó a cinco,

Thomas comenzó a ruborizarse. Era una aflicción endemoniadamente extraña, pero que todos sus soldados, jóvenes y mayores, parecían padecer sin excepción. Nicholaa sólo tenía que dirigir toda su atención a un hombre para que éste se convirtiera en un corderito degollado.

¡Qué bochorno! En ese momento, Thomas estaba tirándose del cuello de su túnica. Se comportaba como si de pronto le hubiera agobiado una ola de calor.

Royce miró a su vasallo de tal modo que al hombre no le quedó más remedio que emprender la retirada. Pero meneó la cabeza en señal de reprobación, al ver que el vasallo pretendía salir del salón sin dejar de mirar a Nicholaa. Por supuesto que, por distraído, tropezó. Sin embargo, logró recuperar el equilibrio como un cachorrito torpe y por fin salió corriendo de allí.

Nicholaa miró a Royce. —Los soldados parecen ponerse muy nerviosos cuando están cerca de ti —señaló ella—. Creo que los intimidas.

Royce sonrió. Nicholaa pensó que había tomado el comentario como un elogio. Estuvo a punto de explicarle que ésa no había sido su intención en lo más mínimo, cuando él se le anticipó: —A ti no te intimido, ¿verdad?

—Casi tanto como al pequeño Ulric —le respondió. Rodeó a Royce para observar al bebé y notó que el niño estaba chupando las cintas de su túnica.

—¿Estás lista para contarme cuáles serán tus planes para hoy?

—¿Mis planes? —Al parecer, no sabía de qué estaba hablándole.

—Escucharé la lista de obligaciones que tengas para darme —explicó él pacientemente.

—¿Qué lista de obligaciones?

—Nicholaa, ¿no escuchaste lo que te dije anoche? Recuerdo perfectamente bien haberte dicho que quiero que todas y cada una de las mañanas de tu vida me informes sobre todo lo que harás en el día.

—Por supuesto que te escuché —le dijo ella—. No frunzas tanto el entrecejo. Lo recuerdo. Simplemente, no tengo ninguna lista de obligaciones. Tú ya me las has quitado todas.

—Explícate —le ordenó.

A ella no le agradó su tono cortante, pero tampoco hizo mención del tema. —Si Justin y Ulric ya no me necesitan, no tengo razones para quedarme aquí —anunció—. Tú, por cierto, tampoco me necesitas.

Nicholaa esperaba una negativa. Pero él no se la dio. —Todavía tienes que explicarme por qué no tienes obligaciones —le recordó.

Ella se encogió de hombros. —Yo había pensado que supuestamente debía manejar mi casa. Sin embargo, tú has asumido esa responsabilidad. Ayer fuiste tú quien dio las órdenes al personal, de modo que creo que esta política no se alterará en el futuro.

—Esa fue una circunstancia extraordinaria —contestó—. Tú dormiste durante toda la mañana, ¿lo recuerdas?

Claro que lo recordaba. Se volvió para clavar la mirada en el suelo. Su esposo la había mantenido despierta hasta altas horas de la noche, haciéndole el amor. También recordaba eso. —Estaba muy cansada —dijo.

Sus mejillas se tiñeron de rosa. Royce no imaginaba en qué estaba pensando Nicholaa en ese momento. Se recordó que era un hombre muy paciente. —Ese no es el caso —le dijo—. En tu ausencia tuve que tomar ciertas decisiones.

—¿Como la de poner la mesa en el centro del salón?

Cuando Royce asintió, ella le dijo: —Pero yo cambié esa orden y otras más, pero tú te enfadaste mucho conmigo.

—Sí.

Nicholaa meneó la cabeza. —Royce, no comprendo qué pretendes de mí. Estoy tratando de llevarme bien contigo, pero tú me confundes con actos contradictorios. ¿Quieres o no que sea yo quien maneje los asuntos de la casa?

—Sí, quiero que los manejes.

—Entonces...

—Pero lo que no quiero es que des una orden contraria a otra que yo haya dado con anterioridad. ¿Ahora lo entiendes?

—¿Te refieres a que te enfadaste porque alteré tus órdenes? —preguntó—. ¿Reuniste a todos los sirvientes porque... —Se detuvo al ver que Royce asentía.

—Fue a propósito, ¿verdad, Nicholaa?

—¿Qué fue a propósito? —le preguntó ella, aunque sabía perfectamente bien a qué se refería su esposo.

—Las contraórdenes —le contestó—. ¿Y bien? —insistió, cuando notó que Nicholaa no tenía una respuesta inmediata para darle.

Los hombros de Nicholaa cayeron hacia adelante. Qué astuto era Royce. —Fue a propósito —admitió.

—¿Por qué?

—Porque se trata de mi casa y mis sirvientes —replicó—. Y me molesta que te entrometas.

Nicholaa se dirigió hacia el otro extremo del salón y se volvió para mirarle. —Yo no interfiero en tus obligaciones, de modo que no creo que debas interferir en las mías.

Royce avanzó un paso hacia su esposa. —Creo que tienes los conceptos cambiados, mujer. Esta casa no es tuya y el personal, tampoco. Ambos me pertenecen ahora. Además —agregó, antes de que ella pudiera protestar—, de ahora en adelante no volverás a emplear ese tono de voz conmigo.

Royce no había elevado el suyo, pero Nicholaa tenía la sensación de que le había rugido cada una de las palabras. Hasta Ulric se dio cuenta. Dejó de chupar las cintas de la túnica de Royce y le miró soprendido, con sus ojitos muy abiertos.

En ese momento, Alice entró en el salón y Nicholaa consideró que la llegada de la criada había sido muy oportuna para la repentina ira de su esposo. Sin embargo, se equivocó. Royce le hizo una seña para que recogiera al bebé y luego le ordenó que se lo llevara arriba.

Aguardó a que Alice se retirara y luego volvió a dirigirse a su esposa. La expresión de su rostro fue aterradora. —Siéntate.

Nicholaa se cruzó los brazos sobre el pecho. Esta vez no se echaría atrás. Ese hombre tenía que entender que ella no era una de las sirvientas de la casa. Era su esposa y él debía tratarla como tal. Si bien no pudo mirarle a los ojos, logró que su voz sonara firme cuando le dijo: —Si quieres que me siente, pídemelo como corresponde. No soy ninguno de tus soldados para que me des órdenes todo el tiempo. Soy tu esposa. Entiendes la diferencia, ¿verdad?

Royce creyó que tal vez los soldados que estaban entrenándose en el patio de abajo la habían oído, pues Nicholaa terminó su frase casi gritando. El normando pensó que debía, imperiosamente, tomar alguna medida para templarle el carácter. Sin embargo, aún le agradaba su personalidad. Era evidente que tenía miedo, pero de todas maneras seguía manteniendo firmemente su posición.

Pero por supuesto, Royce tampoco iba a ceder. —Siéntate —volvió a ordenarle.

En esa ocasión, la orden fue más autoritaria. Nicholaa suspiró profundamente y se sentó. La expresión del rostro de su esposo le indicó que estarían discutiendo durante el resto del día. Era tan obcecado. Nunca cedería. Por última vez, Nicholaa tendría que dejar que Royce se saliera con la suya.

Nicholaa apoyó el codo sobre la mesa, la cabeza sobre la mano y le miró. —Estoy lista —anunció, resignada.

—¿Lista para qué? —le preguntó, sorprendido por la inmediata sumisión de la mujer. Esperaba que se resistiera un poco más antes de aflojar.

—Para tu sermón.

—Yo no sermoneo.

Nicholaa comenzó a ponerse de pie.

Royce se entrelazó las manos en la espalda. —Sin embargo... —comenzó.

Nicholaa volvió a sentarse.

—Hay algunas cosas que me gustaría volver a explicarte. Todavía te queda mucho para entender cómo funciona este matrimonio.

—¿Pero tú lo entiendes?

Royce frunció el entrecejo por la interrupción. —Sí, claro que lo entiendo —anunció—. He considerado bastante este asunto.

—¿Y yo he tenido cabida en todas esas consideraciones?

—Por supuesto —le contestó—. Eres mi esposa.

Nicholaa supuso que debía sentirse complacida por el hecho de que él recordara el detalle. —¿Y? —insistió.

—Es mi obligación protegerte. Estás de acuerdo con eso, ¿no?

Nicholaa asintió.

—Y ahora debemos hablar de tu obligación primordial —continuó.

—¿Sí? —Nicholaa se dio cuenta de que estaba ansiosa por escuchar lo que él tenía que decirle. Supuso que la irritaría sobremanera.

—Es muy simple de entender, Nicholaa —dijo Royce—. Tu obligación es darme paz. Bien, si sólo te limitas a cumplirla...

—¿No te doy paz?

El meneó la cabeza. —Hay normas específicas de conducta, esposa, y me gustaría que las entendieras para que podamos vivir juntos armoniosamente.

Nicholaa empezó a tamborilear los dedos sobre la mesa. Royce ni había mencionado la palabra amor, o cariño... todavía. Nicholaa trató de no desalentarse. —¿Y a qué se refieren estas normas de conducta?

Royce se alegró por haber conseguido su interés. Le había llevado mucho tiempo lograrlo. Sin embargo, su gran paciencia se veía recompensada, pues su esposa, por fin, estaba dispuesta a escuchar. —Primero: nunca me levantarás la voz. Segundo: obedecerás mis órdenes sin cuestionarlas. Tercero: no volverás a llorar. Cuarto: no permitirás que las acciones espontáneas dominen tus decisiones. Quinto:...

—Espera —gritó ella—. Por favor, repite el tercer punto. ¿Me has dicho que no puedo llorar?

—Sí.

—¿Por qué?

Royce estaba irritado por su incredulidad. —Porque no me gusta.

—A mí sí.

Fue Royce quien se torno incrédulo entonces. —No puedes estar hablando en serio.

—Muy en serio —le contestó ella—. Me gusta llorar. No todo el tiempo, por supuesto, pero a veces, sí. Después me siento mejor.

Royce se quedó contemplándola durante un largo rato y por fin llegó a la conclusión de que no estaba bromeando. La muy tonta se lo había dicho en serio. Royce meneó la cabeza. No tenía ni la más remota idea de cómo responder a un comentario tan ilógico.

Nicholaa trató de hacerle entrar en razones. —A veces, cuando la frustración interior me sofoca y las ideas se me confunden en la mente, llorar me hace sentir mejor. ¿Entiendes?

—No.

Nicholaa conservó su paciencia. Juró por Dios que le haría entender. No sabía por qué esa conversación tan trivial revestía tanta importancia para ella, pero era la realidad. Decidió emplear otra táctica. —¿Acaso nunca te has enojado mucho con alguien, al punto de querer golpearle?

—Yo no lloro.

—No, por supuesto que no —contestó ella, tratando de no sonreír. Su esposo pareció ponerse furioso ante la mera posibilidad—. Sin embargo, cuando la ira se acumula dentro de ti, cuando te pones tan rabioso que quieres golpear...

—Entonces golpeo —la interrumpió. Se detuvo y le dirigió una mirada feroz—. Ten la plena seguridad de que no me pondría a llorar por eso, mujer.

Nicholaa desistió. Ese hombre era demasiado obtuso para comprender.

—Nicholaa, prométeme que no volverás a llorar.

—¿Por qué?

—Porque me desagrada verte infeliz.

Parte de la irritación de la joven se desvaneció. —¿Entonces quieres que sea feliz?

—Por supuesto —le contestó—. Nos llevaremos mucho mejor si eres feliz.

—¿Y qué me dices del amor? —le preguntó ella—. ¿Quieres que te ame? —Contuvo la respiración mientras aguardaba la respuesta.

Royce se encogió de hombros.

Nicholaa quería matarle. —¿Sí o no? —le preguntó.

Royce la contempló. —La pregunta no es relevante al tema que estamos tratando.

—¿El amor no es relevante en el matrimonio? —preguntó Nicholaa, atónita.

Royce no supo cómo contestar. De pronto, se sintió inseguro de sí.

Nicholaa montó una mano sobre la otra y las apoyó en la mesa. Decidió decirle la verdad, hacerle saber exactamente qué tenía en el corazón. Le resultaba un tanto aterrador desnudar su alma frente a él. No sabía qué haría si Royce la rechazaba. Era un juego de azar, porque Nicholaa tenía la esperanza de que su esposo le confesara los sentimientos que albergaba en su corazón.

—Le dije a Thurston que te amaba. —Nicholaa se miró las manos mientras esperaba la reacción de Royce. Dios, cuán vulnerable se sentía.

—¿Eso le dijiste? —Pareció sorprendido.

Ella asintió. —Sí, eso dije —anunció, con voz más segura.

Royce suspiró.

Nicholaa alzó la vista, para ver si él sonreía o fruncía el entrecejo. Sin embargo, su expresión no le dijo mucho. Royce actuaba como si Nicholaa sólo le hubiera informado del menú para la cena. —¿Qué te parece eso, Royce? —le preguntó.

—Comprendo las razones que te impulsaron a decirle a tu hermano que me amabas —le contestó. Asintió para dar más énfasis al concepto—. Querías ganarte su colaboración.

—¿Su colaboración?

Royce volvió a asentir. Ya lo había conjeturado todo. Hablaba con tanta sensatez. Nicholaa deseó poder darle una buena patada en su lógico trasero.

—Querías que Thurston me aceptara. Por eso le dijiste que me amabas.

De modo que Royce creía que ella le había mentido a su hermano. Nicholaa abrió los ojos desmesuradamente. No supo si debía corregirle o no. La conversación no estaba tomando el camino ideal.

—Quería que Thurston creyera que soy feliz contigo —dijo ella—. Me pidió que me fuera con él.

—Y por eso le dijiste que me amabas y que querías quedarte conmigo, pero en realidad estabas pensando en Ulric y en Justin, ¿no es cierto?

—Eso también —gruñó ella y empezó a tamborilear los dedos sobre la mesa una vez más—. Trataba de convencerle de que fui yo quien te escogió como esposo.

—Y fuiste tú la que me escogió.

Estaban dando vueltas a lo mismo. Royce empezó a caminar de aquí para allá, una y otra vez. —Tiene sentido, esposa. Dadas las circunstancias, quisiste apaciguar a tu hermano. Sin embargo, en lugar de tranquilizarle, le enfureciste. Sí, por eso Thurston se puso como loco y te dijo que eras una traidora.

—Una conclusión muy lógica —admitió ella—. Ya lo has teorizado todo, ¿verdad? Pero todavía me debes una respuesta satisfactoria. ¿Quieres o no que te ame?

—Yo no sé nada sobre esas cosas —admitió Royce, vacilante—. ¿Quieres que te ame?

Nicholaa quería ahorcarle. Obviamente, Royce no tenía idea de lo importante que era esa conversación para ella. De lo contrario, no se habría mostrado tan indiferente. Nicholaa no sabía si debía echarse a llorar o arrojarle algo a la cabeza. Pensó que podría hacer ambas cosas.

—¿Es todo lo que puedes decirme? —le preguntó.

—No.

El corazón comenzó a latirle a toda velocidad. Tal vez había llegado el momento en que Royce le confesara que quería su amor. En los últimos minutos, Nicholaa se había convencido de que no debía abrigar esperanzas sobre una confesión de amor por parte de él. Sabía que Royce no la amaba todavía, pero tal vez su actitud estaba suavizándose un poco. Cuando llegara el momento, con cariño y paciencia, tal vez Royce decidiera amarla un poquito.

El normando no pudo disimular la irritación que sentía hacia su esposa. Nicholaa tenía los ojos en blanco y parecía perturbada. Obviamente, estaba soñando despierta.

—Prestarás atención a lo que tenga que decirte.

Ella le sonrió. —¿Sí, esposo?

—¿Por dónde iba? —preguntó él, completamente distraído.

—Yo te he preguntado si querías que te amara y tú me has dicho que no sabías nada de esas cosas. Luego te he preguntado si no tenías otra cosa que decirme y tú...

—Sí, ya recuerdo —dijo. Se volvió y comenzó a caminar de aquí para allá. Estaba decidido a desviar la conversación para no seguir hablando de amor. Para ser totalmente franco, se sentía totalmente inepto para hablar de ese tema—. Nicholaa, sé que esto es muy difícil para ti, pero si consideras...

—¿Sí? —preguntó ella, agitada. Tal vez, Royce le diría en ese momento lo que ella deseaba escuchar tan desesperadamente. El modo en que Royce vaciló fue un indicio para ella. El también parecía alterado. Otra buena señal, pensó Nicholaa.

Royce carraspeó y se volvió para mirarla.

Nicholaa se irguió en su silla y esperó.

—El matrimonio es como un mapa —dijo.

Ella se puso de pie de un salto. —¿*Qué*?

—Que el matrimonio es como un mapa, Nicholaa.

Ella meneó la cabeza. —¿Sabes lo que pienso? —le preguntó.

Dios, estaba hecha una furia y Royce, atónito ante semejante reacción. ¿Qué rayos pasaba con ella? —¿Qué piensas?

—Creo que debías haberte casado con uno de tus soldados.

Nicholaa rodeó la mesa a toda carrera y salió corriendo del salón. Si se daba prisa, tal vez llegaría a su cuarto antes de ponerse a gritar como una loca.

Lawrence entraba en el salón en el momento en que ella salía y por poco chocaron. El vasallo la tomó por los hombros para evitar que se cayera. Notó de inmediato las lágrimas que bañaban sus ojos. —¿Sucede algo malo, milady? —le preguntó—. ¿Algo la perturba?

—No es algo —gruñó ella—, sino alguien. —Se volvió, para mirar a Royce, furiosa, pero al ver que él estaba justo detrás de ella se asustó. La había perseguido muy de cerca, sin hacer ni un ruido.

Royce contempló a Nicholaa, mientras hablaba con su vasallo. —¿Deseabas algo, Lawrence?

—Sí, barón.

—Entonces quita las manos de encima a mi esposa y dime —le ordenó.

Lawrence advirtió que todavía tenía a Nicholaa asida por los hombros y la soltó de inmediato. —Usted solicitó que le informásemos inmediatamente en el caso de que se produjera algún cambio —anunció. Miró a Nicholaa y luego a Royce—. Bueno, sucedió. Se ha puesto furioso. —Lawrence sonrió.

Royce asintió. —Parece que es congénito —gruñó, dirigiendo una mirada significativa a Nicholaa—. Aunque en este caso, me siento sumamente complacido. Ya era hora.

Lawrence asintió. Se acercó a su barón y emprendieron la salida. —Claro que era hora ya —confirmó el vasallo.

Nicholaa olvidó sus sentimientos al escuchar la noticia. Sabía que Lawrence se refería a su hermano. —Es Justin, ¿verdad? Fue él quien se puso furioso. —Salió corriendo tras su marido.

Royce se detuvo al instante. Nicholaa, no. Se chocó con él. Royce se volvió y la tomó con tanta fuerza que la lastimó. —No interferirás en esto.

—No interferiré —prometió—. Sólo dime por qué te alegra tanto que Justin se haya puesto furioso. Yo también desearía alegrarme.

Nicholaa no había exigido una explicación. Simplemente, la había pedido. Royce le contestó sin dilaciones: —Hace mucho que esperamos que tu hermano reaccione de alguna manera a esta situación por la que está pasando en la actualidad. Hasta el momento, hemos tenido que obligarle a comer, a beber, a moverse. Justin ha querido eludir la vida durante todo este tiempo. Ahora por fin está abriendo los ojos. Esta repentina ira es un buen comienzo y por eso estoy contento.

Nicholaa no se había dado cuenta de que le tenía asido por la túnica hasta que él no le quitó las manos de ella. —¿Qué vas a hacer ahora?

La sonrisa de Royce disipó el temor de la muchacha. —Voy a colaborar para dirigir su ira.

—¿Cómo?

—Ofreciéndole un blanco.

—¿Un blanco? —repitió ella, sin entender nada.

—Voy a lograr que oriente toda su ira hacia mi persona —explicó Royce—. Dios mediante, cuando el día llegue a su fin, toda su ira se centrará en mí. Querrá vivir sólo para matarme.

En cuanto las palabras salieron de sus labios, lamentó haberlas pronunciado. Nicholaa pareció petrificada.

—¿Acaso no pudiste ofrecerle *otro* objetivo? —le preguntó.

—No.

Nicholaa suspiró. Sabía que Royce tenía razón. Como líder de sus hombres, sólo él era responsable del bienestar de todos y cada uno de los soldados. Nicholaa se dio cuenta de que, en realidad, le había insultado al sugerirle que debía cargar esa responsabilidad sobre los hombros de otra persona. Royce había asumido la obligación de velar por Justin y ella no debía interferir en su camino.

—Confío en ti —anunció. Luego sonrió—. Y no me preocuparé por ti. No estarías tan alegre si no te hubieras preparado como es debido —explicó ella—. Harás lo mejor para Justin.

Nicholaa se puso de puntillas y le besó. —Ya te he entretenido más de la cuenta. Gracias por haberte tomado el tiempo necesario para explicarme toda la situación. —Sonrió a Lawrence, se volvió y se encaminó hacia la parte posterior de la fortaleza.

—Es bueno ver a una esposa que confíe en su marido —señaló Lawrence mientras salían del salón.

El barón sonrió. —Lawrence, espera aquí —le ordenó— y alcánzala cuando dé la vuelta. No quiero que se meta en esto. Manténla ocupada aquí adentro.

El vasallo pareció azorado. —¿Se refiere a que...?

—Probablemente Nicholaa, en estos momentos, esté a punto de salir por una de las puertas de atrás. Si bien confía en mí, quiere ver qué sucede por cuenta propia. Y cuando lo haga, no podrá evitar entrometerse.

Lawrence sonrió. —Usted la entiende muy bien, barón.

Royce meneó la cabeza. Su voz sonó tajante cuando le dijo: —En este caso la entiendo. Ella hará exactamente lo que tú o yo haríamos si Justin fuera nuestro hermano. En cuanto a comprenderla en profundidad, debo confesar que estoy descubriendo que es mucho más compleja de lo que me temía. La verdad es que por la cosa más insignificante se pone hecha una furia.

Las palabras de Royce parecieron tan desoladas que Lawrence asintió con gesto condolente. Como nunca se había casado, no sabía nada respecto de cómo debía tratarse a una esposa, por lo que no pudo ofrecerle ningún consejo.

Sin embargo, Royce no esperaba una respuesta. Asintió en dirección a Lawrence y luego se marchó. Ni siquiera había llegado al pie de la primera pendiente cuando escuchó los alaridos de Justin.

Encontró al hermano menor de Nicholaa en el centro de un círculo de soldados. A uno de ellos le sangraba la nariz. Royce supuso que Justin sería el responsable de la lesión. No pudo haberse sentido más complacido. Con una orden cortante, obligó a los soldados a marcharse. Hizo un gesto a Ingelram para que se quedara cerca de ellos y luego se enfrentó solo a Justin.

El hermano de Nicholaa tenía un aspecto deplorable. El cabello le colgaba alrededor de los hombros, en marañas anudadas, estaba manchado por la tierra y tan sucio como el resto de su cuerpo. La túnica azul que llevaba, apestaba, al igual que sus pantalones amplios de color marrón. El odio le obnubilaba la visión. Fue un cambio sustancial a la mirada perdida que Royce le había conocido.

El normando se cruzó los brazos sobre el pecho y contempló a Justin. Luego, con toda tranquilidad, pasó a explicarle las normas de conducta que debían seguir todos los soldados que estuvieran bajo sus órdenes. Siempre empleó ese tono de voz tan humilde y paciente, aun cuando Justin rugió de ira y se abalanzó sobre él. Royce, de inmediato, se apartó a un lado y le echó la zancadilla para que se cayera.

El joven cayó desparramado, de bruces. Sin embargo, no bajó los brazos. Una y otra vez volvió a atacar. Royce, sin esfuerzo alguno, esquivó cada golpe, mientras seguía delineando su programa de entrenamiento. Justin usó su puño, su cabeza y los hombros para tratar de derribarle. Mientras tanto, le gritaba los más variados improperios. Cuando insultó a Royce, tachándole de bastardo captor, terminó de espaldas en el suelo. Levantó una gran polvareda. En cuanto el aire recobró su nitidez, vio a Royce encima de él. Justin trató de incorporarse, pero Royce se lo impidió, presionándole el pecho con la bota.

—No soy bastardo. Tampoco soy tu captor —le dijo—. Soy tu barón, Justin, y tú, mi fiel vasallo.

Justin cerró los ojos y, como pudo, trató de respirar. Royce retrocedió y siguió enumerando la lista de reglas mientras Justin se tambaleaba para ponerse de pie. Cuando reunió las últimas fuerzas, escupió a la cara de Royce. Erró el blanco por más de un metro, pero el insulto quedó presente, de todas maneras. La reacción de Royce fue instantánea. Dio a Justin el puntapié en el trasero que tanto se merecía y le arrojó al suelo nuevamente. No hubo ni una pizca de odio en el castigo. Simplemente Royce estaba dando al muchacho su primera clase de supervivencia.

También logró atraer toda la atención de Justin. A pesar de que estaba cegado por la ira, se dio cuenta de que Royce no estaba irritado ni en lo más mínimo. Justin no lo comprendió, pero interiormente estaba tan asustado que no podía pensar. Al parecer, por mucho que provocaba al barón, no lograba alentarle para que le matara. Ese descubrimiento le aterró, pues significaba que tendría que seguir viviendo.

—Todo lo que acabo de explicarte, se resume en unas pocas reglas básicas —continuó Royce—. Tú no avergonzarás a tu unidad. Te entrenarás hasta el máximo de tu capacidad. Tratarás a los demás con respeto y nunca, jamás, demostrarás cobardía. No obedecer a cualquiera de estas normas sería motivo suficiente para avergonzar a tu unidad. Aprenderás a depender de los otros, del mismo modo que los otros dependerán de ti. Es muy simple, Justin.

Royce sabía perfectamente bien que el joven no le había entendido. Justin parecía un animal enjaulado que acababa de salir de su prisión. Su expresión parecía salvaje, atormentada.

—¿Qué quieres de mí? —preguntó Justin de repente.

Royce volvió a pisarle el pecho con la bota. —Todo lo que puedas dar —anunció—. Y más también, Justin. Y juro por Dios que me darás lo que quiero exactamente.

Entonces, se apartó de Justin e hizo un gesto a Ingelram para que se acercara. —Acompaña a Justin —le ordenó—. Muéstrale dónde guardamos los uniformes. —Miró a Justin.— Ahora, te irás a bañar. Mañana empezarás tu entrenamiento con los demás.

Deliberadamente, Royce dio la espalda a Justin para marcharse.

Ingelram tendió la mano al joven para ayudarle a ponerse de pie. Justin se la apartó de un fuerte manotazo. Cuando se levantó, Ingelram se hizo a un lado y esperó. No gritó su advertencia, pues sabía que el barón esperaba un ataque traidor. Justin corrió detrás de Royce y trató de ponerle la zancadilla. Pero al segundo siguiente se encontró volando por el aire, hasta que por fin cayó de rodillas.

Royce de nuevo le propinó semejante patada en el trasero que cayó de bruces al suelo. —Si quieres tener el privilegio de luchar conmigo, tendrás que aprender a hacerlo. Primero tendrás que ponerte fuerte como un roble, muchacho.

—¡*Muchacho*! —gruñó Justin.

Royce asintió. —Ni siquiera te has ganado todavía el título de *palomo* —le dijo—. ¿Ingelram? Acabo de ordenarte que le muestres dónde guardamos los uniformes. Obedece.

El vasallo asintió y luego volvió a tender la mano a Justin. El hermano de Nicholaa, instintivamente, extendió el brazo. Se puso de pie antes de darse cuenta de que acababa de aceptar ayuda. Estaba demasiado exhausto para pensar con coherencia. Tenía los hombros caídos en señal de derrota. Decidió que lucharía contra todos ellos al día siguiente, cuando estuviera descansado.

Caminó junto al joven soldado normando.

—En una o dos ocasiones a mí también me llamaron "muchacho", cuando ingresé en las filas del barón —le dijo Ingelram—. Luego me convertí oficialmente en Palomo. Mira, Justin, los caballeros y soldados más antiguos, nos llaman Palomos. Por supuesto que el apelativo es a modo de insulto, pero como todos han sido Palomos alguna vez, estamos iguales. También competimos con ellos siempre que se nos presenta la ocasión. Cuando puedas liberarte de tu ira, te darás cuenta de lo afortunado que eres por haber tenido el privilegio de formar parte de la mejor unidad de toda Inglaterra y Normandía juntas.

Ingelram había hablado en serio, pero Justin resopló. —Pronto me iré —masculló—. No tengo ninguna necesidad de escuchar esta explicación tan ignorante.

Ingelram meneó la cabeza. —No puedes irte sin permiso —dijo—. Eso avergonzaría a nuestra unidad. Debes quedarte aquí.

Atrajo la atención de Justin cuando le dijo: —¿No te has dado cuenta de que, cada vez que atacabas al barón, él se defendía sin usar las manos?

Justin no había reparado en el detalle. Pero abrió los ojos, asombrado, al ver que Ingelram tenía razón. Sin embargo, su orgullo le impidió admitirlo frente a él. Por eso, en cambio, resopló.

Pero Ingelram no se intimidó en lo más mínimo. —El barón Royce ha utilizado los pies y tú no. —Dio una palmada a Justin en el hombro.— Acabas de recibir tu primera lección de defensa personal. —Se rió después de hacer el comentario y luego agregó:— Santo Dios, Justin, apestas tanto como una prostituta después de varios usos.

Justin ignoró el comentario. Juró que no tendría que soportar más lecciones. Esa misma noche se iría de la fortaleza, en cuanto los soldados se quedaran dormidos.

Estaba tan muerto de hambre que esa noche engulló una abundante cena. Se vio obligado a sentarse con los demás soldados y a escuchar sus conversaciones. Ninguno trató de hacerle participar en las charlas, pero tampoco le excluyeron.

Colocaron su camastro entre el de Ingelram y el de Gerald. Lo último que Justin pensó, antes de que el agotamiento le venciera, fue que cerraría los ojos y dormiría unos pocos minutos antes de levantarse, recoger sus escasas pertenencias y marcharse.

Despertó en la mitad de la noche, pero ni siquiera logró llegar a la puerta. Un soldado, a quien Justin jamás había visto, le bloqueó la salida. Con toda tranquilidad, le explicó que se llamaba Bryan, que también era un recluta nuevo y que sólo quería recordarle que no podía marcharse sin pedir permiso antes.

Bryan tenía cabello oscuro, rizado y ojos castaños. Era de dos a cinco centímetros más bajo que Justin, pero sus músculos constituían una barrera infranqueable. —Ya me doy por enterado —gruñó Justin—. Ahora échate a un lado.

Al instante, aparecieron tres soldados más junto a Bryan. Estaban tan dominados por el sueño como éste, pero igualmente decididos a impedir la huida de Justin.

—¿Y qué rayos os importa si me marcho o no de aquí? —preguntó Justin, furioso.

—Si uno de nosotros se va, toda la unidad caería en vergüenza —gritó Ingelram desde la cama—. Sigue durmiendo, Justin.

El joven supo que llevaba las de perder. Ellos eran demasiados y él estaba agotado. De muy mal talante, regresó a su camastro. Nadie se mofó de él, lo que le sorprendió sobremanera. Más bien, le enfureció. Quería tener una razón para odiar a esos soldados, pero ellos no se la daban.

Pasaron varios minutos hasta que todos se reacomodaron en sus respectivos lechos para pasar la noche. Ingelram estaba a punto de quedarse dormido, cuando sintió el codazo de Justin.

—¿Qué pasa cuando alguien avergüenza a su unidad? —murmuró Justin. Ya se estaba arrepintiendo de habérselo preguntado. Ciertamente, no quería que Ingelram se llevara la impresión de que a él le importaba la cuestión. Simplemente, tenía curiosidad.

—Créeme, Justin —susurró Ingelram—, mejor es que no te enteres.

Pero sí quería enterarse, por lo que volvió a codear a Ingelram. —¿El castigo es muy severo?

—Sí.
—¿La muerte, entonces?
Ingelram resopló. —No —le contestó—. La muerte es algo sencillo, Justin. El castigo, no. Duérmete ya. Mañana todos tendremos un día muy difícil.
Justin no siguió el consejo. Había mucho en qué pensar.
Nicholaa también se había desvelado por completo. El pequeño Ulric estaba volviéndola loca. Estaba más inquieto que nunca, pero como no tenía fiebre, Nicholaa decidió que probablemente le estaría saliendo otro diente.
Sólo se tranquilizaba cuando ella le cargaba en brazos y le paseaba de aquí para allá. Nicholaa sentía que le tocaba a ella la responsabilidad de atender al pequeño durante la noche. Los sirvientes necesitaban descansar. Hizo que se retiraran y luego se encargó de pasear al bebé personalmente por toda la habitación.
De todas maneras, no habría podido dormir. Estaba tan confundida. Se arrepintió de haber presenciado la confrontación entre Royce y su hermano Justin. Oh, Dios, ojalá no hubiera visto tanto horror.
Royce había sido tan cruel. Si no lo hubiera visto con sus propios ojos, habría jurado que era imposible. Patear a un herido indefenso... No, nunca habría creído que su esposo fuera capaz de una actitud tan despreciable.
Se habría puesto a llorar por la humillación de su hermano si Lawrence no la hubiera visto allí y se hubiera puesto a charlar con ella. El vasallo quiso convencerla de que se alejara de allí, pero ya era demasiado tarde.
Nicholaa no pudo enfrentar a Royce durante la cena. Se quedó arriba, cuidando a su sobrino. Royce no envió a nadie a buscarla. Probablemente, ni siquiera había advertido su ausencia en la mesa. No, seguramente Royce estaría demasiado ocupado planeando el próximo ataque a su hermano.
Pero Royce echó de menos a Nicholaa. La cena se sirvió una hora más tarde de lo habitual, por las actividades de Royce, y Alice creyó que su señora ya se habría ido a acostar. —Parecía tener mucho sueño —dijo.
Lawrence esperó a que la sirvienta volviera a la despensa y luego se acercó a Royce para explicar su versión. —He tratado de encontrarle a solas, barón, para contarle lo que ha sucedido —comenzó—. Nicholaa intenta evitarle, señor. Probablemente, ésa es la razón por la que decidió quedarse arriba.
—¿Y por qué querría evitarme?
—Ella vio su enfrentamiento de hoy con Justin.
—Demonios. ¿Y cómo rayos sucedió algo así?
—Yo me hago plenamente responsable —dijo Lawrence—. Tal como usted me indicó, barón, esperé que Nicholaa diera la vuelta. Pasaron unos cinco minutos hasta que se me ocurrió levantar la vista. Fue entonces cuando vi un manchón azul: era el vestido de su esposa. Había trepado por el mura-

llón hasta el pasillo de arriba, barón. Cuando yo llegué al sitio en cuestión ya era demasiado tarde, pues había presenciado toda la escena.

Royce meneó la cabeza. —Maldición —gruñó.

Lawrence asintió. —Tenía una expresión de total desconsuelo —admitió—. Parecía... desolada. Pero no dijo ni una sola palabra. Sólo se dio media vuelta y se marchó.

—Me imagino lo que debe de estar pensando. Nunca va a entenderlo. Tal vez lo mejor sea que se haya ido a acostar. Mañana, a primera hora, trataré de hacerla entrar en razones.

Thomas se reunió en la mesa con los otros hombres. Royce se obligó a olvidar el tema de su esposa por unos momentos para concentrarse en el informe del soldado, concerniente a la posibilidad de restaurar la casa de Nicholaa. El informe confirmó lo que Royce ya sospechaba: la estructura no estaba lo suficientemente fuerte como para conservarla.

La charla se prolongó hasta la medianoche. Royce por fin se retiró a su alcoba. Esperaba encontrar a Nicholaa profundamente dormida.

Pero no la encontró. La habitación estaba desierta. Lo primero que se cruzó por la mente de Royce era que Nicholaa le había abandonado. Fue una reacción ridícula, descabellada, pero real. Maldición. Nicholaa tenía que estar en la cama. El corazón empezó a golpearle contra el pecho. Sintió el amargo sabor del miedo. Si Nicholaa se había ido de la fortaleza, no estaría con vida al día siguiente. De pronto, Royce creyó estar viviendo una pesadilla que había tenido con ella la noche que llegaron a Londres. En ese sueño, Nicholaa se perdía en el bosque y él jamás podía llegar a rescatarla.

Meneó la cabeza. Tenía que tranquilizarse para poder analizar la situación. Nicholaa no tenía ninguna razón para abandonarle, él había sido muy atento y paciente con ella. Santo Dios, si algo le ocurría no sabría qué hacer.

Salió corriendo de su habitación. Gritó su nombre de tal modo que pareció un aullido. Luego se dirigió al pasillo, mientras seguía llamándola a viva voz.

Cuando pasó por el cuarto de Ulric, la puerta se abrió abruptamente y Nicholaa apareció, para dirigirle una mirada ceñuda. Ulric estaba apoyado contra su hombro, muy inquieto.

Royce se alivió tanto al verla que resopló. —¿Qué demonios crees que haces?

—Baja la voz, Royce —le ordenó ella—. Estás inquietando al bebé más de lo que ya lo está.

—¿Por qué no estás en la cama, como corresponde?

Al parecer, Royce no podía controlar su enfado. Estaba tan feliz de verla que tenía ganas de gritar. Y se dio cuenta de que era eso, precisamente, lo que estaba haciendo. Casi se echó a reír. Nicholaa estaba a salvo, no le había abandonado.

Y Royce estaba perdiendo la razón. Inspiró profundamente. Tenía la voz muy serena cuando le dijo: —Ulric tiene que dormir, Nicholaa. Si quieres tenerle en brazos, hazlo mañana.

—El quiere que le cargue ahora —gruñó ella.

Royce meneó la cabeza. —Dámelo.

—¿Quieres dejar de dar órdenes? Estoy cansada.

—Entonces vete a la cama.

Nicholaa nunca le entendería. —De acuerdo —anunció—. Me iré a la cama. —Le plantó a Ulric en los brazos y se fue de la alcoba.— Encárgate tú del bebé. Tal vez puedas gritarle lo suficiente hasta que se quede dormido.

—Yo nunca grito. —Cerró la puerta.

Cuando Nicholaa llegó al cuarto que compartía con su esposo, estaba temblando como una hoja. Teóricamente Dios tenía que estar de su lado, ¿verdad? ¿Entonces, por qué estaba casada con un hombre tan malvado e imposible? No podía ser que le amara. Royce era arrogante, inflexible y tenía que salirse siempre con la suya. Su naturaleza le impedía dar y recibir.

¡Y claro que le había levantado la voz! Nunca antes le había gritado. Y no le gustó. Se quedó perpleja ante tal descubrimiento. Quería que Royce cambiara, ¿no? No, admitió. Quería que siguiera siendo tal como era.

Estaba perdiendo la razón, pensó que era por el cansancio. Se quedó dormida en cuanto cerró los ojos. Despertó una hora después, cuando fue rodando hacia el lado de su marido para buscar su calor y, en cambio, encontró la cama vacía. Entonces se le despejó la mente inmediatamente.

El bebé debía de estar volviéndole loco. Se puso la bata y salió corriendo por el pasillo oscuro, descalza.

Entró abruptamente en el cuarto del niño, pero se detuvo de repente. Sonrió ante el cuadro que encontró allí. Tanto Royce como Ulric estaban profundamente dormidos. Su esposo estaba bien estirado en la cama con toda la ropa puesta, a excepción de las botas. Ulric dormía boca abajo sobre el pecho de su esposo y, como tenía la boquita abierta, estaba babeando toda la túnica de Royce.

El guerrero sostenía al niño con ambas manos. Nicholaa cerró la puerta muy suavemente y luego se quedó durante un largo rato contemplando al dulce dúo.

Después de todo, no estaba volviéndose tan loca. Ni siquiera se sentía confundida. Sabía exactamente por qué se había enamorado de Royce. Era todo lo que una esposa podía esperar. Amable, dulce y pronto, según ella, también sería cariñoso. Nicholaa no bajaría los brazos. La próxima vez que Royce la provocara, ella se aferraría al recuerdo de esta noche para reconfortarse.

Nicholaa se acercó a un lado de la cama con la intención de trasladar a Ulric a su cuna, sin despertar a su esposo. Pero en cuanto tocó la mano de

Royce, él abrió los ojos y quiso asirla. Sostuvo a Ulric con una mano, mientras con la otra tendía a Nicholaa a su lado.

Ella se acurrucó y cerró los ojos.

—¿Nicholaa? —murmuró él.

—¿Sí?

—Tú debes estar conmigo.

14

Lady Millicent y su esposo, el barón Duncan, de los Duncan vecinos, vinieron por Ulric seis días después. Nicholaa no fue informada sobre la llegada de los invitados. Por casualidad entró en el salón principal, con el delantal lleno de flores de primavera y los vio allí. Las flores se le cayeron al suelo.

La tía de Ulric estaba cargando al pequeño y hablándole con ese lenguaje tan especial que las madres suelen emplear con sus hijos. Duncan estaba parado junto a su esposa, con la mano apoyada sobre su hombro. Estaba inclinado en dirección al bebé y sonriendo, como un padre orgulloso.

Al parecer, Nicholaa olvidó sus buenos modales. Se quedó allí, contemplándolos, tratando de dominarse.

Afortunadamente, sólo Royce advirtió su enfado. Se le acercó, justo en el momento en que ella se arrodillaba para recoger las flores. —Déjalas —le susurró, mientras la ayudaba a incorporarse.

Alice estaba al lado de la entrada, secándose los ojos con la manga. Royce le hizo un gesto para que recogiera las flores y luego tomó la mano de Nicholaa para llevarla al centro del salón.

—¿Te han presentado al barón Duncan y a lady Millicent? —le preguntó Royce.

Nicholaa asintió. —Sí, en la boda de Thurston. Me parecieron muy agradables.

—¿Sabías que hace doce años que están casados?

Nicholaa no lo sabía, pero tampoco le importaba. Sólo quería arrebatar a Ulric de los brazos de su tía y llevárselo arriba.

Pero eso no era posible. —¿Tienen hijos?

—No —contestó Royce—. Sonríe, Nicholaa —le ordenó.

Y ella obedeció. El barón Duncan la miraba fijamente. Se trataba de un hombre rechoncho, con una abundante barba pelirroja. Nicholaa recordó lo atento que se había mostrado cuando ella y su familia fueron a su fortaleza para la boda de Thurston.

Se apartó de Royce e hizo una reverencia. Tenía una expresión de serenidad en el rostro. En realidad quería ponerse a llorar, como Alice; pero sabía que debía comportarse con dignidad. El bienestar de Ulric era mucho más importante que sus sentimientos. Trató de tener eso muy presente.

Apenas le tembló la voz al hablar: —Es un gran placer volver a verles.

Ulric le extendió los bracitos. Nicholaa amagó a tomarle entre sus brazos, pero cambió de opinión. Retrocedió un paso. —Es un niño muy cariñoso —señaló— y no es huraño, como la mayoría de los bebés. —Sabía que sus comentarios eran triviales y deseaba que Royce la detuviera.— Ulric es un niño excepcional.

El barón Duncan asintió. —Sí, es excepcional —confirmó—. Sabemos lo difícil que debe de ser esta despedida para usted, Nicholaa. Su esposo nos ha contado lo mucho que se ha apegado a este bebé.

Millicent entregó a Ulric a su esposo y se apresuró a tomar la mano de Nicholaa. La tía del bebé, hermana de su madre, era una mujer robusta, de hombros anchos y caderas aun más anchas. No era muy atractiva, hasta que uno no la miraba a los ojos. Entonces, su figura quedaba en el olvido, pues lady Millicent tenía unos bellos ojos castaños que resplandecían por su calidez. —Le cuidaremos muy bien —le prometió.

—¿Le amarán? —preguntó Nicholaa—. Los bebés necesitan mucho amor. ¿Mi hermano les ha explicado por qué quería que ustedes cuidaran del niño?

Millicent se volvió hacia su esposo y Duncan se le acercó, hasta quedar directamente frente a ella. Nicholaa advirtió que Ulric estaba fascinado con la barba de Duncan. Estaba tirando de ella, mientras balbuceaba los nuevos sonidos que había aprendido.

—Sí —contestó Duncan—. El nos lo explicó, pero Thurston no está pensando con claridad en estos momentos, Nicholaa.

—No tiene por qué excusar el comportamiento de mi hermano —le interrumpió Nicholaa. Inspiró profundamente y luego dijo—. Por favor, tomen asiento. Ordenaré que les preparen una habitación. Compartiremos una buena cena...

Nicholaa se detuvo al ver que Duncan negaba con la cabeza. La tristeza de su expresión debió haber sido advertencia suficiente para Nicholaa. —No podemos quedarnos —declaró—, por otra de las descabelladas promesas que su hermano nos ha arrancado.

—La verdad es que le habríamos prometido cualquier cosa con tal de asegurarnos que Ulric estuviera a salvo —exclamó Millicent—. Si nosotros no aceptábamos las condiciones que él nos imponía, dijo que se llevaría al niño a las montañas.

Nicholaa se aproximó más a su marido. El solo hecho de tocarle parecía ayudarla a mantener la calma. Su mera presencia la reconfortaba. —¿Qué otra cosa tuvieron que prometerle? —preguntó—. Usted ha dicho: "otra de las descabelladas promesas" —recordó a Duncan.

—Thurston nos hizo prometer que usted no tendría nada que ver con Ulric. —Negó con la cabeza.— Cuando vino aquí ya lo tenía todo planeado —dijo—. Realmente, esperaba que usted y el niño huyeran con él.

—En ese preciso instante, en mitad de la noche —interjectó Millicent.

Nicholaa no quería hablar de las expectativas de su hermano. —El único tema de importancia ahora es el bienestar del bebé —declaró.

Se volvió para asegurarse de que Alice aún estaba en el salón. —Después puedes llorar todo lo que quieras, Alice. Ahora sube a empacar las cosas de Ulric. —Suavizó la orden agregando:— Por favor, Alice.

Nicholaa volvió a darse la vuelta para mirar a la pareja. Se alejó del lado de Royce, cruzó los brazos sobre su pecho y luego dijo: —Ahora quiero que me prometan dos cosas, antes de dejar partir a Ulric con ustedes.

Royce arqueó una ceja ante el cambio que experimentó su esposa. Parecía una comandante.

Duncan se veía agotado. —¿De qué se tratan estas promesas?

—Primero: deben prometer que tratarán a Ulric como si fuera su propio hijo.

Antes que ella pudiera detallar las razones de su exigencia, tanto Millicent como Duncan aceptaron.

—Segundo: tendrán que darme su palabra de que el niño permanecerá con ustedes. Si Thurston regresa y quiere llevarse a su hijo consigo, adonde fuera y por cualquier motivo, se negarán. Deberán tratar al pequeño como si fuera su propio hijo y muy pronto él comenzará a sentirse... seguro. El niño permanecerá con ustedes a partir de este momento. No permitiré que nadie le vuelva a desarraigar. Yo...

No pudo continuar. Royce la rodeó con el brazo y la atrajo hacia sí. —Ya me han prometido eso, Nicholaa —le aseguró.

Millicent y Duncan asintieron de inmediato.

Nicholaa se apoyó contra su marido.

—Thurston no tendrá derecho a desarraigar a su hijo —prometió Royce.

—Gracias. —Nicholaa estaba asombrada por el hecho de que Royce se hubiera preocupado por lo mismo y también contenta, porque deseaba el bienestar del niño.

Una hora después, Millicent y Duncan partieron con el bebé. Royce ordenó que un contingente de soldados a caballo los escoltaran.

Nicholaa casi no pronunció palabra durante el resto del día. Trató de mantenerse ocupada, limpiando cosas como una maniática. Royce no sabía cómo consolar a su esposa. Al ver que no se presentaba a cenar, decidió subir a buscarla. La encontró en la alcoba, sentada en una silla, junto a la chimenea. Sin decir ni una palabra la puso de pie, se sentó él en su lugar y luego a ella, sobre su regazo. La abrazó y la estrechó con fuerza.

Ambos se quedaron en silencio durante un largo rato. Luego Royce rompió el hielo. —Hoy ha sido un día difícil para ti.

Ella no comentó ni una palabra sobre la verdad que acababa de escuchar.

—Ni ellos supieron lo difícil que fue. Estoy orgulloso de ti, Nicholaa.

La joven cerró los ojos y apoyó la cabeza sobre el hombro de Royce.

—¿Recuerdas la orden que te di?

—¿Cuál? —preguntó ella—. Me has dado tantas.

Royce ignoró su sarcasmo. —La que se refería a que no llorarías más —le recordó.

Nicholaa sonrió a pesar de su angustia. —Ah, sí. La regla número tres —murmuró—. Me dijiste que no podía llorar.

Royce le besó la cabeza. —He cambiado de parecer —anunció, con voz tosca—. Puedes llorar, si lo deseas.

Para él fue casi ridículo pensar que un simple cambio de órdenes podía provocarle llanto. Obviamente, Nicholaa no se pondría a llorar sólo porque él le había dicho que le estaba permitido. Además, no tenía ganas.

Pero Nicholaa le bañó la túnica en lágrimas antes de terminar con sus sollozos. Luego, le dio hipo. Royce ni siquiera intentó detenerla. Siguió abrazándola con fuerza, hasta que por fin se calmó.

—Son buenas personas, Nicholaa.

—Sí.

—Tratarán a Ulric como si fuera su hijo —señaló Royce.

Ella asintió. Dios, cómo detestaba verle infeliz. —Nicholaa, entiendes por qué he dejado ir a Ulric, ¿verdad?

La preocupación de su voz fue mucho más reconfortante que su abrazo. Entonces sí le importaban sus sentimientos, aunque sólo fuera un poco. De lo contrario, no habría estado tan ansioso por hacerle comprender sus motivos plenamente.

—Tú no quieres herir a Thurston porque es mi hermano, pero sabías que regresaría si Ulric se quedaba. Lo entiendo.

Royce estaba sorprendido por el alivio que experimentó. —No soy un hombre difícil de tratar —le dijo.

Royce esperaba que ella estuviera totalmente de acuerdo. Pero no fue así. —Eres muy difícil —contravino ella—. ¿Adónde enviarás a Justin?

—A ninguna parte.

—Entonces, Thurston volverá por Justin.

—Sí. —Royce no se expandió demasiado en la respuesta.

Nicholaa se alejó de él. —Ulric podía haberse quedado... —Se calló cuando le vio menear la cabeza.— No entiendo —dijo.

—Justin es un hombre, Nicholaa. Y como tal, puede tomar sus propias decisiones. Ulric, no. No podía permitir que se lo disputasen como si hubiera sido una cosa.

—Pero Justin también es como un niño —arguyó Nicholaa.

—No —se opuso Royce—. Está débil, pero mejorará con el paso de cada día, tanto física como espiritualmente.

—¿Y si Thurston vuelve a buscarle antes de que este cambio tenga lugar?

—Justin no se irá con él.

Royce ni se molestó en agregar que no importaba si Justin quería o no irse. Royce no permitiría que el hermano de Nicholaa se marchara de la fortaleza hasta asegurarse de que tendría las fuerzas suficientes para arreglárselas solo.

—¿Ha mejorado desde aquel primer día? —preguntó ella, tratando de demostrar un escaso interés.

—Sí.

—¿Entonces todo funciona tal como lo has planeado?

—Sí.

Nicholaa suspiró. —¿Entonces ya no tendrás que volver a patear a Justin?

Royce sonrió. Por fin Nicholaa se había atrevido a sacar el tema que él sabía que ella deseaba tocar.

—Contéstame, por favor —dijo ella—. ¿Seguirás pateando a Justin?

En su voz, hubo un tono punzante, muy notorio. Royce lo ignoró. —Sólo le pateo cuando quiero —contestó por fin.

Nicholaa trató de bajarse de sus piernas, pero él se lo impidió. —En realidad, no debiste haber mirado la escena. ¿Lo sabes, no?

—Lawrence te lo dijo, ¿verdad? —Nicholaa pareció indignada.

—Mi vasallo no te traicionó, Nicholaa. Fue su obligación contármelo. Además, tu expresión te habría delatado de todas maneras.

—Tenía derecho a mirar —declaró ella—. Es mi hermano.

—Eso no es tan importante como la relación que Justin tiene conmigo.

—Sólo es tu cuñado —dijo, incrédula.

—Pero también mi vasallo —le explicó pacientemente—. Ese lazo es el más fuerte de todos. Seguramente lo comprenderás.

Nicholaa ya no entendía nada más. Desde que los normandos estaban al mando de la situación, todo se había puesto patas arriba. El rey William había establecido un rígido régimen político, en el que cada persona del reino ocupaba un lugar específico, con obligaciones específicas. Sí, desde el más bajo de los siervos al más distinguido de los nombres, todos tenían su lugar. Todos menos Nicholaa... O al menos, eso era lo que ella sentía. Ella no cuadraba en esa nueva estructura. De pronto tuvo tanto miedo que empezó a temblar. Durante largo tiempo había tenido muchas responsabilidades; pero Royce, metódicamente, estaba arrebatándole todas. Nicholaa se había jurado proteger a su familia como pudiera. Alguna vez pensó que Justin y Ulric necesitaban de su protección. Ahora Ulric ya se había ido. Y pronto se marcharía Justin también. Una vez que su hermano completara el entrenamiento, se iría en busca de su propio destino, para luchar en ese mundo tan difícil. Nicholaa se dio cuenta de que Justin no la necesitaba ni siquiera en ese momento. No. Necesitaba que Royce le enseñara cómo volver a ser fuerte.

Nadie la necesitaba. La fortaleza pertenecía a Royce y también el personal doméstico. Todos los sirvientes habían jurado lealtad a su esposo. Era lo debido, se dijo, porque él era el dueño de la casa ahora... ¿Pero entonces qué le quedaba para ella?

Al parecer, Nicholaa no podía dejar de autocompadecerse. Suspiró. Se bajó del regazo de su esposo y se preparó para irse a acostar. Casi ni advirtió que Royce también estaba desvistiéndose.

Rayos, cómo detestaba sentir pena por sí misma, pero no podía evitarlo. Por dentro se sentía vacía, culpable. Ella le había tendido la trampa a Royce para que se viera obligado a casarse. El sólo hacía lo posible para sobrellevar las circunstancias que le habían tocado en suerte.

Nicholaa estaba de pie, cerca de la cama. Sólo tenía puesta una fina camisola blanca. Sentía que su mente era un caos. Royce la rodeó con sus brazos y la atrajo con fuerza hacia sí. Se acercó a ella para besarle el cuello.

—Royce, tú no necesitas a nadie, ¿verdad?

Como sólo habían pasado unos pocos minutos desde que mantuvieron aquella charla sobre Justin, Royce malinterpretó la pregunta. —Yo soy el entrenador —le contestó—. Supuestamente, no necesito a nadie.

Ella giró en sus brazos, extendiendo ambas manos sobre su pecho desnudo. —Tengo que hacerte una confesión —le dijo—. ¿Me escucharás?

Con los dedos dibujaba círculos en torno de los pezones de Royce. El le apoyó las manos sobre las de ella. —Si quieres que te escuche, tendrás que dejar de hacer eso.

—Esta es una confesión seria —le advirtió ella.

Royce dejó de sonreír. —De acuerdo. Escucho.

Ella fijó la vista en su mentón. No quería distraerse. —Cuando te escogí a ti como esposo, estaba pensando sólo en mí. Fui muy egoísta. Ahora me doy cuenta de eso. No me importó si arruinaba o no tu vida.

—Yo jamás permitiría que nadie me arruinara la vida —se opuso él.

—Pero tú jamás me hubieras elegido —se apresuró a agregar ella. Le tapó la boca con la mano para impedir que volviera a interumpirla—. Es probable que creas que yo quería quedar mano a mano contigo, por haberme llevado a Londres. Y eso es, en parte, cierto. Tal vez, pero hubo otros factores que me llevaron a esa decisión, Royce. Tú fuiste muy afectuoso con

Ulric. Cuando te vi cómo le tratabas, supuse que serías un buen padre para él, que siempre le protegerías. Y también fuiste muy amable conmigo —agregó, también apurada—. Cuando llegamos a Londres ya había aprendido mucho sobre ti. Eres orgulloso y arrogante; pero también, fuerte y paciente.

Hizo una pausa para recobrar fuerzas y tomar coraje para afrontar el resto de la confesión. Royce apartó la mano de Nicholaa de su boca y le besó la palma. —¿Todavía no has terminado? Cuando lo hagas yo también te diré algo.

Ella meneó la cabeza. —Tengo que decirte todo esto, Royce, antes de perder el coraje.

Su sonrisa estaba llena de ternura. —Ya tienes el coraje suficiente. Puedes darte el lujo de perder una parte.

Pero estaba equivocado. Sin embargo, Nicholaa no iba a decírselo en ese momento.

—Tú ya me habías dado tu palabra de que cuidarías de Justin —prosiguió la joven—, pero eso no me bastó. No. Entonces te obligué a casarte conmigo, agregando a Ulric y a mí misma a tu carga, que tal como estaba ya era bastante pesada. —Suspiró.— No puedo cambiar lo que ya te he hecho, pero quiero que sepas que lamento mucho no haber tenido en cuenta tus sentimientos. Sé que no te he facilitado tu adaptación. Por el contrario, te he puesto obstáculos en cada paso que avanzabas. Pero eso terminará ya. Seré la esposa buena que tú tanto deseas, Royce. Te lo juro. Viviremos en paz y armonía juntos, tal como tú quieres.

Con mucha suavidad, Royce le apartó el cabello del rostro. La ternura de su expresión llenó de lágrimas los ojos de Nicholaa. La consumía el deseo de confesarle que le amaba. Pero por mucho que lo deseara, no se lo diría; pues esa revelación sólo serviría para hacer más pesada la carga que Royce llevaba sobre sus hombros. Nicholaa sabía que él no la amaba y, como Royce era un hombre tan gentil y noble, ella sabía que se sentiría culpable por su falta de amor.

—Nicholaa, ¿te arrepientes de haberte casado conmigo?

—Oh, no. No me arrepiento —le contestó—. No has escuchado ni una sola palabra de lo que te he dicho, ¿verdad? Tú eres el arrepentido.

—¿Yo?

La repentina sonrisa de Royce desbarató la concentración de Nicholaa. Ella asintió, pero no pudo recordar por qué. Decidió que estaba agotada. Le rodeó el cuello con los brazos, para que sólo le prestara atención a ella, y luego le tiró del cabello, para que le acercara el rostro. Cuando Royce cumplió con esta petición, Nicholaa le besó con todo el amor y la pasión que su esposo despertaba en ella.

Royce había decidido sentarse a conversar con ella, para aclararle todas esas conclusiones tergiversadas a las que Nicholaa había llegado por error. Pero en cuanto los dulces labios de su esposa tocaron los de él, pensó que lo mejor sería dejar la charla para otro momento. Su único objetivo era corresponderla.

Se enloqueció cuando ella restregó su lengua contra la de él. Emitió un sonido gutural, demostrándole lo mucho que le agradaba su desinhibición. Le temblaron las manos cuando desató las cintas que cerraban la camisola de Nicholaa. Se apartó apenas de ella, lo suficiente para dejar caer la prenda al suelo y luego, abruptamente, la estrechó con todas sus fuerzas contra él. Apretó las mandíbulas al sentir los delicados senos sobre su pecho desnudo.

Nicholaa alejó su boca de la de él y comenzó a besarle el cuello. Le quitó las manos de su cintura para poder descender por su cuerpo, con los labios. Con la punta de la lengua, dibujó un círculo alrededor de un pezón y luego del otro, ocultos bajo la crespa mata de vello negro que cubría el masculino torso. Y siguió descendiendo, hasta que Royce contrajo su abdomen liso y musculoso. Su piel era tan caliente y atractiva para ella. Y luego llegó al ombligo. Entonces sintió que su esposo suspiraba profundamente, expresándole sin palabras lo mucho que gozaba de sus atenciones.

Esa reacción la invitó a complacerle aun más.

Las rodillas de Royce flaquearon cuando la vio arrodillarse frente a él. Cerró los puños a los lados del cuerpo. Sabía lo que ella estaba a punto de hacer, pero la agonía de esperar la caricia, de sentirse dentro de esa boca cálida, fue casi insoportable.

Y por fin la espera terminó. Nicholaa le acarició con las manos, hasta volverle loco y, entonces, tomó la punta de su miembro entre los labios. Royce se olvidó de respirar. Se gemido gutural se convirtió en un rugido grave de sumisión total. Se movió contra ella. Una vez, dos. Tenía que detenerla. Con la lengua le estaba haciendo perder el control y se dio cuenta de que, si no la detenía en ese momento, sería demasiado tarde.

—Suficiente —le ordenó, con la voz ronca de deseo.

Pero Nicholaa no quería parar. El la obligó a ponerse de pie. La tomó por la cintura y la levantó. Estaba desesperado por alcanzar su clímax, pero al mismo tiempo quería que Nicholaa se abandonara al placer con él.

De alguna manera, llegaron a la cama. Mientras le cubría el cuerpo con el suyo, Royce le tapó la boca con sus labios. Atizó el fuego de pasión que ardía en ella, con la lengua y las manos. Metió los dedos en el femenino canal y, al sentirlo húmedo, ya no pudo soportar más.

Nicholaa se arqueó contra él. —Royce, ven a mí ahora mismo. Ya no quiero esperar.

De haber tenido las fuerzas suficientes, Royce habría sonreído por el tono exigente de su voz. Nicholaa estaba tan descontrolada como él. Le arañaba los hombros y se movía incansablemente contra su cuerpo.

Royce se acostó boca arriba, llevándola consigo mientras rodaba. Le separó las piernas. Nicholaa se subió a horcajadas, aunque aún no entendía las intenciones de su esposo. Por lo tanto, trató de hacerlo rodar otra vez para que quedara encima de ella.

—¡Royce! —En esa ocasión, gritó su orden.

Royce le bajó la cabeza, tirándole del cabello y sellando sus protestas con un beso ardiente y prolongado. Levantó los muslos y la punta de su pene chocó contra el órgano femenino. Entonces, Nicholaa comprendió. Se echó hacia atrás y miró a los ojos a su esposo. La pasión que leyó en ellos desató el nudo que tenía en el estómago, transformándolo en llamas de placer.

—¿Podemos hacer el amor así? —preguntó, con voz agitada.

Royce no le contestó, se lo demostró. Lentamente, penetró en ella. Dios, era tan estrecha, tan ardiente. Royce se sentía tan bien en su interior. Cerró los ojos. No quería que el éxtasis terminara.

Por eso no la dejó que acelerara el ritmo. La cogió por las caderas, mientras seguía entrando en su cuerpo. Nicholaa echó la cabeza hacia atrás y soltó un gemido de placer. Tomó con fuerza los hombros de Royce.

—Echate hacia atrás, Nicholaa.

Ella acató la orden y luego gritó. Tenía todo el pene de Royce dentro de sí. Los muslos la elevaban. El calor la envolvía, la penetraba.

—¿Estoy lastimándote? No quiero hacerlo.

Nicholaa aquietó sus preocupaciones distrayéndole con otra cosa. Se movió apenas, y le gustó tanto la sensación que volvió a repetirlo.

El gimió de placer. Abrió los ojos y encontró la mirada penetrante de Nicholaa. ¿Sus ojos serían el fiel reflejo de la pasión, como los de ella? Sabía que sí. Le parecía un milagro que una mujer tan hermosa le deseara tanto como él a ella.

Nicholaa le amaba. Esa idea atravesó el hechizo de lujuria y pasión. Sí, Nicholaa le amaba.

Ella ya no podía ignorar la presión que crecía dentro de su cuerpo. Tenía la sensación de que estallaría si no lograba poner fin a esa dulce tortura. Lo quería todo ya. No dejaría que fuera Royce el que determinara el ritmo. No podía evitar moverse: primero lentamente y luego con mayor energía, pues no le importaba otra cosa más que alcanzar la plena satisfacción.

Y él colaboró para ello. Sabía dónde tocar, dónde acariciar, para hacerla caer por el precipicio.

Sus dedos eran tan mágicos como el resto de él. De pronto, todo el cuerpo de Nicholaa se puso tenso a su alrededor. Royce ya no pudo contenerse más. Eyaculó dentro de ella con un grito de placer. El orgasmo de Nicholaa fue igualmente satisfactorio. Pero no gritó; lloró.

Cayó pesadamente sobre Royce y le apretó con fuerza. No quería volver a soltarle.

A Royce le llevó bastante tiempo recuperarse. Le acarició suavemente los hombros, la espalda, los brazos. No podía dejar de tocarla. Y ella se sentía tan bien contra él. Cada vez que le hacía el amor, Royce se quedaba maravillado por la bella respuesta que lograba por parte de ella. Nicholaa se entregaba por completo. Royce nunca había experimentado una bendición igual, una satisfacción tan plena.

Era un milagro, un regalo del cielo. Su esposa tenía la facultad de hacerle sentir muy débil y muy fuerte al mismo tiempo. Royce sabía que era algo insensato y contradictorio, pero todo eso era tan descabellado como el hecho de estar casado con una mujer tan suave y tan hermosa.

No podía creer que estuviera enamorada de él. Royce nunca había esperado que le sucediera algo así. El día en que le desfiguraron —¿entonces sólo tenía quince años?—, se resignó a su suerte. Las expresiones de repulsión de las mujeres cada vez que le miraban abiertamente... Oh, claro que debió resignarse a su destino.

Pero Nicholaa le amaba.

—¿Royce?

—¿Sí?

—¿Ha estado... bien? —Su voz sonó vacilante y llena de inhibiciones.— ¿Lo que yo hice?

Por supuesto que Royce supo de qué estaba hablando. —Oh, claro que ha estado bien —le contestó—. ¿Qué te ha hecho...?

—Quería hacerlo —le interrumpió.

Pasó un largo rato hasta que Royce volvió a hablar. —Nicholaa, ¿me has hecho el amor de ese modo porque tratas de ser la esposa buena que crees que yo deseo o me has tomado en tu boca porque querías?

Nicholaa se sintió agradecida por el hecho de que Royce no pudiera verle el rostro. Las mejillas le ardían de vergüenza. —Ya te he dicho que quería hacerlo —murmuró en la oscuridad—. Y tú me has dicho que te ha gustado. Vaya, estoy agotada. Creo que me dormiré.

El la rodeó con sus brazos para abrigarla. Por supuesto que se dio cuenta de que Nicholaa no quería hablar abiertamente de la intimidad compartida.

La joven se quedó dormida pocos minutos después. Royce estaba desvelado. Qué inocente conquistadora era su esposa. En su memoria, evocó una y otra vez sus confesiones. Nicholaa realmente estaba convencida de que le había obligado a casarse con ella.

Pero había otra cosa que la perturbaba. Por el modo en que le había hablado, ocultaba un par de preocupaciones más. Parecía tan vulnerable y su tono de voz sonó tan desesperado.

Ojalá no tuviera otro par de hermanos sueltos que no le hubiera mencionado todavía.

La posibilidad le hizo sonreír. Se preguntó cuánto tiempo le llevaría conocer a fondo a su esposa. Decidió que tendría que sentarse a conversar con ella sobre esas preocupaciones. No quería que se afligiera por nada. Se juró que la haría feliz a cualquier precio.

Royce se despertó en medio de la noche, cuando Nicholaa se bajó de su cuerpo, aún dormida. El la siguió. Se habría vuelto a quedar dormido si su pene, accidentalmente, no hubiera chocado contra las nalgas de Nicholaa. La provocación fue demasiado fuerte como para ignorarla. Tenía que tocar a Nicholaa. Una caricia le llevó a otra y antes de despertarse por completo le volvió a hacer el amor a su dulce esposa.

Sus bocas se fundieron en prolongados besos y el acto de amor que compartieron estuvo lleno de ternura. Y cuando ambos alcanzaron el clímax, se durmieron uno en brazos del otro.

15

El comportamiento de Nicholaa denotó un cambio radical. Todo comenzó a la mañana siguiente, tras prometer a Royce que se convertiría en la buena esposa que él tanto quería.

Se levantó al amanecer, se vistió sin hacer ruido y bajó al salón principal. Estaba dando indicaciones a los sirvientes para las actividades del día aun antes de que su esposo abriera los ojos.

Nicholaa echaba tanto de menos a Ulric que estaba viviendo una agonía. Se decidió a mantenerse ocupada para no derrochar su tiempo en autocompadecerse. Trabajaría hasta que el cansancio la venciera.

Además, daría paz a su esposo. El problema, por supuesto, sería determinar cómo alcanzar su objetivo. Tendría que controlar su carácter, guardarse sus opiniones y estar de acuerdo siempre con Royce.

Era como estar muerta, pensó. Esos cambios, tal vez, terminarían con su vida. Sin embargo, ya había dado su palabra a Royce y la cumpliría. Le debía gratitud por todo lo que él había hecho por su familia. Era obvio que ella le había obligado a asumir esas responsabilidades y, en el proceso, le había arruinado la vida. Lo menos que podía hacer era recompensarle por ello y darle lo que él quería.

Muy en el fondo de su corazón, Nicholaa abrigaba la esperanza de que, una vez que lograra cambiar todos esos aspectos de su personalidad, Royce tal vez comenzara a amarla. Ella no se conformaría sólo con ocupar un lugar en su vida. Pretendía ganarse su corazón también.

Nicholaa estaba colocando unas flores en un recipiente de arcilla marrón, cuando Clarise y Alice irrumpieron abruptamente en el salón.

Las dos mujeres, cada una a su turno, se consolaron mutuamente por la pérdida de su "precioso mocosito", tal como solían llamar cariñosamente al pequeño Ulric.

Cuanto más hablaban del bebé, más se deprimía Nicholaa. Meneó la cabeza y aseguró a ambas sirvientas que el niño recibiría el amor que merecía.

—Tengo una lista de tareas para hoy —dijo entonces—. Cada mañana dividiré nuestras tareas, para que al finalizar la jornada queden todas cumplidas. Tendremos que organizarnos, mis queridas señoras.

—¿Por qué? —preguntó Clarise—. Antes teníamos todo terminado cuando llegaba la noche sin estar tan organizadas.

—Pero a mi esposo no le gusta el desorden —explicó Nicholaa—. Y ya le he dado mi palabra de que seré la clase de esposa que quiere. Por lo tanto...

Alice la interrumpió. —Pero usted le agrada mucho tal como es.

Clarise estuvo de acuerdo. —Tiene que creernos, señora. Vaya, pero si el barón es tan atento y paciente...

—Es atento y paciente con todos —exclamó Nicholaa.

—Bueno, entonces —preguntó Clarise—, ¿por qué hay que cambiar todo?

—Porque pretendo más —confesó Nicholaa en un murmullo—. Me gustaría que Royce... —No pudo terminar la frase.

Clarise sintió pena por ella. —¿Le gustaría que el barón sintiera por usted lo mismo que su padre sentía por su madre? ¿Eso nos ha querido decir?

Nicholaa asintió.

Clarise resopló y luego se volvió hacia Alice. —Cree que el barón no la ama.

—Oh, él debe de amarla —respondió Alice—. Por supuesto que sí.

Nicholaa suspiró. —Vosotras sentís por mí un gran afecto —anunció—, del mismo modo que yo os quiero, y por eso no podéis imaginaros que otra persona no me estime.

Clarise resopló. Nicholaa levantó la mano, para que ninguna de las sirvientas la interrumpiera y luego, con toda tranquilidad, enumeró los cambios que había planeado hacer. Las dos mujeres la miraron sin poder creerlo.

—¿Nunca va a levantar la voz? —preguntó Alice, haciendo hincapié sobre el último cambio que Nicholaa pensaba implantar.

Clarise meneó la cabeza. —No puede estar hablándonos en serio —le dijo—. Si ese hombre no puede amarla tal como es...

—Pero yo digo que sí la ama —gruñó Alice—. Milady, todo lo que tiene que hacer es preguntárselo.

Nicholaa dejó caer los hombros. No le agradaba tener que admitir que tenía miedo de preguntar. Si Royce le decía que no, ¿qué haría? —No importa si me ama o no —les dijo—. Yo siento gratitud hacia él. Voy a darle la felicidad y la paz que se merece. Es lo menos que puedo hacer.

—Jamás la había visto tan insegura de sí —mascullo Clarise—. Y no me agrada. Yo la prefiero cuando tiene las agallas para tomar al toro por los cuernos. Sí, antes, cada vez que se proponía conseguir algo, siempre tenía un buen plan para lograrlo.

Nicholaa sonrió. —Ahora tengo un plan. Daré a Royce exactamente lo que quiera y entonces se dará cuenta de que me ama. ¿Veis lo simple que es?

Royce entró en el salón, interrumpiendo la conversación. Nicholaa corrió hacia la entrada para saludarle como era debido. También le besó.

Clarise y Alice fueron de inmediato a la despensa para encargarse del desayuno. Nicholaa y Royce se acercaron a la mesa.

Ella estaba sonriente. A Royce le agradó el gesto. Como su esposa estaba de un humor excelente, decidió que lo mejor era esperar para sentarse a conversar con ella sobre las cosas que la preocupaban.

Tal vez la noche anterior Royce había exagerado un poco. Probablemente, Nicholaa estaría un poco deprimida por la partida de Ulric. Royce sabía que ella echaría de menos al bebé y su humor de la noche anterior tal vez fue un fiel reflejo de cómo se sentía por dentro. Thomas y Lawrence entraron en el salón y ocuparon sus lugares en la mesa.

En cuanto Royce se sentó, Nicholaa entrelazó las manos en su espalda y comenzó a recitar las tareas que pensaba ejecutar ese día.

Royce no pudo estar más satisfecho con ella. Estuvo a punto de decírselo cuando Thomas le interrumpió. —¿Ha tenido oportunidad de explicarle lo de la madera, barón?

Royce meneó la cabeza. Extendió el brazo en dirección a Nicholaa y le tomó una mano. Como ella estaba de un humor excelente, le pareció que era la mejor oportunidad para hablar de la casa.

—Nicholaa, nunca me preguntaste por qué di la orden de que corrieran esta mesa hacia el centro del salón —comenzó.

—No me corresponde cuestionar tus órdenes, esposo —contestó ella, repitiendo las instrucciones que él le había dado.

Royce sonrió.

Nicholaa pensó que Royce estaba contento porque ella recordaba sus recomendaciones.

—Hice que corrieran la mesa porque las maderas del suelo sobre las que estaba apoyada casi habían alcanzado un grado de putrefacción total. Más aun, es un milagro que la mesa no hubiera terminado hecha añicos en el piso de abajo hace mucho tiempo.

Nicholaa no había advertido que los suelos estaban tan deteriorados. Se obligó a mantener la sonrisa mientras esperaba que Royce continuara.

—Es un milagro que todo el piso no se haya derrumbado —interjectó Thomas.

Royce asintió. —El segundo piso también está podrido. Thomas no cree factible que podamos reforzarlo.

Thomas, por su cuenta, agregó más información. Nicholaa notó que Royce le dio un buen codazo entre las costillas. —Hay que echar abajo toda la estructura y hacer otra nueva —exclamó Thomas.

—El costo sería cuatro veces mayor si el barón quiere que mantengamos la estructura actual —agregó Lawrence.

Nicholaa no reaccionó ante la noticia. Sabía que Royce estaba diciendo la verdad. ¿Cuántas veces había dicho su madre que la fortaleza se estaba viniendo abajo? Nicholaa recordó los acalorados debates entre sus padres. Su padre tenía la teoría de que debían dejarse las cosas tal como estaban; detestaba los cambios. Por el contrario, su madre era mucho más práctica.

Nicholaa se dio cuenta de que ella había salido al padre: también odiaba los cambios. Pero, no obstante, se dio cuenta de lo preocupados que parecían los tres hombres mientras la contemplaban. Estaban unidos en el mismo asunto, plantando las semillas de la eventual aceptación de la señora de la casa.

Después de todo, era evidente que a Royce le importaba qué pensaba ella al respecto. —No he tomado la decisión final —dijo Royce, con voz tosca y seria.

Pero no estaba diciéndole la verdad. Claro que ya había tomado la decisión, pero quería darle tiempo para que se adaptara a la idea.

Nicholaa sonrió a su esposo y siguió arreglando las flores. Los tres guerreros seguían con los ojos fijos en ella. De reojo, notó que Royce se encogía de hombros.

—Sé lo mucho que esta casa significa para ti, esposa. De ser posible, yo...

Nicholaa terminó la frase por él. —¿Tratarás de salvar la fortaleza?

Royce asintió. Ella meneó la cabeza. —No debes tener en cuenta mis sentimientos. Esta es tu fortaleza ahora, no la mía. Haz lo que consideres mejor. Lo que decidas, me parecerá bien.

Thomas y Lawrence suspiraron. Royce frunció el entrecejo. Esa condescendencia inmediata de su esposa le fastidió.

—Hablaremos más tarde del tema —anunció él.

—Si quieres —contestó ella.

Nicholaa tenía un sí demasiado fácil últimamente. De inmediato, Royce tuvo sospechas. Decidió olvidar el insólito comportamiento de su esposa durante el resto del día, para poder concentrarse en el entrenamiento de sus soldados.

Nicholaa siguió arreglando las flores, mientras escuchaba los planes de su esposo para aquella jornada. Esperaba escuchar alguna palabra referente a su hermano.

Por fin su paciencia tuvo una recompensa. Justin, según lo que Lawrence le había dicho a Royce, empezaba a trabajar dentro de la unidad. Todavía no mostraba confianza hacia el resto del pelotón, pero su hostilidad se había deteriorado y daba su opinión cada vez con mayor frecuencia. A Lawrence le pareció un excelente comienzo.

Royce coincidió. Notó cómo Nicholaa tiraba de las flores, para un lado y para el otro y se apiadó de ella. —Nicholaa, ¿te gustaría hablar hoy con tu hermano?

Por poco tiró el florero. —Oh, sí, me gustaría —respondió de inmediato—. Disculpa, Lawrence, pero he escuchado sin querer lo que comentabas sobre Justin. ¿Se siente bien?

El vasallo sonrió. —Sí, milady, aunque la verdad es que no se lo he preguntado —admitió.

Nicholaa se acercó a su esposo. Miraba a Lawrence. —¿Entonces estás entrenando a Justin?

Royce dio permiso a su vasallo para que se explicara.

—Yo siempre he estado al mando de los nuevos reclutas —dijo Lawrence—. Sin embargo, me dedico muy poco al entrenamiento con armas y métodos de ataque. Cuando estimo que ya han recibido la preparación física suficiente, los traslado a las tropas de Royce.

—¿Por eso llevan esas piedras pesadas de una pila a otra? ¿No es una especie de castigo, después de todo?

—Nicholaa, los soldados no son mis enemigos —exclamó Royce, claramente exasperado—. Con esa tarea que les asignamos, obtenemos dos beneficios. Esos hombres construirán un nuevo murallón, mucho más grueso y alto que el que tenemos, porque necesito una zona mucho más amplia para entrenar a mis soldados —explicó—. Y al mismo tiempo, ese trabajo los ayuda a ganar fuerzas.

Nicholaa asintió, dando a entender que había comprendido el concepto. —¿Cuándo veré a Justin? ¿Debo ir a los cuarteles de los soldados? Sí, eso creo —respondió ella, de inmediato—. Quiero asegurarme de que Justin tenga las mantas suficientes como para protegerse de estas noches tan frías.

Royce trató de no reír. Ya se imaginaba lo abochornado que Justin se sentiría si su hermanita le mimaba como a un niño. —Podrás verle más tarde. Yo le enviaré al patio.

Royce cumplió su promesa, por supuesto. Nicholaa caminó de aquí para allá, por el patio interno, durante lo que le parecieron horas, hasta que por fin vio a su hermano avanzando hacia ella por la pendiente. Nicholaa empezó a correr a su encuentro. Las lágrimas acudieron a sus ojos, pero se obligó a cortar de cuajo esa estupidez.

Se arrojó en brazos de Justin y le estrechó con todas sus fuerzas. ¡Qué bien estaba! El color había vuelto a sus mejillas y, cuando por fin se echó hacia atrás para mirarle a los ojos, supo que se repondría por completo.

No podía hablar. Le besó el mentón y finalmente le soltó.

—Pareces feliz, hermana —le dijo Justin, con la voz emocionada, también.

—Lo soy —contestó ella—. Estoy feliz de verte.

—¿El barón te trata bien?

Justin empezaba a fruncir el entrecejo cuando ella le contestó: —Oh, sí, muy bien. Es amable y paciente conmigo.

La expresión ceñuda desapareció. Se echó a reír cuando Nicholaa agregó que Royce también era amable y paciente con él.

—¿Te dan de comer lo suficiente, Justin? ¿Tienes abundantes mantas para las noches? ¿Necesitas alguna cosa?

—Tengo de todo —contestó él. Se volvió y vio que Ingelram y Bryan los observaban. Entonces, Justin empleó una voz más grave, al decir—: No soy un niño, Nicholaa. No me trates así.

La mujer no se dio cuenta de que tenían espectadores, ni tampoco vio a Royce que se les acercaba por la pendiente. Su mirada sólo se centraba en su hermano. El sol le había bronceado la piel, resaltando su rubia cabellera. Nicholaa no se había dado cuenta de lo guapo que estaba Justin hasta ese momento.

—¿Sabías que Ulric se ha ido? —le preguntó ella.

Justin asintió. —El barón me lo dijo.

Nicholaa advirtió que la voz de su hermano se endurecía. —¿No te preocupa el bebé, verdad? Duncan y Millicent cuidarán de él —agregó.

—No, no me preocupa —contestó Justin—. Ulric será feliz con ellos.

—¿Entonces por qué estás frunciendo el entrecejo? —preguntó Nicholaa.

—El barón me dijo que Thurston vino hasta aquí. No debió hacerlo.

La voz de Justin sonó muy fría, desprovista de toda emoción. Nicholaa no supo cómo tomar su reacción.

Entonces Royce los interrumpió. —Justin, tienes una tarde libre por semana. No es ésta, precisamente. Despídete de tu hermana. Ingelram y Bryan están esperando.

Justin se separó de inmediato de su hermana y se volvió para hacer una reverencia a su barón. Nicholaa no quería que se fuera todavía. Extendió la mano para detenerle y se dio cuenta de que todo el brazo izquierdo de Justin estaba protegido con una manga de cuero negro. Dos argollas grandes, desde el codo hasta el hombro, mantenían el cobertor en su lugar.

Royce también vio el artilugio. —¿Qué es esto? —preguntó.

Justin se volvió hacia su barón en el momento en que Ingelram y Bryan se acercaron. —Bryan me lo hizo —masculló Justin, encogiéndose de hombros y con la vista fija en el suelo.

Royce tomó una de las dos argollas. —Cuando comiences el entrenamiento con los Halcones, te aconsejo que no uses esto —declaró.

—¿Se burlarían de él, barón? —preguntó Ingelram, frunciendo el entrecejo ante la posibilidad.

Royce se rió. Por Dios, qué ignorantes eran... y qué jóvenes. Retorció la argolla hasta que la tuvo firmemente apretada entre sus dedos. Mientras lo hacía, mantuvo la vista fija en Justin. El rostro del joven estaba enrojeciéndose. —No se burlarían de él —dijo a Ingelram—, pero no dudes que aprovecharían la ventaja en su favor.

Royce siguió apretando la argolla hasta que Justin quedó prácticamente inmóvil. —Y después, se tomarían todo el tiempo del mundo para enseñar a Justin, a golpes, que no debe usar semejante dispositivo.

Nicholaa se horrorizó al ver que su esposo se burlaba de Justin. Sin embargo, no se metió. Una vez que escuchó toda la explicación, hasta ella se dio cuenta de que el artefacto, en lugar de servir de protección a su hermano, podría convertirse en una peligrosa arma contra él.

Justin también lo entendió. En cuanto Royce le soltó, se quitó la manga de cuero.

—Podéis retiraros —dijo Royce a los tres soldados.

Al unísono, los jóvenes reverenciaron a su barón y se volvieron para marcharse. Justin caminó entre Ingelram y Bryan. Nicholaa se quedó de pie junto a su esposo, mientras contemplaba a su hermano descender la primera pendiente.

No se dio cuenta de que había tomado a su esposo de la mano. El la sintió temblar. La apretó. —¿Te sientes mejor ahora que has hablado con Justin?

Nicholaa mantuvo la mirada fija en la espalda de su hermano. —Sí.

Luego escuchó la voz de Ingelram. Obviamente, el joven soldado creyó que estaba a una distancia prudencial como para que nadie le oyera. —¿Te dan de comer lo suficiente, Justin? —le preguntó, en una burda imitación de una chillona voz femenina.

Bryan se unió de inmediato. —¿Quieres otra manta para esta noche, Justin?

El hermano de Nicholaa se vengó de inmediato, dando un empujón con su hombro izquierdo a Ingelram y poniendo la zancadilla con el pie derecho a Bryan.

Tanto Ingelram como Bryan estaban riéndose y —oh, milagro de los milagros—, Justin, también.

Royce se obligó a no reír. No quería herir los sentimientos de Nicholaa. Se volvió para mirarla y ella estaba sonriendo.

—Estaba mimándole como si fuera su mamá —admitió Nicholaa—. El se ha reído, ¿no es cierto, Royce? Hace tanto que no oigo su risa que ya la había olvidado. Gracias, esposo.

Royce no supo el por qué del agradecimiento, pero repentinamente la mujer se arrojó a sus brazos y le besó.

Claro que, poco después, la sonrisa de Nicholaa se borró, cuando Royce le anunció que no podría volver a ver Justin hasta que concluyera la primera fase de su entrenamiento, en aproximadamente sesenta días. Ella no opuso objeciones y a Royce le pareció un cambio muy positivo por su parte.

No volvió a verla hasta la hora de la cena. Nicholaa se sentó junto a él, pero en cuanto terminaron de comer, cuando Royce y Lawrence comenzaron a hablar sobre los planes para el día siguiente, solicitó permiso para retirarse de la mesa y subir a su recámara.

La rutina fue asentándose de ese modo. Pasaron dos meses completos de paz y organización. No hubo estallidos de ira ni sorpresas que hicieran levantar la guardia a Royce, ni mucho menos, peleas. Royce debió haberse sentido muy satisfecho con el giro que había dado la situación. Pero no fue así. Nicholaa no había perdido los estribos en casi sesenta días. Si se tranquilizaba aun más, pensaba Royce, tendría que revisarla minuciosamente para asegurarse de que aún estuviera respirando.

La actitud de Nicholaa le frustró como jamás habría imaginado. Ella le daba gusto en todo. Aun cuando él todavía no se había dado cuenta de que deseaba algo, ella ya se lo había concedido.

Su naturaleza apasionada sólo renacía cuando estaban juntos en la cama y él la tocaba. En esos momentos, le resultaba imposible actuar con serenidad. Royce se sentía agradecido por esa bendición, pero quería más. En realidad, quería recuperar a su imposible esposa.

Echaba de menos esas miradas furiosas cada vez que no podía salirse con la suya, y también sus riñas, especialmente aquellas en las que él llevaba las de perder porque ella se ponía obstinadamente ilógica. Pero, sobre todas las cosas, extrañaba sermonearla.

Nicholaa mostraba una sonrisa estampada en sus labios desde el momento en que se levantaba de la cama por la mañana hasta el momento en que cerraba los ojos por las noches. Al parecer, era una condición permanente, que estaba volviéndole loco. No podía ser tan feliz. Nadie podía serlo. Además, en sus ojos no había ningún brillo especial. Y tampoco se reía.

Pero claro, la risa era algo espontáneo, ¿no? Y Nicholaa ya no actuaba con espontaneidad, bajo ninguna circunstancia.

Dios le amparase, pero él era el artífice de todo eso. Asumía toda la responsabilidad por los cambios que se habían operado en ella. Había conseguido lo que buscaba. El problema residía en hallar el modo de revertir la situación. Consideró un plan tras otro, pero ninguno le pareció aceptable. Y luego, Justin le solucionó el problema... de un modo bastante agradable, además.

Estaban a mediados de junio. Royce estaba en el murallón inferior, supervisando el entrenamiento de los soldados más experimentados. Lawrence, que comandaba los *palomos*, rara vez requería el asesoramiento de Royce.

Sin embargo, ese día fue una excepción. Lawrence solicitó a Royce que se presentara en la colina más baja, cuando llegó el vasallo hizo un gesto a Ingelram y a Bryan para que empezaran con la práctica de boxeo.

Justin también estaba allí, esperando su turno.

—Esos tres se han hecho muy amigos —señaló Lawrence—. Estoy

muy satisfecho con los progresos de Justin. Como verá, ha recuperado todo el peso que había perdido y también ha aumentado su masa muscular, gracias a los ejercicios físicos que ha hecho blandiendo su espada y levantando piedras para transportarlas de un lado a otro. Sí, sus avances son notables.

Ingelram tiró a Bryan al suelo, soltó un grito de victoria y se volvió a Justin. Bryan rodó sobre sí mismo para quitarse del medio, mientras Justin se adelantaba. Ingelram y Justin montaron un espectáculo bastante impresionante ante su barón. Varios soldados formaron un círculo alrededor de ellos para observarlos.

Cuanto más tiempo los miraba Royce, más fruncía el entrecejo.

—Dime, Lawrence —preguntó—. ¿Ingelram está luchando o bailando con Justin?

—Exactamente —masculló Lawrence—. Por eso quería que usted lo viera, barón. Le ponga quien le ponga como contrincante a Justin, el resultado es siempre el mismo. No creo que lo hagan a propósito, pero los hombres ablandan su ataque cada vez que los enfrento con él.

Royce asintió. Soltó un chillido, atrayendo la atención de todo el mundo. Justin todavía era un poco cuidadoso con su barón. Mientras luchaba con su amigo, mantuvo la sonrisa en el rostro; pero cuando se volvió hacia Royce, la expresión se le tornó muy seria.

—Me siento con deseos de sentar de traste en el suelo a algunos de vosotros —anunció Royce—. ¿Quién quiere tener el privilegio?

Era un honor muy poco usual el que el barón les acababa de proponer, de modo que todos los soldados estaban ansiosos por ser el primero en desafiarlo.

Sin embargo, mientras todos los soldados corrían al frente, Royce advirtió que la intención de ellos era dejar a Justin en el último lugar de la fila. Hasta en ese momento, el pelotón trataba de protegerle. La amistad que les inspiraba el hermano de Nicholaa podría llevarle tranquilamente a la muerte.

Sin embargo, Justin no estaba dispuesto a quedar eliminado del desafío. Golpeando con los hombros, se abrió paso entre los soldados para llegar al frente.

—¿Cuántos tendrán esta oportunidad, barón? —gritó Justin.

Entonces, los demás formaron fila detrás de él, mientras que Ingelram y Bryan se pusieron uno a cada lado. Justin actuaba de portavoz de los demás, un hecho que complacía tanto a Royce que por poco se echó a reír. Por supuesto que Lawrence le había mantenido muy bien informado sobre los progresos de Justin, pero el verle tan altivo y orgulloso entre los demás, aún le sorprendía. Además, le emocionaba profundamente.

—Sólo perderé parte de mi valiosísimo tiempo en cuatro de vosotros —dijo Royce—. Cómo tú has sido el que ha asumido la responsabilidad de hablar por los demás, serás uno de esos cuatro privilegiados —anunció Royce—. Elige a los otros tres y ponte el último, como corresponde a todo líder.

Justin asintió. Se volvió hacia sus amigos, pero luego se detuvo. —¿Y si uno de nosotros le sienta a usted de traste, barón?

Entonces, Royce se rió. —Tendrá la debida recompensa.

Justin sonrió. Se convocó a consulta de inmediato. Royce y Lawrence se quedaron de pie, uno al lado del otro, mientras los soldados debatían sobre quiénes serían los adversarios del barón.

—Ha hecho un buen trabajo —elogió Royce a Lawrence, en un murmullo—. Su cuerpo está bien fuerte ahora.

—Está listo para entrenar —respondió Lawrence—. Y también los demás, Royce.

Por fin los *palomos* tomaron una decisión. Un soldado pelirrojo, llamado Merrill, pasó al frente pavoneándose. Primero hizo una reverencia a Royce y luego otra a Lawrence.

Royce dio un paso adelante. —No usaremos armas —decretó.

De inmediato, Merril se desató la vaina de su espada y se la entregó a Justin. Luego, se volvió hacia su barón. —Estoy listo, milord.

Royce volvió a reír. —No, no lo está —dijo—. Tal vez, después de tres meses de entrenamiento conmigo estés listo, Merrill, pero no hoy.

Hizo un ademán con una de sus manos, para que Merrill le atacara. El soldado, lentamente, dibujó un círculo alrededor de su barón. Royce ni se movió, aun cuando Merrill había completado el círculo en su entorno.

Merrill se colocó detrás de su barón y finalmente atacó, con la intención de asirle por el cuello y derribarle al suelo.

Royce esperó hasta que sintió que Merrill le había tocado. Entonces, dio media vuelta, le levantó con una mano y pasándole por encima de su hombro, le hizo volar por el aire hasta que aterrizó de traste en el suelo, con un ruido seco.

—Me diste demasiado tiempo para pensar cómo me ibas a atacar, Merrill —le dijo Royce—. Si quieres sorprender al adversario por detrás, hazlo con rapidez. ¿Entiendes?

Merrill asintió. Royce le tendió la mano al soldado y, cuando éste la aceptó, Royce tiró hacia arriba y le puso de pie.

—El siguiente —ordenó Royce.

Fue el turno de Bryan. Ya se había quitado la espada. Intentó golpear a su barón con el puño izquierdo. Si hubiera dado en el blanco, habría derribado a cualquier hombre común. Pero Royce no era un hombre común. Claro que Bryan no lo recordó hasta que fue demasiado tarde. Con mucha facilidad, el barón le atrapó el puño con una sola mano.

—¿Y ahora qué, Bryan? —preguntó.

La mano de Bryan latía de dolor. Tenía la sensación de haber estrellado el puño contra una pared de piedra. Hizo una mueca de dolor y trató de golpear a Royce con el otro puño. El barón desvió el golpe y le tiró al suelo.

—Otra vez me has dado ventaja —explicó, no sólo a él sino al resto del grupo—. Usa cualquier método que dé resultado. Bryan, tienes pies. Utilízalos también.

—Sí, barón.

Un tercer soldado se presentó a toda prisa en el centro del círculo. Se llamaba Howard y demostró ser un poquito más astuto que los otros dos. Royce tuvo que derribarle dos veces antes de poder sentarle de traste.

Y así llegó el turno de Justin. Royce se quedó contemplándole durante un tiempo, hasta que por fin le dio la orden de empezar.

—¿Qué has aprendido de los tres primeros desafiantes?

—He aprendido a usar mis pies y mi puño —contestó Justin—. Y a emplear cualquier método, sucio o limpio, para derribarle, barón.

Royce asintió. —Entonces no he malgastado mi tiempo —dijo. Su mirada abarcó a toda la unidad—. Lawrence os ha dado tareas para fortalecer vuestros cuerpos, pero ahora ha llegado el momento de fortalecer vuestras mentes. En la batalla, la fuerza sin la inteligencia no sirve para nada. Mañana comenzaréis el entrenamiento con los caballeros experimentados.

Todo el grupo gritó de alegría. Los soldados habían completado oficialmente la primera fase del entrenamiento. Era hora de celebrarlo.

Royce sonrió. Los soldados no estarían tan entusiasmados cuando terminara la jornada siguiente. No. Para entonces, cada centímetro de sus cuerpos se encontraría en un agónico dolor, pues el primer día de entrenamiento con los caballeros experimentados sería el más difícil de sus vidas.

Al escuchar los gritos, Nicholaa bajó la primera pendiente. La curiosidad le hizo acelerar la marcha, hasta llegar al pie de aquélla. Entonces vio que la multitud se había reunido en círculo alrededor de su hermano y de su esposo.

Trató de no preocuparse. Pero cuando Justin se abalanzó hacia Royce casi gritó. Su hermano había intentado completar ese método de ataque, pues en el último segundo se dio la vuelta y trató de patear la parte posterior de las piernas de Royce.

Royce desvió el golpe y dio un golpe seco a Justin, entre los omóplatos, con el dorso de su mano. El hermano de Nicholaa se recuperó, dando tumbos, y luego volvió a abalanzarse sobre Royce, para realizar el segundo ataque.

Casi accidentalmente, Justin atinó uno de sus puñetazos. El golpe alcanzó la mandíbula de Royce aproximadamente quince segundos después que el barón descubriera que Nicholaa estaba observando.

Instintivamente Royce devolvió el golpe, derribando a Justin. Se acercó al soldado, le plantó la bota sobre el pecho y luego impartió la más absurda de las órdenes.

—Sonríe, Justin.

—¿Qué? —preguntó Justin, agitado, tratando de recuperar la respiración.

—Te he dicho que sonrías —susurró Royce, furioso—. Ahora, maldita sea.

Justin sonrió.

Nicholaa trató desesperadamente de no entrometerse. Pero el ver a su hermano desparramado en el suelo y encima tener que soportar a todos los demás soldados riéndose, le hizo olvidar su juramento.

Justin estaba de costado y por eso ella no le vio sonreír.

—Royce, mi hermano tiene una sola mano.

Oh, Dios, no había sido su intención recordar eso a gritos.

—Pero yo tengo las dos —vociferó Royce.

Nicholaa había seguido bajando a toda carrera, pero se detuvo abruptamente al escuchar la crueldad de su marido.

Le miró. Royce le guiñó un ojo. Luego Justin se volvió hacia ella y se puso a reír. Nicholaa retrocedió un paso, se detuvo, meneó la cabeza y por fin se dio la vuelta, y volvió a escalar la colina.

Royce suspiró. Sabía que ella no había entendido nada. Se apartó de Justin y le ofreció la mano. Justin la aceptó y se puso de pie con la ayuda del barón.

—Lo has hecho muy bien —le dijo Royce—. Como recompensa por haberme golpeado, tú y los otros tres podréis compartir conmigo la cena de esta noche.

Justin sonrió. Tenía las mejillas sonrojadas cuando se unió al resto del grupo. Royce no sabía si el rubor se debía al esfuerzo físico o a la alegría del elogio.

Royce se entrelazó las manos en la espalda y miró al grupo. —Tengo una última cosa que deciros. Todos vosotros os habéis hecho amigos, tal como debe ser: pero cuando os enfrentéis en una lucha, deberéis concentraros plenamente en lo que estáis haciendo, no haréis concesiones a nadie, por ningún motivo. Lo que vosotros podéis interpretar como gentileza o protección, bien puede matar a vuestro amigo en una batalla de verdad.

Todos se dieron cuenta a qué se refería Royce. Luego dirigió los siguientes comentarios a Justin. —En una batalla, nadie te dará ningún privilegio porque te falte una mano. Y por esa razón, no debes ser tan diestro como todos los demás, sino más.

Justin asintió. —Barón, ¿cuándo sabré que estoy listo?

Royce sonrió. —Lo sabrás, Justin. Nadie tendrá que decírtelo.

Lawrence dio un paso al frente. —Para celebrar el comienzo de vuestro entrenamiento con los Halcones, tal vez nuestro barón acepte que veáis un partido de balompié.

Royce asintió. El rey William no aprobaba esa clase de juegos, pues pensaba que distraía a los caballeros de su responsabilidad primordial, que era la de entrenar a su ejército. Royce, ocasionalmente, hacía una excepción, simplemente porque le encantaba practicar ese juego tan bruto. El objetivo era patear un balón de cuero de un extremo al otro del campo. Sólo había una regla: los jugadores no podían usar las manos. Casi siempre, el juego se tornaba violento, que era otra de las razones por las que a todos les encantaba.

—Tú dirigirás uno de los equipos, Lawrence, y yo, el otro —anunció Royce—. Comenzaremos en cuanto haya hablado con Nicholaa.

El y Lawrence se volvieron para marcharse. Ingelram codeó a Justin y ambos se apresuraron a interponerse en el paso de su barón.

—Barón, ¿por qué nosotros debemos mirar? —exclamó Ingelram.

Royce arqueó una ceja ante la pregunta y luego se encogió de hombros. —No tenéis que mirar si no queréis —contestó—. Esta tarde, tenéis plena libertad para hacer lo que os plazca.

—Lo que Ingelram quiere decir, barón —explicó Justin—, es que no queremos mirar; queremos jugar. Tenemos hombres suficientes como para formar un equipo y nos agradaría aprovechar la oportunidad de vencer a los Halcones.

—Se sentirían insultados si los obligáramos a enfrentarse con los Palomos —comentó Lawrence.

Justin sonrió. —No, si usted y el barón forman parte de nuestro equipo.

Royce se echó a reír. —Eso queda a criterio de vuestro comandante —anunció, asintiendo en dirección a Lawrence.

Su vasallo estaba condescendiente. Dio permiso a su unidad. De inmediato, los soldados se precipitaron hacia la zona que habrían de utilizar como campo de juego. Comenzaron a planear la estrategia.

—¿Se ha dado cuenta? —preguntó Lawrence a Royce cuando estuvieron solos.

—¿Si me he dado cuenta de qué?

—Justin no sólo ha hablado como portavoz del grupo —explicó—. Ahora se considera uno de ellos. ¿No recuerda cómo eran las cosas al principio? Todo es *de ellos*, no de *él*. Un excelente cambio de actitud, ¿no cree?

Fue un comentario de lo más simple, pero Royce reaccionó como si le hubieran dado un golpe. Rayos, pensó, pero si él también había estado actuando igual que Justin. Desde un principio, la fortaleza fue suya, no de Nicholaa. Los sirvientes eran de él, no de ella... y después de un tiempo, ella no tuvo más remedio que resignarse.

Royce palmeó a Lawrence en el hombro. —Acabas de hacerme notar un error —dijo a su vasallo—. Gracias.

No dio más explicaciones al súbdito. Subiría a la fortaleza para asegurarse de que Nicholaa no estuviera demasiado irritada por lo que había presenciado; pero después de la cena, le hablaría de los cambios que deseaba hacer. No le daría ningún sermón. No, no, jamás recurría a eso. Sin embargo, no dejaría de hablar hasta que se convenciera de que ella había entendido.

Nicholaa se había repuesto totalmente de su reacción inicial por la escena entre Justin y Royce. La hermosa sonrisa de su hermano había quedado grabada a fuego en su memoria. Había entrado en la fortaleza a toda prisa, para poder subir a su cuarto antes de violar, deliberadamente, la regla número tres.

Sí, iba a ponerse a llorar. Serían lágrimas de dicha, pero Royce no lo entendería de ese modo si la viera.

—¿A dónde va, milady? —gritó Clarise—. Tengo que hacerle una pregunta sobre la cena.

—Ahora, no, por favor —respondió Nicholaa, también en voz muy alta—. Bajaré en pocos minutos. Luego me preguntarás lo que quieras.

Clarise no quiso esperar. La cocinera ya estaba inaguantable y no quería que su humor empeorara más todavía. Si eso pasaba, todos sufrirían las consecuencias, pues la cena sería un fracaso.

La sirvienta salió corriendo hacia las escaleras y detuvo a Nicholaa justo en el momento en que ella llegaba al piso de arriba. —No le llevará más de un momento. La cocinera quiere saber si debe preparar tartas de fresas o manzanas azucaradas. No podrán comer ninguna de las dos cosas si no me contesta ahora —le advirtió.

Nicholaa apoyó una cadera contra la barandilla mientras consideraba las alternativas. —Creo que esta noche celebraremos algo. Dile a la cocinera que prepare las dos cosas.

Nicholaa se volvió para tomar por el corredor y, en ese momento, la barandilla y la madera cedieron.

Clarise gritó. Nicholaa no tuvo tiempo para hacer otra cosa más que quedarse boquiabierta por la sorpresa. Se asió de una saliente, cuando empezó a caer, y se aferró a ésta como si hubiera sido su tabla de salvación. La barandilla se hizo añicos al estrellarse contra el piso de abajo. Las astillas saltaron por doquier. Clarise retrocedió de un salto, para quitarse del medio. Por fin dejó de gritar y acudió a ayudar a su señora. —Por el amor de Dios. Sosténgase con todas sus fuerzas. Ya voy a ayudarla. No mire hacia abajo, milady. Sólo se morirá de pánico si lo hace.

—No, no subas —bramó Nicholaa—. Te caerías. Sólo ve a buscar a mi esposo. Date prisa, por favor. No puedo resistir mucho tiempo más.

La sirvienta cambió de rumbo de inmediato. En cuanto llegó a las puertas dobles, Royce las abrió abruptamente.

Clarise no tuvo tiempo de explicar nada. Royce lo comprendió todo en un segundo: astillas esparcidas por todas partes y un par de piernas colgando. El corazón casi se le detuvo. Salió corriendo hacia adelante, para colocarse justo debajo de Nicholaa.

—¿Qué rayos estás haciendo?

El rugido la tranquilizó. Pero luego, Nicholaa asimiló la ridícula pregunta. Realmente sintió deseos de echarse a reír. —¿Y tú qué crees que estoy haciendo? —gritó ella desde arriba—. Estoy colgada de una saliente, tonto.

Royce detectó una amenaza de burla en su tono de voz, pero luego decidió que era imposible. Su esposa tenía que estar aterrada.

—Suéltate y flexiona las rodillas, Nicholaa. Yo te atraparé —le dijo él, con una voz bastante razonable.

—Sí, Royce.

—Suéltate ya, cariño.

Nicholaa se quedó tan asombrada por el apelativo cariñoso, que olvidó preocuparse. Se soltó y simplemente esperó que su marido la recibiera en sus brazos.

Royce apenas se movió ante el peso que cayó en sus brazos abruptamente. La estrechó con fuerza. Luego retrocedió varios pasos, como medida de seguridad, por si se les caía más madera sobre la cabeza.

Estaba temblando cuando llevó a su esposa al salón principal. La tragedia que pudo suceder le dejó turbado. Nicholaa pudo haberse roto el cuello.

—No volverás a subir. ¿Me entiendes, Nicholaa?

Cuando le dio la orden, la estaba apretando tanto que, seguramente, le dejaría hematomas en los brazos. Nicholaa estuvo a punto de aceptar de inmediato, pero se distrajo cuando Royce dio una patada a un banco que se interponía en su camino. Tomó asiento en una silla de respaldo alto, que estaba cerca de la chimenea, e inspiró profundamente varias veces. Fue entonces que Nicholaa advirtió lo agitado que estaba su esposo. Como Royce no había levantado la voz, su malestar fue una revelación para ella. —¿Te has preocupado por mí? —le preguntó.

Royce resopló, para darle a entender lo tonta que era su pregunta. —Haré que muden todas las cosas aquí antes de que termine el día. Ni te atrevas a contradecirme, Nicholaa. Ya he tomado la decisión. No volverás a subir.

Nicholaa asintió. —*Sí* te preocupaste.

—Sí.

Fue una sola palabra, dura, pronunciada con una voz autoritaria y subida de tono, pero a Nicholaa le impactó absolutamente. Entonces Royce la quería. El corazón le golpeaba fuertemente contra el pecho. Otro indicio positivo. Ella lo escuchó claramente, cuando apoyó la cabeza contra su torso.

Entonces decidió que su esposo debía tranquilizarse. El peligro ya había pasado. Nicholaa pensó que lo mejor sería distraerle.

—Royce, la verdad es que deberías tirar tu casa abajo y hacer otra nueva. Me pregunto por qué vacilas tanto.

De pronto, Royce sintió deseos de ahorcarla. —No es mi casa, ni la tuya —anunció, pronunciando cuidadosamente cada palabra.

—¿Entonces de quién es? —preguntó ella, sin entender nada.

Royce la levantó de sus rodillas y se puso de pie. —Nuestra —gruñó—. Todo es nuestro, esposa... ni mío ni tuyo. Nuestro. ¿Entendido?

Nicholaa asintió. Maldición. Royce no quería volver a pasar por una situación similar nunca más en su vida. Violentamente, la estrechó entre sus brazos y la besó. Luego dio media vuelta y salió del salón.

Tenía la imperiosa necesidad de estrellar los puños contra una superficie rígida y sólida. Un juego con el balón podría ser la alternativa ideal. Pensó que, después de haber derribado a unos cuantos de sus soldados, tal vez se sentiría mejor. Pero al pasar por las astillas de la barandilla que se había roto decidió que algunos hombres no le bastarían. Tendría que eliminar a todo el contingente.

Nicholaa no estaba segura de lo que acababa de suceder. Le parecía significativo el cambio que se había operado en su esposo, respecto de la propiedad sobre las cosas; pero también se había mostrado tan furioso que la confundía.

Menos de diez minutos después llegó un grupo de soldados. Al cabo de una hora ya habían vaciado las escaleras. Colocaron la cama de Royce en un rincón del salón principal, pero sólo después que Thomas confirmara que el suelo aguantaría el peso. Colocaron la cómoda de Nicholaa junto a la cabecera. Pusieron fuera el resto del mobiliario. Thomas estaba de pie, al lado de Nicholaa, observando. Le explicó que todo sería guardado en depósitos, hasta que el barón decidiera qué hacer.

Nicholaa se sintió muy triste por la falta de intimidad. Le preguntó a Thomas si existía la posibilidad de fabricar un biombo que cubriera todo el perímetro de la cama. El vasallo prometió tenerlo listo antes del anochecer.

Y cumplió con su palabra. Unos robustos paneles de madera maciza, en color marrón, conformaron el biombo que rodeaba la cama.

Nicholaa no volvió a ver a Royce hasta la hora de la cena. Se llevó una gran sorpresa al ver que su hermano y tres hombres más entraban en el salón, detrás de su marido. Estaba tan feliz de volver a ver a Justin, que por poco formó un escándalo. Corrió para abrazarle, pero Royce se lo impidió. La obligó a quedarse a su lado, rodeándole los hombros con el brazo.

Después de examinar cuidadosamente a Justin, Nicholaa se quedó impresionada por su estado. El rostro de su hermano presentaba varios cortes y arañazos. Al instante, advirtió que los otros soldados estaban en idénticas condiciones.

Royce y Lawrence también tenían lo suyo. A Nicholaa le llevó casi diez minutos arrancar una respuesta de boca de esos hombres para que le explicaran cómo se habían lesionado de ese modo. Pero más tiempo le llevó aceptar que todo había sido por un simple juego de balón.

Trató de no mimar a Justin durante la cena. Sabía que si lo hacía, le habría abochornado. También fingió disfrutar de las sangrientas historias sobre el partido en el que acababan de participar.

Los cuatro soldados jóvenes, incluido Justin, comieron como si nunca lo hubieran hecho en la vida, y mientras devoraban su cena intercambiaban codazos y miradas jactanciosas.

También sonrieron. Incluso Justin. Sonrisas auténticas. Nicholaa miró a los cuatro hombres. Se parecían mucho entre sí. Justin era ya uno de ellos. Encajaba en el grupo. Sí, pertenecía a él.

Oh, Dios. Nicholaa estaba a punto de violar nuevamente la regla número tres si no se controlaba. Los soldados no habrían entendido su repentino llanto. Y tampoco Royce.

Tenía que salir de ese salón antes de pasar vergüenza frente a todos. Afortunadamente, los hombres estaban tan entretenidos rememorando sus momentos de gloria, que no advirtieron que ella los dejó con sus victorias y salió. Recorrió el perímetro del patio y luego se dirigió hacia el murallón de abajo.

Había tanto por lo que debía sentirse agradecida. Dios la había tenido muy presente al enviarle a Royce.

Justin ahora tenía un futuro por delante. Royce se lo había dado. Sí, había mucho por lo que debía sentirse agradecida. Sonrió. Si un año atrás, alguien se hubiera atrevido a decirle que llegaría el día en el que se enamoraría perdidamente de un normando, seguramente Nicholaa se habría sentido insultada. Y ahora, se sentía bendecida.

Y además, Royce la quería. Eso le bastaba. Nicholaa seguiría siendo la clase de esposa que él deseaba. Era lo menos que podía hacer para compensarle por su gentileza y su paciencia.

Cuando terminó de llorar, volvió a subir por la colina. Al llegar al patio de arriba, vio a su esposo. Estaba de pie en el escalón más alto, observándola.

A la luz de la luna, parecía una estatua gigantesca. Nicholaa se detuvo en el centro del patio. —Se supone que debo pararme aquí con nuestros hijos —dijo ella— y esperar a que regreses.

—¿Sí?

—Mi madre siempre lo hacía. —Avanzó un paso.

—¿Era una obligación específica?

—Sólo una costumbre —le contestó ella—. Una que a mi padre le agradaba mucho.

—¿Y qué otros hábitos tenían?

Nicholaa avanzó otro paso hacia él. —Todas las noches, después de cenar, jugaban una partida de ajedrez.

—Entonces, nosotros haremos lo mismo —declaró él.

—Pero si después de la cena tú siempre estableces los planes de trabajo de los soldados para el día siguiente —le recordó ella.

—Lo haré antes —contestó él—. Después de la cena, tú y yo jugaremos al ajedrez.

—¿Por qué vas a adoptar esta costumbre?

—Las tradiciones deben respetarse, al menos eso fue lo que me dijo mi esposa la noche de bodas, cuando trataba de que yo la besara.

Nicholaa sonrió otra vez. —Tu esposa ahora admite que ése fue su verdadero motivo.

El asintió. Su expresión se tornó muy seria. —Me gustaría que admitieras algo más —dijo, con voz tosca—. Admite que me amas, Nicholaa. Me encantaría escucharte pronunciar esas palabras.

De inmediato, los ojos de la joven se bañaron en lágrimas. Bajó la cabeza, para que Royce no viera su expresión. —No quiero ser una carga para ti.

Royce fue hacia su esposa. La tomó entre sus brazos y la estrechó con fuerza. —¿Y tu confesión de amor te convertiría en una carga para mí? —le preguntó, convencido de que había escuchado mal.

—Sí.

Entonces, se echó a reír. —Nunca me vas a hablar con coherencia, ¿verdad?

—Te amo.

Royce no se había dado cuenta de lo mucho que necesitaba escuchar esas palabras hasta que ella las pronunció. Era un milagro. El obsequio más hermoso que jamás hubiera recibido. Se sintió bendecido. Una parte de él, la de la lógica, no entendía cómo era posible que ella le amara.

Nicholaa era su milagro. Royce tenía el rostro desfigurado por aquella horrenda cicatriz, pero ella sólo reparaba en los destellos de plata que aparecían en lo que, para ella, eran sus bellos ojos grises. Royce siempre se había considerado un torpe grandulón; pero, para Nicholaa, era alto y fuerte. Parecía ciega a la realidad y Royce debía sentirse agradecido por ese defecto maravilloso de su esposa.

Royce no le dijo ni una sola palabra. Nicholaa se quedó esperando ilusionada, rezando, pero él no pronunció las palabras que ella tanto ansiaba escuchar.

—Cariño, ¿dime por qué crees que eres una carga?

Nicholaa se puso a llorar. —Porque no te quedó otra alternativa más que casarte conmigo.

Royce no podía dejar de sonreír. Le puso la cabeza debajo de su mentón, para que no pudiera verle. No quería que pensara que estaba burlándose de ella. Tampoco deseaba que advirtiera el brillo que tenía en la mirada. Pero sí que se sentía emocionado por tanta dicha.

—Ah, esa alternativa. ¿Hace mucho que te preocupas por eso, verdad?

Nicholaa le golpeó el mentón al asentir con la cabeza.

—Nicholaa, ¿nunca se te ocurrió pensar que yo podía haberme marchado de aquel salón antes de que tú eligieras?

—No, no podrías haberte ido —murmuró—. Sólo podían retirarse los caballeros casados. Tú no entrabas dentro de esa categoría.

Royce intentó otra táctica. —Podía haberme negado.

—No. Imposible —arguyó ella—. Eres demasiado honrado. Te sentías responsable por mí.

—Ya has creado tu propia realidad en tu mente, ¿verdad? ¿Nada de lo que te diga podrá hacerte cambiar de opinión?

—¿Qué, por ejemplo?

—¿Que yo ya había decidido participar en la contienda para ganarme tu mano? Jamás habría permitido que otro hombre se quedara contigo, Nicholaa.

—Sólo estás siendo amable conmigo, Royce. Siempre eres amable y paciente con todo el mundo.

El le besó la cabeza. No sabía cómo convencerla de que él la habría elegido. Había tomado la determinación de participar en la contienda sólo porque no toleraba la idea de que otro hombre le pusiera un dedo encima.

Nicholaa le pertenecía a él. Ya se había acostumbrado a su proximidad cuando llegaron a Londres. Royce era posesivo por naturaleza. Seguramente, ésa era la razón por la que no la había dejado escapar.

Eso del amor le confundía. Royce no sabía si era capaz de amar a Nicholaa como, supuestamente, todo esposo debía amar a su esposa. Se sentía totalmente inepto, falto de experiencia.

No bastaría sólo con decirle que estaba feliz por tenerla a su lado. No, nada de lo que le dijera la convencería de que, a su modo, él la quería.

Entonces decidió que lo mejor era callar. Ya encontraría el modo de demostrárselo.

16

Pero eso fue mucho más fácil de decir que de cumplir. Por mucho que se empeñaba, Royce no pudo encontrar un solo plan para convencer a su esposa de que él la habría escogido, de todas maneras. Sin embargo, no se rindió. Siguió intentándolo.

Le enloquecía su imposibilidad para convencerla, pero mucho más, aquella sonrisa permanente que Nicholaa siempre tenía a flor de labios. Si Royce no hubiera estado tan feliz porque ella por fin le había confesado su amor, seguramente habría estado sumido en una honda depresión.

Trataba de complacerla. Ella le respondía del mismo modo. La besaba siempre que se le presentaba la ocasión. Y ella también, con ansias. Era en el único momento en que Royce no veía la sonrisa permanente, pues ocupaba los labios de Nicholaa en otra cosa.

Hasta jugó al ajedrez con ella. Estuvo a punto de dejarla ganar, cuando se dio cuenta de que ella ya le estaba ganando. Entonces cambió de opinión. La partida se prolongó casi hasta el amanecer y, al final, Royce no la dejó ganar. Nicholaa le ganó justamente.

Después, mientras él seguía rabioso por su primera derrota en años, Nicholaa prometió dejarle ganar la próxima vez.

Pero las cosas empeoraron.

Estaba terminando la mañana de un caluroso lunes, cuando Royce entró en el salón principal con Lawrence a su lado. El advirtió enseguida que el fuego ardía en la chimenea. Tuvo la sensación de estar entrando en un horno. El sudor le chorreaba de las cejas cuando llegó a la despensa, donde su esposa estaba muy atareada.

—Nicholaa, el calor que hace aquí adentro es infernal —le dijo—. ¿Has encendido el fuego por alguna razón en especial?

Ella se volvió para sonreír a su esposo. Agitó un pañuelo de linón blanco frente a su rostro. Lo utilizó para secar la ceja de su esposo mientras le explicaba. —Has invitado a cenar a seis soldados más de lo que esperábamos, de modo que la cocinera necesitaba más fuego para preparar carne para todos. Aprecio mucho lo amable que has sido, esposo.

Cuando terminó de secar la frente de Royce, dio la vuelta al pañuelo y secó la ceja de Lawrence. Sorprendido, él se echó hacia atrás. Ella le siguió, para cumplir con su objetivo y luego sugirió a ambos hombres que volvieran a salir.

Royce y Lawrence se volvieron para hacerlo. Llegaron al centro del salón principal, cuando los inseparables vasallos del barón Guy, Morgan y Henry, entraron.

Nicholaa decidió abrir las puertas principales para que entrara un poco de aire. Salió de la despensa justo a tiempo para escuchar a Morgan regodearse:

—Nuestro barón ha traído un contigente bastante grande de hombres para aplastar lo que queda de la resistencia. Ha jurado masacrar a todos en menos de quince días.

Nicholaa palideció, pero se exigió mantenerse serena. Royce sabía que su esposa estaba pensando en Thurston. Morgan siguió la mirada de Royce, vio a Nicholaa y, de inmediato, hizo la reverencia correspondiente.

Ella ni prestó atención al saludo. Simplemente se quedó contemplando al vasallo, mientras esperaba escuchar el resto de lo que venía a decir.

—A nuestro entender, el líder de estos rebeldes es su hermano, lady Nicholaa —anunció Henry—. ¿Es cierto?

—Tal vez —contestó ella.

Morgan sonrió. —Entonces creo que lo mejor será ofrecerle nuestras condolencias desde ahora —le dijo—. Nuestro barón es un hombre compasivo. Estoy seguro de que arrojará el cuerpo de su hermano aquí, de regreso a Londres, para que usted pueda darle el entierro correspondiente.

El puño de Royce se estrelló contra la mesa. —Ya basta —ordenó—. Dame el mensaje que has traído y vete.

Henry nunca había visto al barón Royce perder la compostura. Ese estallido le dejó perplejo. Pero Morgan no pareció preocuparse en lo más mínimo. Estaba demasiado ocupado resoplando en dirección a Nicholaa.

Ella le sonrió. —Disculpo sus pésimos modales —le respondió, con una voz muy serena—. Los celos le hacen actuar así.

Morgan abrió la boca para protestar.

Ella levantó la mano para que se callara. La expresión de su rostro reveló su desdén. Avanzó un paso hacia el caballero. Morgan retrocedió, a tal punto que casi chocó contra la chimenea.

—Ya has escuchado la orden de mi esposo. Dile lo que tienes que decirle y fuera de aquí.

Morgan estaba demasiado furioso como para cumplir con su obligación. Asintió en dirección a Henry y luego se volvió para mirar el fuego. Advirtió que las piezas de ajedrez estaban alineadas sobre la repisa y, distraídamente, tomó una de ellas para poder examinarla mejor. Sin embargo, no prestaba atención a lo que estaba haciendo, pues escuchaba atentamente las palabras de Henry, transmitiendo el mensaje del rey.

—El rey William envía sus respetos y solicita que usted escoja diez de sus mejores hombres para participar en una celebración de juegos, que tendrá lugar dentro de seis semanas. También tendrá que elegir diez reclutas novatos, porque nuestro señor cree que ellos deben tomar parte en las festividades, como los demás. Asimismo, el rey ha solicitado otra cosa más —murmuró Henry.

Royce cruzó los brazos sobre su pecho, resoplando impaciente, mientras esperaba que el vasallo terminara de hablar.

—El barón Royce está esperando —gruñó Lawrence.

Henry asintió. —Nuestro rey quiere que sepáis que, tanto él como su amada esposa, insisten en que lady Nicholaa acuda a la celebración. Ella se ha ganado el afecto de los reyes, por lo que desean volver a verla. —El vasallo parecía estar haciendo gárgaras con vinagre.

Nicholaa se habría echado a reír si no hubiera estado tan preocupada por la pieza de ajedrez que Morgan tenía en la mano. No se atrevió a darle la orden de que la pusiera en su sitio, porque Morgan podría percibir la importancia que tenía ese objeto para ella y destruirlo, a propósito.

Henry hizo una reverencia a Royce y luego avanzó hacia Nicholaa. —Tal vez entonces, milady, veremos quién es el primero y quién el segundo.

—Pero ya lo sabemos, ¿no? —dijo ella.

Nicholaa no pudo aguantar un minuto más. La perturbaba sobremanera ver a Morgan manoseando la pieza. Caminó hacia la entrada. —Lawrence, por favor, haz salir a los soldados. Mi esposo quiere que se marchen de inmediato.

Morgan se volvió hacia Royce. —Tenemos planeado aplastar a sus soldados —se jactó—. Esta vez, no nos vencerán.

Para enfatizar su altivez, cortó la cabeza de la pieza de ajedrez y arrojó a la reina negra al fuego.

Hasta ese momento, Royce no se había dado cuenta de que Morgan la tenía en la mano, pues había estado observando a Nicholaa. Vio la expresión de angustia en el rostro de su esposa y luego la pieza destruida.

Royce soltó un rugido de ira y Morgan se volvió, sorprendido, al ver que Royce salía disparado como un rayo. Todo sucedió tan pronto que Nicholaa no tuvo tiempo de reaccionar. En un momento, Morgan estuvo de pie, junto al fuego, con aires arrogantes y pendencieros y al minuto siguiente salió volando por el aire como un disco.

Royce arrojó al robusto soldado a una distancia considerable. Morgan salió despedido y pasó la mesa. También el biombo. Debió haber dado contra la pared del frente. Pero en lugar de frenarse con ella, la traspasó. Nicholaa supuso que la madera de ese muro también estaría podrida.

En ella, quedó el agujero del tamaño del cuerpo de un hombre doblado en dos. A través de la abertura, tenían un hermoso panorama del patio de atrás.

Nicholaa, perpleja, se tapó la boca con la mano. A través del hueco, vio a Morgan que, dando tumbos, trataba de incorporarse. Royce no le había matado. Henry se acercó a ella, corriendo. Obviamente, no era su intención ayudar a su amigo. Al parecer, Morgan no podía ponerse derecho. Se caía de rodillas constantemente. Probablemente por lo mareado que estaba.

Nicholaa lo intentó, pero no pudo dejar de sonreír. Henry lo notó. Estaba tan furioso que temblaba como una hoja. Se detuvo cuando llegó a su lado. —Ha escogido al barón equivocado como esposo —refunfuñó.

Henry habría podido controlar su ira si Nicholaa no se hubiera puesto a reír. Tuvo deseos de golpearla. Sin embargo, a pesar de lo furioso que estaba, sabía que Royce le mataría si se atrevía a tocar a Nicholaa. No obstante, su deseo de borrarle la sonrisa pudo más que su cautela. Empleó la táctica de asustarla con sus palabras. —Será viuda antes de que los juegos terminen —dijo entre dientes—. Realmente, debió haber escuchado a aquella vieja y matar a Royce cuando tuvo la oportunidad. Nos habría ahorrado la molestia.

Nicholaa no estaba dispuesta a permitirle que la hiciera perder los estribos. Henry no parecía más que un niño a quien se le había negado uno de sus caprichos.

Ella meneó la cabeza. —Retírate, Henry. Empiezas a irritarme.

No perdió ni un solo minuto más con ese estúpido. Royce era su principal preocupación en esos momentos. Dios, jamás le había visto irritarse de ese modo. Era enervante. Pero al parecer, no había terminado con Morgan, todavía. Cuando Nicholaa le vio dirigirse hacia la puerta, con semejante expresión en el rostro, se dio cuenta de que debía interferir. No quería que matara a Morgan. La muerte de ese soldado no valdría el tener que explicarse ante el rey William por los hechos. Además, no quería que enterrasen el cuerpo de Morgan en sus tierras.

Royce casi había llegado adonde estaba ella, cuando Nicholaa gritó: —Ahora corre una brisa estupenda, esposo. Gracias.

Royce asintió, pasó junto a ella y se detuvo repentinamente. Se dio la vuelta. —¿Qué acabas de decir?

—Te he dado las gracias por la ventana.

Lawrence se echó a reír. Nicholaa sonrió. Royce cerró los ojos y suspiró. —No mataré a ese bastardo —anunció.

—No, por supuesto que no —coincidió ella—. La pieza de ajedrez ha desaparecido. Matando a Morgan no la recuperaremos.

—Sólo quería romperle una pierna, o las dos, Nicholaa.

Sus palabras sonaron lógicas al explicar sus planes. Hasta sonrió.

—No ganaremos nada si le rompes las piernas.

—Yo sí; una inmensa satisfacción —la contradijo.

Ella meneó la cabeza.

El resopló. Y entonces, cedió. La mujer se había dispuesto a salirse con la suya. El no iba a decepcionarla. Miró al fuego y luego a Nicholaa. —Cariño, ¿que pieza era?

—La reina negra.

Los hombros de Royce se vencieron hacia adelante. Justamente, era la pieza a la que su padre, accidentalmente, le había hecho una muesca en la corona, mientras se reía por una de sus historias.

Royce se sintió responsable de ese desastre. Debió haber controlado cada movimiento de Morgan. De haber estado más atento, habría evitado la tragedia.

Abruptamente, estrechó a Nicholaa entre sus brazos. —Lo lamento —murmuró—. Ha sido culpa mía. Debí haber...

Nicholaa no le dejó terminar. —Todo sucedió demasiado rápido como para prevenirlo. —Ella le palmeó el pecho y le besó el mentón.— No frunzas tanto el entrecejo. Ya ha pasado.

Royce no podía creer que fuera ella quien estuviera consolándole a él. —Estás tomando sorprendentemente bien esta pérdida —le dijo.

Nicholaa mantuvo la sonrisa. Le llevó más de cinco minutos hacerle salir del salón. Ella se quedó parada junto al agujero hasta que Royce y Lawrence cruzaron el patio.

—¿Todavía está parada allí? —preguntó Royce a Lawrence.

El vasallo se volvió para mirar. —No, barón. Se ha ido.

De inmediato, Royce cambió su rumbo. —Por naturaleza, soy muy suspicaz —dijo a su súbdito—. Mi esposa ha tomado muy bien la traición de Morgan, ¿no cree?

—Sí, claro.

Royce sonrió. —Demasiado bien, creo. —Dio la vuelta y se dirigió hacia la escalera que conducía al pasillo cercano al murallón superior. Luego se apoyó contra las tablillas y esperó.

Pero su espera no fue muy prolongada. Nicholaa apareció a toda prisa, levantándose las faldas hasta los tobillos para poder moverse con mayor rapidez. Se detuvo abruptamente, al ver a su esposo apoyado contra la escalera.

Nicholaa se escondió las manos en la espalda y sonrió a su esposo con dulzura. El le devolvió la sonrisa. No le quitó la vista de encima, mientras ordenaba a Lawrence que se retirara. Cuando el vasallo se marchó, Royce le hizo un gesto con el dedo, para que se le acercara.

Esperó a que ella se parara justo frente a él. Luego, extendió la mano, con la palma hacia arriba.

Nicholaa perdió la sonrisa y retrocedió un paso.

—Lo justo es justo, Nicholaa. Si yo no puedo lastimarle, tampoco tú. Dámelo.

Nicholaa pareció totalmente descolocada. —¿Cómo lo has sabido?

Royce se tocó la marca que tenía en la frente. —Lógica pura.

Nicholaa puso el tirachinas de cuero sobre la mano de Royce. Arrojó las dos piedras al suelo.

—¿Pensaste que fallarías el primer disparo? —preguntó.

Ella meneó la cabeza. —Nunca fallo. La otra era para Henry.

Royce se echó a reír. Ella no supo cómo tomarlo. Retrocedió otro paso.

—Ya te he robado más tiempo del debido —anunció ella. Todavía se detectaba lo desilusionada que estaba por no haber podido dar su merecido a Morgan y a Henry. Tenía deseos de gritar a su esposo por no haberle permitido vengarse. Miró el tirachinas que colgaba de sus dedos, inspiró profundamente y luego dijo—. Trataré de controlar mi carácter.

—¿Significa que sonreirás más todavía?

—Sí.

—Que Dios se apiade de mí.

La mirada de la mujer voló hacia la de él. —Ya se ha apiadado de mí —murmuró ella—. Te puso en mi camino.

Siempre le tomaba por sorpresa cada vez que le decía esas cosas tan maravillosas. Se alejó de la escalera, tomó la mano de su esposa y emprendieron el regreso hacia el castillo.

Caminaron juntos sin decirse ni una palabra. Nicholaa creyó que Royce la llevaría al salón principal, donde podría sermonearla a su antojo.

Sin embargo, cuando llegaron adonde estaban la mesa y las sillas, Royce no le soltó la mano. La condujo detrás del biombo, hacia la cama.

Se detuvo para observar el agujero que había hecho en la pared con el cuerpo de Morgan. Luego se volvió hacia ella y le guiñó un ojo. —¿Lindo panorama, no crees?

—Royce, ¿adónde me llevas?

—A la cama.

—¿Ahora?

—Ahora.

—Royce, tú no eres así —exclamó ella—. Jamás te desvías de los planes que tienes para la joranda. Es... una desorganización.

Nicholaa pareció asombrada. Royce la estrechó entre sus brazos. —Las acciones espontáneas son casi tan importantes como las planeadas de antemano, esposa. De verdad, creo que debes dar un poco de cabida a las sorpresas.

—Debo aprender...

Royce la tomó por la cintura y la levantó en el aire. Su boca cubrió la de ella en el momento en que Nicholaa le rodeaba el cuello con los brazos.

Ingelram, Justin y su comandante, Lawrence, estaban pasando por el agujero. Se llevaron una gran sorpresa al ver al barón besando a su esposa.

Lawrence sonrió. Ingelram codeó a Justin en las costillas y se puso a reír. Justin se tomó bastante tiempo para reaccionar. Se volvió hacia su comandante y, al verle sonreír, dijo: —Mi hermana debe de amar a su esposo.

Lawrence asintió. —Su esposo la ama tanto como ella a él.

Justin sonrió. Ya no se preocuparía más por su hermana. Ella ya había encontrado su lugar en ese nuevo mundo normando, al igual que él.

Ingelram volvió a darle un codazo. Justin le puso la zancadilla a su amigo.

Lawrence asió a ambos soldados por la nuca y los empujó hacia adelante. Era obvio que el barón necesitaba intimidad y Lawrence le ayudaría a conseguirla.

Royce reunió a sus soldados para informarles sobre el mensaje del rey William. Aunque todos ellos, sin excepción, querían estar entre los veinte privilegiados que iban a participar en los juegos, ninguno se atrevió a pedir la asignación de tal honor. Sabían que tendrían que aguardar a que Royce se decidiera.

La noche siguiente, durante la cena, Nicholaa advirtió que las manos de su esposo presentaban varios cortes. Ella le preguntó al respecto, pero Royce sólo se encogió de hombros y cambió de tema. Nicholaa pensó que ni él recordaba cómo se había hecho esos cortes.

Royce parecía agotado. Estaba demasiado cansado para jugar al ajedrez, después que quitaron la mesa. Sin embargo, no tanto como para no hacerle el amor.

Nicholaa despertó en la mitad de la noche. Rodó hacia el lado de Royce y casi se cae al otro lado de la cama antes de darse cuenta de que él no estaba allí.

Se puso la bata y fue a buscarle. Pero no tuvo que ir muy lejos. Royce estaba sentado a la cabecera de la mesa, tan concentrado en la tarea que tenía entre manos que ni siquiera advirtió que ella le observaba.

Royce tenía un pequeño bloque de madera en las manos. A la débil luz de las velas, Nicholaa advirtió que frente a él, sobre la mesa, estaba la reina blanca. Royce sostenía el trozo de madera con la mano izquierda, mientras que en la derecha tenía un cuchillo pequeño, con el que sacaba astillas de la parte superior de la pieza. Ocasionalmente, miraba la reina y luego volvía a concentrarse en el bloque de madera.

Estaba haciendo la reina negra para ella.

Entonces, Nicholaa comprendió de dónde venían todos los cortes que tenía en las manos. Pero, principalmente, comprendió otra cosa: Royce la amaba.

Ni se movió de allí durante un largo rato. Las lágrimas bañaron sus ojos mientras contemplaba a su esposo. Sonreía cada vez que él gruñía, pues sabía que eso significaba que se había hecho otro corte.

Oyó que la puerta se abría y, de inmediato, se ocultó detrás del biombo. Espió por un lado y vio que Justin se acercaba a Royce. Su hermano traía una pequeña daga en la mano.

Royce ni siquiera alzó la vista. Nicholaa supuso que era porque había estado esperándole. Su hermano parecía tan cansado como Royce. ¿Acaso él también se habría pasado varias noches en vela, para ayudar a Royce en su proyecto?

—Este cuchillo era de mi padre —murmuró Justin—. Tiene que ser mejor para esta tarea, barón.

Justin se sentó en un banco, junto a Royce. Dejó el cuchillo y tomó la base del cubo de madera. Justin tenía una tira de cuero sobre la mano. Cuando Nicholaa advirtió la torpeza que Royce tenía para tallar la madera, se dio cuenta de que el cuero era la protección necesaria.

Nicholaa se secó las lágrimas con la mano y, sin hacer ruido, se acercó a los hombres que amaba con todo su corazón.

—Nicholaa se llevará una gran sorpresa —murmuró Justin.

—Ojalá le agrade —susurró Royce.

—Me sorprende y me agrada —dijo Nicholaa, también en voz baja.

Su hermano se sobresaltó al oír la voz. Royce hizo una mueca. Hizo un corte en el cuello de la pieza que apenas empezaba a tomar forma. —Mira lo que me has hecho hacer, esposa —gruñó Royce.

Ella se asomó por encima del hombro de su esposo, para evaluar el daño. Se puso a reír. Era la pieza de ajedrez más torcida y desproporcionada que había visto en toda su vida. La cabeza era más grande que el cuerpo y el cuello tenía una longitud tres veces mayor a la de la reina blanca.

Pero a Nicholaa le encantó. Especialmente, el agujerito que presentaba a un lado del cuello. Se agachó para besar a su esposo y luego se sentó frente a los hombres.

—Debes recordar este accidente, esposo, para que puedas contárselo a nuestros hijos.

Nicholaa tenía la sospecha de que Royce se sentiría un poco avergonzado por haber sido pillado realizando una tarea tan tierna y conmovedora para su esposa.

Ella tenía deseos de llorar otra vez. Por Dios, cómo amaba a ese hombre.

Su mirada se posó en la de Justin. El le guiñó un ojo. Nicholaa pensó que su hermano también se habría percatado del rubor en las mejillas del barón o del brillo de sus ojos.

—¿Justin?

—¿Sí?

—Amo a Royce.

Su hermano sonrió. —Ya lo sabía, Nicholaa.

—¿Cómo?

—Por el modo en que le miras.

Ella se volvió para mirar cómo reaccionaba Royce ante la conversación. Su esposo estaba inclinado sobre la mesa, trabajando diligentemente en el tallado de la pieza a medio terminar. Pero también estaba sonriente.

—Hay algo más que debes saber, Justin —dijo Nicholaa, entonces—. Royce me ama.

—También lo sabía —anunció Justin, con una carcajada.

Royce dejó el cuchillo y se volvió hacia Nicholaa. La miró durante un largo rato. —¿Estás segura de que te amo? —le preguntó.

—Sí.

El asintió. También suspiró. —¿Entonces dejarás de lado esas constantes e infernales sonrisitas? Dios, Nicholaa, están volviéndome loco.

Justin parecía incrédulo. Nicholaa se echó a reír a carcajadas. —Sólo trataba de ser la esposa buena que tú querías.

—Te quiero a ti.

—Nicholaa, ¿no se supone que debes sonreír? —preguntó Justin, tratando de entender la conversación.

Royce no apartó la mirada de su bella esposa. —Justin, vete.

—Sí, barón —respondió Justin con una sonrisa.

Nicholaa se puso de pie al mismo tiempo que su hermano. Tomó una de las velas y lentamente volvió a la cama. La dejó sobre la cómoda y esperó a que Royce viniera a su lado.

El se dirigió al otro lado de la cama. A la luz de la vela, Nicholaa le observó desvestirse.

Era un hombre tan apuesto. Tenía tanta fuerza, tanto poder y tanta dulzura, a la vez. Nicholaa se quitó la bata y la dejó caer al suelo, sin quitarle los ojos de encima, en ningún momento, a su esposo.

—Te amo tanto, Royce.

—Yo también te amo.

Se encontraron en el centro de la cama, arrodillados, frente a frente. Royce la tomó por las caderas y ella le envolvió el cuello con los brazos.

Le besó el pecho, el mentón, la cicatriz. Pero Royce no estaba dispuesto a tolerar sus mimos. Su mano se cerró en un puño, en la rubia cabellera. Echó la cabeza hacia atrás y gimió de placer. Su boca cubrió la de ella. Sus lenguas se chocaron, restregándose una contra la otra. Royce volvió a gemir. Ella suspiró.

Royce la tendió sobre la cama. La tapó totalmente con el cuerpo y comenzó a besar cada centímetro de su piel. Fue un amante suave y paciente... hasta que ella se enloqueció tanto que le obligó a perder el control. La necesidad le consumió entonces.

Se instaló entre sus muslos y, lentamente, penetró en ella. La ansiedad se intensificó, ardió como el más salvaje de los fuegos y, cuando por fin ambos cuerpos formaron una unidad, Royce logró detenerse lo suficiente para murmurarle las palabras de amor que había mantenido en secreto durante tanto tiempo.

Nicholaa apenas alcanzó a escuchar parte de sus frases, pues ella también murmuraba las tiernas palabras de amor que su corazón había abrigado durante tanto tiempo.

Pocos segundos después, les resultó imposible seguir hablando. La cama se mecía. Los pujos de Royce fueron lentos, controlados, hasta que ella le estrechó con todas sus fuerzas. Entonces Royce perdió el dominio sobre sí. Gritó el nombre de Nicholaa y esparció su semilla dentro de su cuerpo.

Y luego se quedó muy quieto en su interior. Nicholaa lloró contra su cuello, pero cuando Royce entendió que eran lágrimas de dicha, no le importó.

Nicholaa se quedó dormida, escuchando las palabras de amor que su esposo le susurró al oído.

Royce extendió el brazo para apagar la vela. Luego volvió a abrazar a su esposa y a gozar de su calidez.

Cerró los ojos y sonrió. Estaba feliz. La dicha estaba allí, en los brazos de su esposa. Su amor le daba fuerzas.

No era hombre de rezar, pero, al menos, logró ronronear un "gracias" al Creador, antes de quedarse dormido. Se tocó la cicatriz de la mejilla y sonrió.

Nicholaa estaba equivocada. Dios no estaba del lado de ella. Estaba del lado de ambos.

17

Al día siguiente, su imposible esposa, obstinada hasta los huesos, regresó y con todo. No llegaron ni al mediodía cuando se enfrentaron en la primera pelea. Thomas había dibujado el plano de la nueva casa, valiéndose, por supuesto, de todas las especificaciones que le había dado su barón. Pero cuando Royce, gentilmente, tuvo la deferencia de invitar a Nicholaa a que observara el proyecto, ella anunció que simplemente no serviría para nada.

Señaló el sector que se había destinado a las cocinas y comentó que, como mínimo, necesitarían el doble de espacio. Miró con reprobación la gigantesca zona reservada para los cuarteles de los soldados, en el piso de abajo. Accidentalmente, Royce había omitido la despensa, aunque creía que no era muy útil, de todas maneras. Y Nicholaa se opuso fervientemente a su teoría.

Finalmente, al guerrero no le quedó otra alternativa más que sentarse a discutir con su esposa cada una de sus opiniones. Nicholaa le dejó hablar sin interrumpirle ni una sola vez, pero a Royce no le llevó mucho tiempo darse cuenta de que ella estaba soñando despierta otra vez. Dios, le volvía loco. Pero también le llenaba de energías. Por fin, admitió que Royce tenía razón en cada uno de los puntos. Por lo tanto, Royce siguió atendiendo sus obligaciones, con una plena sensación de satisfacción. Nicholaa esperó hasta que su marido cruzó silbando el patio y luego pidió a Thomas que regresara al interior de la casa, para darle el nuevo plano, con las correcciones correspondientes. En él, Nicholaa agregó una amplia despensa, agrandó las cocinas y el tamaño de la chimenea y duplicó el del cuarto principal.

Royce estuvo terriblemente ocupado durante el resto de la semana. Dijo a Nicholaa que había decidido no escoger a los soldados que participarían en los juegos del rey. En cambio, propondría desafíos de fuerza entre sus hombres y los ganadores de las diez divisiones correspondientes tendrían su lugar de honor en los juegos por derecho propio.

A Nicholaa le pareció una decisión más que justa. Por otra parte, se sentía muy contenta de que su esposo la tuviera en cuenta cada vez que hablaba de sus planes con Lawrence. Sin embargo, a medida que la segunda semana iba transcurriendo, Royce se mostraba más y más retraído. Cada vez que surgía el tema de las competencias, él hablaba de otra cosa, o simplemente callaba.

Había algo que le tenía preocupado, pero aún no estaba listo para decirle de qué se trataba. Nicholaa estaba aprendiendo a ser paciente. Estaba segura de que, con el tiempo, él ordenaría un poco sus ideas y, por fin, depositaría su confianza en ella.

Faltaban cuatro semanas para partir para los juegos. Por fin Royce decidió confiar en Nicholaa. Fue una cálida tarde de domingo. Royce le pidió que se sentara. No parecía para nada entusiasmado, como ocurría siempre cada vez que iba a lanzarse a uno de sus largos sermones. Por el contrario. Se le veía patéticamente serio y, si Nicholaa no le hubiera conocido tan bien, habría creído que además estaba preocupado.

Tampoco se puso a caminar de aquí para allá. Estaba parado frente a la chimenea, con las manos atrás.

Evidentemente, no quería mirar a Nicholaa a los ojos cuando le diera la noticia. El miedo que leería en los ojos de su esposa, seguramente, le destrozaría el corazón.

—Nicholaa —comenzó, con voz cortante y solemne—, como tú ya sabes, he propuesto que mis hombres compitieran entre sí, para que los más habilidosos se ganaran el honor de representarme... mejor dicho —se corrigió—, el honor de representarnos.

Nicholaa empezaba a preocuparse. Jamás había visto a su esposo tan vacilante. Se puso las manos sobre la falda, cuadró los hombros y esperó a que él le contara el resto.

Pasaron largos minutos hasta que Royce volvió a tomar la palabra. —Ya ha terminado la competencia —anunció por fin—. Todos mis hombres saben quiénes serán los diez soldados de cada división. No se pueden volver las cosas atrás.

—No, por supuesto que no —coincidió ella.

Royce asintió. —Cada unidad tendrá nueve soldados y un comandante. Lawrence, cómodamente, se ganó el honor de ir como comandante, al vencer a los soldados más experimentados.

Royce pasó a dar una detallada descripción de las fuerzas de Lawrence. Por fin, llegó al tema de los Palomos. —Nueve soldados se han destacado sobre los demás en cada competencia. Sin embargo, hubo uno cuya habilidad le situó a la cabecera de la lista. Fue excepcional.

Nicholaa ya había imaginado que Ingelram habría ganado fácilmente un puesto de comandante. Bryan también tendría que ser otro de los diez. Entonces, supuso que lo entendía todo. Royce dejaría a Justin fuera y, seguramente, se sentiría mal por tener que herir sus sentimientos. Por supuesto que Justin tendría que aceptar esa decisión. Claro que ver partir a sus amigos rumbo a los juegos le dañaría en su orgullo. No obstante, Nicholaa consideraba que, de todas maneras, su hermano tenía muchos motivos para sentirse agradecido y, si tenía que hacerlo, se sentaría con él para decírselo personalmente.

Royce se apartó de la chimenea y se acercó a Nicholaa. La hizo poner de pie, le tomó las manos y le dijo: —Justin se ha ganado el honor de ser comandante de la unidad. —Se preparó para las lágrimas de su esposa.

Nicholaa parecía no poder creerlo. Meneó la cabeza. Claro que no le creyó. —No puedes estar hablando en serio.

—Muy en serio —contestó—. Se lo merece, con todo el derecho del mundo, esposa.

Nicholaa le soltó las manos y se desplomó sobre la silla. De pronto sintió tanto miedo por su hermano que le empezó a doler el estómago. Además, estaba furiosa con Royce. ¿Cómo había podido permitir que sucediera eso?

—No lo entiendo —murmuró ella—. Justin no está preparado.

—Sí, lo está —la contradijo Royce—. Su actuación en las competencias fue extraordinaria —repitió y con un notable indicio de orgullo en su voz—. Deberías sentirte muy orgullosa de él, Nicholaa. Yo lo estoy.

—No quiero que participe —gritó—. Es demasiado pronto. Necesita más instrucción.

—Nicholaa, mírame —le ordenó.

Cuando ella alzó la vista, Royce advirtió las lágrimas que bañaban sus ojos. Suspiró. —¿Tienes fe en mí? —preguntó.

A Nicholaa le soprendió la pregunta, pero después de uno o dos minutos de consideración comprendió por qué se la había formulado. Con que a eso se reducía todo, ¿verdad? Si ella confiaba o no en su marido.

Royce se quedó de pie junto a su esposa y esperó pacientemente a que ella asimilara la noticia. Estaba un poco irritado por el hecho de que ella no le hubiera respondido de inmediato. Pero el temor estaba nublando el buen juicio de Nicholaa. De todas maneras, Royce sabía cuál sería esa contestación.

Nicholaa por fin asintió. —Sí, claro que tengo fe en ti. —Se quedó mirando la mesa al admitir esa verdad. Luego, miró a los ojos a su esposo, para mostrarle su reprobación.— Y ahora vas a decirme que debo tener plena fe en todas tus decisiones, ¿verdad?

El le sonrió. Nicholaa no pudo aguantar quedarse sentada ni un solo minuto más. Cuando Royce tomó asiento, ella se puso de pie. —¿Crees que porque tengo fe en ti también debo tenerla en Justin?

—No —le contestó él. Se cruzó los brazos sobre el pecho y la miró a los ojos—. Sin embargo, deberías tener plena fe en mi buen juicio.

Dios, cómo detestaba Nicholaa que Royce hablara con tanta sensatez. Estaban discutiendo el tema de su hermano, no de un extraño. Y por esa simple razón, Nicholaa permitía que sus emociones dominaran sus pensamientos.

—¿Por qué no podemos volvernos atrás? —exclamó ella.

—Esa pregunta ni siquiera merece respuesta, esposa.

Los hombros de Nicholaa se vencieron hacia adelante. —Me imagino que Justin debe de estar muy feliz por este honor, ¿verdad?

Royce asintió. Una breve sonrisa asomó a sus labios, pero luego se puso serio al ver que la expresión ceñuda de su esposa se intensificaba. —Justin está a sus anchas ahora. Ingelram y Bryan también se han ganado el derecho de participar. También están pavoneándose todo el tiempo.

El cuadro que Royce acababa de pintarle no le divertía en lo más mínimo. —Son niños —gritó ella—. Royce, podrían matarlos.

Royce meneó la cabeza. Si Nicholaa no se hubiera alejado de él, la habría sentado en sus rodillas para reconfortarla. Pero luego decidió que no era el momento de consolarla, todavía. Primero, necesitaba tiempo para desatar su ira.

—Son hombres, Nicholaa. Jóvenes, sí; pero hombres, no niños.

Nicholaa se dio cuenta de que estaba retorciéndose las manos y, para evitarlo, se las puso atrás.

—Tal vez dejes de preocuparte cuando te cuente lo excepcional que estuvo tu hermano cuando compitió para ganarse su puesto —sugirió Royce.

Nicholaa se encogió de hombros. El disimuló su sonrisa. Sabía que ella tenía ganas de gritarle. Pero no lo hizo. Trató de aceptar su decisión, actitud que complació a Royce. Nicholaa nunca había visto a Justin entrenar con los demás y por eso no podía saber que se había convertido en un excelente guerrero.

Royce sí lo sabía. Había estado junto a Justin día tras día, exigiéndole perfección. Justin casi la había logrado. El honor le pertenecía y Royce juró por Dios que, a pesar de la resistencia de Nicholaa, no robaría a ese hombre semejante privilegio.

Pacientemente, Royce procedió a explicarle cada prueba que los soldados debieron pasar y cómo actuó Justin en cada desafío. Francamente, el pecho se le había henchido de orgullo cuando terminó de contarle hasta la última de las competencias. Fue entonces cuando repitió a Nicholaa que ya no podían echarse atrás.

—Esta noticia me ha tomado por sorpresa —dijo ella—. Tengo fe en ti, y por esa razón supongo que has evaluado todas las posibilidades. ¿Crees que los hombres que se enfrenten a mi hermano lo harán limpiamente?

—No —le contestó—. Harán lo que sea para ganar, Nicholaa.

—¿Aunque eso signifique romperle la única mano que le queda a mi hermano, para debilitarle más todavía? ¿Aunque tengan que usar sus espadas para cortársela?

Nicholaa estaba temblando mientras enunciaba esas negras posibilidades en voz alta. Royce se reclinó contra el respaldo de la silla y la miró. —Sí —admitió.

Fue extraño, pero la natural aceptación de Royce disipó el temor de la mujer en cierta medida. Obviamente, él también había pensado en esas posibilidades.

Nicholaa empezó a caminar de aquí para allá. —Me imagino que le habrás dicho a qué debe atenerse. Seguramente, le habrás advertido sobre los hombres del barón Guy. —Nicholaa no esperó una respuesta. Continuó directamente.— Aunque jamás lo admitirías, sé que estás un tanto preocupado. Yo lo estoy, pero supongo que no importan nuestros sentimientos. Tendremos que disimularlos frente a Justin. —Entrelazó los dedos en su cabello y luego gritó.— Royce, si dudas de que esté completamente preparado, ayúdale.

A Royce le resultaba muy difícil seguirle el curso de sus pensamientos. En el espacio de unos pocos minutos, Nicholaa había dado un vuelco total. Ahora era ella quien trataba de persuadirle de que no se preocupara.

Siguió caminando como una fiera enjaulada. —Has devuelto a Justin su orgullo —le dijo—. Ahora no puedes quitárselo.

Royce continuó escuchando las razones que ella daba para aceptar la decisión y, de repente, se dio cuenta de que su esposa no estaba repitiendo lo que él le había dicho, simplemente.

Realmente, estaba sermoneándole.

Esperó a que, caminando, se le acercara a una distancia conveniente y entonces, la tomó. La sentó sobre sus rodillas y la besó.

—Eres muy complaciente conmigo, esposa —le dijo con voz ronca.

—¿También te resultaré complaciente cuando te diga que mi temor no cesará?

—Sí —le contestó—. Porque sé que no intervendrás y que disimularás tu miedo frente a tu hermano.

Nicholaa le tomó el rostro entre ambas manos. —Asegúrate de que esté bien preparado —murmuró—. Enséñale todos los sucios trucos que ellos usarán. Si alguien sabe cómo jugar sucio, ése eres tú, esposo.

Royce levantó una ceja. —Supongo que debo darte las... gracias. Era un cumplido, ¿no?

—Oh, sí —contestó ella—. No jugaste limpio conmigo cuando me hiciste caer en aquella trampa, para que saliera de la abadía. Si entonces hubiera sabido lo tierno que era tu corazón, me habría dado cuenta de que Ulric estaba más seguro entre tus brazos que en ninguna otra parte del mundo. Sí, claro que fuiste astuto aquella vez. Y por cierto, no fue justo que me tendieras esa trampa.

Royce volvió a besarla, con un beso ardiente, prolongado, mojado, que alteró a ambos. La tos discreta de Lawrence hizo que Royce se apartara, aunque de mala gana.

Nicholaa se sintió abochornada. Se puso de pie de un salto, alisó sus cabellos y su falda y sonrió al vasallo. —Tengo entendido que usted liderará a los soldados más experimentados en los juegos de William. Felicidades, Lawrence.

—Gracias, milady.

—Esta noche, tendremos una cena especial —dijo ella. Se volvió hacia Royce—. ¿Royce puede ser invitado?

—Si él quiere, también deberemos hacer extensiva la invitación a los demás.

Nicholaa sonrió. —La cocinera se pondrá histérica cuando le comunique que tenemos veinte invitados a cenar.

Su esposo meneó la cabeza. —Veinticuatro, pues irán dos soldados más por unidad, como reserva.

—¿Reserva?

—Es sólo una medida de precaución, Nicholaa —le explicó—, en caso que uno o dos resulten heridos.

—¿O se enfermara y no pudiera competir?

Por la ansiedad de su voz, Royce se dio cuenta en qué estaba pensando... o mejor dicho, con qué se estaba ilusionando. —Justin no resultará herido ni se enfermará. No malgastes tu tiempo rezando para eso, esposa.

Nicholaa frunció el entrecejo. —Jamás rezaría para algo así —masculló. Se volvió hacia el vasallo, forzó una sonrisa y dijo—: Lawrence, mi esposo tendrá que aprender a tener un poco más de fe en mí. Pero como tiene otras cualidades respetables, le perdono por sus defectos.

El vasallo no supo cómo responder a ese comentario. Sí notó que el barón parecía sorprendido. Luego Nicholaa le llamó la atención, al preguntarle si podía ordenar a los soldados que trajeran una mesa extra para la cena de esa noche.

Cuando él asintió, Nicholaa se precipitó a la parte posterior del castillo. Nicholaa sabía que, cuanto antes diera la mala noticia a la cocinera, antes se le pasaría la histeria para poder poner manos a la obra y preparar la gran comida.

Resultó ser una ocasión muy festiva. Royce tenía razón cuando dijo que Justin estaba a sus anchas, al igual que los otros soldados jóvenes. Los caballeros de más edad lo tomaron con mayor serenidad. Se sentían honrados, pero de todos modos, estuvieron sonrientes durante toda la cena.

Cuando ésta terminó, solicitaron a Justin que se quedara. Pensó que el barón deseaba que le ayudase a tallar la estatuilla.

Sin embargo, Royce no estaba de humor para trabajar en ese proyecto. —A partir de mañana, reservaré dos horas del día para entrenarte, Justin.

—¿Con los demás de mi equipo? —preguntó Justin.

Fue Lawrence quien le contestó. —Por supuesto, Justin —dijo él—. Tu barón, simplemente, está respetando la cadena de mando cuando te explica sus planes, pues tú te has ganado el derecho de liderar el equipo. Mañana, transmitirás este mensaje a tus hombres.

Justin sonrió. —Entiendo. —Volvió la mirada a su hermana.— Nicholaa, ¿qué estás mirando? —le preguntó. Advirtió que ella le miraba el brazo fijamente, y que además fruncía el entrecejo.

—Tus cicatrices —le contestó ella de inmediato—. Ya no te duelen, ¿verdad?

Como Nicholaa le formuló la pregunta con mucha naturalidad, Justin se vio obligado a responderle del mismo modo. —No, ya no me duelen.

Nicholaa asintió. —Lawrence me dijo que usabas una manga de cuero, con arandelas, para engancháertelas en el hombro, y que Royce te la hizo quitar. Sus motivos se basaron en que el oponente podría usar esas argollas para tomarte de ellas y derribarte.

—Sí, es cierto —admitió Justin.

—¿Quién te hizo esa manga?

—Bryan.

—¿Es muy inteligente?

Royce la interrumpió. —No estarás pensando en pedir a Bryan que te haga la reina negra, ¿verdad?

—No, por supuesto que no —respondió ella de inmediato, antes de que su esposo se sintiera herido en su orgullo—. Tú debes terminar la reina negra.

—¿Entonces qué...?

—Estaba pensando en las distintas maneras de ser perversos —dijo—. Yo también soy muy astuta.

Royce rió. —Usted no me convence, hermana Danielle —gruñó.

Lawrence se echó a reír, porque había escuchado la historia de que, una vez, Nicholaa se había hecho pasar por monja. La contó para que Justin también se enterase.

Nicholaa tamborileó los dedos sobre la mesa, hasta que las carcajadas terminaron y luego miró a su marido. —A ti te preocupaba que el oponente se tomara de las argollas, ¿verdad?

Royce asintió. Nicholaa sonrió. —Creo que deberías permitirlo.

Ni Lawrence ni Justin entendieron el punto. Royce lo captó de inmediato. Se echó a reír. —Sí. Tendríamos que dejar que el enemigo las tomara. —Se volvió hacia Justin.— Está hablando de una sorpresa —explicó—. De algo bien filoso cosido al cuero, para poner a Justin en igualdad de condiciones.

Nicholaa ya estaba ruborizándose. —En situaciones normales, jamás se me habría ocurrido un truco tan sucio. Pero si un enemigo tuyo va a tomarte de esa manga para derribarte, creo que sería bueno que se cortara con unas cuantas hojas bien afiladas.

—Ve a sugerir la posibilidad a Bryan —ordenó Royce a Justin.

Justin se puso de pie de inmediato, guiñó un ojo a su hermana y salió a toda prisa del salón.

—Royce, tú no vas a participar en los juegos, ¿verdad? —preguntó Nicholaa.

El meneó la cabeza. —Los hombres me representarán —explicó—. Cuando ganen, yo gano.

A Nicholaa le encantó su arrogancia. No había dicho *si* ganaban, sino *cuando* ganaran. Nicholaa sabía que Royce creía que sus soldados resultarían victoriosos, aunque tuvieran que enfrentarse a cualquier desafío.

Concentró su atención en Lawrence. La preocupación de la joven sorprendió al vasallo. Ella le tomó la mano y eso le sorprendió aun más.

—Lawrence —le dijo ella—, Morgan y Henry tratarán de hacer daño a Royce durante los juegos. Tú deberás estar alerta todo el tiempo, pues si no pueden con él, tal vez te lastimen a ti.

La advertencia no fue necesaria. Lawrence ya conocía perfectamente bien cuán negros eran los corazones de Morgan y Henry. —No debe preocuparse, milady.

—Oh, pero me preocupo de todos modos. —Le apretó la mano cariñosamente y luego la soltó, al ver la mirada de reprobación de Royce.

—¿Y cómo puedes saber lo que planean hacer? —le preguntó Royce.

—Henry me lo dijo. Quiere quedar mano a mano contigo. Todavía está enojado porque yo no escogí a su barón como esposo. No me imagino por qué se le habrá ocurrido que yo tendría que preferir a Guy en lugar de a ti.

Nicholaa parecía tan desconcertada que Lawrence no pudo evitar sonreír. Su amor por Royce era evidente.

—Henry está celoso —dijo ella—. Y tuvo las agallas de hablar de ese horrendo incidente con la anciana que me ordenó matar a Royce. Fue una grosería por su parte mencionarlo.

Nicholaa suspiró y borró de su mente a Henry. Se puso de pie, con la intención de ayudar a Clarise a quitar la mesa. También quería elogiar por última vez a la cocinera, por haber hecho una comida tan deliciosa para tanta gente.

Royce le tomó la mano y la obligó a sentarse.

No había mostrado ninguna reacción por los comentarios acerca de los vasallos de Guy. Pero ahora, parecía interesado. —Dime cuándo te dijo Henry todas esas cosas —le ordenó.

—Fue justo después de que tú arrojaras a Morgan por el agujero de la pared.

—¿El mencionó específicamente a la mujer que te amenazó cuando estuvimos en Londres?

—Sí —contestó ella—. Supongo que trataba de asustarme —dijo—. Pero no le resultó. ¿Has terminado con el interrogatorio, esposo? Realmente quiero darle las gracias a la cocinera antes que me olvide. —En cuanto él le dio permiso, Nicholaa salió del salón raudamente.

Royce esperó hasta que él y Lawrence se quedaron a solas. —Interesante, ¿no crees?

—Henry y Morgan pudieron haber oído hablar del incidente —interjectó Lawrence.

—El rey quería mantenerlo en secreto, ¿recuerda? No quería que la celebración se echara a perder. Sólo unos pocos se enteraron y el barón Guy no estaba en ese grupo de privilegio.

—Pero después que nos fuimos de Londres y que la celebración terminó, alguien pudo haber mencionado el tema —dijo Lawrence.

Royce meneó la cabeza. —El rey estaba furioso cuando se enteró de que alguien había irrumpido en su casa. Lo tomó como un insulto personal y no quería que la noticia se difundiera. No, no se corrió la voz, Lawrence. Además, hay otra cosa —agregó, resoplando—. Cuando el hermano de Nicholaa vino a esta casa, yo le interrogué sobre las actividades de los rebeldes en Londres. Thurston no tenía idea de lo que yo estaba diciéndole. En ese momento, y más ahora, creí que me hablaba con honestidad. Se sorprendió demasiado cuando se lo conté. Maldita sea. Estoy convencido de que Morgan y Henry mandaron esa mensajera a Nicholaa.

Lawrence asintió. —Yo también lo creo —admitió—. ¿Actuaron motu propio o Guy tiene que ver en todo esto?

—No importa. —La voz de Royce se tornó tan fría y dura como el hielo.— El es responsable de las acciones de sus vasallos.

—Por supuesto —coincidió Lawrence—. De todos modos, me gustaría saber si tomó parte en esta traición. Tengo curiosidad por conocer hasta dónde llega su maldad.

—No tendremos que esperar mucho. En pocas semanas más tendremos la respuesta.

—Y entonces nos vengaremos. —Lawrence no hizo una pregunta, sino que aseveró un hecho. Había servido a su barón durante el tiempo suficiente como para saber cómo trabajaba su mente.

—Tendrás que encargarte de Morgan y Henry —dijo Royce.

—Será un placer, barón.

—Maldición. Ojalá pudiera luchar contra los dos.

Lawrence entendió la frustración de su barón. El rey jamás permitiría que un barón se enfrentara a los vasallos de otro barón en juegos de fuerza. Habría diferencias de rango. Por lo tanto, quedaba en manos de Lawrence vengar la traición. Y vaya si estaba esperando con ansias esa oportunidad.

—Aún nos queda el barón Guy —dijo Lawrence, recordando a Royce que no se quedaría excluido por completo.

—Sí —respondió Royce—. Ese bastardo es todo mío.

Las semanas siguientes, dedicadas a los preparativos, resultaron ser un tormento y una alegría también para Nicholaa.

El tormento vino primero. Nicholaa tenía que fingir estar contenta cada vez que se cruzaba con Justin o con cualquiera de sus amigos. Además, tenía que aparentar que no estaba preocupada ni que dudaba del buen juicio de su marido cuando estaba con él.

Pero por toda esa alegría fingida había que pagar un precio. Al no poder desahogarse con llantos desconsolados, padeció una enfermedad estomacal. Cada mañana al despertar, sentía tantas náuseas que no podía levantarse de la cama.

Pero la indisposición se le pasaba después de una o dos horas. Nicholaa pensaba que se debía a que, como estaba despierta y bien despabilada, podía entretenerse en otras cosas y no concentrarse en sus temores. Sin embargo, mientras dormía, era un manojo de nervios. Se sentía sumamente vulnerable.

Luego apareció la alegría. Le llevó más de una semana descubrirlo. Advirtió que tenía los pechos sumamente sensibles, y también notó otros cambios. De pronto, no pudo tolerar ni siquiera el olor de la codorniz. Ni siquiera soportaba ver a alguien que estuviera comiendo esa asquerosa y grasienta carne. Dormía más tiempo y cada vez con más frecuencia, se escapaba para hacer una siestecita por la tarde, cuando todos los demás estaban tan ocupados que no se daban cuenta.

Iba a tener un hijo de Royce. Nicholaa estaba tan dichosa con el maravilloso milagro, que cada vez que pensaba en ello se le llenaban los ojos de lágrimas.

Cuando no estaba ocupada preocupándose por Justin, se dedicaba a meditar sobre cuál sería el modo más perfecto de comunicar a Royce que iba a ser padre. Sabía que él se sorprendería, pues sus obligaciones le habían mantenido tan atareado que Nicholaa dudaba de que se hubiera percatado de los cambios de su comportamiento.

Royce trabajaba con los soldados más jóvenes desde el amanecer hasta la hora de la cena. Las dos horas diarias que había prometido dedicar a los Palomos se habían convertido en nueve.

El agotamiento del guerrero se evidenciaba claramente en su rostro, cuando la cena terminaba. Sin embargo, aun así, se tomaba su tiempo para sentar a su esposa en una silla y sermonearla como era habitual. Nicholaa pensó que, tal vez, aquélla era la única satisfacción que su marido se daba en todo el día.

El tema de sus sermones se repetía invariablemente: la seguridad de Nicholaa durante los juegos. Noche tras noche, la hizo jurar que tomaría todas las precauciones que estimase necesarias, que no iría a ninguna parte, por ningún motivo, sin escolta, y que tampoco correría ningún riesgo prescindible, como por ejemplo, saludar siquiera a Henry o a Morgan.

Nicholaa ya no recordaba cómo seguía la lista, pues tras ese comienzo, se dedicaba a divagar en sus asuntos personales, desoyéndole por completo.

Royce le aclaró en todo momento que él preferiría dejarla en la fortaleza, pero esa confesión no la hirió en sus sentimientos, pues Nicholaa pensó que su esposo aún no se habría repuesto del incidente en Londres, con la anciana de la daga.

Tampoco quería verla en compañía del barón Guy. Indudablemente, Royce la habría dejado en casa si el rey William y su esposa no hubieran solicitado expresamente la presencia de Nicholaa en los juegos.

La mujer decidió no decirle nada sobre el bebé, todavía. De lo contrario, Royce tendría la excusa excelente para dejarla en casa, oponiendo ante los reyes el pretexto de que su esposa estaba tan delicada que su condición le impedía viajar.

De todas maneras, Nicholaa tomaría todas las precauciones para velar por la seguridad de su bebé. No permitiría que su esposo recorriera semejante distancia en menos tiempo del necesario. Tampoco se fatigaría hasta el último extremo.

Una soleada mañana de lunes, partieron con rumbo a unos campos lindantes con la ciudad de Londres, donde tendrían lugar los juegos. Nicholaa se levantó una hora antes de lo necesario, para poder reponerse de las náuseas de costumbre, antes que Royce se despertara y lo advirtiera.

Justin iba a la zaga de la procesión, junto con los demás soldados jóvenes. De vez en cuando, Nicholaa oía las risas de su hermano. Una idea nefasta afloraba entonces en su mente: que se trataba de la risa de un inocente que iba camino al cadalso. Pero meneaba la cabeza y trataba de convencerse de que debía confiar en el buen juicio de Royce y pensar en cosas más alegres. Después, Justin reía otra vez y el ciclo se repetía.

Ese juego mental de Nicholaa la desgastaba. Después del almuerzo, la somnolencia que la acosaba era tal, que apenas podía mantener los ojos abiertos. Entonces le pedía a Royce que la dejara cabalgar en el mismo caballo que él. En esos momentos, Royce se convencía de que su esposa por fin le confiaría sus preocupaciones. Pero para su decepción, Nicholaa se acomodaba en su regazo, le rodeaba con los brazos y se quedaba profundamente dormida. Y no se trataba de un descanso corto. Más bien, la siesta se prolongaba toda la tarde. Royce suponía que el temor de su esposa era tan agobiante que la había agotado hasta las últimas consecuencias.

No lo preocupaba el hecho de que a Nicholaa cada vez le costara más mantener su fe en él. Lo intentaba y eso era todo lo que importaba.

Acamparon varias horas después en una pradera angosta, rodeada por un bosque. A lo largo de uno de los costados del claro se extendía una corriente de agua muy cristalina, de unos sesenta u ochenta centímetros de profundidad.

Royce tuvo que despertar a Nicholaa para poder desmontar. Nicholaa experimentó unas náuseas terribles en el momento en que él la levantó para ponerla en el suelo. Pero en última instancia, logró controlar el vómito. Rezó para poder estar sola unos breves minutos. Royce advirtió su palidez. Nicholaa salió corriendo hacia una arboleda cercana. Royce frunció el entrecejo, preocupado, mientas la contempló huir.

Pero luego se entretuvo atendiendo su corcel. Le quitó la montura, que arrojó a manos de su escudero y luego ordenó que lo refrescaran, antes de darle agua y avena.

Pasaron diez minutos y su esposa todavía no volvía. Royce fue por ella. Al llegar cerca de los árboles, la oyó vomitar. Justin se le acercaba justo en ese momento, para conversar con él y también escuchó las arcadas.

—Tu hermana está enferma —dijo Royce.

—¿No deberíamos ir con ella? —preguntó Justin, obviamente preocupado.

Royce meneó la cabeza. —Dale unos pocos minutos más de tranquilidad. Si para entonces no vuelve, entonces sí iremos por ella.

Los dos hombres se quedaron de pie, uno junto al otro, aguardando. Transcurrieron varios minutos en silencio.

—¿Será por algo que ha comido? —preguntó Justin. Los vómitos se habían pasado, pero Nicholaa aún no aparecía en el claro.

—No —contestó Royce—. Ella ha enfermado por tantas preocupaciones, Justin.

—¿Y por qué está tan preocupada?

—Por ti.

Justin no supo qué responder a eso.

Entonces, apareció Nicholaa. Frunció el entrecejo al ver a los dos hombres parados allí y luego se acercó al arroyo. Se arrodilló a la orilla. Se enjuagó la boca con el agua fresca, y luego se mojó todo el rostro.

—¿Nicholaa? —preguntó Justin—. ¿Realmente has enfermado de tanto preocuparte por mí?

Ella se volvió y miró a su hermano. —No —contestó—. Estoy indispuesta por una razón bastante diferente.

Justin pareció bastante aliviado. La ayudó a ponerse de pie.

—Sin embargo, estoy *preocupadísima* por ti —le dijo—. Justin, por favor, comprende. Soy tu hermana mayor y como tal, siento que es mi obligación protegerte siempre. —Se volvió hacia Royce.— Si tú fueras a competir en estos juegos, también estaría muy preocupada por ti. Si eso significa que no os tengo la suficiente confianza, mi única defensa es deciros que os adoro a los dos.

—¿Entonces fue algo que has comido y te sentó mal? —preguntó Royce.

Nicholaa le respondió con evasivas. —Ahora me siento bien.

Pero Royce no pareció muy convencido. Durante la cena, se mostró preocupado. Cuando terminaron de comer, se dirigió hacia el arroyo. Ella le siguió.

Royce estaba muy preocupado por ella y Nicholaa creyó que ni siquiera un sermón le levantaría el ánimo. Pero sí una actitud espontánea.

Royce estaba arrodillado a orillas del arroyo. Se había quitado la túnica y estaba arrojándose agua sobre el pecho y el rostro. Nicholaa se le acercó y, con la planta del pie, le dio un rápido empujón en el trasero.

Royce ni se movió. Sin embargo, se volvió y la miró con una expresión de auténtica incredulidad.

Nicholaa rió y trató nuevamente de arrojarle al agua.

Royce creyó que había perdido la razón. Nicholaa retrocedió, con la idea de hacer un nuevo intento, pero Royce se puso de pie repentinamente. Deliberadamente, miró al agua por encima del hombro y luego a su esposa. Sonrió.

Por supuesto que Nicholaa se dio cuenta de inmediato de lo que su esposo tenía en mente. Se levantó las faldas, para salir corriendo en dirección opuesta.

Royce la atrapó por detrás. Ella soltó un agudo bramido. Royce la levantó, se volvió y la mantuvo sobre el agua.

Los soldados acudieron a toda carrera. De pronto, Nicholaa y Royce se vieron rodeados de hombres armados, dispuestos a defenderlos.

Ella estaba horrorizada y avergonzada.

Royce se echó a reír por lo colorada que se puso. Ordenó a sus soldados que se retirasen y, cuando se encontraron nuevamente a solas, se agachó y le besó la frente. —Te amo, Nicholaa.

—Yo también te amo.

Compartieron un largo beso. Nicholaa olvidó el lugar donde estaban. El contacto con Royce era mágico. Cada vez que él la estrechaba entre sus brazos, no podía pensar en otra cosa más que en él.

Cuando el beso por fin concluyó, Nicholaa estaba de pie en el arroyo, con la cintura rodeada por los brazos de su esposo. Se quedó mirándole durante un largo rato, hasta que por fin recuperó la compostura. Advirtió ese brillo especial de sus hermosos ojos grises, aquella adorable sonrisa de sinvergüenza. Y también, advirtió otra cosa más: ella estaba en medio del agua y él, en tierra firme.

Las intenciones de Nicholaa eran hacerle olvidar sus preocupaciones por un rato y, al oírle reír a carcajadas, se dio cuenta de que lo había logrado.

Royce se sentó en el prado, la sentó sobre su regazo, aún riéndose de la broma que le había jugado y, mientras tanto, le ayudó a quitarse los zapatos empapados.

—Royce, si te hubieras olvidado de algo en casa, ¿habría tiempo aún de volver a buscarlo?

—No —contestó—. ¿Por qué lo preguntas?

—Si quisieras devolver allí algo que has traído, tampoco podrías volver, ¿verdad?

—No.

Nicholaa le obsequió una sonrisa radiante. —Tengo algo que decirte —murmuró.

No prosiguió. Montó una mano encima de la otra, sobre su falda, y clavó la mirada en el pecho de Royce. La repentina timidez de su esposa le hizo sonreír, de pronto. —¿Qué es, Nicholaa?

—Vamos a tener un bebé.

En un principio, se quedó tan perplejo que no pudo reaccionar. Luego, perdió el habla.

Nicholaa levantó la vista, para ver cómo estaba tomando la noticia. Se cchó a reír al ver su expresión de sorpresa total. Las lágrimas de dicha bañaban su rostro. Se preguntaba cómo se podía reír y llorar a la vez, mientras seguía haciendo las dos cosas.

La mano de Royce tembló cuando le acarició la mejilla. —¿Estás segura? —le preguntó.

Por supuesto que se trataba de una pregunta muy razonable. Lo que no era lógico fue que volviera a formularle esa misma pregunta dos veces más, después que ella se la contestara desde un primer momento. Royce parecía no poder aceptarlo.

—¿Estás contento, esposo?

—Sí. —No acotó ni una palabra más. No necesitó hacerlo. Hubo tanta emoción en esa simple admisión; tanto amor. La rodeó con sus brazos y la estrechó. Todavía no lograba dar forma a sus pensamientos como para expresarlos con palabras. Se quedaron así durante un largo rato, abrazándose, besándose, murmurándose palabras de amor. De vez en cuando, Nicholaa hasta le sintió temblar.

Oh, claro que estaba contento.

18

Los campos aledaños a Londres se habían convertido en un paraíso de color. Las tiendas, con los colores distintivos de cada barón, resplandecían en las colinas que daban a la zona donde tendrían lugar los juegos. La sede real, en el ala opuesta, era gigantesca y mucho más elegante que las demás.

Nicholaa tenía la sensación de que toda Inglaterra acudiría a los juegos. Las mujeres, vestidas con sus trajes más lujosos, paseaban por los campos de juego, atrayendo la atención de los hombres. Los niños corrían de carro en carro, robando dulces. Los trovadores se desplazaban en medio de la multitud, cantando baladas románticas. Los heraldos observaban minuciosamente a cada uno de los presentes, para poder registrar los eventos correctamente en sus mentes, a fin de narrarlos en el futuro.

Sólo seis barones habían recibido el honor de llevar a sus hombres para que participaran en los juegos. Si todos los barones hubieran podido tomar parte en ellos, la festividad habría durado un mes o más, tal vez.

Los soldados experimentados fueron los primeros en combatir. Nicholaa estaba a un lado de la colina, con Justin a uno de sus lados y todos los demás soldados jóvenes formando una hilera detrás de ella. Vitoreaban a Lawrence y a su equipo.

Los soldados del barón Hanson quedaron eliminados casi desde el comienzo. Luego, fue el turno de los hombres del barón George. A principios de la tarde, sólo quedaban dos bandos en la contienda: los soldados del barón Guy deberían enfrentarse a los del barón Royce, tal como todos habían vaticinado desde un principio.

Nicholaa estaba demasiado nerviosa como para vitorearlos. Tampoco quiso mirar a Lawrence. Mantuvo la mirada fija en su esposo. Estaba de pie a un lado del campo de juego, justo frente a Guy.

Cada vez que Royce sonreía, Nicholaa soltaba un suspiro de alivio. Cuando él fruncía el entrecejo, a ella se le anudaba el estómago. Un rugido ensordecedor de pronto llamó la atención de todo el auditorio. Nicholaa se volvió en dirección al campo. Sólo quedaban Henry y Lawrence. El vasallo de Royce estaba de pie encima de Henry, el soldado de Guy, desparramado en el suelo. La punta de la espada de Lawrence tocaba el cuello de Henry; sin embargo, Lawrence no miraba a su víctima, contemplaba a Royce, aguardando su señal.

Nicholaa contuvo la respiración. Royce se tomó todo el tiempo del mundo para decidir. El silencio cayó sobre la multitud presente. Royce se volvió hacia su rey, le vio sonreír y, por fin, se volvió hacia Lawrence.

En última instancia, meneó la cabeza. De inmediato, Lawrence se retiró hacia atrás, dando a Henry el espacio suficiente como para que se levantara y abandonara el campo.

A Lawrence no le llevó tanto tiempo derrotar a Morgan. Nicholaa pensó que Lawrence no quería derrochar sus minutos jugando con él. Le propinó un golpe tan contundente, que le dejó tendido, inconsciente, durante diez minutos.

Sólo los soldados de Royce permanecieron entonces en el campo de juego. Formaron una hilera y marcharon en dirección a su barón. Su paso fue arrogante; sus sonrisas, elocuentes.

Royce no exteriorizó reacción alguna por la victoria alcanzada. Cuando sus soldados se unieron a él, simplemente asintió con la cabeza. Se volvió y se dirigió hacia la plataforma real. Los soldados le siguieron.

William se puso de pie y levantó la mano pidiendo silencio. Seguidamente, en un grito, proclamó que los soldados del Barón Royce, una vez más, habían demostrado su destreza. Todos serían debidamente recompensados. Los vitoreos fueron ensordecedores.

Nicholaa aplaudió entusiasmada y rezó fervientemente una oración del Día de Gracias por el triunfo.

Pronto tendrían que participar los soldados más jóvenes. Nicholaa se volvió hacia su hermano y le tomó la mano. —Pase lo que pase, quiero que sepas que estoy muy orgullosa de ti —murmuró.

Como los demás soldados estaban observándolos, ella decidió no abrazarle. En cambio, le apretó la mano. Con toda franqueza, lo que menos deseaba en el mundo era que Justin descendiera por esa colina. Pero se obligó a soltarle. Bryan ayudó a Justin a calarse el camisote. Este flexionó sus brazos. La manga izquierda parecía un poco más rigida que la derecha. Nicholaa observó a su hermano ajustarse la prenda y asintió con satisfacción.

Las trompetas sonaron en el campo, convocando a los soldados para que tomaran sus respectivos puestos. Los hombres hicieron una reverencia a

Nicholaa, irguieron sus hombros y luego se alinearon detrás de su comandante. Justin lideró la procesión cuesta abajo.

Nicholaa contempló a su hermano, mientras se dirigía al pie de la colina. Fue entonces cuando localizó a Royce. Había atravesado todo el campo y estaba esperando a que sus hombres terminaran de bajar la colina. Les daría las instrucciones correspondientes y luego aguardaría la segunda victoria.

Nicholaa veía claramente a su esposo. Estaba sonriente. Entonces, lo más glorioso del mundo le sucedió. El temor se desvaneció por completo de su mente. Extrajo tanta de la arrogante confianza de Royce.

Su esposo levantó la vista, para mirarla. Se quedó sin aire al verla. Parecía una diosa ante sus ojos. Nicholaa llevaba una vestimenta azul brillante. Por supuesto que se trataba de una mujer muy bella, pero lo que más le cautivaba era su sonrisa.

Justin carraspeó para ganar la atención de su barón. Royce parecía contentarse con quedarse allí parado, contemplando a su esposa, durante el resto de la tarde. Los demás soldados ya estaban discutiendo tácticas de último momento con sus respectivos barones, quienes impartían las instrucciones finales.

Royce se obligó a arrancar la mirada de su esposa. Dio a sus soldados una orden muy simple: —Hoy me daréis una victoria. —Luego se volvió y caminó junto a Justin, hacia el centro del campo.

—¿Usaremos espadas, barón? —preguntó Justin.

—El rey lo decidirá. Espera hasta que recibas las instrucciones pertinentes.

Justin asintió. Todavía quedaba una distancia considerable por recorrer. Carraspeó otra vez. —¿Barón?

—¿Sí?

—He notado que en las últimas semanas, usted se ha dedicado más a mi entrenamiento que al de los demás. ¿Fue porque confiaba en mi habilidad menos que en la del resto?

Royce mantuvo su sonrisa. Justin estaba pasando por un momento de angustia muy típico antes de las batallas. Era un malestar muy común especialmente entre los soldados más jóvenes y menos experimentados.

—Como tu barón, tengo plena fe en tu habilidad. Yo no te he regalado este honor, Justin. Tú te lo has ganado. Sin embargo, debo admitir que, como hermano, te he obligado a trabajar más duro. Tienes que ser mejor que los demás, ¿recuerdas?

—Sí.

—Has satisfecho todas mis expectativas —anunció Royce, ofreciéndole el elogio que Justin tanto necesitaba escuchar en esos momentos.

—Gracias.

Royce sonrió. —Me insultas dándome las gracias —le dijo—. Como tu barón, sólo he cumplido con mi obligación.

Justin no miró a su barón, su atención se concentró en el centro del campo. —No estaba dándole las gracias a mi barón —dijo, muy emocionado—. Estaba dándoselas a mi hermano.

Royce dio un puñetazo cariñoso en el cuello de su cuñado. Llegaron al centro del campo. Justin y los otros nueve fueron los primeros en llegar. Los otros competidores aún estaban agrupados con sus respectivos barones.

—¿Tiene alguna otra cosa más que decirnos? —preguntó Justin, al ver que Royce se volvía.

Royce se volvió. —Los demás necesitan más instrucciones. Vosotros, no. Ya os he dicho lo que pretendo. La victoria, Justin. Nada más.

Nicholaa observó a su hermano dirigirse a un lado del campo. Tenía un paso tan elegante. Se echó a reír. Justin y sus hombres habían formado una hilera. Todos estaban de pie, con las piernas separadas y los brazos a los costados. Irradiaban seguridad.

Clayton, el heraldo, atrajo su atención. Subió la colina y se paró junto a Nicholaa.

—La historia ha creado este día espectacular —dijo a Nicholaa—. Un guerrero manco está al mando de los soldados del barón Royce en el combate. De esto está hecha la leyenda, lady Nicholaa.

Ella sonrió por el entusiasmo del hombre. —Se llama Justin —dijo—. Y es mi hermano.

Clayton se quedó impactado por la noticia. —Dos leyendas en la misma familia —anunció Clayton—. Notable. —Hizo una reverencia a Nicholaa, explicando que debía tomar una mejor posición para contemplar los juegos. A toda prisa siguió escalando la colina.

En calidad de uno de los tres obvservadores oficiales, Clayton mantuvo la vista fija en el campo de juego, memorizando todos y cada uno de los detalles, para narrarlos en el futuro. También contemplaba a Nicholaa, con la esperanza de obtener algunos ingredientes adicionales para agregar al relato. Sin embargo, no la interrogaría hasta que la batalla terminara.

Por fin comenzó la competición. Nicholaa no perdió de vista a Justin. Gimió cuando su primer adversario le tomó por el brazo, con la intención de derribarle. Justin cambió de posición de inmediato. Su oponente reculó y luego se miró la mano ensangrentada. Las hojas filosas que se habían cosido al cuero protector estaban dando resultados positivos. Pero al mirarse la mano, el soldado dejó de mirar a Justin, por lo que éste aprovechó la oportunidad para golpearle. El rival comenzó a tambalearse hacia atrás y, mientras caía, Justin le pateó los órganos genitales.

Un gigantón se acercó a Justin. Aun a distancia, Nicholaa se dio cuenta de que era mucho mayor que los demás soldados. Entonces concluyó que Guy había mezclado a un caballero experto entre los integrantes de la división de los Palomos.

Justin no pareció intimidarse. Le hizo un gesto, para que se le acercara más. Fue una orden arrogante, que a la multitud le fascinó. Todos vitorearon. Hasta Royce, quien hasta el momento no había reaccionado ante los hechos, estaba sonriendo.

Y Justin también. El vasallo de Guy se puso furioso. Justin no podía sentirse más complacido: su oponente estaba cometiendo un error fatal al dejar que sus emociones se interpusieran en su camino. Soltó un grito de batalla, mientras se abalanzaba sobre Justin. El joven hizo exactamente lo que Royce le había repetido más de cien veces. Esperó hasta el último segundo para ponerse a un lado. El guerrero aterrizó poco después, perdiendo toda la ventaja que pudo haber tenido en un principio. Pero Justin no mostró piedad alguna al rival. Se aseguró de que permaneciera en el suelo.

Dos miembros del equipo de Justin habían caído inconscientes. Como líder, Justin tenía la obligación de enfrentarse a dos guerreros contrarios aparte del que ya le correspondía por derecho. Pero francamente, lo disfrutó sobremanera. Se echó a reír cuando uno de los rivales logró dirigirle una patada que él devolvió con creces.

Los espectadores enloquecieron. Comenzaron a gritar el nombre de Justin. Nicholaa estaba entusiasmada por el espectáculo. La fuerza de su hermano la dejó azorada, pero mucho más aun su astucia. Los dos guardias que habían sido asignados a Nicholaa perdieron el control por completo cuando el último de los desafiantes quedó tendido en el suelo. Los bramidos de alegría ensordecieron a la mujer.

Durante uno o dos minutos, Justin se quedó solo en el centro del campo. Luego, los demás se le acercaron. La victoria era obra suya. La prueba de ella yacía como basura desparramada por el suelo.

Justin escuchó los gritos de aliento, pero no descifró que los presentes coreaban su nombre, ni que los gritos eran en su honor. Hizo una profunda genuflexión en dirección al rey y luego se volvió hacia su barón.

Royce le asintió con arrogancia. Justin devolvió el gesto. Ingelram y los demás se unieron a Justin en ese momento. Juntos, se dirigieron hacia el sitio donde estaba su barón.

La multitud se agolpó en el campo de juego. Nicholaa observó que las damas se apresuraban para rodear a su hermano. Justin parecía confundido por todas las atenciones que estaba recibiendo.

Nicholaa esperaba que Royce subiera a la colina. Pero en cambio, tomó el rumbo opuesto. Ella notó que el rey había abandonado la plataforma y que estaba parado al pie de las escalinatas. Guy estaba a un lado y Royce, al otro. Hubo una acalorada discusión. Nicholaa no podía ver el rostro de Royce, pues le daba la espalda. Guy estaba meneando la cabeza y luego avanzó un paso hacia Royce.

El rey William apartó a Guy de un empujón.

—Parece que los barones tienen diferencias —anunció uno de los guardias, llamado Vincent.

—Y bastante grandes, a juzgar por la expresión de sus rostros —replicó Edward, el segundo guardia destinado a la protección de Nicholaa—. Miren cómo recula la multitud.

—Por favor, bajad a ver qué ocurre —solicitó Nicholaa.

Tanto Edward como Vincent menearon la cabeza. —No podemos dejarla sola, milady —explicó este último.

—Entonces, por lo menos, subid hasta la cima de la colina y preguntad a Clayton qué pasa.

Los dos guardias accedieron a esta petición. El heraldo estaba solo más arriba que ellos y a una distancia muy corta. En consecuencia, si alguien subía con la intención de atacar a lady Nicholaa, los guardias tendrían tiempo más que suficiente para bajar a socorrerla.

Nicholaa puso su atención de nuevo en su esposo. Los dos vasallos de Guy eran escoltados en esos momentos, para que acudieran en presencia del rey. Morgan y Henry hicieron las respectivas reverencias frente al superior y luego se quedaron muy erguidos. El rey era el único que hablaba. Nicholaa deseó poder escucharle. El hombre agitaba las manos en el aire, evidenciando su alteración. Tenía la cara muy colorada y Nicholaa pensó que estaría gritando a los vasallos.

Morgan y Henry, por turnos, negaron con la cabeza. El rey levantó la mano y se volvió para decir algo a Guy. Después de uno o dos minutos, éste asintió.

Royce no se había movido en absoluto. Nicholaa no sabía si su esposo estaba de acuerdo o en desacuerdo con lo que se estaba discutiendo.

William volvió a subir a la tarima. Guy se paró frente a Royce. Enfrentó a Morgan y a Henry, les habló y luego propinó un golpe en el rostro de Morgan. Seguidamente, Guy le impuso el mismo castigo a Henry.

Dos soldados más, vestidos con los colores del barón Guy, se pararon frente a él cuando recibieron la orden. Esperaron mientras los vasallos se quitaron las espadas. Entonces, Nicholaa comprendió. Morgan y Henry acababan de caer en la deshonra por algo que habían hecho.

Ninguno de los vasallos demostró sentirse avergonzado por la pública humillación. Al unísono, se volvieron y atravesaron el campo, escoltados por los otros dos soldados. Guy se agachó para recoger sus espadas. Se encaminó hacia un lado de la plataforma y arrojó las armas a los árboles que estaban detrás de ésta.

Nicholaa mantuvo su atención fija en los insolentes vasallos. Morgan tenía la vista en el frente, pero Henry no hacía más que volverse en dirección a Royce. Nicholaa pensó que éste, tal vez, estaría culpando a su esposo por el bochorno que había tenido que sufrir. Por fin, los vasallos llegaron a la zona próxima al monte, donde se había atado a los caballos.

Nicholaa soltó un suspiro de alivio. Evidentemente, los vasallos habían sido expulsados de la celebración y ella no tendría que soportar sus insolencias durante la cena.

Royce se volvió y caminó hacia el campo. Nicholaa pensó que, tal vez, subiría a la colina a buscarla. Rápidamente, entró en la tienda. Seguramente, su esposo necesitaría refrescarse y ella quería tenerlo todo listo cuando él llegase.

Los petates de Royce estaban en el catre que compartía con Nicholaa. La mujer desató las tiras que los mantenían cerrados y metió la mano para sacar una túnica limpia para su esposo. Rió sorprendida cuando al desdoblar la prenda, cayó su tirachinas. Dentro de la túnica también había tres buenas piedras. Nicholaa no imaginaba por qué Royce había decidido traer ese equipo.

El ruido de las trompetas le llamó la atención. Nicholaa salió a toda prisa a ver qué pasaba. Supuestamente, los juegos ya habían terminado. Royce le había dicho que los soldados jóvenes eran los últimos en participar, y esa competición acababa de terminar.

Se quedó paralizada al ver lo que estaba sucediendo. Royce estaba de pie cerca del centro del campo. Guy le enfrentaba, aunque estaba a unos seis metros de distancia.

Ambos barones estaban desenvainando sus espadas. Luego, cada uno de ellos se volvió. Guy, hacia su derecha, donde sus soldados se habían alineado a los flancos; y Royce, hacia su izquierda, donde también sus hombres formaban filas.

Los soldados de Royce no sonreían. Tampoco los de Guy. Reinaba un silencio absoluto en las tribunas. Lawrence avanzó hacia Royce, en el momento en que uno de los vasallos de Guy dio un paso adelante. Lawrence hizo una pausa, se volvió para asentir con la cabeza en dirección a Justin y luego continuó. Justin no entendió qué se esperaba de él, hasta que Ingelram le dio un suave empujón. De inmediato, el hermano de Nicholaa se precipitó hacia el campo, detrás de Lawrence.

Nicholaa ignoraba qué estaba sucediendo, pero estaba decidida a averiguarlo, por muchos que fueran los guardias que Royce hubiera apostado allí para obligarla a permanecer en la colina. Se levantó las faldas y comenzó a correr cuesta abajo. La sujetaron por detrás. Vincent la había asido. El escolta pelirrojo no hizo más que disculparse mientras la llevaba de regreso a la tienda.

—El barón desea que usted observe todo desde aquí, milady —explicó Vincent, por décima vez.

Nicholaa se volvió para responder al guardia con una grosería, pero se arrepintió de inmediato, en cuanto detectó la expresión condolente del joven. Vincent sólo estaba cumpliendo con sus deberes. Nicholaa no podía culparle por eso.

—¿Y qué es exactamente lo que se supone que debo observar? —preguntó ella.

—La lucha —contestó Vincent, quien aparentaba estar muy confundido por la pregunta.

—Vincent, ya me he dado cuenta de que hay una lucha —contestó—. Lo que te pregunto es la razón. Royce me dijo que él no participaría.

El segundo guardia dio un paso al frente. —El rey acaba de ordenar el desafío para terminar con esta disputa de una vez por todas.

Edward le dijo todo lo que sabía, pero Nicholaa seguía sin entender ni una palabra.

Luego Vincent habló nuevamente. —Su hermano está recibiendo un gran honor, milady —dijo, mientras indicaba hacia abajo con la mano. Nicholaa se volvió justo en el momento en que Royce entregaba su espada a Lawrence, quien, a su vez, ponía la preciada arma en manos de Justin.

—¿Y ahora qué están haciendo? —murmuró ella. Justin se había ido del campo y Royce estaba hablando con Lawrence. Guy también conversaba con su vasallo.

—Están siguiendo un procedimiento —respondió Vincent—. Nuestro barón está informando, con la presencia de testigos, que Lawrence se hará cargo en caso de...

El soldado cayó en la cuenta de lo que estaba explicando demasiado tarde. Nicholaa se quedó boquiabierta. —No puedo creer que esto esté sucediendo —susurró. La ira remplazó inmediatamente su temor. Su voz sonó tajante al agregar—: Royce me dijo específicamente que no competiría.

Los dos soldados intercambiaron una mirada. —No está compitiendo —dijo Vincent—. Se está poniendo fin a una disputa. Eso es bastante distinto de competir en un juego, milady.

—¿Por lo menos vosotros dos tendréis la deferencia de bajar al pie de esta colina y preguntar de qué se trata esta disputa? —Las palabras de Nicholaa casi no tuvieron sentido, por la prisa que tenía la mujer en que ellos aceptaran la sugerencia.

—Santo Dios. Si ésta es una disputa a muerte, ninguno de los dos ganará —anunció ella—, porque yo asesinaré a ambos. Ya veréis si soy capaz.

Vincent logró contener su sonrisa. Edward no. La preocupación de la señora por el bienestar de su esposo emocionó a ambos guerreros. Sin embargo, esa preocupación no tenía fundamentos. Su barón era capaz de defenderse muy bien en ese desafío.

Por fin los soldados accedieron a la petición de la dama y bajaron el sendero que conducía al pie de la colina.

Y entonces, todo comenzó. Guy fue el primero en atacar. Nicholaa se sintió aliviada de que, al menos, la pelea fuera a puño limpio y no con armas. No obstante, después de contemplar durante varios minutos la contienda, se dio cuenta de que uno podría matar al otro fácilmente.

En un principio, la pelea pareció muy pareja. Cada uno logró hacer fracasar los puñetazos que el otro daba. Sin embargo, Royce se mostró un tanto más controlado en su pelear.

El estómago de Nicholaa se anudó cuando Guy derribó a Royce. Su esposo cayo tendido de espaldas. Guy aprovechó la ventaja. Se echó sobre él para sujetarlo contra el suelo. Pero justo en el momento en que se lanzó hacia adelante, Royce levantó el pie. Le asestó una patada precisa en los órganos genitales que le alzó en el aire y le hizo acabar de traste en el suelo, a unos cuantos metros de distancia. Fue un sorprendente despliegue de fuerzas.

La multitud enloqueció. Guy parecía derrotado. Se quedó un buen rato tendido en el suelo. Sin embargo, Royce no aprovechó la ocasión para poner punto final a la pelea. Simplemente, se puso de pie y se quedó esperando que Guy hiciera lo propio, con las manos apoyadas en las caderas.

Nicholaa comenzó a relajarse. Obviamente, su esposo estaba jugando con Guy. Su superioridad se evidenciaba a las claras. Nicholaa hasta logró sonreír.

El ruido de las tribunas le dio dolor de cabeza. Los únicos que vitoreaban eran los soldados de Royce. Parecían muy dignos y arrogantemente seguros, también, mientras observaban la pelea, alineados de pie, uno junto al otro a un lado del campo.

Guy tuvo la fortuna de asestar un oportuno puñetazo. Nicholaa hizo una mueca, como si ella misma hubiera recibido el impacto. Su estómago no le permitiría seguir mirando durante mucho más tiempo. Ojalá Royce hubiera terminado todo enseguida y hubiera venido a buscarla. Primero, quería besarle y luego reprocharle a gritos todo lo que le viniera en gana.

Con la mirada, Nicholaa recorrió la multitud presente. Todos estaban concentrados en la pelea. Pero entonces, un movimiento entre los caballos le llamó la atención. Nicholaa se apartó un poco hacia la izquierda, para averiguar de qué se trataba. Vio a dos soldados desparramados en el suelo. Se dio cuenta de que eran los hombres que habían escqltado a Henry y a Morgan fuera del campo. Ninguno de ellos se movía. Entonces, vio a los vasallos de Guy; Morgan y Henry tomaban las riendas de los caballos más cercanos. Henry se volvió en dirección a ella. Fue entonces cuando advirtió que tenía un arco y una flecha en sus manos.

En un principio creyó que los muy cretinos estaban huyendo de la humillación. Sin embargo, recordó el modo en que Henry se había vuelto para mirar a Royce, mientras le escoltaban para que saliera del campo de juego. Ahora, esos dos escoltas estaban heridos... o peor.

Nicholaa entró corriendo a la tienda. Cogió el tirachinas y las piedras y volvió a salir a toda prisa. Se quedó contemplando el campo, mientras ponía los dedos en las horquillas y colocaba la piedra en la tira de cuero.

Se dijo que sólo estaba tomando medidas de precaución. Los vasallos no serían tan tontos como para intentar vengarse justo en ese momento. Jamás saldrían con vida si se atrevían a poner en práctica lo que Nicholaa, en el fondo de su corazón, intuía.

Rezó por estar equivocada. Sin embargo, se acercó más a la orilla de la pendiente, como otra medida de precaución.

Los corceles de los vasallos salieron del monte a toda carrera, en dirección al campo de juego. Henry iba en primer lugar y Morgan, detrás.

La multitud todavía no se había percatado de la presencia de los intrusos. Nicholaa dibujó un amplio arco con el tiragomas, por encima de su cabeza. —Acércate, Henry. Sólo un poquito más —murmuró.

Los caballos parecían desbocados. Todo pareció suceder en un mismo segundo. Guy estaba de frente a los soldados. Henry todavía estaba demasiado lejos de Nicholaa como para que ella le alcanzara con su piedra. Tenía la flecha encastrada en el arco. Soltó las riendas para afinar la puntería.

En ese instante, el barón Guy tuvo un acto de valentía muy notable. Se puso frente a Royce en el último segundo y recibió la flecha que iba dirigida a su oponente.

Henry trató de asir las riendas y hacer girar su caballo, antes de que Royce pudiera atraparle. Pero no se movió con la rapidez suficiente. Royce, sí, se movió con la velocidad de una pantera. Ni siquiera se molestó en detener al caballo. Montó y derribó a Henry de la silla. No perdió su tiempo matando al deshonrado caballero, pues aún tenía que vérselas con Morgan. Pateó a Henry sólo una vez. El golpe tuvo la fuerza y la precisión suficientes como para dejarle sin aire.

Y Morgan quedó por fin dentro del radio de tiro de Nicholaa. La flecha fue arrancada del arco. Royce no habría podido llegar a él a tiempo. Tampoco ninguno de los demás soldados que se acercaban al campo a toda prisa. Todos estaban demasiado lejos aún.

Morgan había disminuido la velocidad del galope. Levantó el arco y apuntó.

También Nicholaa. Su objetivo era el brazo del vasallo. Quería quitarle la flecha antes de que matara con ella a su esposo.

Justo en el momento en que ella soltó la piedra, Morgan cambió de posición. La flecha ya no iba dirigida a Royce, sino a otro blanco.

Un grito colectivo estalló entre los espectadores. Luego, la piedra golpeó a Morgan en la sien. El vasallo se levantó de la montura y cayó hacia atrás. Estaba muerto antes de llegar al suelo.

Todos parecieron quedar petrificados. Todos, excepto Royce. Mientras todos clavaron sus miradas en Morgan, Royce levantó la vista en dirección a la cima de la colina, donde Nicholaa estaba parada.

De inmediato, la mujer escondió el tiragomas detrás de su cuerpo. Si bien no alcanzaba a ver la expresión de Royce, supo que él se imaginaría que la responsable era ella.

Guy atrajo entonces la atención de Royce. El barón se le acercó, con una flecha que le salía del hombro. Royce acudió en su ayuda y le acompañó fuera del campo.

Nicholaa no se quedó ni un segundo más parada allí. Regresó al interior de la tienda, volvió a guardar el tirachinas y la piedra que había sobrado entre los petates de Royce, y se sentó a esperar el sermón, que indudablemente recibiría por parte de su marido.

Se había entrometido. Probablemente, Royce comenzaría así su sermón. Luego diría que era inaceptable matar al vasallo de otro barón.

Y por supuesto, ella le interrumpiría con el argumento de que no le importaba nadie más, excepto él. Sí, defendería su postura y, a fin de cuentas, Royce tendría que dar su consentimiento.

En un abrir y cerrar de ojos, Nicholaa estuvo al borde de la histeria. Por fin admitió la verdadera razón por la que se encontraba en semejante estado: había asesinado a un hombre. Jamás había truncado una vida antes y no quería volver a hacerlo nunca, pero nunca más. Sin embargo, sabía que lo haría nuevamente si estaba en juego la vida de su esposo.

Dios, qué cansada estaba. Se extendió en el catre y cerró los ojos. Una futura madre no debía pasar por esas emociones, y si Royce se atrevía a fruncirle el entrecejo, siquiera, le diría eso, precisamente.

Supuso que debía sentirse agradecida por una pequeña bendición: Royce era el único que sabía lo del tirachinas. Por el modo en que él había mirado hacia arriba, Nicholaa se dio cuenta de que él lo sabía todo. Sin embargo, Royce le debía tanta lealtad como ella a él. No se lo contaría a nadie.

Cuando Royce entró en la tienda una hora después, Nicholaa estaba profundamente dormida. Se sentó a su lado y contempló su rostro angelical durante un largo rato. Sabía que necesitaba descansar, pero de todos modos, debía despertarla.

—¿Nicholaa? Despierta, amor.

Ella abrió los ojos y le miró.

—Te amo, Nicholaa —susurró él.

Entonces, Nicholaa sintió que la mente se le despejaba. —Yo me he entrometido. ¿Estás enfadado?

—No.

Nicholaa no le dejó continuar. —No estoy arrepentida. Por muchos que sean los sermones que vayas a darme, no estoy arrepentida. Tengo mucha confianza en ti, pero de todos modos, Morgan pudo haberte clavado una flecha en medio del corazón.

—Cariño...

—¿Por qué has traído mi tirachinas? —le interrumpió ella.

—Pensé que tal vez, si teníamos tiempo, podrías enseñarme a usarlo —confesó.

—Le he matado, Royce. —Los ojos se le llenaron de lágrimas.

El, con suma dulzura, la tomó entre sus brazos y la estrechó.

—¿El barón Guy se repondrá?

—Sí —contestó Royce—. La disputa terminó cuando él me tapó con su cuerpo y recibió la flecha en mi lugar. Fue un acto de arrepentimiento, creo, por todas las ofensas pasadas. Guy ya no será un entrenador militar. Ha admitido que no tiene carácter para tal responsabilidad.

Ella asintió. —¿Por qué atacaron los vasallos? Debieron imaginar que no podrían llevar a cabo semejante traición.

—El rey ya los había condenado a muerte —explicó—. Ya no tenían nada que perder. —Royce no entró en detalles sobre por qué el rey había tomado semejante resolución. Nicholaa ya había tenido demasiadas emociones por un día, y esa noche habría más.

—Royce, no le dirás a nadie que fui yo quien mató a Morgan. ¿Me lo prometes? —le pidió.

—Lo prometo. —Casi rió. Obviamente, Nicholaa había olvidado a Clayton el heraldo.

—El rey se sentiría muy decepcionado —murmuró—. Yo no le maté a propósito, pero William tal vez no lo comprenda. Morgan se dio la vuelta en el último segundo. Debió de cambiar de parecer. Pero fue demasiado tarde. Yo ya había lanzado mi piedra.

—El no había cambiado de parecer; sólo de blanco.

Ella suspiró. —Quiero ir a casa.

Royce le daría lo que quería, pero al día siguiente, pues aún los aguardaban más emociones para esa noche.

Nicholaa se quedó de pie junto a Royce, frente a todos los presentes; mientras Clayton, el heraldo, cuya única obligación en la vida era la de meter la nariz en los asuntos privados de los demás, narraba una vez más la leyenda de lady Nicholaa. Ella permaneció serena hasta que él cantó los versos más recientes. Cuando oyó la palabra "tirachinas", gimió en voz baja. Royce rió. Por fin su esposa recordó dónde había estado apostado Clayton mientras ella intervenía en el combate.

El rey dio un paso al frente y abrazó a Nicholaa; Matilda la abrazó en segundo lugar. Nicholaa se enteró de que Morgan había apuntado al rey. Hasta ese momento no se había dado cuenta de lo que había hecho en realidad. Ante todas las atenciones recibidas, todo lo que la joven logró hacer fue acurrucarse más contra su esposo y ruborizarse ligeramente.

Pareció transcurrir toda una eternidad hasta que por fin Royce logró llevarse a su esposa de regreso a la tienda. Estaba tan ansioso como ella por volver a casa. Quería seguir trabajando con la reina negra. Había que terminarla —perfeccionarla, también—, antes de que naciera el bebé.

De pronto, Royce descubrió los cambios radicales que Nicholaa había introducido en su vida. Había aprendido a amar y, a cambio, había recibido la recompensa de ser amado.

Los aguardaban buenas épocas y algunas malas también. Todavía tendría que vérselas con Thurston, pero sabía que su esposa le apoyaría siempre, bajo cualquier circunstancia.

Miró a la hermosa mujer que trepaba la colina a su lado. Se sintió dichoso. Como era un hombre sensato, trató de analizar lo que acababa de sucederle. Nicholaa convirtió en un bendito caos el mapa cuidadosamente trazado en el que él había dibujado su vida. Royce trató de llegar al fondo de la cuestión.

Y luego se lo preguntó directamente.

Nicholaa se echo a reír antes de contestarle: —Es muy simple, mi amor. Nunca has tenido ni una sola oportunidad, siquiera. —Se puso de puntillas y le tocó la pequeña cicatriz que tenía en la frente. Luego, volvió a reír.

Royce la levantó entre sus brazos y la estrechó con fuerza. La dejaría creer que había sido ella la que le había atrapado. Sin embargo, él no era tan tonto como para creer en esa fantasía. Fue él quien, desde un principio, se había propuesto capturar la leyenda.

Y fue eso exactamente lo que hizo.